Winter-
abende

Winter-abende

38 Geschichten
am Kamin

Herausgegeben von
Ilse Walter

Weltbild

Weltbild Buchverlag GmbH
© 1999 Weltbild Verlag GmbH, Augsburg
Alle Rechte vorbehalten
Winterabende erscheint in der Reihe Weltbild Reader
Reihenkonzeption: Michael Keller
Umschlaggestaltung und Illustration: Beatrice Schmucker,
Augsburg
Satz: Uhl + Massopust, Aalen
Druck und Bindung: Ebner Ulm

Gedruckt auf chlor- und säurefreiem Papier

Printed in Germany

ISBN 3-89604-550-4

HEINRICH HEINE

Altes Kaminstück

Draußen ziehen weiße Flocken
Durch die Nacht, der Sturm ist laut;
Hier im Stübchen ist es trocken,
Warm und einsam, stillvertraut.

Sinnend sitz ich auf dem Sessel,
An dem knisternden Kamin,
Kochend summt der Wasserkessel
Längst verklungene Melodien...

WENN IM KAMIN DAS FEUER BRENNT

I m Winter machen sich die Nebel breit. Wer darin geht, spürt unwillkürlich ein Frösteln. Die Sonne beehrt uns mit ihrer Gegenwart nur selten. Man fühlt sich alsdann gewissermaßen begnadet, wie von dem Auftreten einer schönen Frau, die sich kostbar zu machen weiß.

Winter ragte durch die Kälte hervor. Hoffentlich sind alle Stuben geheizt, alle Mäntel übergeworfen. Pelze, Pantoffeln gewinnen an Wichtigkeit, Feuer an Reiz, Wärme an Nachfrage.

Winter hat lange Nächte, kurze Tage und kahle Bäume. Kein grünes Blatt kommt mehr vor. Dagegen kommt vor, daß Seen und Flüsse gefrieren, was etwas sehr Angenehmes nach sich zieht, nämlich den Schlittschuhsport. Fällt Schnee, so kommt Schneeballwerfen in Frage. Dies ist ein Zeitvertreib für Kinder, während Erwachsene lieber einen Stumpen rauchen, am Tisch sitzen und Karten spielen oder an seriösen Gesprächen Geschmack finden. Nebenbei sei Schlitteln erwähnt, woran mancher Spaß hat.

Herrliche, sonnige Wintertage gibt's. Auf gefrornem Boden klirren die Schritte. Liegt Schnee, so ist alles weich, du gehst wie auf Teppichen. Schneelandschaften haben eine eigene Schönheit. Alles sieht feierlich, festlich aus.

Weihnachtszeit ist namentlich für Kinder entzückend. Da strahlt der Weihnachtsbaum, das heißt mehr die Kerzen, die die Stube mit einem Frömmigkeits- und Schönheitsglanz erfüllen. Welcher Liebreiz! Die Tannzweige sind mit Naschwerk behängt. Zu nennen sind

Engelchen aus Schokolade, zuckrige Würstchen, Basler Leckerli, in Silberpapier gewickelte Walnüsse, rotbackige Äpfel. Um den Baum sind die Familienmitglieder versammelt. Die Kinder sagen auswendig gelernte Gedichte auf. Nachher zeigen ihnen die Eltern ihre Geschenke, etwa mit den Worten: »Bleibe brav, wie du es bisher warst«, und küssen das Kind, worauf das Kind die Eltern küßt und vielleicht alle, bei so schönen Umständen und tiefempfundenen Dingen, eine Zeitlang weinen und einander mit zitternder Stimme Dank sagen und kaum wissen, warum sie's tun, es aber richtig finden und glücklich sind. Sieh, wie mitten im Winter die Liebe strahlt, die Helligkeit lächelt, die Wärme glänzt, die Zärtlichkeit blitzt und alles Hoffenswerte und Gütige dir entgegenleuchtet.

Schnee fällt nicht Knall auf Fall, sondern langsam, das heißt nach und nach, will sagen flockenweise zur Erde. Das fliegt eins ums andere wie in Paris, wo es nicht so viel schneit wie zum Beipiel in Moskau, von wo einst Napoleon seinen Rückzug antrat, weil er ihn für ratsam hielt. Auch in London schneit's, wo ehemals Shakespeare lebte, der das »Wintermärchen« dichtete, ein von Lustigkeit und Ernst gleicherweise glitzerndes Stück, worin sich ein Wiederfinden abspielt, bei dem einer der Mitwirkenden dasteht »wie ein Brunnenbild von manches Königs Regierung her«, wie es im Text heißt.

Ist Schneien nicht ein allerliebstes Schauspiel? Gelegentlich einmal eingeschneit zu werden, schadet sicher nicht viel. Vor Jahren erlebte ich eines Abends ein Schneegestöber in der Friedrichstraße zu Berlin, was mir stark in Erinnerung blieb.

Kürzlich träumte mir, ich flöge über eine runde, zarte Eisfläche, die dünn und durchsichtig war wie Fensterscheiben und sich auf- und niederbog wie gläserne

Wellen. Unter dem Eise wuchsen Frühlingsblumen. Wie von einem Genius gehoben, schwebte ich hin und her und war über die ungezwungene Bewegung glücklich. In der Mitte des Sees war eine Insel, auf der ein Tempel stand, der sich als Wirtshaus entpuppte. Ich ging hinein, bestellte Kaffee und Kuchen und aß und trank und rauchte hierauf eine Zigarette. Als ich wieder hinausging und die Übung fortsetzte, brach der Spiegel, und ich sank in die Tiefe zu den Blumen, die mich freundlich aufnahmen.

Wie schön ist's, daß dem Winter jedesmal der Frühling folgt.

DER SCHNEEMANN

Hans Christian Andersen

E s kracht und knackt in mir, so herrlich kalt ist es!«
sagte der Schneemann. »Der Wind kann wahrlich
Leben in einen bringen! Und wie die Glühende dort
glotzt!« Es war die Sonne, die er meinte; sie war gerade
daran unterzugehen. »Sie soll mich nicht zum Blinzeln
bringen, ich werde die Brocken schon festhalten.«
Das waren zwei große, dreieckige Dachziegelbrocken,
die er als Augen hatte; der Mund war ein Stück von
einem alten Rechen, deshalb hatte er Zähne. Er war geboren unter Hurrageschrei der Knaben, war begrüßt
worden von Schellengeläute und Peitschengeknall der
Schlitten. Die Sonne ging unter, der Vollmond ging auf,
rund und groß, klar und herrlich in der blauen Luft.
»Da haben wir sie wieder von einer anderen Seite!«
sagte der Schneemann. Er glaubte, es sei die Sonne,
die sich wieder zeigte. »Ich habe es ihr abgewöhnt zu
glotzen! Jetzt kann sie dort hängen und leuchten, damit ich mich selbst sehen kann. Wüßte ich nur, wie
man es anstellt, sich fortzubewegen! Ich würde mich
so gerne fortbewegen! Könnte ich es, so wollte ich jetzt
hinab und auf dem Eise gleiten, wie ich es die Knaben
machen sah; aber ich kann nicht laufen.«
»Weg, weg!« kläffte der alte Kettenhund, er war etwas
heiser. Das war er, seit er Stubenhund gewesen und
unter dem Ofen gelegen hatte. »Die Sonne wird dich
schon lehren zu laufen! Das habe ich im vergangenen
Winter an deinem Vorgänger und an dessen Vorgänger gesehen! Weg, weg! und weg sind sie alle!«
»Ich verstehe dich nicht, Kamerad!« sagte der Schneemann. »Soll die da oben mich laufen lehren?« Er mein-

12

te den Mond. »Ja, sie lief ja freilich vorhin, als ich sie fest ansah, jetzt schleicht sie von einer andern Seite heran.«

»Du weißt nichts«, sagte der Kettenhund, »aber du bist ja auch erst neulich aufgekleckst worden! Der, den du jetzt siehst, wird der Mond genannt; die, welche ging, war die Sonne. Sie kommt morgen wieder, sie lehrt dich schon in den Wallgraben hinablaufen! Wir kriegen bald anderes Wetter, das kann ich an meinem linken Hinterbein merken, es reißt darin. Wir kriegen Wetterwechsel!«

»Ich verstehe ihn nicht!« sagte der Schneemann, »aber ich habe ein Gefühl, daß es etwas Unangenehmes ist, was er sagt. Sie, die glotzte und unterging, die er die Sonne nennt, die ist auch nicht mein Freund, das habe ich im Gefühl.«

»Weg, weg!«, kläffte der Kettenhund, ging dreimal um sich selbst herum und legte sich dann in seine Hütte, um zu schlafen.

Es kam wirklich eine Wetterveränderung. Ein Nebel, so dicht und feucht, überzog am Morgen die ganze Gegend; als es Tag wurde, begann es zu winden; der Wind war eisig, der Frost griff ordentlich zu; aber welch ein Anblick war es, als die Sonne aufging! Alle Bäume und Büsche standen im Rauhreif; es war wie ein ganzer Wald von weißen Korallen; es war, als ob alle Zweige überschüttet seien von strahlend weißen Blüten. Die unendlich vielen und feinen Verzweigungen, die man im Sommer vor lauter Blättern nicht sehen kann, traten jetzt klar hervor; es war wie ein Spitzengewebe und so schimmernd weiß, als ströme ein weißer Glanz von jedem Zweig aus. Die Hängebirke bewegte sich im Wind, es war Leben in ihr wie in den Bäumen zur Sommerzeit, es war eine unvergleichliche Herrlichkeit! Und als die Sonne dann schien, nein, wie funkelte

das Ganze, als wäre es überpudert mit Diamanten-
staub, und über der Schneeschicht der Erde glitzerten
die großen Diamanten, oder man konnte auch glauben, daß unzählige, winzigkleine Lichtchen brannten,
die noch weißer waren als der weiße Schnee.

»Das ist eine unvergleichliche Herrlichkeit!« sagte ein
junges Mädchen, das mit einem jungen Mann in den
Garten hinaustrat und just bei dem Schneemann stehenblieb, von wo aus sie die glitzernden Bäume ansahen. »Einen schöneren Anblick hat man im Sommer
nicht!« sagte sie, und ihre Augen strahlten.

»Und so einen Burschen wie den da hat man erst
recht nicht!« sagte der junge Mann und zeigte auf den
Schneemann. »Er ist ausgezeichnet!«

Das junge Mädchen lachte, nickte dem Schneemann
zu und tanzte dann mit ihrem Freund über den Schnee
hin, der unter ihnen knirschte, als gingen sie auf
Stärke.

»Wer waren die beiden?« fragte der Schneemann den
Kettenhund, »du bist länger auf dem Hof als ich, kennst
du sie?«

»Das tu' ich!« sagte der Kettenhund. »Sie hat mich ja
gestreichelt, und er hat mir einen Knochen gegeben;
die beiße ich nicht.«

»Aber was stellen sie hier vor?« fragte der Schneemann.

»Brrrautleute!« sagte der Kettenhund. »Sie werden in
eine Hundehütte ziehen und zusammen an einem
Knochen nagen. Weg! Weg!«

»Haben die beiden ebensoviel zu bedeuten wie du und
ich?« fragte der Schneemann.

»Die gehören ja zur Herrschaft!« sagte der Kettenhund;
»das ist wahrlich sehr wenig, was man weiß, wenn man
gestern geboren wurde, das merke ich an dir! Ich habe
Alter und Kenntnisse, ich kenne alle hier auf dem Hof!

Und ich habe eine Zeit gekannt, wo ich nicht hier in der Kälte und an der Kette stand; weg, weg!«

»Die Kälte ist herrlich!« sagte der Schneemann. »Erzähl, erzähl! Aber du darfst nicht mit der Kette rasseln; denn dann bricht etwas in mir.«

»Weg, weg!« kläffte der Kettenhund. »Ein junger Hund bin ich gewesen, klein und niedlich, sagten sie. Da lag ich im Samtstuhl dort drinnen im Haus, lag im Schoß der obersten Herrschaft, wurde auf die Schnauze geküßt und um die Pfoten gewischt mit gesticktem Taschentuch. Ich hieß ›der Schönste‹, ›Pusselpusselchen‹, aber dann wurde ich ihnen zu groß; da gaben sie mich der Haushälterin; ich kam in die Kelleretage! Du kannst in sie hineinsehen von dort, wo du stehst; du kannst in die Kammer hineinsehen, wo ich die Herrschaft gewesen bin, denn das war ich bei der Haushälterin. Es war zwar ein geringerer Ort als oben, aber hier war es behaglicher; ich wurde nicht abgeknutscht und umhergeschleppt von den Kindern wie oben. Ich hatte ebenso gutes Futter wie früher und viel mehr! Ich hatte mein eigenes Kissen, und dann war da ein Ofen, und das ist um diese Zeit das Schönste auf der Welt; ich kroch ganz unter ihn, so daß man mich nicht mehr sah. Oh, von dem Ofen träume ich noch; weg, weg!«

»Sieht ein Ofen so schön aus?« fragte der Schneemann. »Gleicht er mir?«

»Er ist gerade das Gegenteil von dir! Kohlschwarz ist er! Hat einen langen Hals mit einer Messingtrommel. Er frißt Brennholz, so daß ihm das Feuer aus dem Mund heraussteht. Man muß sich an seine Seite halten, dicht neben ihm, ganz unter ihm, das ist ein unendliches Behagen! Du mußt ihn durch das Fenster sehen können, von dort wo du stehst.«

Und der Schneemann schaute, und wirklich sah er einen schwarzen, blankpolierten Gegenstand mit einer

Messingtrommel; das Feuer leuchtete unten heraus.
Dem Schneemann wurde ganz wunderlich zumute; er
hatte ein Gefühl, über das er sich selbst nicht Rechenschaft geben konnte; es kam etwas über ihn, was er
nicht kannte, was aber alle Menschen kennen, wenn
sie keine Schneemänner sind.

»Und warum hast du sie verlassen?« fragte der Schneemann. Er fühlte, daß es ein weibliches Wesen sein
müsse. »Wie konntest du denn einen solchen Ort verlassen?«

»Das mußte ich wohl«, sagte der Kettenhund, »sie warfen mich hinaus und legten mich hier an die Kette. Ich
hatte den jüngsten Junker ins Bein gebissen, weil er
mir den Knochen wegstieß, an dem ich nagte; und
Knochen um Knochen, denke ich! Aber das nahmen
sie übel auf, und seit jener Zeit bin ich an der Kette
gelegen und habe meine klare Stimme verloren, hör,
wie heiser ich bin: weg, weg! Das war das Ende vom
Lied!«

Der Schneemann hörte nicht mehr zu; er sah bestän-
dig in die Kelleretage der Haushälterin hinein, in ihre
Stube hinunter, wo der Ofen auf seinen vier eisernen
Beinen stand und sich in derselben Größe zeigte wie
der Schneemann selbst.

»Es knackt so sonderbar in mir!« sagte er. »Werde ich
nie dort hineinkommen? Das ist ein unschuldiger
Wunsch, und unsere unschuldigen Wünsche dürfen
doch gewiß erfüllt werden. Es ist mein höchster
Wunsch, mein einziger Wunsch, und es würde fast ungerecht sein, wenn der nicht befriedigt würde. Ich muß
dort hinein, ich muß mich an sie anlehnen, und wenn
ich auch das Fenster zerschlagen müßte.«

»Dort kommst du nie hinein«, sagte der Kettenhund,
»und du kämst nie zum Ofen, dann wärst du weg!
Weg!«

»Ich bin so gut wie weg«, sagte der Schneemann, »ich glaube, ich breche durch.«

Den ganzen Tag stand der Schneemann da und schaute zum Fenster hinein; in der Dämmerung wurde die Stube noch einladender; vom Ofen her leuchtet es so mild, wie der Mond nicht leuchtet und auch nicht die Sonne, nein, wie nur der Ofen leuchten kann, wenn etwas in ihm ist. Wenn sie die Tür öffneten, dann schlug die Flamme heraus, das war eine Gewohnheit von ihm; es flammte ordentlich rot auf in dem weißen Gesicht des Schneemanns, es leuchtete geradezu rot aus seiner Brust heraus.

»Ich halte es nicht aus!« sagte er. »Wie es sie kleidet, die Zunge herauszustrecken!«

Die Nacht war sehr lang, aber nicht für den Schneemann, er stand da in seinen eigenen schönen Gedanken, und die froren, so daß sie knackten.

Am Morgen waren die Kellerfenster zugefroren, sie trugen die schönsten Eisblumen, die ein Schneemann nur verlangen konnte; aber sie verbargen den Ofen. Die Scheiben wollten nicht auftauen, er konnte sie nicht sehen.

Es knackte, es knirschte, es war just ein Frostwetter, das einen Schneemann erfreuen mußte, aber er war nicht erfreut; er hätte sich so glücklich fühlen können und sollen, aber er war nicht glücklich, er hatte Ofensehnsucht.

»Das ist eine schlimme Krankheit für einen Schneemann«, sagte der Kettenhund, »ich habe auch an dieser Krankheit gelitten, aber ich habe sie überstanden, weg, weg! – Jetzt kriegen wir Wetterwechsel.«

Und es gab Wetterwechsel, es schlug um in Tauwetter. Das Tauwetter nahm zu, der Schneemann nahm ab. Er sagte nichts, er klagte nicht, und das ist das rechte Zeichen.

Eines Morgens stürzte er zusammen. Es stak etwas wie ein Besenstiel in der Luft, wo er gestanden hatte, um den herum hatten die Knaben ihn aufgebaut.

»Jetzt kann ich seine Ofensehnsucht verstehen!« sagte der Kettenhund, »der Schneemann hat einen Ofenkratzer im Leib gehabt, der ist es, der sich in ihm gerührt hat, nun ist es überstanden; weg, weg!«

Und bald war auch der Winter überstanden.

»Weg, weg!« kläffte der Kettenhund, aber die kleinen Mädchen im Hof sangen:

»Waldmeister grün, hervor aus dem Haus!
Häng, Weide, die wollenen Handschuh' heraus;
Kommt, Kuckuck und Lerche! Singt hell und klar,
Wir haben schon Frühling Ende Februar!
Ich singe mit: Kuckuck! Tirili!
Komm, liebe Sonne, scheine so warm wie noch nie!«

Dann denkt niemand an den Schneemann.

AMBROSIUS DAUERSPECK
UND MARIECHEN KNUSPERKORN

Manfred Kyber

D er Hamster Ambrosius Dauerspeck war in seinen
Bau gerutscht, hatte sorgsam die vollen Backentaschen geleert und die kostbare Getreideladung zu
den anderen Vorräten verstaut. Fünf große Speicher
hatte er kunstgerecht angelegt und alle fünf bis zum
Rand mit Getreide, mit Erbsen und Puffbohnen gefüllt.
Es war kaum noch etwas unterzubringen, und mühsam stopfte er mit der Tatze die letzte Beute hinein.
Den Rest steckte er unter sein Ruhebett aus weichen
Halmen. Es kann einem mal flau werden, dachte er,
dann hat man stets eine Kleinigkeit bei der Pfote. Es
ist auch gut gegen Schlaflosigkeit, dazwischen etwas
zu sich zu nehmen, wenn man im Bett liegt. Dann
kroch er nochmals in alle Zugangsröhren seiner Speicher und schnupperte befriedigt in jeden einzelnen
hinein.

»Es wird reichen, es wird reichen«, murmelte er und
rieb sich die weißen Pfoten, »auch wenn es ein sehr
harter Winter wird, ich werde nicht sehr abzunehmen
brauchen, ich bin versorgt und werde gut imstande
bleiben. Eine schöne Ernte war das dieses Jahr, kein
Hagel, Regen zur rechten Zeit, Sonne zur rechten
Zeit – eine schöne Ernte.«

Ambrosius Dauerspeck hatte recht. Drei Hamster hätten davon satt werden können. Aber er lebte hier allein, Gott sei Dank, ja, ganz allein, und alle Vorräte
würde er allein aufessen können.

Er setzte sich auf sein Ruhebett, streckte wohlig die
kleinen Glieder und erholte sich ein wenig. Was muß
man sich abrackern, um fett zu bleiben, dachte er,

wenn die Leute ahnten, wie schwer Fett verdient ist! Dann begann er, eifrig und behutsam den Boden seiner Wohnung mit den Tatzen zu fegen. Es mußte alles sehr sauber sein; denn Ambrosius Dauerspeck war ein ordnungsliebendes Geschöpf.

Plötzlich stutzte er und spitzte die Ohren. Pfiff da nicht jemand draußen, ganz nahe vor dem Bau? Ambrosius Dauerspeck richtete sich auf den Hinterbeinen auf und ließ die Vorderpfoten spaßhaft hängen, eine etwas tiefer als die andere, knurrte tief und hohl und knirschte unsympathisch mit den Zähnen. Solche Störungen konnten ihn unbeschreiblich ärgern. Überhaupt, er ärgerte sich ganz leicht, obwohl er so fett war. Wieder pfiff es, ganz deutlich und in einer ziemlich unverschämten Weise. Ambrosius Dauerspeck schnupperte besorgt in der Luft, lief zum Eingang, fand ihn in Ordnung, lief wieder zurück, kroch in die schräge Ausgangsröhre empor und spähte vorsichtig hinaus.

»So eine Frechheit – Mariechen Knusperkorn!« schrie er erbost. »Was fällt Ihnen ein, meine wirtschaftliche Tätigkeit durch Ihre albernen Gassenhauer zu stören?«

Jenseits des kleinen Baches, auf einem moosbewachsenen Stein, saß die Feldmaus Mariechen Knusperkorn und pfiff.

»Wenn nicht der dumme Bach zwischen uns wäre«, sagte Ambrosius Dauerspeck giftig, »dann würden Sie nicht einen Augenblick mehr zu leben haben. Aber mich ekelt's vor dem Wasser, und meine weißen Handschuhe tun mir leid.«

»Das weiß ich, ach, das weiß ich«, sagte Mariechen Knusperkorn und verbeugte sich mehrfach, »wenn der Bach nicht wäre – es ist ein tiefer Bach, lieber Herr Dauerspeck, ein sehr tiefer Bach –, nie hätte ich sonst gewagt, mich so nahe vor die Nase Euer Gnaden zu setzen. Ach, ich arme Maus! Alles verfolgt mich, und man will doch auch leben – ach, ich arme Maus!« klagte sie und wischte sich ein paar Tränen aus den Augen mit dem Schnauzentuch aus einem Wegerichblatt.

»Das ist kein Grund zum Heulen«, schrie Ambrosius Dauerspeck »ich habe noch ganz andere Sorgen. Warum setzen Sie sich hierher und pfeifen frivole Melodien? Arbeiten Sie lieber!«

»Frivole Melodien?« jammerte die Maus. »Mir ist nicht nach frivolen Melodien zumute, ich kenne auch gar keine, nur einige alte trostreiche Lieder für diese kummervolle Zeit. Ich pfeife bloß aus Hunger, lieber Herr Dauerspeck, aus reinem Hunger – ach, ich arme Maus, ich arme Maus!« Das Schnauzentuch trat erneut in Tätigkeit.

Die will noch betteln, dachte Ambrosius Dauerspeck und zog sich unwillkürlich etwas zurück. »Ja, ja, wer hat heute nicht zu klagen? Schlechte Zeiten, schlechte Zeiten«, murmelte er und kratzte sich sorgenvoll den Kopf mit der Tatze.

»Ach, lieber Herr Dauerspeck«, sagte Mariechen Knusperkorn und faltete beweglich die Pfoten, »ich bin so sehr hungrig, der Herbst ist da, und die Felder sind leer. Unterstützen Sie mich und schenken Sie mir ein paar Getreidekörner aus Ihren vollen Speichern!«

»Was?« schrie Ambrosius Dauerspeck wütend. »Volle Speicher? Bei mir? Sie sind wohl um ihr bißchen Mausverstand gekommen, Mariechen Knusperkorn? Ich habe selbst nichts im Hause, nicht ein Korn, nicht eine Erbse, nicht eine einzige Puffbohne. Ich kann den Winter einfach verhungern und an den Pfoten schnullen! Noch nie gab es so eine schlechte Ernte wie dieses Jahr, alles ist verhagelt, alles!«

»Ach, ich arme Maus, ich arme Maus!« klagte Mariechen Knusperkorn.

»Warum haben Sie denn nicht selbst Vorräte gesammelt, Sie törichte Person?« fauchte Ambrosius Dauerspeck sie an.

»Ich kann doch nicht so viel forttragen wie Sie, mein lieber Herr Dauerspeck«, sagte Mariechen Knusperkorn, »ich kann doch nur mühsam eine Kornähre mit den Pfoten fassen, und auf dem Heimweg geht über die Hälfte der Körner verloren. Sie haben doch die schönen Backentaschen, wo so viel hineingeht. Sie haben doch zwei richtige Markttaschen im Gesicht.«

»Schöne Markttaschen«, knurrte Ambrosius Dauerspeck, »das sind keine Markttaschen, mein liebes Mariechen Knusperkorn. Das sind eingefallene Wangen, jawohl; weil ich seit Wochen nichts Kräftiges mehr gegessen habe. Mein ganzes Fell hängt in Falten an mir herunter!« Er strich sich klagend mit der Tatze über den dicken Magen und hüstelte kummervoll in die hohle Pfote.

»Sie sehen gar nicht so mager aus«, sagte Mariechen Knusperkorn. »Außerdem sagten Sie doch eben, daß die Ernte verhagelt sei. Wie sollte ich dann Vorräte sammeln?«

»Ach, Unsinn, Mausgeschwätz«, schrie Ambrosius Dauerspeck, »nichts ist verhagelt, es gab noch nie eine so schöne Ernte wie dieses Jahr.«

»Aber dann sind Ihre Speicher doch sicher ganz gefüllt, und Sie könnten mir ein paar lumpige Körner schenken, wenn es doch so eine schöne Ernte war.«

»Schöne Ernte«, brummte Ambrosius Dauerspeck, »bei anderen war es eine schöne Ernte, aber nicht bei mir. Auf meinen Feldern ist gar nichts gewachsen. Ein Landwirt hat nie eine schöne Ernte. Wenn das Getreide Sonne braucht, regnet es, und wenn die Puffbohnen Regen brauchen, scheint die Sonne, und sie verdorren. Bei mir ist alles verdorrt, was nicht verregnet ist, und alles verregnet, was nicht verdorrt ist, und was nicht verregnet und verdorrt ist, das ist verhagelt! Machen Sie, daß Sie fortkommen, Mariechen Knusperkorn, bei mir ist nichts zu holen!«

»Ach, ich arme Maus, ich arme Maus!« klagte Mariechen Knusperkorn und schluchzte beweglich durch die Schnauze. Jeden hätte es erbarmt, nur nicht Ambrosius Dauerspeck, denn bei ihm waren alle solchen Regungen verdorrt, verregnet und verhagelt.

»Übrigens«, sagte er bedenklich und richtete sich mißtrauisch auf den Hinterbeinen auf, die eine Vorderpfote etwas höher als die andere, »es raschelt da so eigentümlich um Sie herum. Sind Sie am Ende nicht allein? Es kommt mir was verdächtig vor bei Ihnen, Mariechen Knusperkorn.«

Die Maus legte beteuernd die Pfote an die Brust. »Ich – ich bin ganz allein«, sagte sie, »wie sollte ich wohl nicht allein sein? Ich habe niemand, der sich um mich kümmert, keine Familie, gar nichts – ach, ich arme Maus, ich arme Maus.«

»Sie haben keine Familie?« sagte Ambrosius Dauerspeck. »Das ist doch eine geradezu fellsträubende Behauptung! Sie haben doch eine so zahlreiche Familie, daß Sie sich selbst nicht mehr durchfinden können. Sie tun doch nichts anderes als sich vermehren, es ist ja scheußlich, nur zuzusehen, wie Sie alle paar Wochen neue Kinder kriegen. Ein anständiges Geschöpf wie ich kriegt seine Kinder im Frühling, und dann ist Schluß – dann zieht man sich auf sich selbst zurück und kümmert sich um die Wirtschaft. Kein Wunder, daß euch alle fressen, wo ihr euch so vermehrt.«

»Ach, lieber Herr Dauerspeck«, klagte die Feldmaus, »das ist doch bloß Familiensinn, daß wir uns vermehren; denn wenn wir uns nicht so vermehren würden, gäbe es bald keine Mäuse mehr.«

»Das wäre ein großes Glück«, schrie Ambrosius Dauerspeck, »Mäuse schmecken zwar gut, aber sie fressen
einem auch das Getreide und die Puffbohnen fort, die
ganze schöne Ernte, die nur für die Hamster da ist.«
»Es war doch gar keine schöne Ernte«, meinte Mariechen Knusperkorn, »und außerdem finde ich – es
ist eine Taktlosigkeit, jemand zu sagen, daß er gut
schmeckt, wenn man sich friedlich mit ihm unterhält.
Doch ich will nicht nachtragend sein, und ich will auch
nichts geschenkt haben. Wenn Sie mir aber eine Puffbohne geben, sage ich Ihnen, wo noch ein ungemäh-
tes Getreidefeld ist.«
Ambrosius Dauerspeck fuhr ruckartig in die Höhe.
»Ist das auch wahr?« fragte er und zog die Nase in
mißtrauische Falten. »Es raschelt übrigens schon wieder so sonderbar um Sie herum.«
»Natürlich ist es wahr«, beteuerte Mariechen Knusperkorn, »ich wäre schon längst selbst hingegangen,
aber für eine arme schwache Maus ist der Weg zu weit,
es ist eine gute Stunde von hier, und das halten meine
kleinen Pfoten nicht aus. Darum und aus reiner Näch-
stenliebe verrate ich Ihnen die kostbare Stelle, bloß für
eine Puffbohne, weil ich so hungrig bin.«
»Das hätten Sie auch gleich sagen können, ohne mich
so lange aufzuhalten«, meinte Ambrosius Dauerspeck
und tauchte in seiner Behausung unter.
Mariechen Knusperkorn piff leise durch die Zähne,
und um sie herum raschelte es vor lauter Mäusen.
Ambrosius Dauerspeck erschien baldigst wieder, mit
einer Puffbohne in der Tatze. »Wo ist die Stelle?« fragte
er vorsichtig.
Mariechen Knusperkorn wies mit der Pfote den Weg.
»Hier links hinunter, immer am Bach entlang, immer
gerade weiter, dann rechts, dann gerade, dann wieder
links, dann rechts, dann links – wo die vielen Birken

stehen, dort ist das Feld, lauter dicke schwere Körner. Aber sie müssen immer links vom Bache bleiben, ja nicht rechts, wo die Brücke von Steinen ist, die auf meiner Seite den Bach hinüberführt, das wäre eine ganz falsche Richtung, in der Sie nur in die Irre gehen. Kehren Sie auch nicht zu zeitig um, eine Stunde müssen Sie schon auf den Weg rechnen.«

Ambrosius Dauerspeck warf Mariechen Knusperkorn die versprochene Puffbohne zu. »Ich werde das Feld schon finden – es raschelt aber doch wieder so sonderbar um Sie herum«, murmelte er und verschwand im Dickicht.

Bald darauf setzten unzählige Mäuse der Familie Knusperkorn auf der Brücke von Steinen über den Bach und eilten in Ambrosius Dauerspecks fünf gefüllte Speicher. Fast eine Stunde brauchten sie, um ihre Beute fortzuschleppen. Nur wenig blieb verstreut auf dem Boden liegen.

»Eine schöne Ernte war das dieses Jahr«, sagte Mariechen Knusperkorn, »gar kein Hagel, Regen zur rechten Zeit, Sonne zur rechten Zeit – eine schöne Ernte.«

Ambrosius Dauerspeck gebrauchte diesen Winter eine unfreiwillige Entfettungskur, die ihm gesundheitlich vorzüglich bekam, aber seine Gesinnung ganz verdarb. Denn er hatte seitdem nur noch den einen Gedanken, Mariechen Knusperkorn aufzufressen. Doch Mariechen Knusperkorn war umgezogen – unbekannt wohin.

EINE KLEINE
WEIHNACHTSGESCHICHTE

 Pearl S. Buck

E s war die Nacht, bevor das Christkind kam. Sandy
war früh zu Bett gegangen und hatte sich große
Mühe gegeben, einzuschlafen. Er hatte versucht, nicht
an das Christkind zu denken oder an den Weihnachtsbaum, der unten im Wohnzimmer stand, oder an das
Fahrrad, das er sich so sehr wünschte. Es war schwer,
aber er hatte es versucht.
»Je früher du ins Bett gehst«, hatte seine kleine Mutter
zu ihm gesagt, »desto früher wird das Christkind kommen. Du willst doch nicht, daß es draußen warten
muß?«
»Noch dazu in einer so kalten Nacht«, hatte sein großer
Vater gesagt. »Seine Zehen könnten ihm ja erfrieren.«
Sie hatten Sandy schnell in die Badewanne gesteckt
und ihn tüchtig abgeschrubbt. Dabei hatten sie gelacht
und ihn geneckt, denn er war sechs Jahre alt und ba-
dete sonst schon ganz allein. Sie hatten ihn mit dem
bunten Badetuch abgerieben und ihm seinen roten
Schlafanzug angezogen. Als er sein Gebet gesprochen
hatte, hatten sie ihn in sein Bett gelegt und ihn mit
seiner warmen roten Steppdecke zugedeckt.
Als sein Vater das Fenster öffnete, flogen Schneeflocken herein.
»Eine weiße Weihnacht«, rief seine Mutter und
klatschte in die Hände. Sie war noch sehr jung, und
ihre Haare waren genauso blond wie die von Sandy.
Sandy war ihr großer Junge. Er hatte ein eigenes
Zimmer, während seine kleine Schwester Goldie in
ihrer Wiege im Kinderzimmer schlief. Eigentlich hieß

sie Elisabeth, aber als sie geboren wurde, war sie so
schön, daß ihr Vater bei ihrem Anblick ausrief:»Oh,
was für ein Goldchen!«Und ihre Mutter hatte dazu gelacht und gesagt:
»Sie ist wirklich goldig, und Goldie wollen wir sie deshalb nennen.«
Natürlich schlief Goldie schon, als sie schließlich Sandy
zu Bett brachten. Sie küßten ihn, streichelten ihn und
ließen ihn dann allein, damit er ebenfalls schlafe.
Er war dann auch wirklich eingeschlafen, nicht sofort,
aber schließlich hatte er sich selbst gesagt, daß er
wirklich nicht an das Christkind denken sollte, das
draußen im Schnee wartete und dessen Zehen erfroren. Er schlief lange Zeit, so lange, daß er beim Auf-
wachen dachte, er habe verschlafen. Die Nacht vor
Weihnachten ist immer lang, viel länger als andere
Nächte, oder so kommt es einem in jedem Jahr immer
wieder vor.
Sandy lag in seinem Bett und überlegte, wieviel Uhr es
sein könnte. Das Haus war still, und auf dem Boden vor
dem offenen Fenster lag ein Häufchen Schnee. Vielleicht sollte er lieber aufstehen und das Fenster zumachen.
Er schlug die Decke zurück, schlüpfte aus dem Bett
und schloß das Fenster. Natürlich hätte er sich jetzt
wieder ins Bett legen sollen, aber er wollte wissen,
wieviel Uhr es ist. Er konnte die Uhr schon lesen, zwar
noch nicht die Minuten, aber doch die ganzen und die
halben und die Viertelstunden auf der alten Großvater-
uhr, die in der Diele am Fuße der Treppe stand. Er
wollte gehen und auf die Uhr sehen und sich dann
schnell wieder ins Bett legen.
Als Sandy fünf Jahre alt war, hatte ihm seine liebe Mutter eine Taschenlampe gegeben, damit er sie anma-
chen könne, wenn er sich nachts fürchtete. Damals

hatte er sich noch gefürchtet, aber nun natürlich schon lange nicht mehr. Die Taschenlampe hatte er aber trotzdem behalten dürfen. Jetzt benutzte er sie, nicht weil er sich fürchtete, den das tat er überhaupt nicht, sondern um den runden Lichtschein wie eine Laterne vor seinen Füßen hergehen zu lassen.

Die Tür des Kinderzimmers war geschlossen, auch die Tür zu dem Zimmer seiner Eltern. Oh, wie ungeheuer groß und still ein Haus bei Nacht ist! Sandy hörte keinen Laut, keinen Schritt, nicht einmal seinen eigenen, denn sein roter Schlafanzug hüllte seine Füße ein, und der Teppich auf der Treppe verschluckte jedes Geräusch. Er ging hinunter, Stufe um Stufe, und folgte dem Licht, als wäre es ein Stern, der ihn führte. Als er auf der letzten Stufe angekommen war, hob er die Taschenlampe und ließ den Lichtschein auf das Zifferblatt der alten Uhr fallen. Der Mann im Mond, der genau über der 12 gemalt war, sah zu ihm herunter, und auf diesen zeigten jetzt die Zeiger der Uhr, beide zugleich. Es war Mitternacht und die Nacht vor Weihnachten.

War das Christkind gekommen? Das war die Frage. Die Tür zum Wohnzimmer war geschlossen. Sandy erinnerte sich, daß sein Vater vor Weihnachten die Tür zum Wohnzimmer niemals offenließ, damit das Christkind ungestört sein konnte.

»Das Christkind ist ein kleiner Zauberer«, hatte sein Vater gesagt. »Es ist am liebsten allein, während es seine Arbeit tut.«

Ob es vielleicht etwas schaden könnte, wenn Sandy die Tür einen kleinen Spalt öffnen würde und das Licht durch den Spalt scheinen ließ, nur um zu sehen, ob das Christkind auch wirklich gekommen war? Wenn nicht, dann mußte er natürlich stracks hinauflaufen ins Bett und seine Augen fest zumachen, so daß das Christkind nicht noch länger warten müßte. Nun denn, los also! Sandy öffnete die Tür gerade so weit, daß das Licht ins Wohnzimmer scheinen konnte. Da war der Baum, wo er am Weihnachtsabend immer stand, zwischen dem Kamin und dem Fenster. Aha, das Christkind war schon gekommen! Der Baum war wunderschön, behangen mit schimmernden Goldfäden und glänzenden Kugeln und darunter – oh, der Berg von Geschenken war größer denn je, obwohl Sandys Vater jedes Jahr so tat, als fände er das übertrieben!

»Du meine Güte, Elaine«, murrte er – Elaine war Sandys Mutter –, »wir werden den ganzen Tag nötig haben, nur um die Schnüre zu lösen und die Geschenke auszupacken.«

Und was war das, was da hinter dem Baum rot hervorschimmerte? Könnte das – ein Fahrrad sein?

Sandy hatte keine Zeit, um nachzusehen. Denn plötzlich sah er etwas Schreckliches. Snips, seine gelbe Katze, war unter den Baum gekrochen. Das Licht glitzerte in ihren Augen, und sie sahen aus wie Feuermurmeln. Aber Snips sah nicht Sandy an. Sie sah eine ganz kleine Maus an, die hilflos und ängstlich ausgerechnet in der Krippe hockte, die unter dem Baum stand. Die Maus war hierhergelaufen, weil sie dachte, es sei ein sicherer Platz, um der Katze zu entwischen, die für eine winzige braune Maus so groß wie ein Dschungeltier ist. Während Sandy sie anstarrte, kroch Snips auf ihrem Bauch auf das Tor der Krippe zu und legte sich davor. Sie wollte den Anblick der Maus genießen, bevor sie sie fangen und auffressen würde.

Sandy war entsetzt. Er liebte Snips, mit der er so schön spielen konnte. Aber eine Katze ist eine Katze, und Snips, die nur gelernt hatte, die Vögel in Ruhe zu lassen und langsam mit ihrem Schwanz zu schlagen, konnte keiner Maus widerstehen. Obwohl es der Vor-

weihnachtsabend war, war sie doch wie gewöhnlich durch das Haus spaziert. Und als sie den Berg von Geschenken sah, wurde sie neugierig und wollte ihn gründlich beschnuppern. So hatte sie die Maus überrascht, die den Käse gerochen hatte. Denn da lag ein Käse, ein hübscher, dänischer Käse, eingewickelt in Silberpapier und schön verschnürt. Sandys Vater liebte Käse und bestand darauf, daß man ihm zu jedem Weihnachten einen ganzen runden Käse schenkte, sonst würde er den ganzen Tag unzufrieden sein. Immer bekam er einen Käse, und deshalb wußte keiner so recht, ob er sonst wirklich den ganzen Tag mürrisch sein würde oder nicht. Dieser Käse war es, der die Maus angelockt hatte. Sie war eine Mäusemutter, und hinter der Täfelung hinter dem Sofa hatte sie ein Nest voller Kinder. Keines war größer als Sandys Daumenspitze, aber trotzdem hatten sie den ganzen Tag Hunger. Sie hatte die Kinder schlafen gelegt, als sie den Käse gerochen hatte. Sie war herausgekommen, hatte das Paket gefunden und auch schon eine Ecke des Silberpapiers abgenagt, als Snips eine Maus witterte. Aus Käse machte sich Snips gar nichts, aber Mäuse liebte sie, und deshalb hatte sie sich angeschlichen und die Mäusemutter so erschreckt, daß deren kleine Knie zitterten. Die Krippe stand gleich neben dem Käse, und so war sie in die Krippe gelaufen und suchte dort Schutz hinter der winzigen Wiege, in der das winzige Christkind lag. Maria, die Mutter, kniete neben der Wiege, und Joseph kniete neben ihr.
Die Maus hatte keine Zeit, sie anzusehen. Sie kroch hinter die Wiege und hielt sich ganz ruhig, bis sie glaubte, die Katze Snips wäre jetzt wieder weggelaufen. Da stellte sie sich auf die Hinterbeine und reckte ihren Kopf über die Wiege, um zu sehen, ob sie wirklich gerettet sei. Aber was für ein Schreck! Statt geret-

tet zu sein, schwebte sie noch immer in der größten Gefahr! Dort vor dem Eingang der Krippe kauerte die große Katze und machte alle Hoffnungen auf eine Flucht zunichte. Sie brauchte nur ihre Pfote auszustrecken, und die Maus würde in ihren gekrümmten Krallen gefangen sein. Und was würde aus ihren Kinderchen werden, die so unschuldig schliefen? Sie würde sie nie mehr wiedersehen.

Die große Katze starrte sie an. Auch sie glaubte, die Maus könnte nicht entfliehen. Sie wollte eine Zeitlang mit ihr spielen und sie dann, wenn sie müde war, in einer Minute auffressen. Sie war so dünn, daß sie nur ein kleiner Happen sein würde für eine große, gelbe Katze, aber ein hübscher Happen. Mäuse sind köstlich für eine Katze, sie sind sehr zart, und ihre kleinen Knochen sind leicht zu zerbeißen. Snips fing an zu schnurren.

In der Krippe guckte die Mäusemutter hinter der winzigen Wiege hervor und hörte das Schnurren. Es klang in ihren erschreckten Ohren wie grollender Donner. Wer würde schon ihre Stimme hören, selbst wenn sie schreien würde? Und wer hilft schon einer Maus? Sie war völlig allein. Diese kleinen stillen Leute in der Krippe waren kaum größer als sie selbst. Sie rührten sich nicht. Vielleicht fürchteten auch sie sich vor der großen Katze. Obwohl es nichts nützen würde – ach, natürlich nicht –, konnte sie doch nicht anders und fing an zu rufen. Sie war so ängstlich, so verzweifelt.

»Bitte – bitte – bitte –«

So klangen ihre kleinen Schreie. Aber die Katze konnte sie nicht hören. Ihr brausendes Schnurren war viel zu laut. Gerade in diesem Augenblick schien das Licht von Sandy auf die Krippe, und er sah, was vorging.

»Snips!« rief er, aber nicht zu laut. Schließlich konnte das Christkind noch in der Nähe sein.

Snips drehte ihren Kopf nicht herum. Sie schnurrte weiter und starrte die Mäusemutter an. Was also hätte Sandy anderes tun können, als die Tür jetzt weiter aufzumachen und ins Wohnzimmer zu schlüpfen, obwohl es der Vorweihnachtsabend war? Er richtete das Licht standhaft auf die Krippe, und gerade als Snips die Pfote erhob, um die Mäusemutter zu schnappen, griff Sandy schnell zu, fing die Maus und rettete sie.

»Miau – miau – miau«, heulte Snips.

»Das kümmert mich nicht«, sagte Sandy. »Was für ein Gedanke, am Vorweihnachtsabend eine Maus fangen zu wollen! Und noch dazu in der Krippe!«

Die Maus wußte jedoch nicht, daß sie gerettet war. Sie fand sich in einer warmen Hand gefangen und dachte, sie säße in irgendeiner Falle. Sie hatte das freundlichste Herz der Welt, aber sie war nie zuvor in einer Hand gehalten worden, und in ihrer Angst machte sie ihr Schnäuzchen auf und biß Sandy in die Daumenspitze. Es war ein ganz kleiner Biß, der nicht einmal weh tat, denn die Zähne einer Mäusemutter sind kaum größer als eine Stecknadelspitze. Doch genügte es, um Sandy zu überraschen, und er ließ sie fallen, und sie rannte unter das Sofa.

Dort wäre sie ihm sicher entwischt, wenn nicht Snips hinter ihr hergerannt wäre, sehr ärgerlich, daß sie ihr Spielzeug verloren hatte. Sandy lief Snips nach, und als er das Sofa etwas von der Wand rückte, sah er, wie die Katze auf ein kleines Loch in der Täfelung starrte. Er leuchtete in das Loch hinein, und jetzt wußte er, warum die Maus in solcher Eile gewesen war. Hier lagen in einem weichen Nest aus Watte, die die Mäusemutter sicher aus dem Sofa gezupft hatte, fünf Mäusekinder, alle rosarot und keines größer als Sandys Daumenspitze. Und die Maus huschte um sie herum, fütterte und hätschelte sie. Sie rührte sich nicht, als das helle

Licht sie anstrahlte. Vielleicht blendete sie das Licht, vielleicht wußte sie, daß das Loch sowohl für Sandy als auch für Snips zu klein war, um an sie heranzukommen. Vielleicht wußte sie auch, daß sie gerettet war.

»Miau – miau«, sagte Snips traurig. Sie wußte, daß das Loch zu klein war, um hindurchzukommen. Sogar ihre Pfote war zu groß, um sie durchzustecken und die Maus herauszuholen. Da konnte man nur abwarten. Sie legte sich hin und schlug mit ihrem Schwanz, und ihre Barthaare zitterten, während sie aufpaßte.

»Miau – miau«, sagte sie kläglich.

»Sei still«, sagte Sandy. Er schaute weiter auf die kleine Familie in dem weichen Nest. Das Haus war also nicht nur sein Heim. Es war auch das Heim einer anderen Familie, einer Mäusefamilie, einer Mutter mit Kindern und einem Mäusevater, der wahrscheinlich fort war, um Futter zu suchen.

»Snips, du läßt sie in Ruhe«, sagte er streng. Und er bückte sich und nahm Snips unter den Arm und hielt sie so, daß die Beine und der Schwanz auf der einen Seite und der Kopf auf der anderen Seite herunterhingen.

»Du kommst hinauf mit mir, Snips«, sagte er. »Ich mache die Türe zu, und dann kannst du heute nacht nicht mehr hinaus.«

Dann rückte Sandy, mit der Katze unter dem Arm, das Sofa wieder auf seinen Platz.

Er wollte gerade aus dem Zimmer gehen, als er an etwas Wunderbares dachte. War es nicht ein Wunder, daß er ausgerechnet um 12 Uhr in der Vorweihnacht aufgewacht und heruntergekommen war, natürlich nicht, um den Christbaum anzuschauen, sondern nur, um zu sehen, wieviel Uhr es ist, und hinterher dann ins Wohnzimmer zu gucken, natürlich nicht um nachzusehen, ob das Christkind gekommen und wieder ge-

gangen war, und daß er dann, vielleicht ganz durch
Zufall, die Mäusemutter gesehen hatte, die sich in der
Krippe versteckte? Und angenommen, er wäre nicht
heruntergekommen, und angenommen, Snips hätte
die Maus gefangen und gefressen und der Boden der
Krippe wäre blutig geworden, gerade dort, wo Maria
neben dem kleinen Jesuskind kniete, wie traurig wäre
das gewesen! Und was wäre mit den Mäusekindern geschehen, keines größer als Sandys Daumenspitze, die
auf die Mäusemutter gewartet hätten, die nie mehr
wieder zurückgekommen wäre? Wie hätte es für sie
noch ein glückliches Weihnachten werden können?
Und wären die Kinder nicht sicher gestorben, und
hätte seine Mutter sie nicht früher oder später gefunden und ihm dann die traurige Geschichte erzählt? Oh,
wie wunderbar, daß er um Mitternacht aufgewacht
war und, durch das Licht geführt, gekommen war, um
die Mäusefamilie zu retten!

Sandy blieb vor der Krippe stehen, dachte darüber
nach, und seine Lampe beschien das friedliche Bild.
Das Heu, eigentlich nur eine Handvoll getrocknetes
Gras, lag in der Wiege, und darauf schlief das winzige
Jesuskind. Und Maria und Joseph knieten voll Liebe
mit gefalteten Händen daneben. Der leuchtende Stern
über der Krippe fing den Schein von Sandys Lampe auf
und strahlte auf das Bild dort unten, wie der richtige
Stern von Bethlehem.

Nun mußte Sandy aber zurück ins Bett. Er versuchte
nicht, hinter den Baum zu sehen, denn es gehörte sich
nicht, die Geschenke vor der Bescherung anzusehen,
aber sein Licht erhaschte ganz durch Zufall etwas, das
gewiß ein rotes Fahrrad war. Er drehte sich entschlossen um. Nein, nicht hinsehen! Er huschte aus
dem Wohnzimmer und machte die Tür hinter sich zu.
Immer noch geführt von seinem Licht, kletterte er die

Treppe hinauf, ging in sein Zimmer und machte die Tür zu. Erst jetzt ließ er Snips, die Katze, die ihm langsam schwer wurde, los. Dann ging er ins Bett.

»Ungezogener Snips«, sagte er und sah auf seine gelbe Katze, die offensichtlich die Absicht hatte, zu ihm ins Bett zu kommen.

Snips legte die Ohren zurück und schlug mit ihrem Schwanz. Ungezogen?

»Miau – miau – miau«, machte sie entrüstet.

»Nun – schon gut«, sagte Sandy nachgiebig. »Komm schon. Wahrscheinlich weißt du es nicht besser.«

Er schlug die Decke zurück und wickelte Snips mit in die Steppdecke. Eine Katze ist eine Katze, und Snips konnte nicht anders als sich für Mäuse begeistern.

»Sei, wie es mag«, sagte Sandy, »ich bin froh, daß das Licht gerade im richtigen Augenblick in die Krippe schien.«

Und zufrieden schlief er ein. Das Christkind war gekommen und gegangen. Die Mäusekinder und ihre Mutter waren gerettet; und in der Krippe wartete die Heilige Familie auf den Weihnachtsabend.

SANKT NIKOLAUS IN NOT

Felix Timmermans

E s fielen noch ein paar mollige Flocken aus der wegziehenden Schneewolke, und da stand auf einmal auch schon der runde Mond leuchtend über dem weißen Turm.

Die beschneite Stadt wurde eine silberne Stadt.

Es war ein Abend von flaumweicher Stille und lilienreicher Friedsamkeit. Und wären die flimmernden Sterne herniedergesunken, um als Heilige in goldenen Meßgewändern durch die Straßen zu wandeln – niemand hätte sich gewundert.

Es war ein Abend, wie geschaffen für Wunder und Mirakel. Aber keiner sah die begnadete Schönheit des alten Städtchens unter dem mondbeschienenen Schnee. Die Menschen schliefen.

Nur der Dichter Remoldus Keersmaeckers, der in allem das Schöne sah und darum lange Haare trug, saß noch bei Kerzenschein und Pfeifenrauch und reimte ein Gedicht auf die Götter des Olympus und die Herrlichkeit des griechischen Himmels, die er so innig auf Holzschnitten bewundert hatte.

Der Nachtwächter Dries Andijvel, der auf dem Turm die Wache hielt, huschte alle Viertelstunden hinaus, blies eilig drei Töne in vier Windrichtungen, kroch dann zurück in die warme, holzgetäfelte Kammer zum bullernden Kanonenöfchen und las weiter in seinem Liederbüchlein.»Der flämische Barde, hundert Lieder für fünf Groschen.« War eins dabei, von dem er die Weise kannte, dann kratzte er auf einer alten Geige und sang das Lied durch seinen weißen Bart, daß es bis hoch ins rabenschwarze Gerüst des Turmes schallte. Ein kühles Gläschen Bier schmierte ihm jedesmal zur Belohnung die Kehle.

Trinchen Mutser aus dem »Verzuckerten Nasenflügel«, saß in der Küche und sah traurig durch das Kreuzfensterchen in ihrem Laden.

Ihr Herz war in einen Dornbusch gefallen. Trinchen Mutsers Herz war ganz durchgestochen und durchbohrt, nicht weil all ihr Zuckerzeug heut am Sankt-Nikolaus-Abend ausverkauft war – ach nein! weil das große Schokoladenschiff stehengeblieben war. Einen halben Meter war es hoch und so lang wie von hier bis dort! Wie wunderschön stand es da hinter den flaschengrünen Scheiben ihres Lädchens, lustig mit Silberpapier beklebt, verziert mit rosa Zuckerrosetten, mit Leiterchen aus weißem Zucker und mit Rauch in den Schornsteinen. Der Rauch war weiße Watte.

Das ganze Stück kostete soviel wie all die kleinen Leckereien, die Pfefferkuchenhähne mit einem Federchen am Hintern, die Knusperchen, die Schaumflokken, die Zuckerbohnen und die Schokoladenplätzchen zusammen. Und wenn das Stück, das Schiff aus Schokolade, das sich in rosa Zuckerbuchstaben als die »Kongo« auswies, nicht verkauft wurde, dann lag ihr ganzer Verdienst im Wasser, und sie verlor noch Geld obendrein.

Warum hat sie es auch kaufen müssen? Wo hat sie nur ihre Gedanken gehabt! So ein kostbares Stück für ihren bescheidenen kleinen Laden!

Wohl waren alle gekommen, um es sich anzusehn, Mütter und Kinder, sie hatte dadurch verkauft wie noch nie. Aber kein Mensch fragte nach dem Preis, und so blieb es stehen und rauchte immer noch seine weiße Watte, stumm wie ein toter Fisch.

Als Frau Doktor Vaes gekommen war, um Varenbergsche Hustenbonbons zu holen, da hatte Trinchen gesagt: »Sehen Sie nur mal, Frau Doktor Vaes, was für ein schönes Schiff! Wenn ich Sie wäre, dann würde ich ihren Kindern nichts anderes zum Sankt Nikolaus schenken als dieses Schiff. Sie werden selig sein, wie im Himmel.«

»Ach«, sagte Frau Vaes abwehrend, »Sankt Nikolaus ist ein armer Mann. Die Kinder werden schon viel zu sehr verwöhnt, und außerdem gehen die Geschäfte von dem Herrn Doktor viel zu schlecht. Wissen Sie wohl, Trinchen, daß es in diesem Winter fast keine Kranken gibt? Wenn das nicht besser wird, weiß ich gar nicht, was wir anfangen sollen.« Und sie kaufte zwei Pfefferkuchenhähne auf einem Stäbchen und ließ sich tagelang nicht mehr sehen.

Und heute war Nikolausabend; aller Kleinkram war verkauft, nur die »Kongo« stand noch da in ihrer braunen Kongofarbe und rauchte einsam und verlassen ihre weiße Watte. Zwanzig Franken Verlust! Der ganze Horizont war schwarz wie die »Kongo« selber. Vielleicht konnte man sie stückweise verkaufen oder verlosen? Ach, nein, das brachte noch nicht fünf Franken ein, und sie konnte das Ding doch nicht auf die Kommode stellen, neben die anderen Nippsachen.

Ihr Herz war in einen Dornbusch gefallen. Sie zündete eine Kerze an für den heiligen Antonius und eine für Sankt Nikolaus und betete einen Rosenkranz, auf daß der Himmel sich des Schiffes annehmen möge und gnädig sei. Sie wartete und wartete. Die Stille wanderte auf und ab.

Um zehn Uhr machte sie die Fensterläden zu und konnte in ihrem Bett vor Kummer nicht schlafen.

Und es gab noch ein viertes Wesen in dem verschneiten Städtchen, das nicht schlief. Das war ein kleines Kind, Cäcilie; es hatte ein seidig blondes Lockenköpfchen und war so arm, daß es sich nie mit Seife waschen konnte, und ein Hemdchen trug, das nur noch einen Ärmel hatte und am Saum ausgefranst war wie Eiszapfen an der Dachrinne.

Die kleine Cäcilie saß, während ihre Eltern oben schliefen, unter dem Kamin und wartete, bis Sankt Nikolaus das Schokoladenschiff von Trinchen Mutser durch den Schornstein herunterwerfen würde. Sie wußte, es würde ihr gebracht werden; sie hatte es jede Nacht geträumt, und nun saß sie da und wartete voller Zuversicht und Geduld darauf; und weil sie fürchtete, das Schiff könne beim Fallen kaputtgehen, hatte sie sich ihr Kopfkissen auf den Arm gelegt, damit es weich wie eine Feder darauf niedersinken könnte.

Und während nun die vier wachenden Menschen im Städtchen: der Dichter, der Turmwächter, Trinchen Mutser und Cäcilie, ein jedes mit seiner Freude, seinem Kummer oder seiner Sehnsucht beschäftigt, nichts sahen von der Nacht, die war wie ein Palast, öffnete sich der Mond wie ein runder Ofen mit silberner runder Tür, und es stürzte aus der Mondhöhle eine solche strahlende Klarheit hernieder, daß sie sich auch mit goldener Feder nicht beschreiben ließe.

Einen Augenblick lang fiel das echte Licht aus dem wirklichen Himmel auf die Erde. Das geschah, um Sankt Nikolaus auf seinem weißen, schwer beladenen Eselchen und den schwarzen Knecht Ruprecht durchzulassen.

Aber wie kamen sie nun auf die Erde? Ganz einfach. Das Eselchen stellte sich auf einen Mondstrahl, stemmte die Beine steif und glitschte nur so hinunter, wie auf einer schrägen Eisenbahn. Und der schlaue Knecht Ruprecht faßte den Schwanz vom Eselchen und ließ sich ganz behaglich mitziehen, auf den Fersen hockend. So kamen sie ins Städtchen, mitten auf den beschneiten Großen Markt. In Körben, die zu beiden Seiten des Eselchens hingen, dufteten die bunten Leckereien, die Knecht Ruprecht unter der Aufsicht von Sankt Nikolaus in der Konditorei des Himmels gebacken hatte.

Und als man sah, daß es nicht reichte und der Zucker zu Ende ging, da hatte Knecht Ruprecht sich in Zivil geworfen, um unerkannt in den Läden, auch bei Trinchen Mutser, Süßigkeiten zu kaufen, von dem Geld aus den Sankt-Nikolaus-Opferstöcken, die er alle Jahre einmal in den Kirchen ausleeren durfte.

Mit all den Leckereien war er an einem Mondstrahl in den schönen Himmel hinaufgeklettert, und nun mußte das alles verteilt werden an die kleinen Freunde von Sankt Nikolaus.

Sankt Nikolaus ritt durch die Straßen, und bei jedem Haus, in dem ein Kind wohnte, gab er ja nach der Artigkeit des Kindes dem Knecht Ruprecht Leckereien, welche dieser, mit Katzengeschmeidigkeit an Regenkandeln und Dachrinnen entlang kletternd und über die Ziegel krabbelnd, zum Schornstein brachte; da ließ er sie dann vorsichtig hinunterfallen durch das kalte zugige Kaminloch, gerade auf einen Teller oder in einen Holzschuh hinein, ohne die zerbrechlichen Köstlichkeiten auch nur etwas zu bestoßen oder zu schrammen.

Knecht Ruprecht verstand sich auf seine Sache, und Sankt Nikolaus liebte ihn wie seinen Augapfel.

So bearbeiteten sie das ganze Städtchen, warfen herab, wo zu werfen war, sogar hier und da eine harte Rute für rechte Taugenichtse.

»Da wären wir bis zum nächsten Jahr wieder mal fertig«, sagte der Knecht Ruprecht, als er die leeren Körbe sah. Er steckte sich sein Pfeifchen an und stieß einen erleichterten Seufzer aus, weil die ganze Arbeit nun getan war.

»Was?« fragte Sankt Nikolaus beunruhigt. »Ist nichts mehr drin? Und die kleine Cäcilie? Die brave kleine Cäcilie? Schscht!«

Sankt Nikolaus sah auf einmal, daß sie vor Cäciliens Haus standen, und legte mahnend die Finger auf den Mund.

Doch das Kind hatte die warme, brummende Stimme gehört wie Hummelsgesumm, machte große Augen unter dem goldenen Lockenkopf, glitt ans Fenster, schob die Gardinchen weg und sah Sankt Nikolaus, den wirklichen Sankt Nikolaus.

Das Kind stand mit offenem Munde staunend da.

Und während es sich denn gar nicht fassen konnte über den goldenen Bischofsmantel, der funkelte von bunten Edelsteinen wie ein Garten, über die Pracht der Mitra, worauf ein diamantenes Kreuz Licht in die Nacht hineinschnitt wie mit Messern, über den Reichtum der Ornamente am Krummstab, wo ein silberner Pelikan das Rubinenblut pickte für seine Jungen, während sie die feine Spitze besah, die über den purpurnen Mantel schleierte, während sie Gefallen fand an dem guten weißen Eselchen und während sie lachen mußte über die Grimassen von dem drolligen schwarzen Knecht, der die weißen Augen herumrollte, als ob sie lose wie Taubeneier in seinem Kopf lägen, während alledem hörte sie die zwei Männer also miteinander reden:

»Ist denn gar nichts mehr in den Körben, lieber Ruprecht?«

»Nein, heiliger Herr, so wenig wie in meinem Goldsäckel.«

»Sieh noch einmal gut nach, Ruprecht!«

»Ja, heiliger Herr, und wenn ich die Körbe auch ausquetsche, so kommt doch nicht soviel heraus wie eine Stecknadel.«

Sankt Nikolaus strich kummervoll über seinen schnee-
weißen Lockenbart und zwinkerte mit seinen honig-
gelben Augen.

»Ach«, sagte der schwarze Knecht, »da ist nun doch
nichts mehr zu machen, heiliger Herr. Schreib der
kleinen Cäcilie, daß sie im kommenden Jahr doppelt
und dreifach soviel kriegen soll.«

»Niemals! Ruprecht! Ich, der im Himmel wohnen darf,
weil ich drei Kinder, die schon zerschnitten und ein-
gepökelt waren, wieder zum Leben gebracht und ihrer
Mutter zurückgebracht habe, ich sollte nun diese
kleine Cäcilie, das bravste Kind der ganzen Welt, leer
ausgehen lassen und ihm eine schlechte Meinung von
mir beibringen? Nie, Ruprecht! Nie!«

Knecht Ruprecht rauchte heftig, das brachte ihn auf
gute Gedanken, und sagte plötzlich: »Aber, heiliger
Herr, nun hört mal zu! Wir haben keine Zeit mehr, um
noch einmal zum Himmel zurückzukehren, Ihr wißt,
für Sankt Peter ist der Himmel kein Taubenschlag. Und
außerdem, der Backofen ist kalt und der Zucker zu
Ende. Und hier in der Stadt schläft alles, und es ist
Euch sowohl wie mir verboten, Menschen zu wecken,
und zudem sind auch alle Läden ausverkauft.«

Sankt Nikolaus strich sich nachdenklich über seine
von vier Falten durchzogene Stirn, neben der schon
Löckchen glänzten, denn sein Bart begann dicht unter
dem Rande seines schönen Hutes.

Ich brauche euch nicht zu erzählen, wie Cäcilie langsam immer bekümmerter wurde von all den Worten.
Das reiche Schiff sollte nicht bei ihr stranden! Und auf
einmal schoß es leuchtend durch ihr Köpfchen. Sie
machte die Tür auf und stand in ihrem zerschlissenen
Hemdchen auf der Schwelle. Sankt Nikolaus und
Knecht Ruprecht fuhren zusammen wie die Kanin-
chen. Doch Cäcilie schlug ehrerbietig ein Kreuz, stapfte

mit ihren bloßen Füßchen in den Schnee und ging zu dem heiligen Kinderfreund. »Guten Tag, lieber Sankt Nikolaus«, stammelte das Kind. »Alles ist noch nicht ausverkauft... bei Trinchen Mutser steht noch ein großes Schokoladenschiff vom Kongo... wie sie die Läden vorgehängt hat, stand es noch da. Ich hab es gesehen!« Von seinem Schrecken sich erholend, rief Sankt Nikolaus erfreut: »Siehst du wohl, es ist noch nicht alles ausverkauft! Auf zu Trinchen Mutser! Zu Trinchen... aber ach!...« und seine Stimme zitterte verzweifelt, »wir dürfen niemand wecken.«

»Ich auch nicht, Sankt Nikolaus?« fragte das Kind.

»Bravo!« rief der Heilige, »wir sind gerettet, kommt!« Und sie gingen mitten auf der Straße, die kleine Cäcilie mit ihren bloßen Füßen voran, gerade nach der Eierwaffelstraße, wo Trinchen Mutser wohnte. In der Süßrahmbutterstraße wurde ihr Blick auf ein erleuchtetes Fenster gelenkt. Auf dem heruntergelassenen Vorhang sahen sie den Schatten von einem dürren langhaarigen Menschen, der mit einem Büchlein und einer Pfeife in der Hand große Gebärden machte, und sein Mund ging dabei auf und zu. »Ein Dichter«, sagte Sankt Nikolaus und lächelte.

Sie kamen vor Trinchen Mutsers Haus. Im Mondlicht konnten sie gut das Aushängeschild erkennen: »Zum verzuckerten Nasenflügel«.

»Weck sie rasch auf«, sagte Sankt Nikolaus. Und das Kindchen lehnte sich mit dem Rücken an die Tür und klopfte mit der Ferse gegen das Holz. Aber das klang leise wie ein Samthämmerchen. »Stärker«, sagte der schwarze Knecht. »Wenn ich noch stärker klopfe, wird's noch weniger gehen, denn mein Fuß tut mir weh«, sagte das Kind. »Mit den Fäusten«, sagte Knecht Ruprecht. Doch die Fäustchen waren noch leiser als die Fersen.

»Wart, ich werd meinen Schuh ausziehen, dann kannst du damit klopfen«, sagte Knecht Ruprecht.

»Nein«, gebot Sankt Nikolaus, »kein Drehn und Deuteln! Gott ist heller um uns als dieser Mondschein und duldet keine Advokatenkniffe.« Und doch hätte der gute Mann sich gern einen Finger abgebissen, um Cäcilie befriedigen zu können.

»Ach! Aber den Kerl mit den Affenhaaren auf dem Vorhang«, rief Knecht Ruprecht erfreut, »den darf ich rufen, der schläft nicht!«

»Der Dichter! Der Dichter!« lachte Sankt Nikolaus. Und nun gingen sie alle drei schnell zu dem Dichter Remoldus Keersmaeckers.

Und kurzerhand machte Knecht Ruprecht kleine Schneebälle, die er ans Fenster warf. Der Schatten stand still, das Fenster ging auf und das lange Gestell des Dichters, der Verse von den Göttern und Göttinnen des Olymps hersagte, wurde im Mondschein sichtbar und fragte von oben: »Welch Muse kommt, um mir Heldengesänge zu diktieren?«

»Du sollst Trinchen Mutser für uns wecken«, rief Sankt Nikolaus, und er erzählte seine Not.

»Ja, bist du denn wirklich Sankt Nikolaus?« fragte Remoldus.

»Der bin ich!«

Und darauf kam der Dichter erfreut herunter, jätete allen Dialekt aus seiner Sprache, machte Verbeugungen und redete von Dante, Beatrice, Vondel, Milton und anderen Dichtergestalten, die er im Himmel glaubte. Dann stand er ihnen zu Diensten.

Sie kamen zu Trinchen Mutser, und der Dichter stampfte und rammelte mit so viel Temperament an der Tür, daß das Frauenzimmer holterdiepolter aus dem Bett stürmte und erschrocken das Fenster öffnete.

»Geht die Welt unter?«

»Wir kommen wegen dem großen Schokoladenschiff«, sagte Sankt Nikolaus, weiter konnte er ihr nichts erklären, denn sie war schon weg und kam wieder in ihrer lächerlichen Nachtkleidung, mit einem bloßen Fuß und einem Strumpf in der Hand, und machte die Türe auf. Sie steckte die Lampe an und ging sofort hinter den Ladentisch, um zu bedienen. Sie dachte, es müsse der Bischof von Mecheln sein.

»Herr Bischof«, sagte sie stotternd, »hier ist das Schiff aus bester Schokolade, und es kostet fünfundzwanzig Franken.« Der Preis war nur zwanzig Franken, aber ein Bischof kann ja gern fünf Franken mehr bezahlen. Aber nun platzte die Bombe! Geld! Sankt Nikolaus hatte kein Geld, das hat man im Himmel nun einmal nicht nötig. Knecht Ruprecht hatte auch kein Geld, das Kind hatte nur ein zerschlissenes Hemdchen an, und der Dichter kaute an seinem langen Haupt- und Barthaar vor Hunger – er war vier Wochen Miete schuldig. Niedergeschlagen sahen sie einander an.

»Es ist Gott zuliebe«, sagte Sankt Nikolaus. Gerne hätte er seine Mitra gegeben, aber alles das war ihm vom Himmel geliehen, und es wäre Heiligenschändung gewesen, es wegzugeben.

Trinchen Mutser rührte sich nicht und betrachtete sie finster. »Tu es dem Himmel zuliebe«, sagte Knecht Ruprecht. »Nächstes Jahr will ich auch deinen ganzen Laden aufkaufen.«

»Tu es aus lauter Poesie«, sagte der Dichter theatralisch. Aber Trinchen rührte sich nicht, sie fing an zu glauben, weil sie kein Geld hatten, daß es verkleidete Diebe seien. »Schert euch raus! Hilfe! Hilfe!« schrie sie auf einmal. »Schert euch raus! Heiliger Antonius und Sankt Nikolaus, steht mir bei!«

»Aber ich bin doch selbst Sankt Nikolaus«, sagte der Heilige.

»So siehst du aus! Du hast nicht einmal einen roten Heller aufzuweisen!«

»Ach, das Geld, das alle Bruderliebe vergiftet!« seufzte Sankt Nikolaus.

»Das Geld, das die edle Poesie verpfuscht!« seufzte der Dichter Keersmaeckers.

»Und die armen Leute arm macht«, schoß es der kleinen Cäcilie durch den Kopf.

»Und ein Schornsteinfegerherz doch nicht weiß klopfen machen kann«, lachte Knecht Ruprecht. Und sie gingen hinaus.

In der Mondnacht, die still war von Frostesklarheit und Schnee, tönte das »Schlafet ruhig« hart und hell vom Turm.

»Noch einer, der nicht schläft«, rief Sankt Nikolaus erfreut, und sogleich steckte Knecht Ruprecht auch schon den Fuß zwischen die Tür, die Trinchen wütend zuschlagen wollte.

»Haltet ihr mir die Frau wach«, sagte der schwarze Knecht, »ich komme sofort zurück!« Und damit stieß er die Tür wieder auf, und zwar so heftig, daß Trinchen sich plötzlich in einem Korb voll Zwiebeln wiederfand. Und während die andern aufs neue hinausgingen, sprang Knecht Ruprecht auf das Eselchen, sauste wie ein Sensenstrich durch die Straßen, hielt vor dem Turm, kletterte an Zinnen, Vorsprüngen und Zieraten, Schiefern und Heiligenbildern den Turm hinauf bis zu Dries Andijvel, der gerade »Es wollt ein Jäger früh aufstehn« auf seiner Geige kratzte.

Der Mann ließ Geige und Lied fallen, aber Knecht Ruprecht erzählte ihm alles.

»Erst sehen und dann glauben!« sagte Dries. Knecht Ruprecht kriegte ihn am Ende doch noch mit hinunter, und zu zweit rasten sie auf dem Eselchen durch die Straßen nach dem »Verzuckerten Nasenflügel«.

Sankt Nikolaus fiel vor dem Nachtwächter auf die Knie und flehte ihn an, doch die fünfundzwanzig Franken zu bezahlen, dann solle ihm auch alles Glück der Welt werden.

Der Mann war gerührt und sagte zu dem ungläubigen, hartherzigen Trinchen:»Ich weiß nicht, ob er lügt, aber so sieht Sankt Nikolaus doch aus in den Bilderbüchern von unsern Kindern und im Kirchenfenster über dem Taufstein. Und wenn er's nun wirklich ist! Gib ihm doch das Schiff! Morgen werd ich dir's bezahlen...!« Trinchen hatte großes Vertrauen zu dem Nachtwächter, der aus ihrer Nachbarschaft war. Und Sankt Nikolaus bekam das Schiff.

»Jetzt geh nur schnell nach Hause, und leg dich schlafen«, sagte Sankt Nikolaus zu Cäcilie.»Wir bringen gleich das Schiff.«

Das Kind ging nach Hause, aber es schlief nicht, es saß am Kamin mit dem Kissen auf dem Ärmchen und wartete auf das Niedersinken des Schiffes.

Der Mond sah gerade in das armselig-traurige Kämmerchen.

Ach, was sah Cäcilie da auf einmal!

Dort auf einem glitzernden Mondstrahl kletterte das Eselchen in die Höhe mit Sankt Nikolaus auf seinem Rücken, und Knecht Ruprecht hielt sich am Schwanz fest und ließ sich mitschleifen. Der Mond öffnete sich: ein sanftes, großes Licht fiel in funkelnden Regenbogenfarben über die beschneite Welt. Sankt Nikolaus grüßte die Erde, trat hinein, und wieder war da das gewöhnliche grüne Mondenlicht.

Die kleine Cäcilie wollte weinen. Ruprecht oder der gute Heilige hatten das Schiff nicht gebracht, es lag nicht auf dem Kissen.

Aber siehe! was für ein Glück, das Schiff, die»Kongo«, stand ja da, in der kalten Asche, ohne Delle, ohne

Bruch, strahlend von Silber, und rauchte für mindestens zwei Groschen weiße Watte aus beiden Schornsteinen! Wie war das möglich? Wie konnte das so in aller Stille geschehen...?

Ja, das weiß nun niemand, das ist die Findigkeit und die große Geschicklichkeit von Knecht Ruprecht, und die gibt er niemand preis.

SECHSUNDVIERZIG
HEILIGABENDE

 Erich Kästner

Fünfundvierzigmal hintereinander hab' ich mit meinen Eltern zusammen die Kerzen am Christbaum brennen sehen. Als Flaschenkind, als Schuljunge, als Seminarist, als Soldat, als Student, als angehender Journalist, als verbotener Schriftsteller. In Kriegen und in Frieden. In traurigen und in frohen Zeiten. Vor einem Jahr zum letztenmal. Als es Dresden, meine Vaterstadt, noch gab.

Diesmal werden meine Eltern am Heiligabend allein sein. Im Vorderzimmer werden sie sitzen und schweigend vor sich hin starren. Das heißt, der Vater wird nicht sitzen, sondern am Ofen lehnen. Hoffentlich hat er eine Zigarre im Mund. Denn rauchen tut er für sein Leben gern. »Vater hält den Ofen, damit er nicht umfällt«, sagte meine Mutter früher. Mit einem Mal wird er »Gute Nacht« murmeln und klein und gebückt, denn er ist fast achtzig Jahre alt, in sein Schlafzimmer gehen.

Nun sitzt sie ganz einsam und verlassen. Ein paarmal hört sie ihn nebenan noch husten. Schließlich wird es in der Wohnung vollkommen still sein... Bei Grüttners oder Ternettes singen sie vielleicht »O du fröhliche, o du selige«. Meine Mutter tritt ans Fenster und schaut auf die weißbemützten Häuserruinen gegenüber. Am Neustädter Bahnhof pfeift ein Zug. Aber ich werde nicht in dem Zug sein.

Dann wird sie in ihren Kamelhaarpantoffeln leise und langsam durchs Zimmer wandern und meine Photographien betrachten, die an den Wänden hängen und auf dem Vertiko stehen. In den Büchern, die ich geschrieben habe und die sie auf den Tisch gelegt hat, wird sie blättern. Seufzen wird sie. Und vor sich hinflüstern:»Mein guter Junge.« Und ein wenig weinen. Nicht laut, obwohl sie allein im Zimmer ist. Aber so, daß ihr das alte, tapfere Herz weh tut.

Wenn ich daran denke, ist mir es, als müßte ich, hier in München, auf der Stelle vom Stuhl aufspringen, die Treppen hinunterstürzen und ohne anzuhalten bis nach Dresden jagen. Durch die Straßen und Wälder und Dörfer. Über die Brücken und Berge und verschneiten Äcker und Wiesen. Bis ich endlich außer Atem vor dem Haus stünde, in dem sie sitzt und sich nach mir sehnt wie ich mich nach ihr.

Aber ich werde nicht die Treppen hinunterstürzen. Ich werde nicht durch die Nacht nach Dresden rennen. Es gibt Dinge, die mächtiger sind als Wünsche. Da muß man sich fügen, ob man will oder nicht. Man lernt es mit der Zeit. Dafür sorgt das Leben. Sogar von euch wird das schon mancher wissen. Vieles erfährt der Mensch zu früh. Und vieles zu spät.

Meine liebe Mutter... Nun bin ich doch selber schon ein leicht angegrauter, älterer Herr von reichlich sechsundvierzig Jahren. Aber der Mutter gegenüber bleibt man immer ein Kind. Mutters Kind eben. Ob man sechsundvierzig ist oder der Ministerpräsident von Bischofswerda oder Johann Wolfgang Goethe persönlich. Das ist den Müttern, Gott sei Dank, herzlich einerlei!

Später wird sie sich eine Tasse Malzkaffee einschenken. Aus der Zwiebelmusterkanne, die in der Ofenröhre warmsteht. Dann wird sie ihre Brille aufsetzen und meinen letzten Brief noch einmal lesen. Und ihn sinken lassen. Und an die fünfundvierzig Heiligabende denken, die wir gemeinsam verlebt haben. An Weihnachtsfeste besonders, die weit, weit zurückliegen. In längstvergangenen Zeiten, da ich noch ein kleiner Junge war. An das eine Mal etwa, wo ich ihr einen großen, schönen feuerfesten Topf gekauft hatte und mit ihm, als sie mich zur Bescherung rief, hastig durch den Flur rannte. Als ich ins Zimmer einbiegen wollte, begann ich strahlend:»Da, Mutti, hast du...« Ich wollte natürlich rufen:»... einen Topf!« Aber nein, Mutters feuerfester Topf kam leider, als ich in die Zielgerade einbog, mit der Tür in Berührung. Er zerbrach, und ich stammelte entgeistert:»Da, Mutti, hast du – einen Henkel!« Denn mehr als den Henkel hatte ich nicht in der Hand.

Wenn sie daran denkt, wird sie lächeln. Und einen Schluck Malzkaffee trinken. Und sich anderer Weihnachten erinnern. Vielleicht jenes Heiligabends, an dem ich ihr die »sieben Sachen« schenkte. Verlegen überreichte ich ihr eine kleine, in Seidenpapier gewickelte Pappschachtel, und sagte, während sie diese unterm Christbaum vorsichtig und gespannt auspackte:»Weißt du, ich habe doch nicht viel Geld gehabt – aber es sind sieben Sachen, und alle sieben sind sehr praktisch!« In der Schachtel fand sie eine Rolle schwarzen Zwirn, eine Rolle weißen Zwirn, eine Spule schwarze Nähseide, eine Spule weiße Nähseide, ein Briefchen Sicherheitsnadeln, ein Heftchen Nähnadeln und ein Kärtchen mit einem Dutzend Druckknöpfchen. Sieben Sachen! Da freute sie sich sehr, und ich war stolz wie der Kaiser von Annam.

Oder ihr fällt jener Weihnachtsabend ein, an dem ich, nach der Bescherung, noch zu Försters Fritz, meinem besten Freunde, lief, um zu sehen, was denn er bekommen hatte. Seinen Eltern gehörte das Milchgeschäft an der Ecke Jordanstraße... Ganz plötzlich kam ich wieder nach Hause. Ich stand, als meine Mutter die Tür öffnete, blaß und verstört vor ihr. Försters Fritz hatte eine Eisenbahn geschenkt bekommen, und als ich damit hatte spielen wollen, hatte er mich geschlagen! Da stand ich nun klein und ernst vor ihr und fragte, was ich tun solle. Zurückschlagen hatte ich nicht können. Er war ja mein bester Freund! Und warum er mich eigentlich geschlagen hatte, begriff ich überhaupt nicht. Was hatte ich ihm denn getan?

Damals hatte meine Mutter zu mir gesagt: »Es war richtig, daß du nicht zurückgeschlagen hast! Einen Freund, der uns haut, sollen wir nicht auch prügeln, sondern mit Verachtung strafen.«

»Mit Verachtung strafen?« Ich machte kehrt.

»Wo willst du denn hin?« fragte meine Mutter.

»Wieder zurück!« erklärte ich energisch. »Ihn mit Verachtung strafen!« Und so ging ich wieder zu Försters und verbrachte den Rest des Abends damit, meinen Freund Fritz gehörig zu verachten. Leider weiß ich nicht mehr, wie ich das im einzelnen gemacht habe. Schade. Sonst könnte ich euch das Rezept verraten.

Oder meine Mutter wird an einen anderen Heiligabend denken, der nicht ganz so weit zurückliegt. Es sind höchstens zwanzig Jahre her – da gingen wir, nach unserer Bescherung, an den Albertplatz zu Tante Lina, um dabeizusein, wenn der kleine Franz beschert bekäme. Franz war das Kind meiner früh verstorbenen Base Dora.

Ich war damals ungefähr fünfundzwanzig Jahre alt. Und plötzlich sagte Tante Lina, der Weihnachtsmann, der zum kleinen Franz hätte kommen sollen, habe in letzter Minute wegen Überlastung abtelephoniert, und ich müsse ihn unbedingt vertreten! Sie zogen mir einen umgewendeten Pelz an, hängten mir einen großen weißen Bart aus Watte um, drückten mir einen Sack mit Äpfeln und Haselnüssen in die Hand und stießen mich in das Zimmer, wo Franz, der kleine

Knirps, neugierig und etwas ängstlich auf den richtigen Weihnachtsmann wartete. Als ich ihn mit kellertiefer Stimme fragte, ob er auch gut gefolgt habe, antwortete er: O ja, das habe er schon getan. Und dann kitzelte mich der alberne Wattebart derartig in der Nase, daß ich laut niesen mußte.

Und der kleine Franz sagte höflich:»Prost, Onkel Erich!« Er hatte den Schwindel von Anfang an durchschaut und hatte nur geschwiegen, um uns Erwachsenen nicht den Spaß zu verderben.

Meine Mutter in Dresden wird also an vergangene glücklichere Weihnachten denken. Und ich in München werde es auch tun.

Erinnerungen an schönere Zeiten sind kostbar wie alte goldene Münzen. Erinnerungen sind der einzige Besitz, den uns niemand stehlen kann und der, wenn wir sonst alles verloren haben, nicht mitverbrannt ist. Merkt euch das! Vergeßt es nie!

Während ich am Schreibtisch sitze, werden meiner Mutter vielleicht die Ohren klingen. Da wird sie lächeln und meine Photographien anblicken, ihnen zunicken und flüstern:»Ich weiß schon, mein Junge, du denkst an mich.«

DER SCHNEE

Carlo Manzoni

E s hatte wieder dicht zu schneien begonnen. Man wußte nicht mehr, in welcher Stadt man war, ob überhaupt in einer Stadt. Ein dickes weiches Tuch hatte sich über alles gebreitet, und die Menschen hätten einen Zipfel dieses Tuches lüpfen müssen, um zu wissen, was sich darunter befand. Aber wie soll man ein so dickes weißes Tuch aufheben, das so dicht und zäh am Boden klebte?

Unter der weißen Oberfläche war noch eine Eisschicht von beachtlicher Dicke. Zehn, auch zwanzig Zentimeter sagten sie, vielleicht auch siebzig, keiner wußte es genau. Da müßte man erst die flaumige Schneedecke aufheben und dann das Eis zerstoßen, um den Durchmesser errechnen zu können. Und wem gelang es schon, eine so dichte Schneeschicht zu lüpfen?

Da war einer, man weiß nicht wo, auf dieser unendlichen weißen Fläche, der gern gewußt hätte, in welchem Teil von Europa er sich befand.

»Ich könnte in Mailand sein oder in Paris, vielleicht auch in Udine«, sagte er, »wer weiß, was für eine Stadt hier darunter ist. Alle Wegweiser sind zugeschneit, die Verkehrszeichen unter einer Eiskruste versteckt. Man kann rechts oder links abbiegen, wie man will, es gibt keine Einbahnstraßen und keine Stoppschilder mehr.«

Wer übrigens hielt bei diesem Schnee schon an? Es war auch nicht ratsam. Da blieb einer stehen und konnte dann nicht mehr anfahren. Ettore sank ein, und Frederico rutschte. Ottorino fuhr, aber der Schnee nahm ihm die Sicht.

So klein kann ein Ding gar nicht sein, daß es nicht vom Schnee verdeckt wäre.

Rinaldo zog seinen Handschuh aus und streckte die Hand vor. Die weißen Flocken legten sich auf seinen Handrücken, und auch die Hand verschwand unter einer Schneeschicht. Besser, man schüttelte den Schnee ab, zog den Handschuh wieder an und steckte die Hand in die Tasche.

Die zu Hause Gebliebenen waren im Warmen, sahen den Schnee jenseits der Fenster auf die Straße fallen.

Die Gehsteige waren verschwunden, und der Platz war nur mehr eine einzige glatte Fläche: die Beete und Sträucher waren zugeschneit, nur die Pfosten der Bänke, die wie mit weißen Wollfäden verbunden zu sein schienen, ragten aus den Schneemassen. Wie Stricknadeln, auf denen sich die Wolle durcheinanderschlingt.

Solange wir uns in unseren Häusern befanden, wußten wir, daß wir in unserer Stadt waren. Im Haus war alles so, wie es im letzten Herbst war und wie es im nächsten Frühling sein würde. Die gleichen Möbel, die gleichen Wände, aber vom Fenster her drang weißes Licht ein, das alle uns umgebenden Dinge verblaßt erscheinen ließ.

Solange wir zu Hause waren, befanden wir uns in Mailand, aber wir mußten zur Porta Venezia. Wir schauten zum Fenster hinaus, hinunter auf die verwaiste Straße. Ein Mann überquerte sie und hinterließ seine Spur in dem weißen Tuch.

Wir mußten die Expedition gut organisieren.

»Wir sind nicht gut ausgerüstet«, sagte Serafino, »aber vielleicht können wir trotzdem die Überquerung vorbereiten. Wir haben Wollsachen und Bergschuhe. Etwas Warmes müssen wir uns auch mitnehmen. Ich habe ein altes Zelt aus meiner Militärzeit.«

Wir richteten unsere Schlafsäcke her und verabschiedeten uns von unserer Familie. Unter dem Haustor zogen wir den Stadtplan zu Rate, auf dem unsere Stadt allerdings ganz anders aussah. »Wir müssen nach Süden vordringen und dann nach fünfhundert Metern gegen Südwest abbiegen.«

Wir warfen uns ins Schneegestöber und arbeiteten uns mühsam vorwärts. Es gelang uns, die gegenüberliegende Straßenseite zu erreichen. Immerhin waren wir schon an die zwanzig Meter ohne Unfall vorwärtsgekommen und legten jetzt eine Verschnaufpause ein. Wir schauten uns um. Man sah keine lebende Seele, und einer von uns fand unser Unternehmen zu waghalsig. Nicht einmal ein Übertragungsgerät hatten wir mit uns. Macht nichts, wir wollten den Mut nicht verlieren. Wir gehörten nicht zu denen, die auf halbem Weg umkehren.

Sehr langsam rückten wir zur Straßenecke vor. Serafino bildete die Spitze, Tommaso die Nachhut. Wir hätten uns anseilen können, aber dazu war es noch zu früh. Als wir an der Ecke waren, überfiel uns ein heftiger Windstoß.

Trotzdem bewältigten wir die Ecke, und vor uns zeigte sich die Allee in ihrer ganzen Trostlosigkeit. In der Straßenmitte bemerkten wir zwei Männer in Not. Wir hielten eine Beratung ab. Man mußte ihnen zu Hilfe kommen. Serafino wagte als erster den Übergang, und wir hielten dicht hinter ihm. Wir seilten uns an, weil wir ja nicht wissen konnten, ob unter der Eisschicht tatsächlich Asphalt war. Man hatte uns erzählt, daß ein Passant im Stadtzentrum im Eis eingebrochen war und ins Wasser fiel. Wer wußte, ob hier unten nicht auch ein See war.

Wir brauchten dreiviertel Stunden, um zu den Verunglückten zu gelangen. Ihre Stimmen leiteten uns, und wir erreichten sie nach Bewältigung einer hohen Schneewehe.

Sie waren halb erfroren, aber es gelang uns, ihnen den Hals der Kognakflasche zwischen die Zähne zu schieben. Sie erholten sich schnell und erzählten uns ihr Abenteuer.

»Wir warten auf die Tram«, sagte der am schnellsten wieder zu Kräften Gekommene, »das ist die Haltestelle der Sechzehner.« Wir sahen uns um. Es schien unmöglich, aber es war tatsächlich eine Haltestelle, nur kam die Tram nicht mehr bis hierher durch. Die Geleise waren unter der dicken Schnee- und Eisschicht verborgen. Wir stocherten ein wenig im Schnee und bekamen auch ein ganz kleines Gleisstück frei. Die Hoffnung kehrte für einen Augenblick bei uns ein, verschwand aber ebenso schnell wieder. Wir mußten ans Ende der Allee gelangen, wo sich hinter einigen Schneehaufen eine Häuserfront abzeichnete. Vielleicht waren wir dort etwas vor den Unbilden des Wetters geschützt. Die beiden auf dem Rücken tragend, erreichten wir endlich die Hausmauer. Dort richteten wir unser Zelt auf und machten ein kleines Feuer. Das Holz hatten wir im Rucksack mitgenommen. Die Wärme tat uns gut, und nach einer Stunde konnten wir den Weg fortsetzen.

Wir dachten an unsere Familien, die sicher in Sorge waren um uns. Seit drei Stunden waren wir unterwegs und konnten ihnen noch keine Nachricht geben. Hinter einem Parterrefenster bemerkten wir einen Mann, der uns entgegensah. Wir signalisierten ihm unser Kommen und gaben ihm dann unsere Telefonnummer. Wir baten ihn, zu Hause anzurufen, es ginge uns gut, und wir wären außer Gefahr.

Der Marsch ging weiter. Wenn sie in den nächsten drei Stunden ohne Nachricht von uns blieben, würden sie eine Hilfsexpedition ausrüsten und uns entgegenkommen. Wir würden gern unsere Spuren im Schnee zurücklassen, aber er fiel so dicht, daß er sie sofort wieder zudeckte.

Die zwei Passanten, die wir an der Tramhaltestelle aufgelesen hatten, schlossen sich uns an, und der Vormarsch ging weiter.

Einen Taxistand erkannten wir an der Telefonsäule, die aus dem Schnee ragte, aber wir konnten nicht feststellen, ob ein Taxi dastand. Auf der weißen Fläche hatte sich eine leichte Kräuselung gebildet, aber wir hatten keine Zeit, uns zu vergewissern, ob sich darunter ein Taxi befand. Unter unmenschlichen Anstrengungen setzten wir unseren Weg fort und sahen auf einmal zwischen dem Flockengewirbel eine dunkle Masse auftauchen und auf ihr einige gestikulierende Menschen. Wir hörten auch Hilferufe. Wir hielten direkt auf diese Unglücklichen zu, und beim Näherkommen entpuppte sich die dunkle Masse als Schneeräummaschine außer Betrieb.

Die Maschine war vollständig im Schnee versunken, und die Bedienungsmannschaft hatte sich auf dem höchsten Punkt zusammengedrängt und rief um Hilfe. Wir retteten auch sie und flüchteten uns dann in einen Tabakladen.

Wir wärmten uns auf, bis unser Blutkreislauf wieder einigermaßen normal war. Wir waren genau auf halbem Weg zur Porta Venezia. In einer kleinen Sitzung besprachen wir, ob weiteres Vordringen einen Sinn hatte, und Serafino behauptete, daß es heller Wahnsinn wäre, weiterzugehen.

Wir riefen zu Hause an und beruhigten unsere Familien. Wir hatten beschlossen, hierzubleiben und im Tabakladen zu überwintern. Wir schauten aus dem Fenster und sahen, daß der Schnee nach wie vor fiel.

Wir konnten ebensogut in Kopenhagen, Berlin, Turin oder Paris sein. Man müßte den weißen Mantel aufheben können, um zu sehen, was darunter war. Um unseren Geist völlig zu verwirren, war der Nordpol über uns gekommen. Wir warteten nun auf den Frühling, der unserer Stadt wieder ihr Gesicht geben würde, daß es wieder unsere Stadt wird, wie sie immer war.

DER MARONIBRATER

Alfred Polgar

D er Maronibrater zählte zu den Winterfreuden der Großstadtjugend. Sein eisernes, dampfumhülltes Öfchen, aus dem es rot hervorglühte, übte gleiche Anziehungskraft auf frierende, zerlumpte, strolchende Proletarierkinder wie auf feine Kinder, die an der Hand sorgsamer Mütter und Gouvernanten gingen, so gut gefüttert wie ihre Röckchen und Handschuhe. Der Maronibrater war ein Bild aus dem Märchenbuch der Großstadt.

Zwei Kastanien kosteten einen Kreuzer. Das war ein so unverrückbarer Preis wie etwa der der Semmel. In vielen konzentrischen Halbkreisen lagen die braunen, mild duftenden Früchte mit geschlitzter Schale auf der Ofenplatte, die großen am linken, die kleinen am rechten Flügel massiert. Tüten aus Zeitungspapier waren vorbereitet. Ineinandergesteckt sahen sie lustig aus, wie die Hütchen, die der Clown im Zirkus mit dem Kopf auffängt, eines über dem andern.

Dann waren noch Kartoffeln da auf der Ofenplatte, einen Kreuzer das Stück, inklusive Salz, das in einem eigenen winzigen Tütchen gegeben wurde. Herrlicher Schmaus! Die dicke, geröstete Schale war das Beste. Die Kartoffel war so heiß, daß man jeden Bissen erst eine Zeitlang im offenen Mund auskühlen lassen mußte. Auch Brataäpfel gab es beim Maronibrater, die dufteten wie Weihnachten. Auf der geplatzten Schale standen dicke zuckersüße Tröpfchen, und wo nur ein kleiner Spalt an der Außenseite der Frucht war, dort quoll in weißen Schaumperlen der Saft hervor. Wo die Äpfel auf der Ofenplatte gelegen hatten, dort waren sie ganz schwarz, verbrannt. Aber gerade das schmeckte am köstlichsten. Einen Kreuzer kostete das Stück. Der Maronibrater stand über sein Öfchen gebeugt und ordnete die Herrlichkeiten, wendete die Kartoffeln und Äpfel, daß sie gerechterweise überall gleichmäßig erhitzt würden, drehte Papiertüten, schob Kohle unter den Rost. Er trug gewöhnlich eine krümelig schwarze Pelzmütze. Der Hauch aus seinem Munde mengte sich mit dem Dampf, der von der Eisenplatte aufstieg, und sein Gesicht leuchtete feuerrot vom Glutwiderschein durch den Nebel. Wenn er gar nichts zu tun hatte, steckte er die Hände in die Taschen – ganz vornehme Maronibrater trugen einen Muff –, trat von einem Fuß auf den anderen und rief:»Heiße Maroni!«, auch wenn weit und breit kein Passant in Sicht war.

Meistens aber hatte der Maronibrater Gesellschaft. Der Dienstmann und die Hökersfrau und der Droschkenkutscher wärmten sich die Hände über seinem gastlichen Feuer und besprachen die Härte der Zeiten. Was man so damals »harte Zeiten« nannte! Es war ein Stück häuslichen Idylls auf der winterlichen Straße, aufgebaut um das heilige Zentrum nordischer Geselligkeit: den Herd, den Ofen, die Flamme.

Heute hat der Maronibrater keine Kohlen, sondern heizt mit Holztrümmern. Auf seiner Ofenplatte liegen keine Kastanien und keine Kartoffeln, sondern Haselnüsse; und acht Stück der armseligen Dingerchen kosten zwanzig Heller! Es gibt auch Äpfel, zwanzig Heller das Stück. Verschrumpelte, kleine, unappetitliche Exemplare. Nicht gebraten, nur heiß gemacht. Die Kinder haben kein Interesse mehr für den Maronibrater, und der Maronibrater keines für die Kinder. Er hat weder Pelzmütze noch Muff. In den ersten Abendstunden schon löscht er sein armseliges Feuerchen und legt den Ofen an eine eiserne Kette, damit er nicht von Dieben fortgeschleppt werden könne. Die dürfen heute auch nicht wählerisch sein.

Mir ist nicht um den Maronibrater leid, sondern um die Kinder. Sie wachsen in einer Stadt auf, die ihnen, wohin sie blicken, nur ein vergrämtes, finsteres, hartes Gesicht zeigt. Sie sind arm geworden. Auch in des Wortes Sinn: arm. Das Zehnhellerstück war Reichtum in der Hand des Großstadtkindes; es barg romantische Möglichkeiten. Heute gibt's dafür: vier Haselnüsse. Oder eine Extraausgabe.

DIE WINTERFLIEGE

Walther Kiaulehn

U m den Ofen summt die Winterfliege. Wir alle sind nett und ausgesprochen höflich zu ihr. Sie darf über die Marmelade spazieren und beweist uns dann, daß Fliegen an der Decke laufen können. Wir dürfen sie leider nicht totschlagen, wie es unserem menschlichen Drang entsprechen möchte. Die Winterfliege würde sich furchtbar rächen. Jeder hat von seiner Großmutter gelernt, daß die Winterfliege eine Brotfliege ist. Solange die Winterfliege summt, ist Glück im Haus und Brot im Schrank. Der Mensch muß sie ernähren, damit er nicht verhungert.

Die Winterfliege ist ein direkter Verwandter des Goldfisches und des Schleierschwanzes. Diese Tiere haben es verstanden, sich dem menschlichen Zugriff zu entziehen. Sie sind tabu! Ihre Vorfahren haben dem Menschen eingeredet, daß sie für sein Leben eine glückbringende Bedeutung haben. So verehren die Chinesen den Goldfisch als heilig. Wir sind alle Chinesen.

In der Tat, es würde niemandem einfallen, seinen Goldfisch oder Schleierschwanz zu essen. Dabei sind es appetitliche Fische, vom Karpfen nur durch die Größe unterschieden. Zu Kieler Sprotten verarbeitet, müßten Goldfische noch schöner aussehen. Aber macht man seiner Tante den Vorschlag, das Aquarium auszuräumen und den Inhalt zu braten, beißt man auf Granit.

Daß jemand Goldfische ißt, wird von uns als etwas so Außergewöhnliches angesehen, daß wir in den Zirkus laufen und hohe Eintrittsgelder bezahlen, nur um dem

Mann bei seiner Mahlzeit zuschauen zu dürfen. Dabei essen auch diese Leute die Goldfische und Schleierschwänze nicht einmal richtig, sondern nur provisorisch, und bringen sie nach einiger Zeit wieder lebend heraus; was eigentlich unter den schlichten Begriff »Betrug« fällt.

Ein Fliegenesser würde gewiß noch größeren Zulauf finden. Dabei muß aber auch ich bekennen, daß ich solchen Beruf nicht ergreifen möchte, obwohl ich als Kind öfter Fliegen gegessen habe, auch Maikäfer. In Tibet sind die Skorpionesser heilige Fakire. Wir essen die Winterfliege eben nicht, weil sie durch ihre Existenz dafür sorgt, daß wir zu essen haben.

So summt die Winterfliege um den Ofen und ahnt nicht, daß ihre Ahnen die Erfinder des »Burgfriedens« sind. Einer macht dem anderen so sehr vor sich angst, daß der eine sich nicht traut, den anderen aufzufressen. Nennt man das nicht »Burgfrieden«?

VOLKSSPORT

Herbert Rosendorfer

D ie Natur gibt uns Rätsel auf. Über den geheimnisvollen Wandertrieb der Lemminge haben wir immerhin Theorien; wie Skifahren ein Volkssport werden konnte, hat noch niemand erklärt.
Der Skifahrer steht am Sonntag um fünf Uhr früh auf,
eine Stunde früher als unter der Woche. Da dem Skifahren bevorzugt im Winter gehuldigt wird, ist es um
fünf Uhr früh, wenn der Skifahrer aufsteht, dunkel. Da
er eigentlich schon um halb fünf hätte aufstehen müssen, bleibt ihm kaum Zeit zum Frühstück. Mit um-
fangreichem Skigepäck besteigt er die erste Straßenbahn in Richtung Bahnhof. Leichter Dezemberregen
näßt die Scheiben. (Noch früher ist nur der unterwegs,
der zur Fahrt ins Gebirge das Auto benützt; später bekommt er keinen Parkplatz mehr.)
Am Bahnhof herrscht schon reges Treiben. Zahlreiche
Skifahrer rennen kreuz und quer über die Bahnsteige,
um noch einen Stehplatz in ihrem Skisonderzug, für
den sie eine Wintersport-Pauschalreise gebucht haben, zu bekommen. Viele irren sich und steigen in den
falschen Zug, müssen sich wieder herauszwängen,
große Rucksäcke verfangen sich in fremden Skistock-
schlaufen, Abfahrtssignale ertönen, Frauen keifen,
unerläßliche Skiutensilien, Skier, Stöcke, ja selbst Ski-
fahrerextremitäten verklemmen sich in fremden solchen oder an Wagentüren. Oft hilft nur Gewalt. Die ersten Skier gehen zu Bruch.
Endlich fährt der Zug ab. Es ist mehr oder weniger
gleichgültig, ob der Skifahrer im richtigen oder im
falschen Zug steht, denn alle Züge fahren ungefähr in

dieselbe Gegend. Wichtig ist nur, daß man in Gelände mit stärkeren Höhenunterschieden gelangt. Der Skifahrer steht im Gang des Waggons. Seine Hände krampfen sich um Ski, Stöcke und Rucksack. An seinen Beinen wetzt der Rucksack eines Jungskifahrers. Direkt vor seiner Nase zieht sich ein scharfkantig bewehrter, fremder Ski waagrecht hin und endet am Ohr eines Glücklicheren, der einen Sitzplatz erkämpft hat und nunmehr mit den anderen Skigenossen zur Klampfe zu singen anhebt: »Zwoa Brettln, a gfüriga Schnee.« Draußen dämmert ein trüber Dezembermorgen über den fahlgelben Stoppelfeldern.

Im beliebten Wintersportort Eichkatzlried empfängt leichter Nieselregen die Skifahrer. Sie lassen sich aber davon nicht abhalten, aus den Waggons zu stürzen, kaum daß der Zug hält. Skier, Kinder, Schuhe werden dabei verwechselt. Drüben warten die Omnibusse. Beim Spurt auf diese Omnibusse durch einen aufgeweichten Sturzacker sind dann weitere Ausfälle zu verzeichnen. Unser Freund ist froh, nur *einen* Handschuh im Schlamm verloren zu haben.

Der Omnibus führt den Skifahrer in höhere Regionen. Alle im Omnibus sind Skifahrer, also naß und verschwitzt. Es ist noch um eine Idee enger als im Zug, dennoch singen einige zur Klampfe: »Zwoa Brettln, a gfüriga Schnee.« Man kann jedoch nicht erkennen, ob endlich Schnee liegt, denn die Fenster sind vor Schweiß und Dunst beschlagen.

Aber es liegt Schnee (bräunlicher der Touristenklasse). In einer gigantischen Schlange stehen wartende Skifahrer vor einem Skilift. Die Neuangekommenen reihen sich hinten an, manche versuchen es weiter vorn, werden geprügelt, schlagen mit den Skiern zurück, Skier gehen zu Bruch, Sanitäter kommen, wieder sind Ausfälle zu verzeichnen.

Der Himmel ist wolkenverhangen. Ein kalter Wind pfeift. Die durch den Regen und den Schweiß nassen Kleidungsstücke frieren am Körper fest. Kaum merklich bewegt sich die Schlange vorwärts. Mit klammen Fingern nestelt der Skifahrer ein durchweichtes Päckchen Zigaretten aus dem Rucksack und versucht, eine Zigarette anzuzünden. Es geht nicht. Weiter vorn aber beginnen frohgemute Skifahrer wieder zu singen: »Zwoa Brettln, a gfüriga Schnee.« Ein Trost ist nur, daß langsam die Schlange hinter einem länger wird als vor einem. Kernig aber schreiten braungebrannte Skilehrer mit Anrecht auf Sonderbehandlung nach vorn.

Nach Stunden erreicht der blaugefrorene Skifahrer den Sessellift. Gegen eine horrende Summe wird der Skifahrer auf eine kalte Stange gesetzt und hinaufgezogen. (Der Fahrpreis für den Lift war angeblich in der Pauschale inbegriffen. Der Skifahrer hätte jetzt natürlich hinuntergehen können und sich bei der Pauschal-Sportreise-Betreuung beschweren. Vielleicht hätte es geholfen, jedenfalls aber hätte er sich dann wieder ganz hinten anstellen müssen.)

Oben muß sich der Skifahrer wieder anstellen, diesmal an der Abfahrtsschneise. Langsam beginnt die Zeit zu drängen, denn die Skifahrersonderzüge, die unten warten, fahren bald wieder ab. Leichte Nervosität ergreift deshalb die Masse der Skifahrer. Die frühe Dämmerung des Bergwinters setzt ein. Kalter, graupeliger Schnee, den der Wind auftreibt, setzt sich in den Falten der Kleidung und im Gesicht fest. Starknervige Naturen machen Brotzeit. Man muß bemüht sein, die Wurst auf dem Brot so lang wie möglich festzuhalten (nicht in den Finger beißen!), weil der Wind sie sonst fortweht, womöglich dorthin, wo ein launiger Wintersportfreund ein gelbliches Herz in den Schnee gezeichnet hat.

Die Abfahrt findet dann auf der sogenannten Piste statt. Die Piste ist ein ausgeholzter Weg, der an spitzigen Felsen, harten Bäumen und Ecken hochgelegener Bauernhäuser vorbei ins Tal führt. Die Bauern in den Häusern schauen gar nicht mehr von ihren abendlichen Knödeln auf, wenn wieder ein Skifahrer gegen das Haus prallt. – In der Früh war dieser Weg, die Piste, verschneit. Jetzt ist er eine Moraststrecke, die hier und da von hartnäckigen Schneefeldern unterbrochen ist. Wie gut, daß man Skier an den Füßen hat; man versinkt nicht so tief im Schlamm.

Unten hat es dann richtig zu regnen angefangen. Der Skifahrer hastet zum Zug. Diesmal hat er Glück, er erwischt einen Sitzplatz. Leider reicht jemand ein Paar Skier durchs Fenster, ohne vorher die Scheibe herunterzulassen. Von oben, wo nasses Wintersportgerät die obere Hälfte des Abteils verkeilt, tropft es herunter, vornehmlich hinter den Kragen im Genick. Durch das kaputte Fenster pfeift der Dezemberwind herein. Plötzlich durchrieselt ein angenehm warmes Gefühl den Skifahrer – die Thermosflasche des Nachbarn ist geplatzt. Galligen Blicken der Draußenstehenden begegnen unverwüstliche Naturen im Abteil mit dem beliebten Lied »Zwoa Brettln, a gfüriga Schnee«.

Spätabends ist der Skifahrer wieder in der Stadt. Hier hat es inzwischen geschneit. Der Trambahnverkehr ist zusammengebrochen. Vor den wenigen, zum Bersten gefüllten Trambahnen, die überhaupt noch verkehren, raufen sich die Sportfreunde. Unser Skifahrer macht sich seufzend auf den Heimweg. Die Skier geschultert, stapft er durch den Schnee. Hören wir recht, so summt er vor sich hin: »Zwoa Brettln…« (Dabei ist ihm das Schlimmste erspart geblieben, was nämlich dem blüht, der übers Wochenende beim Skifahren weilt: der zünftige Hüttenabend.)

Nun tut der Skifahrer das alles gar nicht gegen Bezahlung: im Gegenteil, es kostet ihn noch Geld. Durch die einseitige, unnatürliche Belastung des Körpers, nicht zu reden von Nässe und Kälte und den vielen Gelegenheiten zu Knochenbrüchen, ist Skifahren ausgesprochen ungesund. »Skifahren«, sagte Richard Strauss, »ist eine Beschäftigung für norwegische Landbriefträger.«

Wenn man sehr reich ist und man hat für den Winter ein reizendes Chalet in Arosa gemietet, wo man an ruhigen Wochentagen zwischen Gabelfrühstück und einer Bridgepartie eine gelegentliche Abfahrt am nahe gelegenen Hang macht – gut. Aber Volkssport? Über den geheimnisvollen Wandertrieb der Lemminge gibt es immerhin Theorien. Wie Skifahren ein Volkssport werden konnte, hat noch niemand zu erklären versucht.

AUF DEM EISE

Hermann Hesse

D amals sah mir die Welt noch anders aus. Ich war zwölfeinhalb Jahre alt und noch mitten in der vielfarbigen, reichen Welt der Knabenfreuden und Knabenschwärmereien befangen. Nun dämmerte schüchtern und lüstern zum ersten Male das weiche Ferneblau der gemilderten, innigeren Jugendlichkeit in meine erstaunte Seele.

Es war ein langer, strenger Winter, und unser schöner Schwarzwaldfluß lag wochenlang hart gefroren. Ich kann das merkwürdige, gruselig-entzückte Gefühl nicht vergessen, mit dem ich am ersten bitterkalten Morgen den Fluß betrat, denn er war tief und das Eis war so klar, daß man wie durch eine dünne Glasscheibe unter sich das grüne Wasser, die phantastisch verschlungenen Wasserpflanzen und zuweilen den dunklen Rücken eines Fisches sah.

Halbe Tage trieb ich mich mit meinen Kameraden auf dem Eise herum, mit heißen Wangen und blauen Händen, das Herz von der starken rhythmischen Bewegung des Schlittschuhlaufs energisch geschwellt, voll von der wunderbaren gedankenlosen Genußkraft der Knabenzeit. Wir übten Wettlauf, Weitsprung, Hochsprung, Fliehen und Haschen, und diejenigen von uns, die noch die altmodisch beinernen Schlittschuhe mit Bindfaden an den Stiefeln befestigt trugen, waren nicht die schlechtesten Läufer. Aber einer, der Fabrikantensohn, besaß ein Paar »Halifax«, die waren ohne Schnur oder Riemen befestigt und man konnte sie in zwei Augenblicken anziehen und ablegen. Das Wort Halifax stand von da an jahrelang auf meinem Weihnachtswunschzettel, jedoch erfolglos; und als ich zwölf Jahre später einmal ein Paar recht feine und gute Schlittschuhe kaufen wollte und im Laden Halifax verlangte, da ging mir zu meinem Schmerz ein Ideal und ein Stück Kinderglauben verloren, als man mir lächelnd versicherte, Halifax sei ein veraltetes System und längst nicht mehr das Beste.

Am liebsten lief ich allein, oft bis zum Einbruch der Nacht. Ich sauste dahin, lernte im raschesten Schnelllauf an jedem beliebigen Punkte halten oder wenden, schwebte mit Fliegergenuß balancierend in schönen Bögen. Viele von meinen Kameraden benutzten die Zeit auf dem Eise, um den Mädchen nachzulaufen und zu hofieren. Für mich waren die Mädchen nicht vorhanden. Während andere ihnen Ritterdienste leisteten, sie sehnsüchtig und schüchtern umkreisten oder sie kühn und flott im Paar führten, genoß ich allein die freie Lust des Gleitens. Für die »Mädelesführer« hatte ich nur Mitleid und Spott. Denn aus den Konfessionen mancher Freunde glaubte ich zu wissen, wie zweifelhaft ihre galanten Genüsse im Grunde waren.

Da, schon gegen Ende des Winters, kam mir eines Tages die Schülerneuigkeit zu Ohren, der Nordkaffer habe neulich abermals die Emma Meier beim Schlittschuhausziehen geküßt. Die Nachricht trieb mir plötzlich das Blut zu Kopfe. Geküßt! Das war ein Ton aus einer fremden, verschlossenen, scheu geahnten Welt, das hatte den leckeren Duft der verbotenen Früchte, das hatte etwas Heimliches, Poetisches, Unnennbares, das gehörte in jenes dunkelsüße, schaurig lockende Gebiet, das von uns allen verschwiegen, aber ahnungsvoll gekannt und streifenweise durch sagenhafte Liebesabenteuer ehemaliger, von der Schule verwiesener Mädchenhelden beleuchtet wurde. Der

»Nordkaffer« war ein vierzehnjähriger, Gott weiß wie zu uns verschlagener Hamburger Schuljunge, den ich sehr verehrte und dessen fern der Schule blühender Ruhm mich oft nicht schlafen ließ. Und Emma Meier war unbestritten das hübscheste Schulmädchen von Gerbersau, blond, flink, stolz und so alt wie ich. Von jenem Tage an wälzte ich Pläne und Sorgen in meinem Sinn. Ein Mädchen zu küssen, das übertraf doch alle meine bisherigen Ideale, sowohl an sich selbst, als weil es ohne Zweifel vom Schulgesetz verboten und verpönt war. Es wurde mir schnell klar, daß der solenne Minnedienst der Eisbahn hierzu die einzige gute Gelegenheit sei. Zunächst suchte ich denn mein Äußeres nach Vermögen hoffähiger zu machen. Ich wandte Zeit und Sorgfalt an meine Frisur, wachte peinlich über die Sauberkeit meiner Kleider, trug die Pelzmütze manierlich halb in der Stirn und erbettelte von meinen Schwestern ein rosenrot seidenes Foulard. Zugleich begann ich auf dem Eise die etwa in Frage kommenden Mädchen höflich zu grüßen und glaubte zu sehen, daß diese ungewohnte Huldigung zwar mit Erstaunen, aber nicht ohne Wohlgefallen bemerkt wurde. Viel schwerer wurde mir die erste Anknüpfung, denn in meinem Leben hatte ich noch kein Mädchen »engagiert«. Ich suchte meine Freunde bei dieser ernsten Zeremonie zu belauschen. Manche machten nur einen Bückling und streckten die Hand aus, andere stotterten etwas Unverständliches hervor, weitaus die meisten aber bedienten sich der eleganten Phrase: »Hab' ich die Ehre?« Diese Formel imponierte mir sehr, und ich übte sie ein, indem ich zu Hause in meiner Kammer mich vor dem Ofen verneigte und die feierlichen Worte dazu sprach.
Der Tag des schweren ersten Schrittes war gekommen. Schon gestern hatte ich Werbegedanken gehabt,

war aber mutlos heimgekehrt, ohne etwas gewagt zu haben. Heute hatte ich mir vorgenommen, unweigerlich zu tun, was ich so sehr fürchtete wie ersehnte. Mit Herzklopfen und todbeklommen wie ein Verbrecher ging ich zur Eisbahn, und ich glaubte, meine Hände zitterten beim Anlegen der Schlittschuhe. Und dann stürzte ich mich in die Menge, in weitem Bogen ausholend, und bemüht, meinem Gesicht einen Rest der gewohnten Sicherheit und Selbstverständlichkeit zu bewahren. Zweimal durchlief ich die ganze lange Bahn im eiligsten Tempo, die scharfe Luft und die heftige Bewegung taten mir wohl.

Plötzlich, gerade unter der Brücke, rannte ich mit voller Wucht gegen jemanden an und taumelte bestürzt zur Seite. Auf dem Eise aber saß die schöne Emma, offenbar Schmerzen verbeißend, und sah mich vorwurfsvoll an. Vor meinen Blicken ging die Welt im Kreise.

»Helft mir doch auf!« sagte sie zu ihren Freundinnen. Da nahm ich, blutrot im ganzen Gesicht, die Mütze ab, kniete neben ihr nieder und half ihr aufzustehen.

Wir standen nun einander erschrocken und fassungslos gegenüber, und keines sagte ein Wort. Der Pelz, das Gesicht und Haar des schönen Mädchens betäubten mich durch ihre fremde Nähe. Ich besann mich ohne Erfolg auf eine Entschuldigung und hielt noch immer meine Mütze in der Faust. Und plötzlich, während mir die Augen wie verschleiert waren, machte ich mechanisch einen tiefen Bückling und stammelte: »Hab' ich die Ehre?«

Sie antwortete nichts, ergriff aber meine Hände mit ihren feinen Fingern, deren Wärme ich durch den Handschuh hindurch fühlte, und fuhr mit mir dahin. Mir war zumute wie in einem sonderbaren Traum. Ein Gefühl von Glück, Scham, Wärme, Lust und Verlegenheit raubte mir fast den Atem.

Wohl eine Viertelstunde liefen wir zusammen. Dann machte sie an einem Halteplatz leise die kleinen Hände frei, sagte »Danke schön« und fuhr allein davon, während ich verspätet die Pelzkappe zog und noch lange an derselben Stelle stehenblieb. Erst später fiel mir ein, daß sie während der ganzen Zeit kein Wort gesprochen hatte.

Das Eis schmolz, und ich konnte meinen Versuch nicht wiederholen. Es war mein erstes Liebesabenteuer. Aber es vergingen noch Jahre, ehe mein Traum sich erfüllte und mein Mund auf einem roten Mädchenmunde lag.

WINTERSPORTLEGENDCHEN

 Ödön von Horváth

W enn Schneeflocken fallen, binden sich selbst die heiligen Herren Skier unter die bloßen Füße. Also tat auch der heilige Franz.

Und dem war kein Hang zu steil, kein Hügel zu hoch, kein Holz zu dicht, kein Hindernis zu hinterlistig – er lief und sprang und bremste derart meisterhaft, daß er nie seinen Heiligenschein verbog.

So glitt er durch winterliche Wälder. Es war still ringsum und – eigentlich ist er noch keinem Menschen begegnet und auch keinem Reh. Nur eine verirrte Skispur erzählte einmal, sie habe ihn auf einer Lichtung stehen sehen, woselbst er einer Gruppe Skihaserl predigte. Die saßen um ihn herum im tiefen Schnee, rot, grün, gelb, blau – und spitzten andächtig die Ohren, wie er so sprach von unbefleckten Trockenkursen im Kloster »Zur guten Bindung«, von den alleinseligmachenden Stemmbögen, Umsprung-Ablässen und lauwarmen Telemarkeln. Und wie erschauerten die Skihaserln, da er losdonnerte wider gewisse undogmatische Unterrichtsmethoden!

DER EISLÄUFER

Georg Britting

I ch war dreizehn Jahre alt, als es sich so fügte, daß ich meinen Vater auf einer Winterreise durch eine Reihe von Städten im Westen Deutschlands begleiten durfte. Meine zwei jüngeren Brüder waren von einer zwar nicht gefährlichen, aber lästigen und ansteckenden Krankheit befallen worden, und um mich davor zu bewahren, daß mir das gleiche geschähe, suchten meine Eltern nach einer Möglichkeit, mich irgendwohin in Sicherheit zu bringen. Aber es lebten uns keine Verwandten in der Nähe, die mich hilfreich hätten aufnehmen können, und der Absicht, mich für eine Weile einer klösterlichen Erziehungsanstalt anzuvertrauen, war von mir mit soviel unerwartet heftiger, ja störrischer Abwehr begegnet worden, daß man endlich verzichtete, darauf zu beharren. So kam es, daß man zuletzt auf einen Ausweg verfiel, der von mir begierig willkommen geheißen wurde, den aber meine Eltern nur ungern beschritten: mich meinem Vater mitzugeben, der gerade jetzt eine längere Geschäftsreise anzutreten hatte, die nicht hinausgeschoben werden konnte. Obwohl die wunderbare Winterfahrt, die mir nun bevorstand, als durch die Umstände erzwungen sich erwies, versuchte man nun doch, und das hielt man wohl aus erzieherischen Gründen für notwendig, so zu tun, als würde mir eine große, aus freien Stücken gnädig gewährte Auszeichnung zuteil, deren ich mich durch besonderes Wohlverhalten als würdig zu zeigen hätte. Ich durchschaute natürlich diese elterliche List, hütete mich aber, mir das anmerken zu lassen, doch mächtig regte sich in meiner Brust das Gefühl, den

Brüdern dankbar sein zu müssen, so, als hätten sie sich nur deshalb mit fiebrig roten Köpfen ins Bett gelegt, um mir das Abenteuer des unerwarteten Ausflugs zu verschaffen. Nun war noch zu überlegen, wie man mich während der Reise, besonders an den Vormittagen, deren keiner meinem Vater zur freien Verfügung stehen würde, beschäftigen sollte. Ich selbst war es, der da einen Vorschlag zu machen hatte. Seit vierzehn Tagen war ich ein begeisterter Anhänger der Eislaufkunst, und warum sollte ich nicht die vielen Stunden, die ich allein zu verbringen haben würde, dazu nützen, mich in dieser gesunden und kräftigen Übung zu vervollkommnen? Aber die mir längst versprochenen neuen Schlittschuhe müßte ich dann jetzt bekommen, darauf bestand ich mit Festigkeit, mit den alten, rostigen, die ich von einem Freund gegen einige Briefmarken aus meiner Sammlung eingetauscht hatte, konnte ich mich unmöglich auf den Eislaufplätzen der fremden Städte sehen lassen. Man willigte ein, und noch am selben Nachmittag durfte ich mit unserem Dienstmädchen in die Stadt gehen und mir, vor Freude zitternd, die neuen Schlittschuhe aussuchen.

Am andern Tag, in aller Frühe, von der Mutter vorher noch mit vielen Ermahnungen bedacht, ging ich mit meinem Vater zur Bahn. Die Schlittschuhe hatte ich nicht in den Koffer packen lassen, ich trug sie an einem hellbraunen, noch etwas steifen Lederriemen über der Schulter, und im Zug hängte ich sie über meinem Kopf an einem Messinghaken des Gepäcknetzes auf. Sooft sie dann aneinanderstießen, die glänzenden, erinnerte mich ihr leises Klirren an ihr glückverheißendes Vorhandensein.

Wir waren bei völliger Dunkelheit abgefahren, im Abteil brannte noch Licht, und ich schlief immer wieder einmal ein wenig ein, wachte aber auf, sooft der Zug am Bahnhof einer kleinen Ortschaft hielt, und sah dann draußen die trüb erleuchteten Fensterscheiben der Häuser und schwarze Gestalten im tiefen Schnee, die sich durch Aufstampfen warm zu machen versuchten oder ihre frierenden Hände behauchten. Dann kam die Dämmerung, das Zwielicht wich einer blendenden Schneehelle, der Tag war da, der erste Tag unserer Reise, und Schlaf war mir nun gänzlich vergangen.

Ich nahm, und spähte heimlich zu meinem Vater hinüber, ob er es wohl auch bemerkte, mein Schullesebuch hervor und begann, wie uns das gestern der Lehrer zu tun aufgebürdet hatte, ein langes Gedicht zu lernen. Aber ich kam nur mühsam voran, die gereimten Zeilen purzelten mir immer wieder durcheinander, und als ich erkennen mußte, daß mein Vater gar nicht auf mich achtete, meinen mit Bedeutung zur Schau getragenen Fleiß nicht zu würdigen schien, und es ihm nicht im mindesten einfiel, mich Heuchler zu loben, weil er mit seinen Gedanken abwesend war, und mich nur hin und wieder freundlich, aber offenbar mit anderem sehr beschäftigt, wie aus einem Traum heraus anlächelte, legte ich das Buch still und erleichtert und auch ein wenig gekränkt zur Seite. Ich stellte meine Füße auf die Heizung, faltete die Hände zwischen den Knien und sah zum Fenster hinaus. Es war schön, so warm und behaglich durchgerüttelt im Zug zu sitzen, während draußen die weiße Landschaft vorbeiflog, mit Dörfern und Kirchen und einsamen Gehöften. Hin und wieder stand ich einmal auf, um meine Schlittschuhe, mit einem zärtlichen Blick sie betrachtend, an einen besseren Platz zu hängen, wohl auch in der Hoffnung, es möchte einer der Mitreisenden ein bewunderndes Wort über sie sagen, aber keiner tat es der stumpf Gleichgültigen, die ihre Zeitungen lasen oder in die Ecke gedrückt zu schlafen versuchten. Nach vielen Stunden dann, als mir die Lust, aus dem Fenster zu schauen, schon recht schal geworden war, nimmer hätte ich das zuerst für möglich gehalten, und die Langeweile anfing, mich unruhig und verdrossen zu machen, stiegen wir am Nachmittag endlich aus: unser erstes Reiseziel war erreicht.

Und am andern Morgen führte mich mein Vater auf den Eislaufplatz der fremden Stadt. Bebend vor Eifer schraubte und schnallte ich die neuen, blitzenden Eisen an die Stiefel und wagte mich auf die spiegelnde Fläche. Es waren fast ausschließlich Kinder, die an diesem Vormittag auf dem Eis sich tummelten. Lustig brannte die Sonne herab, die Stunden verflogen, während ich, süß berauscht von der neuen Freiheit, lernte und übte, und als mein Vater um die Mittagszeit kam, mich abzuholen, lief ich ihm lachend, mit roten Bakken, und in meinem zu warmen Mantel glühend, im kecken Bogen entgegen, stolz über die Gewandtheit, die ich mir nun schon erworben hatte in der klirrenden Kunst.

Tag um Tag ging das nun so. Wir fuhren von Stadt zu Stadt, in keiner verbrachten wir mehr als eine Nacht. Mein Vater verwandte die Vormittagsstunden für seine Geschäfte, ich lief indessen auf immer einem anderen Eisplatz meine Bogen, vorwärts und rückwärts, mit immer größerer Gewandtheit, und hatte schon den großen Achter zu fahren gelernt, mit dem ich, heimgekehrt, mächtigen Eindruck zu machen gedachte. Nachmittags, während mein Vater im Gasthofzimmer seine schriftlichen Arbeiten erledigte, saß ich neben ihm, der seine Pfeife rauchte, Mann bei Mann, fühlte ich mit Stolz, wenn sich's auch mühsam atmete in dem

Qualm, rechnete und trieb ein wenig Latein, und das schwer zu behaltende Gedicht konnte ich längst ohne Anstoß herunterschnurren. Es war eine herrliche Zeit, die sich aber nun bald ihrem Ende zuneigte. Von daheim waren gute Nachrichten eingetroffen, den Brüdern ging es viel besser, in ein paar Tagen schon, schrieb die Mutter, würden sie das Bett verlassen dürfen. Wir waren am späten Nachmittag in einer kleinen, alten Stadt angekommen, die nahe der holländischen Grenze lag, und übermorgen würden wir die Heimfahrt antreten, hatte mir der Vater froh verkündet, mir tat's leid. Es war inzwischen wärmer geworden, und man erwartete neuen Schnee. Der Himmel zeigte eine gleichmäßig grüngrau schimmernde Färbung, wie man sie manchmal an Muscheln sieht. Ich erinnere mich der schönen Stadt noch genau und ihrer gewinkelten dunklen Gassen. Eine uralte Kirche mit zwei mächtigen, viereckigen Türmen, auf eine schroffe Anhöhe gebaut, überragte weithin sichtbar den Ort und war den Besuchern zugänglich nur über eine Steintreppe mit unzählig vielen Stufen. Und weil mein Vater es für nötig hielt, sich die Haare schneiden zu lassen, in einem kleinen Laden am Fuß des Kirchbergs, so erlaubte er mir, inzwischen allein zur Kirche hinaufzugehen – in einer halben Stunde dann sollte ich ihn im Laden wieder abholen. Bald war ich droben, und vom Kirchplatz aus in die Ferne spähend, konnte ich Himmel und Erde in dem eintönigen Grau kaum unterscheiden, und mir war, wie ich so stand, mit dem Rücken an die kühle Wand der Kirche gelehnt, als blicke ich in das Innere einer ungeheuren Höhle, in die nur vom Eingang her ein wenig gedämpftes Licht fiel. Eine breite Straße, die, von weither kommend, sich in einer riesenhaften Schleife um den Fuß des Kirchbergs legte und dann gegen Westen in das fast ebene Land hinauslief, schien mir die in der Höhle hausende verzauberte Schlange zu sein.

Es begann dunkler zu werden, auf den Schnee des Kirchplatzes warf eine Lampe einen runden, rötlichen Fleck, und die Türme, wenn ich nach oben schaute, verschwanden mit ihren Hauben in dem tief herabsinkenden Himmel. Auch läuteten nun die Glocken. Danach bevölkerte sich die große Landstraße tief unten, die sich in der Dämmerung nur noch undeutlich erkennen ließ, mit schwarzen Gestalten, mit Männern, die breitrandige Hüte auf den Köpfen hatten, und mit Frauen in wehenden Röcken. Sie hatten fast alle größere oder kleinere Bündel im Arm oder trugen zu zweien an einer Last, die zwischen ihnen an Schnüren hing. Und da und dort gehörte zu einer Gruppe Erwachsener auch ein Kind, dessen rote Mütze wie ein Irrlicht schwach leuchtend dahinwanderte. Die Stelle, wo die vielen Leute aus den engen Stadtgassen hinaus auf die freie Landstraße treten mochten, war meinem Blick verborgen. Ich sah die Gestalten alle unter einem Felsvorsprung hervortauchen und dann in merkwürdigen Bewegungen, weit und ruhig ausholend und wie schwankend in der Dunkelheit dahinziehen, und ich brauchte lange, bis ich begriff, daß sie nicht gingen, sondern auf Schlittschuhen fuhren: Bauern und Bäuerinnen aus den Dörfern der Umgebung, die den Markt besucht hatten und nun auf der vereisten Straße, den flinken Stahl unter den Schuhen, wie beflügelt nach Hause eilten.

Da wußte ich nun also, wo ich morgen früh mich tummeln würde, auf der Straße natürlich, unter der Kirche, und stieg, es war nun fast die Nacht hereingebrochen, die vielen Stufen des Kirchbergs hinab, den Vater zu treffen, der schon vor der Ladentüre auf mich wartete. Ich hätte nun schon einen Eisplatz erspäht für morgen, sagte ich ihm, der schon zu seinen Geschäften gerüstet stand, er solle mich um zwölf Uhr des Mittags an der Brücke, die zu Füßen des Kirchbergs über die Straße sich spannte, abholen, zum letztenmal auf unserer Reise, und ich fände allein hin, und er horchte nicht recht auf mich und sagte nur: gut also, um zwölf! Ich machte mich dann auf, durch die dunklen und krummen Gassen, in die wenig Licht drang und in denen es wie in einem Keller feucht und modrig roch, und geriet erst ein wenig außerhalb der Mauern der Stadt an die Landstraße, die mir nun in der Nähe und von der Sonne beglänzt wie eine alte Heerstraße erschien, wie sie, so hatte man uns in der Schule gesagt, die Römer gebaut hatten: so breit und gewaltig war sie, breiter noch, als ich es gestern abend vom Kirchberg aus hatte erkennen können. Die Straße war überschneit, Schneehügel lagen auf ihr da und dort, die der Wind zusammengeweht hatte, und völlig blankes Eis zeigte sich nur in der Mitte. Es war kein hoher Baum zu sehen und auch fast kein Buschwerk, nur einige kurzstämmige Weiden, die ihre Arme spreizten, saßen am Straßenrand, so daß mir die Vorstellung kam, wie heiß es hier zu wandern sein mußte im Sommerstaub, wenn die Sonne ohne Gnade auf die schattenlose Ebene herabblitzte.

Ich hockte mich auf der Straßenböschung in den Schnee und schnallte mir die Schlittschuhe an. Am dünn verhangenen Himmel stand die Sonne wie ein feuriges Rad, und weithin, blendend in weißen Flächen, erstreckte sich das Land. Es war warm heute und wärmer als an den Tagen vorher, das merkte ich, als ich den Hang hinabgeklettert war und nun in der Mitte der Straße mich auf dem leise knisternden Eis zu schwingen begann: bald war mir die Stirn tropfenbenäßt. Und hier war endlich die oft herbeige-

wünschte Gelegenheit, zu tun, was man auf den Eis-
plätzen, die meist klein und eng zwischen den Häusern
eingeklemmt lagen, nicht tun konnte: frei und unge-
hindert größere Strecken geradeaus zu fahren, und so
klirrte ich denn, und ließ die Stadt im Rücken, auf der
langen Straße sausend dahin, die Lust der Schnellig-
keit genießend, und der Wind pfiff mir um die Ohren,
und es begegnete mir niemand. In den Ästen der Wei-
denstümpfe am Straßenrand hockten Krähen, stets
war es eine ganze Gesellschaft der schwarzen Vögel,
und bei meinem Nahen stoben sie schreiend auf und
flogen auf das Land hinaus, und ich konnte beobachten, daß es immer die gleiche Entfernung war, auf die
sie mich herankommen ließen: einen Schritt nur weiter, und sie warfen sich, die mißtrauischen, flügelnd
in die Luft. Wohl eine Viertelstunde war ich so gefahren, mit Aufbietung aller Kraft, mit zusammengebis-
senen Zähnen, weit vornüber gebeugt, als gelte es, von
einem hinter mir jagenden Gegner ein Rennen zu gewinnen, und es sprengte mir fast die Brust. Dann ver-
minderte ich die Geschwindigkeit und glitt allmählich
nun, und langsam wieder zu Atem kommend, dahin.
Die Straße machte jetzt einen großen Bogen, und die
Böschung stieg auf beiden Seiten so an, daß ich mich
wie auf dem Grund eines Hohlwegs befand. Heiß stach
die Sonne vom nun fast gänzlich blauen Himmel hernieder. Ich blieb stehen, neben einem struppigen Bin-
sengebüsch, das seine Stengel wie zerbrochene Lan-
zen hob, und wendete mein Gesicht dem flammenden
Gestirn entgegen, und die Wärme überrieselte mich
wohlig. Weil an meinem linken Schlittschuh der Riemen sich gelockert hatte, kniete ich nieder, ihn wieder
straffzuziehen. Und da sah ich, dicht unter der Eisdecke, ins Eis eingefroren, einen kleinen Fisch. Den
mochte jemand auf dem Heimweg vom Markt wegge-

worfen haben, sagte ich mir, als zu kümmerlich und nicht wert, gebraten zu werden, oder er war aus einem Korb verloren worden, und niemand hatte sich die Mühe genommen, ihn wieder aufzuheben, und es hatte dann geschneit und geregnet, und der Regen war zu Eis erstarrt später, und das war blank geschliffen worden von Schuhsohlen und Schlittenkufen, und da lag der Befloßte nun wie in einem gläsernen Sarg. Deutlich waren die zierlichen Schuppen zu erkennen und die Kiemen und die stillglänzenden Augen. Ich sah ihn lange an, und er rührte sich nicht, und ich klopfte mit dem Knöchel gegen sein Grab, daß es klang wie ein silbernes Totenglöcklein, und da erfaßte mich eine unerklärliche Angst, und ich stand auf und fuhr den Weg zurück, den ich gekommen war, ohne mich einmal umzudrehen, und war froh, als ich dann fern, und hoch auf dem Felsen, die Kirche mit den beiden Türmen erblickte, mächtig im Licht blinkend, und darunter die Dächer der Stadt.

Bald hatte ich den Fuß des Kirchbergs erreicht und übte nun dort meine Schleifen und Kehren, und auch andere Kinder trieben sich spielend und schreiend und einander jagend auf der vereisten Fläche herum, die meisten auf Schlittschuhen, aber nicht alle. Es wurde, je höher die Sonne stieg, um so wärmer, und auch das Eis bekam das zu spüren, das, vom scharfen Stahl zerkratzt und aufgerauht, längst nicht mehr blank wie ein Spiegel schimmerte, sondern wie von nassem, körnigem Schnee überstreut sich zeigte. Ich hielt mich seit einiger Zeit in der Nähe der steinernen Brücke auf, an der mich um Mittag der Vater holen sollte, und lang war es nun nicht mehr hin. Ich begann mich schon recht zu langweilen, aber die andern Kinder anzusprechen war ich zu schüchtern und hochmütig zugleich, und ich lächelte sie nur an, wenn ich an ihnen vorbeizog, und verlegen lächelten sie zurück. Übrigens wurden es immer weniger, das Eis war ihnen wohl nicht mehr glatt und schön genug, einzelne zogen ab, und dann erschienen auch oben auf der Straßenböschung, zu der kleine schmale Steintreppen emporführten, erwachsene Leute, die Eltern wahrscheinlich der Kinder, und forderten sie mit Winken und Zurufen auf, zu ihnen hinaufzukommen. Ob sie denn blind seien und nicht sähen, daß das Eis nicht mehr viel tauge? schrie eine alte Frau mit zornrotem Kopf, und eine andere und jüngere redete laut und aufgeregt von den Sorgen, die einem die Kinder eben immer machten. Und die Eisläufer schnallten widerwillig und nicht ohne Murren ihre Schlittschuhe ab und gingen, beschämt zu Boden blickend, wenn sie an mir vorbei mußten, über die Treppen zu den Rufenden und mit ihnen fort und stadteinwärts.

Ich allein war dann nur noch auf der Straße, die Sonne glühte herab, und hoch oben stand die doppeltürmige Kirche in lauter Licht. Ich hatte den Mantel ausgezogen und trug ihn über dem Arm. Es hatten sich auf dem Eis nun schon Wasserlachen gebildet, die schwärzlich glänzten, und es war schön und belustigend, stürmisch durch sie hindurchzufahren, und zu sehen, wie das Nasse unter den Schlittschuhen aufspritzte und in der Luft regenbogenfarbig zersprang.

Gerade sauste ich näher an die Brücke heran, da, und ich wollte meinen Augen nicht trauen, stand im Schatten der gewaltigen Pfeilerwölbung ein Boot, stand da ein Boot auf der Straße, und war mit einer eisernen Kette an einem verrosteten Ring befestigt, der in der grauen Steinwand eingemauert war, und auch zwei Ruder lagen in dem Boot, und eine lange, rot angestrichene Rettungsstange mit einem großen, gebogenen Eisenhaken an der Spitze war griffbereit daneben an-

gebracht. Wie kommt das Boot auf die Straße? dachte ich, immer noch unbegreifend. Und was soll hier eine Rettungsstange? fragte etwas tief in mir, und ich schüttelte verstört den Kopf, aber dann wurde es mir mit einem Schlag klar, und das Herz stand mir still, daß ich, seit Stunden schon, nicht auf einer festen Straße gefahrlos mich tummelte, sondern, den Tod auf den Fersen, mitten auf einem Fluß, der unsichtbar unter der brüchigen Eisdecke dahinrauschte. Ich sah, was ich, unfaßlich verblendet und töricht, bisher nicht gesehen hatte, die Brücke, und wozu sie diente: die Leute über das Strömende zu bringen, und erkannte, daß die Treppen, die von der Böschung herabstiegen, Treppen ins Wasser waren, auf denen wohl, wie bei mir zu Haus auch, sommers die Wäscherinnen knieten und klatschend ihre Tücher schwenkten. Ich war wie erstarrt und wagte keine Bewegung mehr. Unter meinen Füßen schien das Eis zu schwanken, und mir war, ich hörte darunter das schwarze Wasser begehrlich gurgeln, und lodernd brannte die Sonne herab, alles Weiße zu zerschmelzen. Und der Fisch bei den Binsen kam mir in den Sinn, den ich im Eis begraben vorhin gesehen hatte, und er war von niemand verloren oder schnöde weggeworfen worden, der Frost nur hatte ihn überwältigt, als er zu hoch an die Oberfläche heraufgestiegen war, und er war wohl gar nicht tot, und die Sonne befreite ihn jetzt aus seinem Gefängnis, und er würde bald flossenbeweglich wieder dahinschießen, mit seinen Genossen spielend in der Flut.
Das Ufer war nah, und ich machte einen Schritt hin, aber nur einen, und hielt dann entsetzt still und sah einen schwarzen gezackten Strich, der wie ein Blitz durch das Eis lief, das Eis war gesprungen, das Wasser sprudelte aus dem Riß hervor, gleich würde sich ein klaffender Schlund auftun, mich zu verschlingen.

Ich hatte gelesen, und das schoß mir jetzt durch den Kopf, daß es gut sei, in solcher Gefahr, wie sie mir drohte, sich flach ausgestreckt auf das Eis zu legen, um das Gewicht besser zu verteilen, und so warf ich den Mantel vor mich hin und ließ mich zitternd, zuerst kniend und dann auf dem Bauch liegend, darauf nieder, das Gesicht gegen das Ufer gerichtet. Von der Brücke her kam eine Krähe geflogen und setzte sich auf die Böschung, mir gegenüber, und äugte unverwandt zu mir her, was ich da wohl triebe auf dem Eis? und die Federn des Vogels erstrahlten in einem schwärzlichen Blau. Die Nässe des schmelzenden Eises drang kalt und fürchterlich durch den Mantel, ich erschauerte in der prallen Sonne, wie ich so lag und mich nicht zu rühren getraute. Das Wasser unter mir floß schnell und kalt, ich glaubte es zu sehen, und Fische waren in dem Wasser, sie konnten leben und atmeten da unten, die Befloßten, wie wunderbar das war! Und vielleicht hatten sie mich erspäht, hatten durchs Eis hindurch mich gesehen, und sogleich schwammen sie neugierig herbei. Von überallher kamen sie, aus der Tiefe herauf und aus ihren Schlupfwinkeln in den Uferlöchern, große und kleine Fische, spitznasige und solche mit stumpfen Mäulern, weißgeschuppte und bräunlich-grüne und rotgetupfte, und lange Aale dazwischen, wie schwarze Schlangen, und alle standen schräg aufwärts in der Flut und glotzten mit kalten Augen zu mir herauf, mit den Schwänzen schlagend, um sich auf der Stelle zu halten. Und der Fluß schickte alle seine Fische, von weither, mit der Strömung kamen sie geschwommen, und gegen die Strömung, und alle sammelten sich unter mir, und so viele waren es, daß ihre glänzenden Leiber sich berührten, und alle starrten sie nach oben, Raubfische, Hechte und Bürstlinge, und die sanften Weißfische.

Und nun begannen sie mit den Nasen gegen das Eis zu stoßen, einzelne zuerst, dann alle, immer wieder, das gab einen sanften schnalzenden Laut, den ich zu hören vermeinte, und so sanft die Stöße waren, mir war, das Eis beginne davon zu beben, und wenn es jetzt brach, so würde ich mitten zwischen die Tiere fallen, und die würden, dicht aneinandergedrängt, mich auf den Rücken nehmen und sich langsam sinken lassen und mich davontragen durchs nasse Dunkel, die Aale voran, wie um den Weg zu weisen dem Zug, schwarz jubelnd, und Weißfische würden ihn umblitzen und Rotaugen.

So sah ich den Zug, und mich von den Fischen getragen, nicht anders, wie ich manchen Leichenzug schon hatte durch die Straßen ziehen sehen, und ich fürchtete mich auf einmal nicht mehr so sehr. Plötzlich schrie die Krähe drüben auf der Böschung mißvergnügt auf und hob sich empor und flog flußabwärts. Ich sah eine Gestalt eilig am Ufer entlanglaufen, mit flatternden Mantelschößen, es war mein Vater, und vor ihm war der schwarze Vogel geflüchtet. Und als hätten auch die Fische unter mir die nahenden Schritte gehört, so stoben sie auseinander, zuckend und nach allen Richtungen davon, die Betrogenen, ich spürte es. Der Vater rannte auf die Treppe zu, die zum Fluß herabführte, und begann sie herabzusteigen, und ich konnte sehen, daß sein Gesicht trotz der Anstrengung des Laufens kreidebleich war. Ich schrie ihm zu: gleich da vorn, unter dem Brückenbogen, sei die rote Rettungsstange, die solle er holen und mich mit ihr ans Ufer ziehen! und war in aller Verwirrung noch stolz auf meinen männlich-klugen Rat. Aber der Vater hörte gar nicht auf mich, er trat auf das Eis, erprobte aufstampfend dessen Festigkeit und ging dann entschlossen und mit schnellen Schritten auf mich zu. Da bekam ich

auch Mut und wollte aufstehen, ihm entgegenzuge-
hen, aber das Eis hielt mich fest, wie mit saugender
Gewalt, und es gelang mir nicht, in die Höhe zu kommen. Dann war der Vater auch schon bei mir und
bückte sich, ich spürte seinen warmen Atem im Genick, und er packte meinen Mantel, und ich preßte
meinen Mund auf seine Hand, die dicht vor meinem
Gesicht war, und so zog er mich, als läge ich auf einem
Schlitten, über das Eis und auf den sanft knirschenden
Schnee ans Ufer.

Dort hob er mich auf und stellte mich auf die Beine,
die mich zitternd trugen, und schüttelte mich lachend,
und ich lachte mit, lang und laut und schallend, und
konnte so bald nicht aufhören, immer neues, stoßen-
des Gelächter kam aus meiner Brust, aber die Augen
hatte ich voll Tränen. Er half mir dann, die Schlittschuhe abzuschnallen, allein hätte ich's nicht gekonnt,
so flogen mir die Hände, und ich sah auf den Strom
hinaus, der unschuldig und weiß glänzte, und auf den
glatt gefegten Streifen, den meine Mantelfahrt auf dem
Eis hinterlassen hatte.

An den vielen Weidenstümpfen hätte ich's erkennen
müssen, und an den Binsen, sagte ich dann, daran wenigstens! und schwieg von dem Fisch. Und mein Vater
erzählte, er habe, als er die letzte Verhandlung an diesem Vormittag zu einem guten Ende gebracht hatte,
so nebenbei dann seinem Geschäftsfreund gesagt, er
ginge nun, seinen Sohn abzuholen, der auf dem Eisplatz unter der Kirche Schlittschuh liefe. Auf dem
Fluß? habe der bedenklich gefragt, und da sei er,
Schlimmes ahnend, wild losgerannt, und da habe er
mich nun, sagte er, und Unkraut verderbe nicht, und
er lachte und schüttelte mich wieder, daß es mir fast
weh tat, und sein Gesicht war rot und gesund wie sonst
immer auch.

Er hängte mir den nassen Mantel um die Schultern, und wir gingen die Böschung entlang auf die Stadt zu, und eben schlug es zwölf Uhr von allen Türmen, und am mächtigsten dröhnte die Glocke der Kirche hoch auf dem Felsen. Unter dem Brückenbogen kam ein Mann hervor, auf Schlittschuhen, und fuhr gemächlich flußabwärts. Wir winkten ihm zu, er winkte zurück, wir sahen ihm lange nach, und jäh und wild erfaßte mich der mörderische Wunsch, daß er einbrechen möchte auf dem tückischen Eis, jetzt und jetzt. Ich wehrte mich voll Scham, aber das abscheuliche Verlangen ließ sich nicht vertreiben, in die Tiefe sollte er sausen, der Eisläufer, so begehrte ich inbrünstig, zu den Fischen und Aalen, und mir und dem Vater zeigen, in welcher Gefahr ich mich befunden hatte. Aber der schwarze Mann auf dem Eis glitt sicher dahin, immer kleiner wurde er, und auch vor ihm flogen die Krähen auf und landeinwärts, wie sie es vor mir getan hatten, und vielleicht war auch sie darunter, die auf der Böschung hockend mich neugierig belauert hatte.

Ich sah meinen Vater an und wurde blutrot. Plötzlich lief er ein paar Schritte zurück, bückte sich, machte sich Schneebälle, zielte und schleuderte den ersten Ball gegen mich, der mich aber verfehlte. Ich warf Mantel und Schlittschuhe hin und nahm den Kampf auf. Die Bälle sausten hin und her, wir trafen einander und schossen vorbei, das dauerte so eine Weile, und dann wurden die Würfe meines Vaters heftiger, mir war, Wut und strafender Zorn zuckte wie eine Flamme ihm übers Gesicht, aber das verging, ehe ich's noch recht gewahr geworden war, im ruhigen Flug durchmaßen die weißen Kugeln dann wieder ihre Bahn, bis wir atemlos, in der Sonne glühend, und Schnee auf den Kleidern und in den Haaren, Frieden schlossen. Und am andern Tag fuhren wir nach Haus.

WIE EIN SCHNUPFEN KURIERT WIRD

Mark Twain

Als ich das erstemal zu niesen begann, riet mir ein Freund, ein warmes Fußbad zu nehmen und dann zu Bett zu gehen. Das tat ich. Gleich darauf meinte ein zweiter, ich solle aufstehen und ein kaltes Sturzbad nehmen. Eine Stunde später versicherte mir ein dritter, man müsse einen »Schnupfen füttern und ein Fieber aushungern«. Ich litt an beiden und hielt es daher für das beste, mich des Schnupfens wegen voll und satt zu essen, dann Hausarrest zu nehmen und das Fieber eine Weile hungern zu lassen.

Bei halben Maßregeln lasse ich es in solchem Falle nie bewenden. Ich aß also nach Herzenslust und wendete meine Kundschaft einem Fremden zu, der an jenem Morgen gerade sein Speisehaus eröffnet hatte. Er stand in ehrerbietigem Schweigen dabei, bis ich meinen Schnupfen genug gefüttert hatte, und fragte dann, ob die Leute in Virginia-City häufig vom Schnupfen befallen würden. Als ich erwiderte, das könne wohl möglich sein, ging er hinaus und nahm sein Wirtshausschild ab.

Ich begab mich nun nach dem Büro und begegnete unterwegs abermals einem vertrauten Freunde, der mir sagte, daß es auf der Welt nichts Wirksameres gäbe, um sich vom Schnupfen zu kurieren, als wenn man ein Quart warmes Salzwasser tränke. Ich zweifelte stark, daß ich noch Platz dafür haben könne, aber versuchen wollte ich es jedenfalls. Der Erfolg war überraschend. Mir war, als hätte ich meine unsterbliche Seele von mir gegeben. Da ich meine Erfahrungen nur zum Nutzen derjenigen niederschreibe, welche von demselben

Übel befallen sind wie ich, halte ich es für angemessen, sie vor den Mitteln zu warnen, die sich bei mir als unwirksam erwiesen haben. Aus vollster Überzeugung muß ich ihnen daher raten, sich vor warmem Salzwasser zu hüten. Wenn ich wieder den Schnupfen hätte und mir nun die Wahl bliebe, meine Zuflucht zu einem Erdbeben oder einem Quart Salzwasser zu nehmen, so würde ich mein Heil mit dem Erdbeben versuchen.

Nachdem der Sturm, der in meinem Innern wütete, sich etwas gelegt hatte und da zufällig kein guter Samariter mehr bei der Hand war, borgte ich mir wieder Taschentücher und zerschneuzte sie zu Atomen, wie ich es in den ersten Stadien meines Schnupfens getan hatte. Dies trieb ich so lange, bis ich einer Dame begegnete, die eben von jenseits der Prärie kam. Sie hatte in einer Gegend gelebt, wo Mangel an Ärzten war, und sagte, die Not habe sie gelehrt, einfache Alltagskrankheiten mit vielem Geschick zu behandeln. Ich war überzeugt, daß sie eine lange Erfahrung hinter sich haben müsse, denn sie sah aus, als sei sie hundertfünfzig Jahre alt.

Sie mischte einen Trank aus Sirup, Scheidewasser, Terpentin und allerlei Kräutern zusammen und gab mir die Anweisung, alle Viertelstunde ein Weinglas voll davon zu nehmen. Ich ließ es jedoch bei der ersten Dosis bewenden; sie reichte hin, um mich aller moralischen Grundsätze zu berauben und die unwürdigsten Triebe in mir wachzurufen. Unter ihrem bösartigen Einfluß wälzte ich in meinem Hirn die ungeheuerlichsten und niederträchtigsten Pläne und Entwürfe, aber meine Hand war damals zu schwach, sie auszuführen.

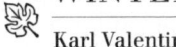
D as Schönste im Winter war immer das Schlittenfahren am Isarberg. Von vier Uhr nachmittags an – also nach Schulschluß – bis zum Eintritt der Dunkelheit wurde gerodelt, die besseren Buben hatten Schlitten, die ärmeren nahmen gleich den Schulranzen. Der Berg war ziemlich lang und steil, und es gab natürlich fortwährend Karambolagen und nicht selten Verunglückte. Mit Kleinem fängt man an, und mit Großem hört man auf: Ich holte mit noch einem ganzen Haufen Buben aus unserem Lagerplatz einen riesigen Pferdeschlitten. Mit großer Mühe und letzter Kraftanstrengung wurde der schwere Koloß auf den Berg gezogen. Im Nu war er von zwanzig oder dreißig Buben besetzt, aber die Abfahrt ging nicht so leicht. Wer sollte uns über die Bergkante schieben? Wir konnten es doch nicht selbst, denn wir saßen ja alle auf dem Schlitten. Die Situation wurde sofort von den vorübergehenden Erwachsenen erfaßt, und einige starke Männer schoben den vollbesetzten Schlitten über die Bergkrempe hinaus – aber schief! Der Schlitten überschlug sich ein paarmal! Und dann war wieder einmal ein Wunder geschehen, daß es keinen von uns dapatzt hatte. Dieses Experiment wurde sofort wiederholt. Diesmal ging es richtig den Berg hinunter, aber leider zu weit: der Schlitten machte, unten angekommen, an einem kleinen Hügel einen Sprung, als ob er von einer Skischanze spränge, und wir saßen bis über die Knie im Eiswasser. Wenn auch einer von uns am anderen Tag krank wurde, so bedeutete das kein Unglück, denn dann brauchte er nicht in die gräusliche Schule zu ge-

hen, das war ja noch schöner als das Schlittenfahren, wenigstens für mich. Ich hätte jedes Schulhaus niederbrennen können!

Übrigens möchte ich hier erwähnen, daß einmal, es wird ungefähr 1892 gewesen sein, die Wagner-Weinberger-Buben von ihren Verwandten aus Norwegen drei Paar Ski geschenkt bekommen hatten und sie am Isarberg ausprobierten. Wir alle haben diese »Latten« angezogen und sind damit hinuntergerutscht. Aber nur einige Tage lang, denn wir waren nicht im geringsten begeistert von dieser Neuheit. Wir lehnten alle dieses fremde Zeug ab und kehrten zu unseren Rodelschlitten zurück. Ich kann mich also rühmen, außer den Weinberger-Buben einer der ersten Skifahrer in München gewesen zu sein. Bitte nachmachen!

Zum Wintersport gehörte auch das Fahren auf schwimmenden Eisschollen. Mit einer Stange ausgerüstet stießen wir uns selbst vom Ufer los in die Isar und schwammen hinunter zur Isarlust. Hier ging es wegen der Schleusen nicht mehr weiter, und wir mußten dann wieder zur Fraunhoferbrücke hinauf, uns neue Platten loslösen, und wieder ging die Fahrt stromabwärts. Zerbrach einmal eine Scholle während der Fahrt, so standen wir bis über die Knie im Wasser, und es gab ein Mordshallo, wenn wir dann auf das Eis eines andern Buben hinaufstiegen, das selbstverständlich hernach wegen der doppelten Last nicht mehr schwamm, sondern mit allen beiden Fahrgästen absackte. Mit gefrorenen Hosen kamen wir abends nach Hause: »Mutter, i kon nix dafür, der Tone hat mi heut ins Gwasch einigstessen!« Aber die Mutter glaubte mir gar nichts mehr und auch das war mir Wurst.

Einmal sind die Leute am Ufer des zugefrorenen Kleinhesseloher Sees zusammengelaufen und haben gelacht. Was gibt's denn da? Ein Bub steht händeringend auf dem Eis, hilflos allein, die Schlittschuhe rutschten ihm immer wieder unter den Füßen weg, er purzelt wie ein Besoffener, und jeder der Zuschauer denkt sich im stillen: »Der Bua gstellt sich schon ganz saudumm zum Schlittschuhfahren.« Dieses Theater dauerte so einige Minuten. Plötzlich änderten sich die Gesichter der Zuschauer. Aus dem Lachen wurde ein Staunen. Denn der Bub machte plötzlich ein paar kunstvolle Schleifen, drehte sich in eine Acht, und mit einem Ansprung auf den Spitzen der Schlittschuhe sauste er im Renntempo über den See und entschwand den Blicken des enttäuschten Publikums, das mitten im Winter einem Aprilscherz zum Opfer gefallen war. Die Adresse des Aprilscherzfabrikanten hieß: Valentin Fey, Entenbachstraße 63/I.

Der zünftigste Sport aber war das sogenannte »Schwankeisfahren«. Diese Gaudi hängt natürlich vom Wetter ab und ist daher nur ganz selten möglich. Wenn nach starker Kälte plötzlich der Föhn kommt, so wird die Eisdecke in zwei bis drei Tagen sehr dünn, und da gibt es dann manchmal – aber nur an ganz tiefen Stellen eines Sees – ein Schwankeis. Dazu müssen die Schlittschuhfahrer stundenlang, immer im Gänsemarsch aneinanderhängend, die gleiche Stelle passieren, bis das Eis bröckelt, sozusagen weich wird und »schwimmt«. An der »Tiefen Gumpe«, unterhalb des Muffatwehrs, entstehen oft interessante Schwankeise, und an Sonntagen war der Muffatwehrsteg voll von Zuschauern, wenn wir Buben über die Eiswellen huschten. Wird die Eisdecke wässerig, so ist das ein Zeichen der Gefahr und es dürfen über das Schwankeis nur mehr einzelne Personen fahren, denn dann bekommt das Eis schon kleine Löcher, und für einen normalen Fahrer ist es aus.

Aber für uns begann jetzt erst das richtige Vergnügen: »Wer traut sich noch umifahrn?« hieß es. »Vale, laß di koan Drenza [Muttersöhnchen] hoaßn, pack's no moi, schnell gewagt ist halb gewonnen!« – Und ich sauste über die ungefähr fünfzig Meter langen gefährlichen Stellen, hinter meinen Füßen krachte und knirschte es unheimlich, meine Kameraden hinter mir drein. Gut angekommen, Applaus auf der Brücke und am anderen Ufer. Nach einigem Besinnen meint der Ade, »Geht's wega, i pack's no moi!« – startet, ich hinter ihm drein – ein Schrei der Buben und der Zuschauer auf der Brücke: das Schwankeis ist geplatzt! Und Ade unter der Eisdecke! Ich breche auch ein, kann mich aber noch halten, Bretter werden mir gereicht, ich bin gerettet. Mein Kamerad Ade wurde am anderen Tag als Leiche geborgen. Er liegt im Ostfriedhof begraben. Er hatte sich den Tod geholt und ich mir ein schweres Asthma, welches mir geblieben ist.

DIE NACHT, IN DER
DAS GESPENST HEREINKAM

James Thurber

D as Gespenst, das in der Nacht des 17. November 1915 unser Haus aufsuchte, gab Anlaß zu allerhand Mißverständnissen. Nunmehr tut es mir leid, daß ich es nicht einfach herumspazieren ließ und zu Bett ging. Seinem Auftauchen ist zuzuschreiben, daß meine Mutter einen Schuh durch das Fenster des Nachbarhauses schleuderte und Großvater zu guter Letzt einen Schutzmann anschoß. Darum – wie schon gesagt – tut es mir leid, daß ich den Schritten überhaupt Beachtung schenkte.

Nachts, kurz nach ein Uhr, fing es an mit einem rhythmischen, schnellfüßigen Herumwandern rund um den Eßzimmertisch. Meine Mutter schlief in einem der Zimmer der oberen Etage, mein Bruder Hermann in einem anderen, und Großvater lag oben in der Dachstube im Bett. Ich war soeben der Badewanne entstiegen und eifrig dabei, mich mit einem Handtuch abzurubbeln, als ich die Schritte hörte. Die Schritte eines Wesens, das unten eilig um den Eßzimmertisch herumtrabte. Das Licht aus dem Badezimmer fiel auf die Hintertreppe, die unmittelbar ins Eßzimmer hinabführte. Ich nahm den schwachen Widerschein der Teller auf dem Geschirrbord wahr; den Tisch konnte ich nicht sehen. Die Schritte wanderten unablässig um den Tisch herum. Eine Diele knarrte regelmäßig, wenn sie betreten wurde.

Zuerst glaubte ich, Vater oder mein Bruder Roy, die nach Indianapolis gefahren waren und stündlich zurückerwartet wurden, seien unten. Und dann dachte ich, es wäre ein Einbrecher. Erst später kam ich darauf, daß es sich um ein Gespenst handelte.

Als das Herumwandern etwa drei Minuten gedauert hatte, schlich ich auf Zehenspitzen in Hermanns Zimmer.

»Psst!« zischte ich in die Dunkelheit und schüttelte ihn. »O – ap...« machte er – kläglich, hoffnungslos – wie ein verzagter Köter. Er hatte sowieso immer das Gefühl, irgend etwas würde in der Nacht nach ihm fassen. Ich brachte ihm bei, daß ich es war, und – »Unten ist was!« sagte ich. Er erhob sich und folgte mir ins Treppenhaus. Gemeinsam lauschten wir. Kein Laut. Die Schritte hatten aufgehört. Hermann sah mich etwas beunruhigt an: Ich war nur in ein Badetuch gehüllt. Er wollte zurück ins Bett, aber ich packte ihn am Arm. »Da unten ist was!« sagte ich. In diesem Augenblick fingen die Schritte wieder an. Sie umkreisten den Eßzimmertisch, wie wenn ein Mensch rennt, und plötzlich – schwerfällig, zwei Stufen auf einmal nehmend – kamen sie die Treppe herauf auf uns zu. Das fahle Licht beleuchtete immer noch die Stufen. Wir sahen nichts kommen, wir hörten nur die Schritte. Hermann sauste in sein Zimmer und schmiß die Tür hinter sich zu. Ich warf die Etagentür ins Schloß und stemmte das Knie davor. Eine lange Minute – dann öffnete ich sie vorsichtig wieder. Nichts. Kein Laut. Keiner von uns hörte je wieder das Gespenst.

Das Türschmettern hatte Mutter geweckt. Sie kam aus ihrem Zimmer gestürzt:

»Was um alles in der Welt treibt ihr Kerle?« rief sie. Hermann wagte sich aus seinem Zimmer. »Nichts«, sagte er muffig. Aber er war leicht grün im Gesicht.

»Was war das für ein Herumgerenne da unten?« fragte Mutter. – Sie hatte also die Schritte auch gehört! Wir starrten sie nur an. »Einbrecher!« schrie sie in plötzlicher Erleuchtung. Ich suchte sie zu beruhigen, indem ich anfing, behutsam die Treppe herunterzusteigen.

»Los, komm, Hermann!« sagte ich.

»Ich werde besser bei Mutter bleiben«, sagte er, »sie ist so aufgeregt.« Ich kam wieder herauf.

»Keiner von euch geht einen Schritt!« gebot Mutter. »Wir werden die Polizei rufen.«

Da das Telefon unten stand, hatte ich keine Ahnung, wie wir die Polizei rufen wollten – und ich hatte auch keinerlei Verlangen nach der Polizei –, aber Mutter fällte eine ihrer blitzartigen und unvergleichlichen Entscheidungen. Sie riß eines ihrer Schlafzimmerfenster auf, das denen des Nachbarhauses gegenüberlag, bückte sich nach einem Schuh und schleuderte ihn ins Dunkle hinaus in eine der Fensterscheiben. Glas prasselte in das Schlafzimmerfenster des pensionierten Kupferstechers Bodwell und seiner Frau. Dem Bodwell war es einige Jahre lang schlecht gegangen: er litt unter leichten »Anfällen«.

Beinahe alle Leute, die wir kannten oder die in unserer Nähe wohnten, litten unter so was.

Es mochte jetzt gegen zwei Uhr sein; eine mondlose Nacht voll niedrighängender schwarzer Wolken. Binnen einer Minute war Bodwell am Fenster. Er schrie, hatte ein bißchen Schaum vor dem Munde und fuchtelte mit der Faust herum. Wir konnten hören, wie Frau Bodwell sagte: »Wir verkaufen das Haus und ziehen nach Peoria zurück!«

Es dauerte einige Zeit, bis Mutter sich Bodwell verständlich machen konnte: »Einbrecher!« schrie sie, »Einbrecher im Haus!«

Hermann und ich hatten uns nicht getraut, ihr zu gestehen, daß es sich nicht um Einbrecher handelte, sondern um Gespenster. Denn vor Gespenstern hatte sie noch mehr Angst als vor Einbrechern. Bodwell dachte erst, sie meinte, daß Einbrecher in *seinem* Hause seien, aber schließlich faßte er sich und rief von seinem Bett-Telefon aus für uns die Polizei an.

Als er vom Fenster verschwunden war, machte Mutter plötzlich Anstalten, einen zweiten Schuh abzufeuern. Nicht, daß es noch notwendig gewesen wäre, aber das Geräusch des fensterzerschmetternden Schuhes hatte ihr – wie sie uns später verriet – mächtig gefallen. Ich stoppte sie.

Die Polizei war fabelhaft schnell zur Stelle: eine ganze Ford-Limousine voll, zwei Motorrräder und ein Dienstwagen mit etwa acht Mann. Und ein paar Reporter. Lichtkegel von Blendlaternen flitzten an den Mauern auf und ab, huschten durch den Garten und über den Weg zwischen Bodwells und unserem Haus.

»Aufmachen!« schrie eine heisere Stimme. »Kriminalpolizei!«

Sobald sie da waren, wollte ich runtergehen und sie einlassen. Aber Mutter mochte davon nichts wissen: »Du hast nichts an!« sagte sie streng, »du würdest dir den Tod holen.« Und ich hüllte mich aufs neue in mein Badetuch. Schließlich stemmten die Polizeibeamten die Schultern gegen unsere große schwere Haustür mit dem geschliffenen Glas und drückten sie ein. Ich konnte das Splittern des Holzes und das Klirren des Glases hören, das auf der Diele zerschellte. Ihre Lichter tanzten im Wohnzimmer umher, zuckten durchs Eßzimmer, fielen in Korridore, fuhren die Vordertreppe herauf und kamen schließlich zur hinteren; man erwischte mich, wie ich dastand in meinem Badetuch im Treppenhaus. Ein gewaltiger Schutzmann kam die Stufen heraufgesprungen.

»Wer sind Sie?« fragte er barsch.

»Ich wohne hier«, sagte ich.

»Na und? Was ist los?« fragte er, »ist Ihnen heiß?«

Um die Wahrheit zu sagen: Es war kalt. Ich ging in mein Zimmer und zog mir die Hosen an. Als ich wieder herauskam, stieß mir ein Polizist seinen Kolben zwischen die Rippen.

»Was mach'n Sie hier?« fragte er.

»Ich wohne hier«, sagte ich.

Der diensthabende Offizier wandte sich an Mutter.

»Niemand zu sehen, Madam«, sagte er, »muß schon weg sein. Wie sah 'r 'n aus?«

»Es waren ihrer zwei oder drei«, sagte Mutter, »sie kreischten und rasten umher und schmissen die Türen!«

»Komisch«, sagte der Wachmann, »alle Fenster und Türen waren von innen zu wie 'n Uhrdeckel.«

Unten konnten wir die andern Polizisten trampeln hören. Überall war Polizei. Türen wurden aufgerissen, Schubladen herausgezerrt, Fenster aufgeschoben und wieder runtergeschmettert. Möbel stürzten mit dumpfem Knall. Ein halbes Dutzend Polizisten tauchte aus der Dunkelheit des Hausflurs auf und kam die Treppe herauf. Sie begannen, unser Stockwerk zu durchsuchen: rückten Betten von der Wand, rissen in den Kammern Kleider von den Haken und stießen Koffer und Schachteln von den Simsen. Einer fand eine alte Zither, die Roy einmal bei einem Billardturnier gewonnen hatte.

»Sieh mal, Joe«, sagte er und klimperte mit seiner riesigen Pfote darauf herum. Der Angeredete nahm sie und betrachtete sie.

»Was ist das?« fragte er mich.

»Das ist eine alte Zither, auf der unser Meerschweinchen immer schlief«, sagte ich.

Es stimmte wohl, daß ein sehr verwöhntes Meerschweinchen, das wir einmal besaßen, nirgendwo anders schlafen mochte als auf der Zither. Aber ich hätte es nicht sagen sollen. Joe und die anderen starrten mich an. Sie legten die Zither zurück ins Regal.

»Nischt zu finden!« sagte der Wachmann, der zuerst mit Mutter gesprochen hatte. »Der Kerl da«, erklärte er den anderen, indem er mit dem Daumen auf mich wies, »war nackend. – Die Dame scheint hysterisch zu sein.«

Sie nickten alle, sagten aber nichts und starrten mich nur an. In dieses kleine Schweigen hinein brach ein knackendes Geräusch aus der Dachstube. Großvater wälzte sich im Bett umher.

»Was war das?« fuhr Joe hoch.

Fünf oder sechs Polizisten stürzten auf die Tür der Dachstube zu, ehe ich dazwischentreten oder irgend etwas erklären konnte. Ich wußte, daß es von Übel sein mußte, wenn sie unangemeldet (oder auch angemeldet) bei Großvater einbrechen würden. Seine fixen Ideen ließen ihn gerade glauben, General Meades Leute wollten unter dem stämmigen Trommelfeuer Stonewall Jacksons zurückweichen oder gar desertieren. Als ich die Dachstube erreichte, war die Lage schon reichlich verwirrt. Großvater war offensichtlich zu der Erkenntnis gekommen, daß die Polizisten zu den Deserteuren von Meades Armee gehörten. Er sprang aus dem Bett, angetan mit einem langen Flanellnachthemd über langen wollenen Unterhosen, einer Nachtmütze und einer Lederweste.

Die Männer müssen sofort erkannt haben, daß der ärgerliche, weißhaarige alte Herr zum Hause gehörte, aber sie hatten keine Gelegenheit, dieser Erkenntnis Ausdruck zu verleihen.

»Zurück, ihr feigen Hunde!« brüllte Großvater, »zurück in eure Stellungen, ihr verdammten Hasenfüße!«

Damit langte er dem Beamten, der die Zither gefunden hatte, mit der flachen Hand eine Ohrfeige, daß dem der Kopf wackelte. Die anderen ergriffen die Flucht. Jedoch nicht schnell genug: Großvater riß dem Zither-Mann den Revolver aus dem Koppel und feuerte ihn ab.

Der Knall schien die Dachsparren in die Luft sprengen zu wollen. Rauch füllte die Dachstube. Ein Polizist fluchte und fuhr mit der Hand an die Schulter. Irgendwie kamen wir schließlich die Treppe wieder hinunter und verrammelten die Tür gegen den alten Herrn. Er feuerte noch ein- oder zweimal in die Dunkelheit und ging dann wieder zu Bett.

»Das war Großvater«, sagte ich, ganz außer Atem, erklärend zu Joe. »Er hält euch für Deserteure.«

»Kommt mir auch so vor!« sagte Joe.

Die Polizei mußte wohl oder übel den Rückzug antreten, ohne ein anderes Opfer gefunden zu haben als Großvater. Die Nacht war zu einer ganz eindeutigen Niederlage für sie geworden.

Offenbar schien ihnen die ganze Sache nicht sehr zu gefallen: Irgend etwas – und ich kann es beinahe nachfühlen – kam ihnen an der ganzen Geschichte sehr rätselhaft vor. Noch einmal begannen sie, in allerlei Dingen herumzustöbern.

Ein Reporter, ein spitznasiger, dürrer Mensch, kam zu mir herauf. Ich hatte eine von Mutters Blusen angezogen, da ich nichts anderes finden konnte. Der Reporter betrachtete mich mit einer Mischung von Neugier und Argwohn: »Was zum Teufel war nun eigentlich hier los, Bürschchen?« fragte er.

Ich beschloß, ihm gegenüber offen zu sein.

»Gespenster«, sagte ich.

Er glotzte mich lange an, wie einen Automaten, in den er einen Groschen gesteckt hatte, ohne daß etwas herauskam. Dann ging er. Die Hüter des Gesetzes folgten ihm. Der eine, den Großvater angeschossen hatte, hielt seinen inzwischen verbundenen Arm hoch und fluchte und zeterte.

»Ich werd' komm'n und mir mein' Revolver wiederholen von dem alten Vogel!« sagte der Zither-Polizist.

Ich versprach, ihn am nächsten Tag auf die Wache zu bringen.

»Was war mit dem einen Polizisten?« fragte Mutter, als sie fort waren.

»Großvater hat ihn angeschossen«, sagte ich.

»Warum?« wollte sie wissen.

Ich erklärte ihr, daß es sich um einen Deserteur handelte.

»Mein Gott«, sagte Mutter, »so ein hübscher junger Mann!«

Beim Frühstück am nächsten Morgen war Großvater frisch wie ein Gänseblümchen und voll spaßiger Einfälle. Wir glaubten fest, er habe alles, was sich ereignet hatte, vergessen. Aber das hatte er nicht.

»Was hatten denn die Polizisten heute nacht hier im Haus herumzukrakeelen?« fragte er.

Da waren wir fertig.

WIE MAN DIE VERMALEDEITE
KAFFEEKANNE BENUTZT

Umberto Eco

E s gibt verschiedene Arten, einen guten Kaffee zu
machen: es gibt den caffé alla napoletana, den Espresso, den türkischen Kaffee, den brasilianischen ca-
fesinho, den französischen café filtre, den amerikanischen Kaffee. Jeder Kaffee ist auf seine Art exzellent.
Der amerikanische Kaffee kann eine kochendheiße
Brühe sein, serviert in Plastikbechern mit Thermosef-
fekt, wie er gewöhnlich auf Bahnhöfen zum Zwecke
des Völkermords verabreicht wird; aber mit dem *per-
colator* gemacht, wie man ihn in manchen Privathaus-
halten oder in bescheidenen Luncheonettes finden
kann, serviert zu Rührei und Schinken, ist er köstlich
und duftend, man trinkt ihn wie Wasser, und dann
fängt einem das Herz zu bumpern an, denn eine Tasse
enthält mehr Koffein als vier Täßchen Espresso.
Daneben gibt es den Kaffee als Gesöff. Er besteht in
der Regel aus schlecht gewordener Gerste, Totenge-
bein und einigen echten Kaffeebohnen, die sich im Ab-
fall einer Fürsorgestelle für Geschlechtskranke gefunden haben. Man erkennt ihn am unverwechselbaren
Geruch von in Abwaschwasser gebadeten Füßen. Serviert wird er in Gefängnissen, in Besserungsanstalten,
in Schlafwagen und Luxushotels. Tatsächlich kann
man zwar, wenn man im Plaza Majestic, im Maria Jo-
landa & Brabante oder im Hôtel des Alpes et des Bains
absteigt, auch einen echten Espresso bestellen, aber er
wird einem aufs Zimmer gebracht, wenn er praktisch
schon eine Eisschicht hat. Um solches Mißgeschick zu
vermeiden, bestelle man sich ein Continental Break-

fast und freue sich auf den Genuß eines ans Bett gebrachten Frühstücks.

Das Continental Breakfast besteht aus zwei Brötchen, einem Croissant, einem Orangensaft in homöopathischen Dosen, einem Butterröllchen, drei Schälchen mit Honig, Heidelbeer- und Aprikosenmarmelade, einer Kanne kalt gewordener Milch, einer Rechnung über hundertfünfzig Mark und einer vermaledeiten Kaffeekanne mit Kaffeegesöff. Die von normalen Leuten verwendeten Kannen – oder auch die guten alten Espressokannen, aus denen man sich das duftende Getränk direkt in die Tasse gießt – erlauben den Austritt der Flüssigkeit durch eine feine schnabelförmige Tülle, während der Deckel irgendeine Sicherheitsvorrichtung hat, die ihn geschlossen hält. Das Gesöff, das man im Grand Hotel und im Schlafwagen kriegt, kommt in einer Kanne mit breitem Schnabel – breit wie der eines aus der Art geschlagenen Pelikans – und extrem beweglichem Deckel, der extra so gestaltet ist, daß er, getrieben von einem ununterdrückbaren Horror vacui, automatisch herunterfällt, wenn die Kanne geneigt wird. Dank dieser beiden Vorrichtungen kann die vermaledeite Kaffeekanne sofort ihren halben Inhalt über die Croissants und Marmeladen ergießen und anschließend, wenn der Deckel herunterfällt, den Rest auf die Tischdecke ausschütten. In den Schlafwagen sind diese Kannen von mittelmäßiger Qualität, da die Selbstbewegung des Wagens dem Verschütten des Kaffees zugute kommt, in den Hotels müssen sie aus Porzellan sein, damit der Deckel schön langsam und stetig, aber verhängnisvoll-unaufhaltsam heruntergleitet.

Über Herkunft und Zweck der vermaledeiten Kaffeekanne gibt es zwei Denkschulen. Die Freiburger Schule lehrt, das Gerät erlaube den Hotels zu beweisen, daß die Tischdecken, die man abends vorfindet, seit dem Morgen gewechselt worden sind. Der Schule von Bratislava zufolge ist der Zweck ein moralischer (vgl. Max Weber, »Die protestantische Ethik und der Geist des Kapitalismus«): Die vermaledeite Kaffeekanne halte davon ab, morgens lange im Bett zu verweilen, da es sehr unangenehm sei, zwischen kaffeegetränkten Laken liegend ein schon in Kaffee getunktes Hörnchen zu essen.

Die vermaledeite Kaffeekanne ist nicht im Handel erhältlich. Sie wird exklusiv für die großen Hotelketten und die Schlafwagengesellschaften hergestellt. In den Gefängnissen wird das Gesöff in Blechnäpfen serviert, da ganz mit Kaffee durchtränkte Laken sich besser der Dunkelheit assimilieren, wenn sie zu Ausbruchszwecken aneinandergeknotet werden.

Die Freiburger Schule rät, den Kellner zu bitten, das Frühstück auf den Nachttisch zu stellen und nicht aufs Bett. Die Schule von Bratislava hält dagegen, so könne man zwar vermeiden, daß der Kaffee sich über die Laken ergieße, nicht aber, daß er beim Austritt aus der Kanne den Pyjama beflecke (den das Hotel nicht täglich zu wechseln bereit ist); auf jeden Fall aber, Pyjama her oder hin, fließe einem der Kaffee, wenn man ihn im Sitzen einzunehmen versuche, direkt auf den unteren Teil des Bauches und in den Schoß, um Verbrennungen dort zu verursachen, wo sie am wenigsten ratsam sind. Diesen Einwand beantwortet die Freiburger Schule mit einem Achselzucken, und das ist offen gesagt keine Art.

WENN DAS HERZ VOLL LIEBE IST

DAS LETZTE BLATT

O. Henry

I n einem kleinen Bezirk westlich des Washington Square sind die Straßen verrückt geworden und haben sich in kleine Streifen aufgebrochen, die »Plätze« genannt werden. Diese Plätze bilden seltsame Winkel und Kurven. Eine Straße kreuzt sich selbst ein- oder zweimal. In dieser Straße hat ein Künstler einmal eine Möglichkeit entdeckt, die von Wert sein kann. Stellen Sie sich vor, ein Bote mit einer Rechnung für Farben, Papier und Leinwand, der diese Route abgeht, kommt sich plötzlich auf dem Rückweg selbst entgegen, ohne daß ein Cent auf Abschlag bezahlt worden ist!

In dem malerischen alten Greenwich Village sah man daher bald das Künstlervölkchen herumstreifen auf der Suche nach Nordfenstern, nach Giebeln aus dem achtzehnten Jahrhundert, nach holländischen Dachstuben und niedrigen Mieten. Dann brachten sie ein paar Zinnbecher und angeschlagene Teller aus der Sechsten Avenue hierher und bildeten eine »Kolonie«.

Unter dem Dach eines behäbigen, dreistöckigen Klinkerhauses hatten Sue und Johnsy ihr Atelier. Johnsy war eine Abkürzung für Joanna. Die eine war aus Maine, die andere aus Kalifornien. Sie hatten sich an der Table d'hôte eines Kettenrestaurants in der Achten Straße kennengelernt und festgestellt, daß sie in bezug auf Kunst, Chicorée-Salat und Kimonoärmel den gleichen Geschmack hatten, und das Resultat war ein gemeinsames Atelier.

Das war im Mai. Im November stelzte ein kalter, unsichtbarer Fremdling, den die Doktoren Lungenentzündung nannten, durch die Kolonie und berührte mit seinen eisigen Fingern hier einen und dort einen. Drüben auf der Ostseite schritt dieser Wüstling kühn daher und fällte seine Opfer dutzendweise, aber durch das Labyrinth der engen und vermoosten »Plätze« schritt er nur zaghaft.

Man konnte diesen Herrn Lungenentzündung nicht als einen ritterlichen alten Herren bezeichnen; ein zartes kleines Ding, dessen Blut in den weichen kalifornischen Winden dünn geworden, war kaum eine angemessene Beute für den kurzatmigen alten Tölpel mit den roten Fäusten. Aber sein Schlag traf Johnsy, und sie lag fast bewegungslos auf ihrem bemalten Eisenbett und blickte durch die kleinen holländischen Scheiben auf die Brandmauer des Nebenhauses.

Eines Morgens rief der Doktor mit den buschigen grauen Augenbrauen Sue in den Flur.

»Ihre Chancen stehen, na – so ungefähr eins zu zehn«, sagte er und schlug dabei das Quecksilber in seinem Fieberthermometer nach unten. »Und diese eine Chance ist der Wunsch zu leben. Die Art, wie die Leute vor der Tür des Leichenbestatters Schlange stehen, macht unser ganzes Arzneibuch zu einem Witz. Unser Fräulein hat sich in den Kopf gesetzt, daß sie nicht wieder gesund wird. Gibt es etwas, das sie bedrückt?« »Sie – sie wollte einmal die Bucht von Neapel malen«, sagte Sue.

»Malen! – Unsinn! Hat sie irgendwas im Kopf, an das zu denken sich lohnt – zum Beispiel einen Mann?«

»Einen Mann?« sagte Sue mit einem klirrenden Ton in der Stimme wie von einer zu straff gespannten Saite. »Ist ein Mann es denn wert – aber nein, Herr Doktor, so etwas ist ausgeschlossen.«

»Nun, dann ist es die Schwäche«, sagte der Arzt. »Ich werde alles tun, was die Wissenschaft, sofern sie durch meine Bemühungen hindurchsickert, tun kann. Aber sobald die Patientin anfängt, die Kutschen in ihrem Leichenzug zu zählen, haben die Medizinen nur noch die halbe Heilwirkung. Wenn Sie sie dazu bringen können, eine einzige Frage nach dem Schnitt der Mantelärmel in der neuen Wintermode zu stellen, dann stehen ihre Chancen schon eins zu fünf statt eins zu zehn.«

Nachdem der Doktor gegangen war, ging Sue in ihr Arbeitszimmer und weinte ein japanisches Papiertaschentuch zu einem Brei. Dann schwenkte sie munter mit ihrem Zeichenbrett in Johnsys Zimmer hinein und pfiff dabei einen Schlager.

Johnsy lag unter ihren Decken, die sich kaum wölbten, das Gesicht dem Fenster zugekehrt. Sue hörte auf zu pfeifen, denn sie glaubte, Johnsy schliefe.

Sie rückte ihr Brett zurecht und begann eine Federzeichnung: eine Illustration zu einer Zeitungsgeschichte. Junge Maler müssen sich den Weg zur Kunst bahnen, indem sie Zeitungsgeschichten illustrieren, die junge Schriftsteller schreiben, um sich den Weg in die Literatur zu bahnen.

Sue begann mit leichten Strichen, die Gestalt des Helden, eines Cowboys aus Idaho, mit eleganten Reithosen zu bekleiden, wie sie bei Pferderennen getragen werden, und ihm ein Monokel ins Auge zu klemmen. Plötzlich hörte sie ein leises Geräusch, das sich siebenmal wiederholte. Schnell trat sie ans Bett.

Johnsys Augen waren weit geöffnet. Sie blickte aus dem Fenster und zählte – zählte rückwärts.

»Zwölf«, sagte sie, und ein wenig später »elf« und dann »zehn« und »neun« und dann »acht« und »sieben« schnell hintereinander.

Sue spähte besorgt aus dem Fenster. Was gab es da zu zählen? Man sah nur einen leeren, öden Hof, und in einer Entfernung von sechs Metern die blinde Backsteinmauer des Nachbarhauses. Ein uralter, verknoteter wilder Weinstock, der im unteren Teil abgestorben war, kletterte bis zur halben Höhe der Mauer hinauf. Der kalte Herbstwind hatte die Blätter abgerissen, und die fast kahlen Äste klammerten sich wie ein Skelett an die bröcklige Mauer.

»Was ist denn, Herzchen?« fragte Sue.

»Sechs«, sagte Johnsy. Es war beinahe ein Flüstern. »Sie fallen jetzt schneller. Vor drei Tagen waren es noch beinahe hundert. Ich bekam Kopfschmerzen beim Zählen. Aber jetzt ist es leicht. Da fällt wieder eins. Jetzt sind es nur noch fünf.«

»Fünf – was, Herzchen? Sag es deiner Sudie.«

»Blätter. An den Ranken. Wenn das letzte fällt, muß ich auch weg. Das weiß ich seit drei Tagen. Hat der Doktor dir das nicht gesagt?«

»Ach, einen solchen Blödsinn habe ich noch nicht gehört«, widersprach Sue mit gutgespieltem Spott. »Was haben denn welke Weinblätter mit deiner Genesung zu tun? Und du hast doch diesen Wein immer gern gehabt, du unartiges Mädchen. Sei keine Gans! Also, der Doktor hat mir heute morgen gesagt, daß deine Chancen, gesund zu werden – also laß mich überlegen, was er genau gesagt hat –, er sagte, die Chancen stünden zehn zu eins. Also, eine bessere Chance können wir hier in New York, wo wir immerzu mit der Straßenbahn fahren oder an Neubauten vorbeigehen, gar nicht haben. Versuch jetzt ein Schlückchen Suppe zu nehmen und laß Sue wieder an ihre Zeichnungen gehen, damit sie sie diesem Verleger verkaufen und ihrem kranken Kind Portwein und für sich selbst, weil sie so gierig ist, Koteletts kaufen kann.«

»Du brauchst keinen Wein mehr zu kaufen«, sagte Johnsy und blickte starr aus dem Fenster. »Da fällt wieder eins. Jetzt sind nur noch vier übrig. Ich werde das letzte fallen sehen, bevor es dunkel wird, und dann will ich mich auch fallen lassen.«

»Johnsy, mein Herzchen«, sagte Sue und beugte sich über sie,»versprich mir, die Augen geschlossen zu halten, und nicht mehr aus dem Fenster zu schauen, bis ich mit der Zeichnung fertig bin. Ich muß die Blätter morgen abgeben. Ich brauche das Licht, sonst würde ich die Jalousie herunterlassen.«

»Könntest du nicht nebenan zeichnen?« fragte Johnsy ungerührt.

»Ich möchte lieber bei dir bleiben«, sagte Sue.»Und ich will auch nicht, daß du dauernd nach diesen blöden Weinblättern schaust.«

»Sag mir sofort Bescheid, wenn du fertig bist«, sagte Johnsy und schloß die Augen. Sie lag da, so weiß und still wie eine gestürzte Statue,»denn ich will das letzte Blatt fallen sehen. Ich habe das Warten satt. Ich habe das Denken satt. Ich möchte alles loslassen und hinunterschweben, hinunter, wie diese armen müden Blätter.«

»Versuch zu schlafen«, sagte Sue.»Ich muß den alten Behrmann heraufrufen, damit er mir für den alten, einsamen Bergmann Modell steht. Ich bin in einer Minute zurück. Rühr dich nicht, bis ich zurück bin.«

Der alte Behrmann war ein Maler, der unter ihnen im Erdgeschoß wohnte. Er war über sechzig und hatte einen Bart wie der Moses des Michelangelo, der sich von seinem Satyrkopf an seiner Gnomengestalt hinunterlockte. Behrmann hatte als Maler versagt. Vierzig Jahre lang hatte er den Pinsel geschwungen, ohne auch nur den Saum vom Gewand seiner Herrin, der Kunst, zu berühren. Er war immer im Begriff, ein Meisterwerk zu schaffen, hatte aber nie damit angefangen. Seit mehreren Jahren hatte er nichts mehr gemalt außer einer gelegentlichen Schmiererei für irgendwelche Reklamezwecke. Er verdiente sich ein wenig Geld, indem er den jungen Künstlern der Kolonie, die sich kein professionelles Modell leisten konnten, Modell stand. Er trank Gin im Übermaß und redete immer noch von einem zukünftigen Meisterwerk. Im übrigen war er ein energisches altes Männchen, das sich über Weichherzigkeit schrecklich lustig machte und sich als ganz spezieller Wachhund der beiden jungen Künstlerinnen, die im Atelier über ihm wohnten, betrachtete.

Sue fand in der dämmrigen Höhle unten einen Behrmann, der durchdringend nach Wacholder roch. In der Ecke stand auf einer Staffelei eine leere Leinwand. Sie wartete dort schon seit fünfundzwanzig Jahren auf den ersten Pinselstrich des Meisterwerks. Sue erzählte Behrmann von Johnsys Fieberphantasien und daß sie fürchtete, Johnsy, die selbst so leicht und zerbrechlich war wie ein Blatt, könnte weggeblasen werden, wenn sie aufhörte, sich an diese Welt festzuklammern.

Der alte Behrmann, dessen gerötete Augen tränten, schrie seine Verachtung und seinen Hohn über solch idiotische Vorstellungen einfach heraus.

»Was!« schrie er. »Gibt es denn Menschen auf der Welt, die so blöd sind, daß sie sterben, weil die Blätter von einem verdammten Weinstock fallen. So was hab ich noch nie gehört. Nein, ich will nicht für Ihren blöden Idioten von Bergmann Modell stehen. Warum lassen Sie es zu, daß ihr ein solcher Blödsinn in den Kopf kommt. Ach, die arme kleine Miss Johnsy.«

»Sie ist sehr krank und schwach«, sagte Sue, »und sie phantasiert im Fieber. Also gut, Mr. Behrmann, wenn Sie mir nicht Modell stehen wollen, dann lassen Sie's bleiben. Aber ich finde, Sie sind ein gräßlicher alter – Fitzliputzli.«

»So sind die Frauen!« schrie Behrmann. »Wer hat denn gesagt, daß ich Ihnen nicht sitzen will? Los jetzt – ich komme mit. Ich sag' Ihnen doch seit einer halben Stunde, daß ich sitzen will. O Gott, das ist keine Stadt, in der so ein liebes Wesen wie Miss Johnsy krank werden dürfte. Eines Tages male ich ein Meisterwerk, und dann gehen wir alle zusammen weg. Ganz bestimmt.«

Als sie nach oben kamen, war Johnsy eingeschlafen. Sue zog die Blende bis auf die Fensterbank hinunter und winkte Behrmann in das Nebenzimmer. Von dort spähten sie ängstlich nach dem Weinstock. Dann blickten sie sich einen Augenblick wortlos an. Draußen fiel ein kalter, mit Schnee vermischter Regen.

Behrmann in seinem alten blauen Hemd setzte sich als einsamer Bergmann auf einen umgestülpten Kessel, der einen Felsen darstellte.

Als Sue am nächsten Morgen nach einem kurzen Schlaf erwachte, starrte Johnsy mit trüben, weit geöffneten Augen auf die grüne, heruntergezogene Jalousie. »Zieh sie hoch: ich will sehen«, verlangte sie mit flüsternder Stimme.

Mit zerschlagenen Gliedern stand Sue auf und tat ihr den Willen.

Und siehe da! Nach dem schweren Regen und dem heftigen Wind, der die ganze Nacht angehalten hatte, hob sich immer noch ein Weinblatt gegen die Backsteinwand ab.

Es war das letzte an den Zweigen. Am Stengel war es noch dunkelgrün, aber die gezahnten Ränder waren schon vom Gelb der Auflösung und des Verfalls verfärbt.

So hielt es sich tapfer an einem Zweig, drei bis vier Meter über dem Boden.

»Es ist das letzte«, sagte Johnsy.»Ich hatte ganz sicher erwartet, daß es in der Nacht fallen würde. Ich hörte den Wind. Es wird heute fallen, und ich werde mit ihm sterben.«

»Aber, aber«, sagte Sue und legte ihr erschöpftes Gesicht auf das Kissen,»wenn du nicht an dich denken willst, so denk doch an mich. Was sollte ich denn anfangen?«

Aber Johnsy gab keine Antwort.

Das allereinsamste auf dieser Welt ist eine Seele, die sich bereit macht, ihre lange, geheimnisvolle Reise anzutreten. Die Vorstellung, daß sie sterben werde, schien sich ihrer immer mehr zu bemächtigen. Während die Bande, die sie an die Freundin und an die Erde knüpften, sich eines nach dem andern lösten.

Der Tag verstrich, und noch im Abenddämmer konnten sie das einsame Weinblatt sehen, das sich mit seinem Stengel an die Wand klammerte. Und dann kam mit der Nacht der Nordwind wieder, während der Regen immer noch gegen die Fenster prasselte und von den niedrigen holländischen Dachtraufen herunterklatschte.

Als es wieder hell wurde, befahl Johnsy unbarmherzig, die Jalousie hochzuziehen.

Das Weinblatt war immer noch da.

Johnsy lag einige Zeit da und betrachtete es. Und dann rief sie Sue, die über dem Gaskocher ihre Hühnersuppe rührte.

»Ich bin ein böses Mädchen gewesen, Sudie«, sagte Johnsy.»Irgend etwas hat dieses letzte Blatt am Zweig haften lassen, um mir zu zeigen, wie böse ich war. Es ist eine Sünde, sterben zu wollen. Bring mir jetzt ein bißchen Suppe und einen Schluck Milch mit einem Tropfen Portwein darin, und – nein, bring mir zuerst einen Handspiegel und schieb mir ein paar Kissen in den Rücken; ich will mich aufsetzen und dir beim Kochen zusehen.«

Und eine Stunde später sagte sie:»Sudie, eines Tages werde ich doch noch die Bucht von Neapel malen.«

Am Nachmittag kam der Doktor, und als er ging, fand Sue einen Vorwand, um auf den Flur zu treten.

»Die Chancen sind jetzt gleich«, sagte der Doktor und nahm Sues magere, zitternde Hand in seine. »Bei guter Pflege werden Sie gewinnen. Und nun muß ich noch nach einem anderen Patienten im Haus sehen. Er heißt Behrmann, ich glaube, auch eine Art Künstler. Auch Lungenentzündung. Er ist alt und schwach, und der Anfall ist heftig. Es besteht wenig Hoffnung; aber er kommt heute ins Krankenhaus, da kann er besser versorgt werden.«

Am nächsten Tag sagte der Doktor zu Sue:»Sie ist außer Gefahr. Sie haben gesiegt. Jetzt braucht sie kräftige Kost und Pflege – sonst nichts mehr.«

Und an diesem Nachmittag trat Sue an Johnsys Bett. Die lag da ganz gemütlich und strickte an einem ganz blauen und ganz nutzlosen Wollschal, und Sue legte ihr einen Arm um Schultern und Kissen.

»Ich muß dir was erzählen, mein weißes Mäuschen«, sagte sie.

»Mr. Behrmann ist gestern im Krankenhaus an Lungenentzündung gestorben. Er war nur zwei Tage krank. Am ersten Tag hat ihn der Hausmeister ganz hilflos vor Schmerzen in seinem Zimmer unten gefunden. Seine Schuhe und seine Kleider waren ganz durchnäßt und eiskalt. Sie konnten sich nicht vorstellen, wo er in einer so schrecklichen Nacht gewesen war. Und dann fanden sie eine Laterne, die immer noch brannte, und eine Leiter, die von ihrem Platz weggezerrt worden war, ein paar Pinsel und eine Pa-

lette, auf der Grün und Gelb gemischt worden war –
und, sieh mal aus dem Fenster, Herzchen, sieh dir das
letzte Weinblatt an. Hast du dich nie gewundert,
warum es nicht flatterte und sich nicht bewegte, als
der Wind blies? Ach, Herzchen, es ist Behrmanns Meisterwerk – er hat es dort in der Nacht gemalt, als das
letzte Blatt gefallen war.«

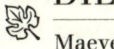
E thel fragte sich, ob es etwas mit ihrem Namen zu tun hatte. Abgesehen von Ethel Merman gab es anscheinend kaum eine herausragende Persönlichkeit namens Ethel; tatsächlich kannte sie keine einzige, die ihr Leben selbst in die Hand genommen hatte. In der Schule hatte es noch zwei Ethels gegeben. Eine lebte jetzt als Nonne in der dritten Welt, was natürlich eine Möglichkeit war, wenn auch nicht gerade eine verlokkende. Die andere Ethel war das, was man eine graue Maus nannte, schon seit ihren Jugendjahren, und mehr noch, als sie die Vierzig überschritten hatte. Sie arbeitete als eine Art Wärterin in einer psychiatrischen Einrichtung. Zwar bezeichnete sie sich selbst als Allroundsekretärin, in Wirklichkeit war sie aber diejenige, die die ganze Drecksarbeit machen mußte.

Die beiden kamen als Vorbilder also nicht in Frage, überlegte Ethel. Und selbst wenn sie nicht mit diesem öden Vornamen geschlagen wäre – eine Frau konnte sich nicht von einem Tag auf den anderen vollkommen ändern. Daß eine glücklich verheiratete Mutter von drei Kindern plötzlich den Familienrat einberief und verkündete, dieses Jahr habe sie es satt, sie wolle nicht mehr müde von der Arbeit heimkommen und dann das ganze Haus putzen, den Weihnachtsschmuck kaufen und in den Zimmern aufhängen, die Weihnachtskarten besorgen, schreiben und zur Post bringen, um den Kontakt zu den wenigen Freunden der Familie aufrechtzuerhalten – so etwas sah man nur im Film.

Im richtigen Leben gab es das nicht, daß eine Ethel sagte, sie habe die Nase gestrichen voll von diesen weihnachtlichen Countdowns, wo sie auf die Sekunde genau mit der Weinbrandsoße, der Kastanien- und der Schinkenfüllung fertig sein mußte. Und wenn sie dann die schwerbeladene Platte mit dem Truthahn und den Beilagen aus der Küche anschleppte, bekam sie auch noch zu hören:»Was, kein Brät?«

Sie, die einst eine leidenschaftliche Köchin gewesen war, der das Herz höher schlug, wenn ihre hungrige Familie erwartungsvoll zu ihr aufblickte, schauderte nun bei dem Gedanken an das, was alle Welt anscheinend als einzigen Sinn des Weihnachtsfestes betrachtete.

Aber die große Szene würde ausbleiben. Warum sollte sie allen Weihnachten verderben, indem sie ihnen eine Moralpredigt über ihr egoistisches Verhalten hielt? Ethel hatte einen ausgeprägten Gerechtigkeitssinn. Wenn ihr Mann in der Küche keinen Finger rührte, dann lag das zum Teil sicherlich auch an ihr. Sie hätte ihm gleich von Anfang an klarmachen müssen, daß er bei der Zubereitung der Mahlzeiten seinen Teil beizutragen hatte. Mit einem Lächeln auf den Lippen hätte sie dastehen und warten sollen, bis er ihr zu Hilfe eilte. Doch vor fünfundzwanzig Jahren war das eben nicht üblich gewesen. Die jungen Frauen hatten ihre jungen Männer zum Kaminfeuer und zu ihrer Zeitung zurückgescheucht. Damals waren sie alle kleine Heldinnen der Arbeit gewesen. Und jetzt, im mittleren Alter, war es nicht fair, mit alten Gewohnheiten zu brechen und die Weichen neu zu stellen.

Ebenso ungerecht wäre es gewesen, ihren beiden Söhnen und ihrer Tochter Vorhaltungen zu machen. Stets hatten sie den Kindern gesagt, daß Lernen für sie die oberste Priorität haben müßte. So hatte ihre Mutter jedesmal nach dem Essen den Tisch abgeräumt, damit sie Zeit und Platz für ihre Hausaufgaben, ihre Seminararbeiten oder Computerübungen hatten. Als sich andere Frauen eine Geschirrspülmaschine zulegten, hatte Ethel vorgeschlagen, ein Textverarbeitungsprogramm zu kaufen. Warum sollte sie sich also jetzt beschweren?

Außerdem beneidete sie jeder um ihre beiden kräftigen und gutaussehenden Söhne, die aus freien Stücken noch bei ihr zu Hause wohnten. In anderen Familien waren die Dreiundzwanzig- und Zweiundzwanzigjährigen ganz versessen darauf, das Elternhaus zu verlassen. Andere Frauen mit neunzehnjährigen Töchtern erzählten, die Mädchen lägen ihnen ständig damit in den Ohren, daß sie in ein Untermietszimmer, eine Wohngemeinschaft oder ein besetztes Haus ziehen wollten. Ethel könne sich glücklich schätzen, sagten alle, und das fand sie auch. Sie hatte nie in Zweifel gezogen, daß es das Schicksal mit ihr besonders gut gemeint hatte.

Bis zu diesem Jahr. Seit kurzem fühlte sie sich ausgenutzt. Wenn ihr noch einmal aus einer Zeitschrift eine siebenundvierzigjährige Frau entgegenlächelte, die die Figur einer Achtzehnjährigen, straffe Haut, sechsundfünfzig strahlend weiße, regelmäßige Zähne und seidig schimmerndes Haar hatte, dann würde Ethel ihr mit einem Tranchiermesser zu Leibe rücken!

Dieses Jahr freute sie sich zum erstenmal nicht auf Weihnachten. Dieses Jahr hatte sie das Für und Wider gegeneinander abgewogen: Kopfzerbrechen, Arbeit, Sorgen und tief empfundener Überdruß auf der einen Seite; die Freude der Familie auf der anderen. Die Waagschalen befanden sich nicht annähernd im Gleichgewicht. Bekümmert stellte Ethel fest, daß sich der Aufwand nicht lohnte.

Sie unternahm keine dramatischen Schritte; sie unternahm einfach gar nichts. Weder kaufte sie einen

Christbaum, noch hängte sie die bunten Lichter auf. Immerhin verschickte sie sechs Weihnachtskarten an Leute, bei denen es unumgänglich war. Anders als in früheren Jahren gab es diesmal keine aufgeregten Diskussionen darüber, wie schwer der Truthahn sein und wie lang der Schinken kochen müsse. Es gab auch keine Geschenklisten und keine spätabendlichen Einkaufsfahrten. Wenn sie nach der Arbeit heimkam, kochte sie das Abendessen, räumte ab, erledigte den Abwasch und setzte sich dann vor den Fernseher.

Schließlich fiel es ihnen auf.

»Wann besorgst du denn den Baum, Ethel?« fragte ihr Mann gutmütig.

»Den Baum?« Sie sah ihn so verständnislos an, als handelte es sich um irgendeinen merkwürdigen skandinavischen Brauch, der in Irland gänzlich unbekannt war. Er runzelte die Stirn. »Sean wird dieses Jahr den Baum besorgen«, verkündete er und warf seinem ältesten Sohn einen bedeutungsvollen Blick zu.

»Ist die Füllung für die Pastetchen fertig?« wollte Brian von ihr wissen.

Zerstreut lächelte sie ihn an.

»Fertig?«

»Na ja, eingelegt, eingekocht. Die im Glas, du weißt schon, wie sonst eben auch«, meinte er verdutzt.

»Die gibt's bestimmt überall zu kaufen«, erwiderte Ethel.

Ihr Ehemann brachte Brian, den jüngeren Sohn, mit einem warnenden Kopfschütteln zum Schweigen. Daraufhin wurde das Thema fallengelassen.

Am nächsten Tag erzählte Orla den anderen, daß kein Truthahn im Kühlschrank liege und auch niemand einen bestellt habe. Ethel stellte den Fernseher lauter, um nicht mit anhören zu müssen, wie ihre Familie in der Küche Kriegsrat hielt.

Danach kamen sie ganz förmlich auf sie zu, wie eine Gewerkschaftsdelegation auf dem Weg zur Schlichtungsrunde, dachte sie. Oder wie eine Gruppe Demonstranten, die einer Botschaft eine Protestnote übergibt. »Dieses Jahr wird alles anders, Ethel.« In dieser peinlichen, unvertrauten Situation klangen die Worte aus dem Mund ihres Ehemanns schroff. »Wir sehen ein, daß wir nicht unseren entsprechenden Anteil geleistet haben. Nein, streite es nicht ab. Wir haben das alles durchgesprochen. Du wirst sehen, dieses Jahr wird alles anders sein.«

»Wir werden nach dem Weihnachtsessen abspülen«, erklärte Sean. »Und das ganze Geschenkpapier wegräumen«, fügte Brian hinzu. »Und ich werde den Kuchen glasieren, wenn du ihn soweit fertig hast. Ich meine, nach der Mandelglasur«, versprach Orla.

Ethels Blick wanderte von einem zum anderen, während sie freundlich lächelte wie immer.

»Das wäre sehr schön«, sagte sie. Es klang irgendwie teilnahmslos.

Sie wußte, daß sie mehr von ihr erwarteten. Sie sollte voller Tatendrang aufspringen, sich die Schürze umbinden und ausrufen: Jetzt, da ich weiß, daß ihr alle euer Scherflein beitragen wollt, muß ich mich aber ranhalten, damit ich das Versäumte aufhole. Das fleißige Lieschen, immer emsig... Doch sie hatte einfach nicht die Energie, sie wünschte, sie würden aufhören, davon zu reden.

Ihr Mann tätschelte ihr die Hand.

»Weißt du, Ethel, das sind nicht nur leere Worte. Wir haben sehr konkrete Vorstellungen und werden sie noch vor Weihnachten in die Tat umsetzen. Genaugenommen sogar schon morgen. Also komm noch ein Weilchen nicht in die Küche, bis wir mit unserer Besprechung fertig sind.«

Während sie alle in die Küche zurückmarschierten, lehnte sich Ethel in ihrem Sessel zurück. Sie hatte sie nicht bestrafen oder ihnen ihre Zuneigung vorenthalten wollen; ebensowenig hatte sie vorgehabt, sich in den Schmollwinkel zurückzuziehen, bis ihre Familie gelobte, ihr künftig ein bißchen mehr zur Hand zu gehen. Es hatte nichts mit strategischer Planung oder berechnendem Kalkül zu tun.

Nebenan wurden murmelnd Pläne geschmiedet, und sie hörte, wie die Stimmen aufgeregter wurden und man sich dann wieder gegenseitig zur Ruhe ermahnte. Sie gaben sich größte Mühe, ihre jahrelange Gedankenlosigkeit wettzumachen. Ja, darum ging es letztendlich: daß ihnen nie aufgefallen war, wie Ethel sich abplagte. Es war ihnen einfach nie bewußt geworden, wie ungleich die Aufgaben verteilt waren, wenn fünf Erwachsene morgens das Haus verließen und zur Arbeit gingen und einer davon zusätzlich den Haushalt führen mußte.

Natürlich stand es ihr völlig frei, ihre Arbeit aufzugeben und sich ausschließlich der Familie und dem Haushalt zu widmen. Doch zum gegenwärtigen Zeitpunkt wäre das ziemlich töricht gewesen. Denn es war abzusehen, daß die Jungen bald das Nest verlassen würden und sie mit ihrem Mann allein hier zurückblieb.

Da die Kinder alle Sparverträge abgeschlossen hatten, steuerten sie kaum etwas zur Haushaltskasse bei. Und schließlich waren es ja ihre eigenen Kinder. Von denen konnte man doch kein Fixum für Kost und Logis verlangen, oder?

Nein, nein, es lag einzig und allein an ihr, daß niemand gesehen hatte, wie hart sie arbeitete und wie erschöpft sie war. Zumindest bis heute. Glücklich lauschte sie dem Gemurmel in der Küche. Ja, jetzt wußten sie es,

Gott sei Dank. Vielleicht war es gar nicht so schlecht gewesen, sich ein bißchen lustlos zu geben, obwohl sie es nicht bewußt getan hatte; sie hatte ihnen wirklich nichts vorgespielt.

Am nächsten Morgen erkundigten sie sich, wann Ethel von der Arbeit heimkommen würde.

»Na ja, wie sonst auch, gegen halb sieben«, antwortete sie.

»Könntest du vielleicht erst um halb acht kommen?« schlugen sie vor.

Das kam ihr sehr gelegen, denn so konnte sie mit ihrer Freundin Maire aus der Arbeit noch ein Gläschen trinken gehen. Maire, die meinte, Ethel würde von ihrer Familie wie ein Fußabtreter behandelt. Mit welchem Genuß würde sie Maire mitteilen, daß sie länger ausbleiben müsse, weil ihre Familie gerade die ganzen Weihnachtsvorbereitungen für sie erledigte!

»Du kannst ja derweil zum Supermarkt gehen«, meinte Orla.

»Muß ich denn einkaufen?« fragte Ethel verwirrt. Dabei hatte sie doch angenommen, die anderen würden sich darum kümmern. Sie bemerkte, daß die Jungs Orla einen bösen Blick zuwarfen.

»Oh, ich wollte sagen, mach, wozu du Lust hast«, verbesserte sich das Mädchen.

»Vergeßt aber nicht die Alufolie, ja?« sagte sie besorgt. Wenn sie die ganzen Sachen backen wollten, wäre es ärgerlich, wenn ihnen etwas ausging.

»Alufolie?« Verständnislos starrten sie sie an.

»Na, vielleicht komme ich doch lieber früher und helfe euch ein bißchen...«

Doch damit stieß sie auf einhellige Ablehnung.

Nein, nein, sie solle länger ausbleiben. Bis Weihnachten hätten sie noch vier Tage Zeit, und dieses Weihnachten würde ganz anders werden als alle anderen, sie werde schon sehen. Aber sie solle bitte keinesfalls vorzeitig nach Hause kommen.

Danach machten sich alle auf den Weg zur Arbeit beziehungsweise zur Schule.

Was das Abräumen des Frühstückstischs betraf, gab es offensichtlich keine neue Regelung, stellte Ethel fest. Aber sie wollte nicht kleinlich sein und sich wegen der fünf Tassen, Teller und Müslischalen beschweren, die sie wegräumen, abspülen und abtrocknen mußte. Die anderen sollten die Küche in einem ordentlichen Zustand vorfinden, wenn sie hier später zugange waren. Zu ihrer Verwunderung hatte niemand die Kochbücher herausgeholt. Also legte sie sie an einer deutlich sichtbaren Stelle hin, und dazu auch den von einer Wäscheklammer zusammengehaltenen Packen Rezepte, die sie aus Zeitungen ausgeschnitten hatte. Aber jetzt durfte sie nicht länger hier herumschwirren, sonst kam sie noch zu spät zur Arbeit.

Maire freute sich über die Einladung zu einem Drink. »Was ist denn los? Sind sie ohne dich auf die Bahamas geflogen oder wie?« fragte sie.

Ethel lachte – abfällige Bemerkungen über den Stand der Ehe waren typisch für Maire.

Doch sie behielt es für sich, daß ihre Familie ihr diesmal sämtliche Arbeiten abnehmen würde. Im Büro herrschte reges Treiben, alle Räume würden im nächsten Jahr mit neuen Büromöbeln ausgestattet werden, und das alte Mobiliar wurde zu Schleuderpreisen verramscht. Ethel überlegte, ob Sean vielleicht der Computertisch oder Brian das kleine Schreibpult gefallen würde. Dieses Jahr sollte nichts zu gut für sie sein. Andererseits... erweckten gebrauchte Sachen womöglich den Eindruck von Geiz, von Gleichgültigkeit? Nach dem ungewohnten Genuß von zwei heißen Whiskeys marschierte Ethel beschwingt nach Hause.

»Ich bin zurück«, rief sie, als sie die Haustüre öffnete. »Darf ich in die Küche kommen?«
Schüchtern und erwartungsvoll standen sie alle da. Bei ihrem Anblick ging Ethel das Herz über. Während sie Whiskey mit Zitrone und Nelke getrunken, die Beine ausgestreckt und mit Maire über die Neugestaltung des Büros geplaudert hatte, hatten sie sich abgeschuftet. Während die arme Maire in ihre einsame Wohnung hatte zurückkehren müssen, besaß die glückliche Ethel eine Familie, die ihr versprochen hatte, daß dieses Jahr alles anders sein würde. Sie spürte ein Kribbeln in den Augen und in der Nase und hoffte, daß sie nicht in Tränen ausbrechen mußte.

Sie konnte sich nicht erinnern, von ihrer Familie je mit einem Geschenk oder einer kleinen Überraschung verwöhnt worden zu sein. Deshalb freute sie sich nun um so mehr. Zum Geburtstag hatte sie von ihrem Mann immer nur ein paar zusammengefaltete Geldscheine bekommen, mit der Aufforderung, sich etwas Schönes davon zu kaufen. Von den Kindern erhielt sie Glückwunschkarten. Aber auch nicht an jedem Geburtstag. Und an Weihnachten legten sie alle zusammen und kauften ihr etwas, das man im Haushalt gebrauchen konnte. Letztes Jahr war es ein elektrischer Dosenöffner gewesen, und im Jahr davor eine Ummantelung für die Gasflasche.

Wie hätte sie ahnen können, daß sie sich so ändern würden?

Alle schauten sie gespannt an. Was immer sie vorbereitet hatten, sie wollten, daß es ihr gefiel.

Hoffentlich hatten sie das Zitronat und Orangeat gefunden, ging es ihr durch den Kopf, denn die lagen in einer Pappschachtel, die schlecht beschriftet war. Aber auch wenn sie nicht fündig geworden waren, würde Ethel kein Wort darüber verlieren.

Sie sah sich in der Küche um. Nichts wies darauf hin, daß hier gebacken, püriert, gerührt, gequirlt oder überhaupt nur irgend etwas zubereitet worden wäre. Und trotzdem sahen sie alle aufgeregt und erwartungsvoll an.

Sie folgte ihren Blicken. Die einzige einigermaßen große Arbeitsplatte im Raum wurde vollständig von einem riesigen, unhandlichen Fernsehapparat in Anspruch genommen.

Daraus ragte bedrohlich eine Zimmerantenne hervor, was bedeutete, daß die Regale dahinter nicht zugänglich waren.

Ihr Mann und die Kinder traten zurück, damit sie das Prachtstück in voller Größe bewundern konnte.

Mit der theatralischen Geste eines Zirkusdirektors schaltete Sean das Gerät ein. »Ta-taaaa!« rief er.

Es war ein Schwarzweißfernseher.

»Hat ein gestochen scharfes Bild«, bemerkte Sean.

»Das strengt die Augen nicht so an, was gerade für ältere Leute wichtig ist«, versicherte Orla eifrig.

»Und mehr als das Erste Programm brauchst du sowieso nicht, auch wenn du mehr empfangen könntest. Ich meine, dann hättest du nur die Qual der Wahl«, fügte Brian hinzu.

»Habe ich dir nicht gesagt, daß dieses Weihnachten ganz anders als die anderen wird?« strahlte sie ihr Gatte an. Von nun an könne sie genauso fernsehen wie der Rest der Familie; sie würde immer auf dem laufenden bleiben und nichts mehr versäumen, während sie in der Küche zu tun habe.

Ethel stand da, inmitten ihrer Lieben, die an ihrer Freude teilhaben wollten. Von sehr weit weg drangen Wortfetzen zu ihr durch. Sean kannte jemanden, der Fernseher reparierte, Dad hatte das Geld dafür beigesteuert, Brian hatte das Gerät mit einem geliehenen

Lieferwagen abgeholt. Und Orla hatte die Kabel besorgt und ihn eigenhändig angeschlossen.

Ihre jahrelange Übung im Verbergen von Enttäuschungen kam Ethel in diesem Moment sehr zupaß. Die Gesichtsmuskeln taten ihren Dienst, ein entzücktes »Oooh« entrang sich ihrer Kehle, die Augen nahmen einen überraschten, freudigen Ausdruck an, und die Hände klatschten wie von selbst gegeneinander. Routiniert wie eine Tänzerin, der jeder Schritt in Fleisch und Blut übergegangen ist, tat sie das, was von ihr erwartet wurde. Roboterhaft streckte sie die Hand aus und strich über den scheußlichen, unförmigen Kasten, der den größten Teil der Küche einnahm.

Als die anderen hinausgingen, sich zu dem alles verändernden Geschenk für Ethel beglückwünschten und auf das Abendessen warteten, machte sich Ethel in der Küche an die Arbeit.

Sie hatte sich den Mantel ausgezogen und die Schürze umgebunden. Und während sie sich ein ums andere Mal an dem riesigen Fernseher vorbeizwängte, überlegte sie, wie sie die Küche umräumen könnte, um alles unterzubringen.

Sie fühlte sich merkwürdig losgelöst von ihrer Umgebung, und in Gedanken hörte sie immer wieder, wie ihr Mann und die Kinder ihr versicherten, an diesem Weihnachten würde alles anders sein.

Ja, sie hatten recht, es war tatsächlich anders; aber ganz bestimmt nicht aufgrund dieses geschmacklosen Geschenks, mit dem sie lediglich bewiesen, daß sie Ethel für alle Zeiten in die Küche verbannen wollten, damit sie weiterhin für sie kochte und ihnen hinterherräumte.

Während sie die Würstchen anstach und die Kartoffeln schälte, begann sie die Dinge klar zu sehen. Zum allererstenmal hatte ihre Familie etwas für sie getan –

wenn auch nicht das, was sie sich gewünscht hatte. Und warum? Weil sie geschmollt hatte. Obwohl es nicht ihre Absicht gewesen war, hatte sie genau das getan. Wie so viele andere Frauen, die jahrelang Schnuten zogen, nörgelten und um Anerkennung kämpften. Indem sie sich geweigert hatte, die üblichen Vorbereitungen für Weihnachten zu treffen, hatte sie die anderen zu einer Reaktion gezwungen.

Was konnte sie also noch tun?

Sie stellte den knisternden Fernseher an und blickte aufmerksam auf das grießelnde Bild. Immerhin war es ein Anfang. Sie mußte natürlich langsam und behutsam vorgehen. Wer ein Leben lang den Kuli gespielt hatte, durfte nicht plötzlich in eine andere Rolle schlüpfen. Wenn das brave Hausmütterchen allzusehr aufbegehrte, würde man es ihren Nerven zuschreiben, oder den Wechseljahren, und ihr raten, sich doch einmal mit einem netten Arzt zu unterhalten, der ihr Beruhigungsmittel verschreiben würde. Also keine plötzliche Arbeitsverweigerung. Nur nichts überstürzen.

Ethel betrachtete ihren Mann, Sean, Brian und Orla, wie sie gemütlich vor dem Farbfernseher saßen und sich freuten, daß sie das Richtige getan hatten und daß es bald Essen gab. Sie hatten keine Ahnung, daß sich von nun an tatsächlich einiges ändern würde.

DIE FAHRT AUF DER THEMSE

Agatha Christie

M rs. Hargreaves mochte Menschen nicht. Sie versuchte es zwar, weil sie eine Frau von hohen Prinzipien und auch eine religiöse Person war und sehr wohl wußte, daß man seine Mitmenschen lieben sollte. Aber sie fand es nicht leicht – und manchmal fand sie es schlicht unmöglich.

Sie war einzig zu dem fähig, was man als Pflichtübung bezeichnen könnte. Sie schickte größere Spenden an Wohltätigkeitsorganisationen, als sie sich eigentlich leisten konnte. Sie gehörte Komitees für gute Zwecke an und nahm sogar an Bürgerversammlungen teil, was sie wirklich mehr Überwindung kostete als irgend etwas anderes, denn das brachte natürlich Körperkontakte mit sich, und sie haßte jegliche Art von Berührung. Ihr fiel es leicht, Empfehlungen wie »Vermeiden Sie die Stoßzeiten« in öffentlichen Verkehrsmitteln zu befolgen; denn in Zügen und Bussen zu fahren, in denen man eng in eine Menschenmenge eingepfercht war, entsprach genau ihrer Vorstellung der Hölle auf Erden.

Wenn jedoch ein Kind auf der Straße hinfiel, hob sie es auf, kaufte ihm Süßigkeiten oder irgendeine Kleinigkeit, um es zu trösten; und sie schickte Bücher und Blumen an Patienten in Krankenhäusern.

Ihre größten Zuwendungen aber gingen an Ordensschwestern in Afrika, weil die und deren Schützlinge so weit weg waren, daß sie nie mit ihnen würde in Kontakt treten müssen; aber auch, weil sie die Schwestern bewunderte und beneidete, die offensichtlich *Freude* an der Arbeit hatten, die sie verrichteten, und weil sie sich von ganzem Herzen wünschte, sie wäre auch so.

Mrs. Hargreaves, eine Witwe mittleren Alters, hatte einen Sohn und eine Tochter, beide verheiratet und weit entfernt lebend. Sie selbst wohnte unter recht komfortablen Umständen in London – aber sie mochte nun mal keine Menschen, und es schien auch nichts zu geben, was sie dagegen tun konnte.

An jenem Morgen nun stand sie neben ihrer Putzfrau, die schluchzend auf einem Küchenstuhl saß und sich die Augen wischte.

»...nie was gesagt hat sie, ihrer eigenen Mutter nicht! Einfach an diesen gräßlichen Ort gegangen – keine Ahnung, woher sie die Adresse hatte –, und diese schlimme Person hat an ihr rumgemacht, und jetzt hat es sich entzündet, und sie haben sie ins Krankenhaus gebracht. Und da liegt sie nun und stirbt... Will nicht mal sagen, wer der Mann war – nicht mal jetzt. Es ist fürchterlich – meine eigene Tochter –, sie war so ein niedliches kleines Ding, mit herzigen Locken. Ich hab sie immer so hübsch angezogen, jeder hat gesagt, was für ein süßes kleines Ding sie war...«

Sie schniefte und putzte sich die Nase.

Mrs. Hargreaves stand daneben und wäre gerne mitfühlend gewesen, wußte aber nicht wie, weil sie einfach die richtige Art von Gefühlen dafür nicht kannte. Sie machte so etwas wie ein beschwichtigendes Geräusch und sagte, daß es ihr sehr, sehr leid täte. Und ob sie irgend etwas tun könnte.

Mrs. Chubb schenkte dieser Frage keine Beachtung.

»Wahrscheinlich hätte ich mich mehr um sie kümmern müssen, am Abend mehr zu Hause bleiben sollen, herausfinden, was sie vorhatte und wer ihre Freunde waren. Aber Kinder haben es heutzutage nicht gern, wenn man seine Nase in ihre Angelegenheiten steckt – und ich wollte noch ein bißchen was extra verdienen. Nicht für mich – ich wollte Elsie einen Plattenspieler kaufen – wo sie doch so musikalisch ist – oder sonst was Nettes für die Wohnung. Ich bin nicht so eine, die ihr ganzes Geld für sich selber ausgibt –« Sie hielt an, um sich erneut geräuschvoll die Nase zu putzen.

»Kann ich irgendwie helfen?« wiederholte Mrs. Hargreaves. Hoffnungsvoll schlug sie vor: »Vielleicht ein Einzelzimmer im Krankenhaus?«

Aber Mrs. Chubb war von dieser Idee nicht sehr angetan.

»Sehr freundlich von Ihnen, aber in der Allgemeinen Abteilung sorgen sie sehr gut für sie. Und es ist unterhaltsamer für sie. Sie würde nicht gern allein in ein Zimmer gesperrt werden. Auf der Allgemeinen, da ist immer was los, wissen Sie.«

Mrs. Hargreaves konnte es sich genau vorstellen! Einen Haufen Frauen, die im Bett saßen oder mit geschlossenen Augen dalagen; alte Frauen, die nach Krankheit und Altsein rochen – der Geruch nach Armut und Leiden, der den sauberen, unpersönlichen Duft der Desinfektionsmittel überlagerte. Schwestern, die mit Instrumententabletts und Essenswagen oder Waschschüsseln herumrannten, und schließlich die Vorhänge rund um das Bett ... Das ganze Bild machte sie schaudern – aber sie konnte ganz gut begreifen, daß Mrs. Chubbs Tochter Trost und Ablenkung in der Allgemeinen fand, weil Mrs. Chubbs Tochter Menschen eben mochte.

Mrs. Hargreaves stand neben der schluchzenden Mutter und sehnte sich nach einer Gabe, die sie nicht mitbekommen hatte. Sie wünschte sich, der weinenden Frau den Arm um die Schulter legen zu können und irgend etwas völlig Belangloses wie »Schon gut, schon gut, meine Liebe« zu sagen – und es auch zu *meinen*. Aber Pflichtübungen allein würden hier nicht genügen. Und Taten ohne Gefühle waren nutzlos. Sie waren ohne Inhalt.

Ganz plötzlich putzte Mrs. Chubb sich mit einem lauten Trompetenstoß die Nase und richtete sich auf. Sie glättete ihr Schultertuch und sah mit spontaner und erstaunlicher Fröhlichkeit zu Mrs. Hargreaves auf.

»Es geht doch nichts über so ein richtig gutes Sichausheulen, finden Sie nicht auch?«

Mrs. Hargreaves hatte sich noch niemals so richtig gut ausgeheult. Ihre Kümmernisse waren immer nach innen gerichtet und dunkel gewesen. Sie wusste nicht recht, was sie darauf sagen sollte.

»Tut gut, über die Dinge zu reden«, sagte Mrs. Chubb. »Ich mach jetzt am besten mit dem Abwasch weiter. Übrigens haben wir fast keinen Tee und keine Butter mehr. Ich werd noch schnell einkaufen müssen.«

Mrs. Hargreaves sagte rasch, daß sie den Abwasch selber machen und auch einkaufen gehen würde, und drängte Mrs. Chubb, mit einem Taxi nach Hause zu fahren.

Mrs. Chubb sah keinerlei Grund, ein Taxi zu nehmen, wenn es mit dem Elfer-Bus genauso schnell ging; also gab Mrs. Hargreaves ihr zwei Pfund und sagte, vielleicht würde sie gern ihrer Tochter was mit ins Krankenhaus bringen? Mrs. Chubb bedankte sich und verschwand.

Mrs. Hargreaves ging zum Spülbecken und wußte, daß sie es wieder einmal falsch gemacht hatte. Mrs. Chubb hätte viel lieber am Spülbecken herumhantiert und von Zeit zu Zeit weitere makabre Details zum besten gegeben. Danach wäre sie einkaufen gegangen, hätte eine Menge Gleichgesinnter getroffen und mit ihnen reden können, und die hätten ebenfalls Verwandte im Krankenhaus gehabt, und alle hätten ihre Geschichten austauschen können. Auf diese Weise wäre die Zeit bis zur Besuchszeit im Krankenhaus schnell und angenehm vergangen.

»Warum tue ich immer das Falsche?« dachte Mrs. Hargreaves, während sie flink und geschickt abwusch, und brauchte nach einer Antwort nicht lange zu suchen: *»Weil ich mir nichts aus Menschen mache.«* Als sie alles weggeräumt hatte, nahm Mrs. Hargreaves eine Einkaufstasche und ging einkaufen. Es war Freitag und daher ein geschäftiger Tag. Im Metzgerladen standen eine Menge Leute. Frauen preßten sich gegen Mrs. Hargreaves, stießen ihr Ellbogen in die Seite, zwängten ihre Taschen und Körbe zwischen sie und die Theke. Mrs. Hargreaves gab immer nach.

»'tschuldigung, ich war vor Ihnen.« Eine große, dunkelhäutige Frau drängelte sich vor. Es stimmte zwar nicht, und beide wußten es, aber Mrs. Hargreaves trat höflich zurück.

Unglücklicherweise erhielt sie eine Verteidigerin, eine dieser dicken, kräftigen Frauen, die Gemeinschaftssinn haben und darauf bestehen, daß der Gerechtigkeit Genüge getan wird.

»Sie hätten sich von der nicht wegdrängeln lassen sollen, meine Liebe«, ermahnte sie, lehnte sich schwer auf Mrs. Hargreaves Schulter und atmete ihr Stöße von starkem Pfefferminz ins Gesicht. »Sie waren lange vor der da. Ich bin direkt hinter ihr reingekommen und weiß es genau. Sie sind an der Reihe.« Sie verpaßte ihr einen aufmunternden Stoß in die Rippen. »Drücken Sie sich hier rein und kämpfen Sie für Ihr Recht!«

»Es macht mir wirklich nichts aus«, sagte Mrs. Hargreaves. »Ich habe es nicht eilig.«

Ihre Haltung gefiel niemandem.

Die ursprüngliche Dränglerin, jetzt in Verhandlung über anderthalb Pfund Rindfleisch, drehte sich um und eröffnete den Kampf mit weinerlicher, leicht fremdländischer Stimme.

»Wenn meinen, Sie vor mir da, warum sagen Sie nicht? Nützt nix, hochnäsig und oben runter sagen (sie äffte Mrs. Hargreaves nach): ›Es macht mir *wirklich* nichts aus!‹ Was glauben, was *ich* für Gefühle? Ich will nix Extrawurscht.«

»O nein«, sagte Mrs. Hargreaves' Beschützerin spöttisch. »O nein, natürlich nicht! Das wissen *wir* doch alle, oder nicht?«

Sie schaute in die Runde und bekam sofort ein Echo der Zustimmung. Die Dränglerin schien wohlbekannt zu sein.

»*Die* kennen wir und wie sie's macht«, sagte eine der Frauen drohend.

»Anderthalb Pfund Rindfleisch«, sagte der Metzger und reichte das Paket über die Theke. »Immer mit der Ruhe – wer ist die Nächste?«

Mrs. Hargreaves tätigte ihren Einkauf, flüchtete auf die Straße und dachte, wie ausgesprochen gräßlich Menschen doch waren! Als nächstes ging sie in den Gemüseladen, um Zitronen und Salat zu kaufen. Die Gemüsefrau war, wie gewöhnlich, sehr herzlich.

»Na, mein Bester, was soll's denn heute sein?« Sie klingelte mit der Kasse, sagte »Jaja« und »Hier, mein Guter«, während sie eine umfangreiche Tüte in die Arme eines älteren Herrn drückte, der sie erschreckt und empört anblickte.

»Sie nennt mich immer so«, erklärte der alte Herr mürrisch, als die Frau nach hinten gegangen war, um Zitronen zu holen. »Mein Guter, Bester, Liebster – dabei kenne ich nicht mal den Namen dieser Person!«

Mrs. Hargreaves sagte, das sei sicher bloß so eine Manier. Der alte Herr machte ein skeptisches Gesicht, ging und hinterließ eine Mrs. Hargreaves, die sich durch die Entdeckung eines Leidensgenossen leicht aufgemuntert fühlte.

Ihre Einkaufstasche war inzwischen ziemlich schwer geworden, so daß sie beschloß, den Bus nach Hause zu nehmen. Vier oder fünf Leute standen schon in einer Schlange an der Haltestelle, und eine schlechtgelaunte Schaffnerin schrie die Fahrgäste an, als der Bus hielt.

»Los, los, Beeilung bitte, wir können hier nicht den ganzen Tag rumstehen!« Sie schubste eine ältere, arthritische Dame, so daß sie in den Bus stolperte, wo jemand sie auffing und zu einem Sitz führte. Dann packte sie Mrs. Hargreaves mit eisernem Griff am Oberarm, was dieser akute Schmerzen verursachte.

»Los, rein. Alles besetzt!« Sie zog brutal an der Glocke, der Bus schoß vorwärts, und Mrs. Hargreaves fiel auf eine dicke Frau, die – wenn auch nicht durch eigene Schuld – zwei Drittel eines Zweiersitzes einnahm.

»Tut mir schrecklich leid«, keuchte Mrs. Hargreaves.

»Noch haufenweise Platz für eine Schlanke«, sagte die dicke Frau munter und tat ohne Erfolg ihr Bestes, um sich dünner zu machen. »Miesen Charakter haben diese Mädchen heutzutage, finden Sie nicht auch? Ich hab Schaffner lieber, die sind nett und höflich und drängeln einen nicht, helfen einem beim Ein- und Aussteigen.«

»Sie können sich Ihre Bemerkungen sparen, vielen Dank«, sagte die Schaffnerin, die nun das Fahrgeld einzog. »Wir haben den Fahrplan einzuhalten, verstanden?«

»Deshalb ist der Bus wohl an der vorletzten Haltestelle so lange stehen geblieben, was?« sagte die dicke Frau. »Einmal gradaus, bitte.«

Mrs. Hargreaves kam erschöpft von Streitereien und unerwünschter Herzlichkeit zu Hause an und hatte außerdem blaue Flecken am Arm. Die Wohnung erschien friedvoll, und sie sank dankbar in einen Sessel. Beinahe sofort darauf jedoch erschien der Hausmeister, um die Fenster abzudichten, verfolgte sie durch die ganze Wohnung und erzählte ihr von den Magengeschwüren seiner Schwiegermutter.

Mrs. Hargreaves nahm ihre Handtasche und ging erneut aus. Sie wünschte sich – dringend – eine einsame Insel. Da eine einsame Insel jedoch gerade nicht erreichbar war (und wahrscheinlich das Aufsuchen eines Reisebüros, des Paßamtes, Impfen, möglicherweise auch noch das Einholen eines ausländischen Visums und viele andere menschliche Kontakte mit sich gebracht hätte), schlenderte sie zum Fluß hinunter.

»Ein Schiff«, dachte sie hoffnungsvoll.

Sie glaubte, sich an ein regelmäßig verkehrendes Kursschiff auf der Themse zu erinnern. Hatte sie nicht davon gelesen? Und da war auch ein Landungssteg – etwas weiter unten am Ufer; sie hatte Leute von dort herkommen sehen. Vermutlich war ein Schiff natürlich genauso bevölkert wie alles andere...

Aber sie hatte Glück. Das Ausflugsboot oder Kursschiff, oder was es auch sein mochte, war ungewöhnlich leer. Mrs. Hargreaves löste eine Fahrkarte nach Greenwich. Es war die ruhigste Zeit des Tages, auch kein besonders schöner Tag – der Wind blies empfindlich kalt –, und so suchten nur wenig Leute ihr Vergnügen auf dem Wasser.

Einige Kinder in der Obhut eines erschöpften Erwachsenen hielten sich im Heck des Schiffes auf, außerdem zwei schwer klassifizierbare Männer und eine alte Frau in abgetragener schwarzer Kleidung. Im

Bug des Schiffes stand nur ein einzelner Mann; also ging Mrs. Hargreaves zum Bug, so weit weg von den lärmenden Kindern wie möglich.

Das Schiff glitt vom Steg in die Themse. Auf dem Wasser war es friedvoll. Zum erstenmal an diesem Tage fühlte Mrs. Hargreaves sich ruhig und gelassen. Sie war entkommen – aber *was* entkommen? »Weg von allem!« lautete die Devise, aber sie wußte nicht genau, was »alles« bedeutete.

Dankbar sah sie sich um. Gesegnetes, gesegnetes Wasser! So – so isolierend. Schiffe zogen ihre Bahn den Flug auf- und abwärts, aber sie gingen *sie* nichts an. Die Menschen am Ufer waren mit ihren eigenen Angelegenheiten beschäftigt. Von ihr aus sollten sie glücklich dabei sein. Sie war hier auf einem Schiff und wurde den Fluß hinuntergetragen, dem Meer entgegen.

Es gab Haltestellen, Leute stiegen aus und ein. Das Schiff setzte seine Fahrt fort. Beim Tower stiegen die lärmenden Kinder aus. Mrs. Hargreaves wünschte ihnen leutselig, daß sie die Tower-Besichtigung genössen.

Jetzt hatten sie die Docks passiert. Ihr Gefühl des Glücks und der Gelassenheit nahm zu. Die acht oder neun Leute, die sich noch an Bord befanden, drängten sich alle im Heck zusammen – im Windschutz, dachte sie. Zum erstenmal schenkte sie ihrem Mitpassagier im Bug etwas mehr Aufmerksamkeit. Irgendein Orientale, dachte sie vage. Er trug einen langen, capeartigen Umhang aus einer Art Wollstoff. Vielleicht ein Araber? Oder ein Berber? Kein Inder jedenfalls.

Aus was für wunderschönem Stoff sein Umhang war! Er schien aus einem Stück gewoben. Und so fein gewoben! Mrs. Hargreaves gehorchte einem unwiderstehlichen Impuls, ihn zu berühren...

Sie konnte sich später niemals wieder, das Gefühl zurückrufen, das ihr die Berührung des Umhangs vermittelt hatte. Es war ganz unbeschreiblich. Es war, wie wenn man ein Kaleidoskop schüttelt: immer dieselben Teilchen, aber anders zusammengesetzt; in neuen Mustern zusammengesetzt...

Als sie das Schiff bestieg, hatte Mrs. Hargreaves sich selbst und dem Muster ihres Morgens entfliehen wollen. Sie war nicht so entflohen, wie sie sich das vorgestellt hatte. Immer noch war sie sie selbst und immer noch in dem Muster gefangen, das sie in Gedanken nun wieder und wieder durchging. Aber jetzt war etwas anders. Es war ein anderes Muster, weil sie anders war.

Sie stand wieder neben Mrs. Chubb – arme Mrs. Chubb – und hörte wieder deren Geschichte, nur war es diesmal eine andere Geschichte.

Es ging nicht so sehr darum, was Mrs. Chubb gesagt, sondern was sie gefühlt hatte – ihre Verzweiflung und – ja, ihre Schuld. Denn natürlich gab sie sich insgeheim die Schuld und bemühte sich darum, sich selbst zu überzeugen, daß sie doch alles für ihre Tochter getan hatte – für ihre reizende kleine Tochter: Sie rief sich die Kleidchen und die Süßigkeiten in Erinnerung, die sie ihr gekauft hatte, und wie sie nachgegeben hatte, wenn sie etwas haben wollte – auch wie sie dafür geschuftet hatte. Aber in ihrem Innersten wußte Mrs. Chubb natürlich, daß sie sich nicht nur für Elsies Plattenspieler abgearbeitet hatte, sondern für eine Waschmaschine – so eine, wie Mrs. Peters von nebenan sie hatte (und die damit weidlich angab!). Es war ihr eigener Hausfrauenstolz gewesen, der sie dazu getrieben hatte.

Gut, sie hatte Elsie ihr ganzes Leben lang Sachen geschenkt – eine ganze Menge Sachen –, aber hatte sie sich genügend Gedanken über ihre Tochter gemacht? Über die Freunde, die sie sich suchte? Hatte sie je daran gedacht, diese Freunde einmal zu sich einzuladen, oder daran, ob Elsie zu Hause einmal eine Party geben könnte? Hatte sie über Elsies Charakter, ihr Leben und was für sie gut wäre, nachgedacht? Versucht, mehr über Elsie zu erfahren? Elsie war schließlich *ihre* Aufgabe – die wichtigste Aufgabe ihres Lebens. Und das durfte man nicht leichtnehmen. Guter Wille allein genügte da nicht. Man mußte es auch fertig bringen, danach zu handeln!

Im Geiste legte Mrs. Hargreaves ihren Arm um Mrs. Chubbs Schultern. Mitfühlend dachte sie:»Sie arme, törichte Person. Es ist ja alles nicht so schlimm, wie Sie denken. *Ich* glaube überhaupt nicht, daß sie stirbt.« Natürlich hatte Mrs. Chubb übertrieben, hatte absichtlich Tragödien heraufbeschworen, weil das eben die Art war, wie Mrs. Chubb das Leben sah – als Melodrama. Das machte das Leben weniger eintönig, leichter zu leben. Mrs. Hargreaves verstand das so gut...

Andere Menschen kamen Mrs. Hargreaves in den Sinn. Die Frauen, die ihren Kampf am Ladentisch des Metzgers genossen. Lauter Originale! Eigentlich lustig! Vor allem die dicke Rotgesichtige mit ihrer Leidenschaft für Gerechtigkeit. Die hatte einfach Spaß an einem guten Krach!

Warum, um Himmels willen, wunderte Mrs. Hargreaves sich, hatte sie was dagegen gehabt, von der Gemüsefrau»gute Frau« genannt zu werden? Das war doch ein Ausdruck von Freundlichkeit.

Und die schlecht gelaunte Busschaffnerin: Natürlich! Als sie sich's überlegte, erkannte sie den Grund. Der Freund hatte sie gestern Abend versetzt. Und deshalb haßte sie alles und jeden, haßte ihr armseliges Leben,

wollte andere Menschen ihre Macht fühlen lassen –
man konnte so leicht so empfinden, wenn alles schief-
ging...

Das Kaleidoskop wurde geschüttelt – wechselte das
Muster. Jetzt *betrachtete* Mrs. Hargreaves es nicht nur
– jetzt war sie selber mittendrin, war ein Teilchen davon...

Das Schiff tutete. Sie seufzte, rührte sich, öffnete die
Augen. Sie waren in Greenwich angekommen.

Mrs. Hargreaves fuhr mit dem Zug von Greenwich
zurück. Der Zug war zu dieser Tageszeit fast leer.
Aber Mrs. Hargreaves hätte es auch nichts ausgemacht, wenn er voll gewesen wäre...
Denn für eine kurze Zeitspanne fühlte sie sich eins mit
ihren Mitmenschen. *Sie mochte Menschen.* Beinahe
liebte sie sie!
Das würde natürlich nicht andauern. Das wußte sie.
Eine völlige Wesensänderung lag nicht innerhalb der
Grenzen der Realität. Aber sie verstand genau, was ihr
geschenkt worden war, und sie war zutiefst und
demütig dankbar dafür.
Sie wußte jetzt, was es war, wonach sie sich gesehnt
hatte. Sie wußte jetzt, welche Wärme und welches
Glück es mit sich brachte – nicht durch intellektuelle
Betrachtung von außen, sondern vom Inneren her.
Vom *Fühlen.*
Und vielleicht, weil sie jetzt wußte, was es war, konnte
sie den Weg dazu lernen...?
Sie dachte an den Umhang, harmonisch in einem Stück
gewoben. Das Gesicht des Mannes hatte sie nicht sehen
können. Aber sie glaubte zu wissen, wer er war...
Die Wärme und die Vision begannen bereits zu
schwinden. Aber sie würde nicht vergessen – niemals
würde sie vergessen!

»Danke«, sagte Mrs. Hargreaves aus tiefstem, dankbarem Herzen.

Sie sagte es laut im leeren Zugabteil.

Der Kontrolleur auf dem Schiff starrte auf die Fahrkarten in seiner Hand.

»Wo ist der andere?« fragte er.

»Wen meinst du?« sagte der Kapitän, der sich gerade anschickte, zur Mittagspause an Land zu gehen.

»Es muß noch jemand an Bord sein. Es waren acht Passagiere, ich hab sie gezählt. Aber ich hab nur sieben Fahrkarten.«

»An Bord ist niemand mehr, das siehst du doch. Einer muß ausgestiegen sein, ohne daß du es gemerkt hast – oder er ist übers Wasser gewandelt!«

Und der Kapitän lachte schallend über seinen eigenen Witz.

DER PELZ

Saki

D u siehst so bekümmert aus, mein Schatz«, sagte Eleanor.

»Das bin ich auch«, gab Suzanne zu, »das heißt, eigentlich bin ich weniger bekümmert als besorgt. Weißt du, zufällig habe ich nächste Woche Geburtstag...«

»Du Glückliche!« unterbrach Eleanor sie. »Mein Geburtstag ist erst Ende März.«

»Ja, und der alte Bertram Kneyght ist gerade jetzt von Argentinien nach England gekommen. Es ist eine Art entfernter Cousin meiner Mutter und so wahnsinnig reich, daß wir die Verbindung nie ganz aus den Augen verloren haben. Selbst wenn wir jahrelang nichts von ihm sehen oder hören, ist er, sobald er persönlich auftaucht, immer unser lieber Cousin Bertram. Daß er uns irgendwann wirklich von Nutzen war, kann ich nicht gerade behaupten; aber gestern kam das Gespräch zufällig auf meinen Geburtstag, und er bat mich, ihm doch zu sagen, was ich mir von ihm wünsche.«

»Jetzt begreife ich deine Besorgnis«, bemerkte Eleanor.

»Wenn man sich einem derartigen Problem unvermittelt gegenüber sieht«, sagte Suzanne, »sind in der Regel sämtliche Vorstellungen plötzlich verschwunden; man scheint tatsächlich nicht den kleinsten Wunsch mehr zu haben. Nun ist es allerdings so, daß ich auf eine kleine Dresdner Porzellanfigur scharf war, die ich irgendwo in Kensington gesehen habe. Kosten tat sie ungefähr sechsunddreißig Shilling – also mehr, als ich mir leisten kann. Ich war schon nahe daran, die Figur zu beschreiben und Bertram die Adresse des Geschäfts zu nennen; aber urplötzlich kam mir der Gedanke, daß sechsunddreißig Shilling für einen Mann mit einem derartigen Vermögen ein für ein Geburtstagsgeschenk lächerlich unangemessener Betrag wären. Für ihn bedeuten selbst sechsunddreißig Pfund nicht mehr, als wenn unsereiner ein Veilchensträußchen kauft. Natürlich möchte ich nicht geldgierig scheinen, aber andererseits will ich mir eine derartige Gelegenheit auch nicht entgehen lassen.«

»Die Frage ist dabei«, sagte Eleanor, »was er sich unter einem Geschenk eigentlich vorstellt. Über dieses Problem haben die reichsten Leute merkwürdig beschränkte Ansichten. Wenn Leute langsam reich werden, wachsen ihre Anforderungen und ihr Lebensstandard entsprechend, während ihr Geschenkinstinkt häufig im unterentwickelten Zustand früherer Zeiten zurückbleibt. Irgend etwas Auffälliges und nicht allzu Teueres – das ist es, was sie sich unter einem idealen Geschenk vorstellen. Und deshalb findet man selbst bei guten Geschäften Schaufenster, die mit Sachen vollgestopft sind, welche etwa vier Shilling wert sind, ihrem Aussehen nach siebeneinhalb Shilling wert sein könnten, aber mit zehn Shilling ausgezeichnet sind und dazu noch das Etikett ›Passendes Geschenk‹ tragen.«

»Ich weiß«, sagte Suzanne, »und deswegen ist es auch so riskant, nur in Andeutungen zu sprechen, wenn man sagen soll, was man sich wünscht. Angenommen, ich sage: Diesen Winter fahre ich nach Davos – vielleicht also irgend etwas, das man auf Reisen gebrauchen kann! In diesem Fall bestünde die Möglichkeit, daß er mir ein Reisenecessaire mit vergoldeten Beschlägen schenkte, aber genausogut könnte es auch ein Baedeker für die Schweiz, das Buch ›Skilaufen ohne Tränen‹ oder irgend etwas Derartiges sein.«

»Viel wahrscheinlicher ist wohl, daß er sich sagt: Sie wird viel zum Tanzen gehen, also wird ein Fächer bestimmt ganz nützlich sein.«

»Ja, und dabei besitze ich doch schon unzählige Fächer; du siehst selbst, wo die Gefahr und der Grund für meine Besorgnis liegen. Wenn es aber eines gibt, das ich mir mehr als alles andere wünsche und dringend brauche, dann ist es ein Pelz. Nicht einen einzigen habe ich. Man hat mir erzählt, daß Davos von Russen nur so wimmele, und bestimmt tragen sie die hinreißendsten Zobelpelze und ähnliches. Wenn man aber ständig unter Leuten ist, die in Pelzen ersticken, und man selbst besitzt keinen einzigen, wird man leicht dazu verleitet, die meisten Gebote zu übertreten.«

»Wenn du auf einen Pelz so versessen bist«, sagte Eleanor, »wirst du die Auswahl persönlich überwachen müssen. Du kannst nie wissen, ob euer Vetter den Unterschied zwischen einem Silberfuchs und einem gewöhnlichen Eichhörnchen kennt.«

»Bei Goliath and Mastodon liegen ein paar himmlische Silberfuchsstolen«, sagte Suzanne mit einem Seufzer. »Wenn ich Bertram nur irgendwie in das Geschäft hinein bekäme und ihn zu einem Gang durch die Pelzabteilung überreden könnte!«

»Wohnt er nicht ziemlich in der Nähe?« sagte Eleanor.

»Kennst du nicht seine Gewohnheiten? Macht er vielleicht zu einer ganz bestimmten Tageszeit einen Spaziergang?«

»Normalerweise geht er bei schönem Wetter gegen drei Uhr zu Fuß in seinen Club. Und dabei kommt er direkt bei Goliath and Mastodon vorüber.«

»Dann werden wir beide ihm morgen ganz zufällig an der Ecke begegnen«, sagte Eleanor. »Wir können ihn ein Stück begleiten, und mit ein bißchen Glück müßte es uns gelingen, ihn in das Geschäft hineinzubekommen. Du kannst sagen, du wollest ein Haarnetz oder irgendwas besorgen. Wenn wir erst einmal drinnen sind, sage ich dann: ›Willst du mir nicht endlich verraten, was du dir zum Geburtstag wünschst?‹ Und dann hast du alles gleich bei der Hand – den reichen Cousin, die Pelzabteilung und deinen Geburtstagswunsch.«

»Die Idee ist großartig«, sagte Suzanne. »Du bist wirklich ein feiner Kerl. Dann holst du mich also morgen um zwanzig vor drei ab? Aber verspäte dich um Himmels willen nicht; unser Überfall muß pünktlich auf die Minute durchgeführt werden.«

Wenige Minuten vor drei näherten sich die Pelzjägerinnen am folgenden Nachmittag vorsichtig der auserwählten Straßenecke. Ganz in der Nähe ragte die kolossale Fassade des berühmten Geschäftshauses Goliath and Mastodon auf. Der Nachmittag war einmalig schön; es war genau das Wetter, das einen Gentleman fortgeschrittenen Alters dazu verlocken kann, sich mittels eines gemächlichen Spaziergangs mit Maßen Bewegung zu machen.

»Ach, Schatz, ich wäre dir so schrecklich dankbar, wenn du mir heute abend einen Gefallen tun würdest«, sagte Eleanor zu ihrer Begleiterin. »Kannst du nicht gleich nach dem Abendessen unter irgendeinem Vorwand vorbeikommen und als vierter Mann mit Adela und den Tanten Bridge spielen? Sonst muß ich es nämlich, und dabei kommt Harry Scarisbrooke ganz unerwartet um Viertel nach neun, und ich möchte so gern frei sein, um mit ihm sprechen zu können, während die anderen spielen.«

»Es tut mir so leid, Liebes, aber das geht nicht«, sagte Suzanne. »Ein ordinäres Bridge um den Bruchteil eines Penny, und dazu noch mit so langsamen Spielern wie deinen Tanten, reizt mich einfach zu Tränen. Ich schlafe fast immer dabei ein.«

»Aber ich muß doch unbedingt eine Möglichkeit haben, mit Harry sprechen zu können«, drängte Eleanor, und ein ärgerliches Funkeln erschien in ihren Augen. »Es tut mir wirklich leid. Ich würde alles für dich tun – nur ausgerechnet das nicht«, sagte Suzanne leichthin. Die Opfer der Freundschaft waren in ihren Augen eine wirklich schöne Sache, solange man sie nicht von ihr verlangte.

Eleanor sprach nicht weiter über dieses Thema, und ihre Mundwinkel beruhigten sich schließlich von selbst.

»Da ist er!« rief Suzanne plötzlich. »Schnell!«

Mr. Bertram Kneyght begrüßte seine Cousine und deren Freundin mit ungeheuchelter Herzlichkeit und akzeptierte bereitwillig ihre Aufforderung, den gedrängt vollen Handelsplatz, der sich verlockend unmittelbar neben ihnen ausbreitete, zu erforschen. Die Glastür wurde aufgestoßen, und tapfer stürzte sich das Trio in das dichte Gedränge der Käufer und Müßiggänger.

»Ist es hier immer so voll?« fragte Bertram, an Eleanor gewandt.

»Mehr oder weniger schon, und außerdem ist gerade Herbstschlußverkauf«, erwiderte sie.

Voller Besorgnis, ihren Cousin auch in den ersehnten Hafen der Pelzabteilung zu lotsen, war Suzanne den anderen immer um einige Schritte voraus, kehrte gelegentlich zu ihnen zurück, wenn die beiden für einen Moment an irgendeinem interessanten Ladentisch stehenblieben, und wirkte dabei so aufgeregt und ängstlich wie eine Krähenmutter, die ihre Jungen zu den ersten Flugversuchen ermuntert.

»Nächsten Mittwoch hat Suzanne Geburtstag«, vertraute Eleanor ihrem Begleiter Bertram Kneyght an, als Suzanne sie einmal ungewöhnlich weit zurückgelassen hatte. »Ich selbst habe am Tag vorher Geburtstag, jetzt suchen wir beide nach irgendwelchen Kleinigkeiten, die wir uns gegenseitig schenken können.« »Aha«, sagte Bertram. »Dann können Sie mir vielleicht in diesem Punkt mit einem Rat behilflich sein. Ich möchte nämlich Suzanne auch irgend etwas schenken, habe aber nicht die geringste Vorstellung, was sie sich wünscht.«

»Das ist bei ihr auch ein ziemliches Problem«, sagte Eleanor. »Sie scheint alles zu besitzen, was man sich nur denken kann – die Glückliche. Aber einen Fächer kann man immer brauchen; diesen Winter fährt sie nach Davos, und da wird sie bestimmt viel zum Tanzen gehen. Ja – ich kann mir vorstellen, daß sie sich über einen Fächer mehr als über irgend etwas anderes freuen wird. Wenn unsere Geburtstage vorüber sind, besichtigen wir immer gegenseitig unsere Kollektion von Geschenken, und dabei komme ich mir immer etwas zurückgesetzt vor. Sie bekommt so nette Sachen, und bei mir lohnt es sich eigentlich gar nicht, sie vorzuzeigen. Wissen Sie, keiner meiner Verwandten oder der Leute, die mir etwas schenken, lebt in guten Verhältnissen, so daß ich auch von niemandem erwarten kann, mehr zu tun, als sich dieses Tages mit einer winzigen Kleinigkeit zu erinnern. Vor zwei Jahren versprach mir ein Onkel mütterlicherseits, der zu einer kleinen Erbschaft gekommen war, zu meinem Geburtstag eine Silberfuchsstola. Ich kann Ihnen gar nicht sagen, wie aufgeregt ich war, und ich malte mir schon aus, wie ich sie meinen Freundinnen und Feindinnen vorführen wollte. Und ausgerechnet in diesem Moment starb seine Frau, und natürlich konnte man von dem armen Mann nicht erwarten, daß er in einer solchen Zeit auch noch an Geburtstagsgeschenke dachte. Seitdem lebt er im Ausland, und meinen Pelz habe ich nie bekommen. Wissen Sie: Bis zum heutigen Tag kann ich es nicht ertragen, einen Silberfuchs im Schaufenster oder um die Schulter einer anderen liegen zu sehen, ohne darüber fast in Tränen auszubrechen. Wenn die Aussicht bestünde, irgendwann einen Pelz zu bekommen, würde ich es wahrscheinlich als weniger schlimm empfinden. Sehen Sie, da drüben gibt es Fächer – links von Ihnen. Tauchen Sie doch einfach in der Menge unter. Und besorgen Sie ihr den hübschesten, den Sie finden können – sie ist ein wirklich liebes Mädchen.«

»Hallo – ich dachte schon, ich hätte euch verloren«, sagte Suzanne und drängte sich durch ein hinderliches Knäuel von Kunden. »Wo ist denn Bertram?«

»Ich habe ihn schon ziemlich lange nicht gesehen. Ich dachte, er wäre mit dir vorausgegangen«, sagte Eleanor. »In diesem Gewühle werden wir ihn nie finden.«

Und das war, wie sich herausstellte, eine zutreffende Voraussage.

»Jetzt war also die ganze Aufregung und Planung doch umsonst«, sagte Suzanne verdrossen, als sie sich ergebnislos durch ein halbes Dutzend Abteilungen gedrängt hatten.

»Ich verstehe wirklich nicht, warum du ihn nicht einfach am Arm festgehalten hast«, sagte Eleanor. »Ich hätte es bestimmt getan, wenn ich ihn länger gekannt hätte – aber so bin ich ihm doch gerade erst vorgestellt worden. Es ist schon fast vier; wollen wir nicht lieber eine Tasse Tee trinken?«

Einige Tage danach rief Suzanne euphorisch bei Eleanor an.

»Vielen Dank für den Bilderrahmen. Genau das hatte ich mir doch so gewünscht. Das war ganz reizend von dir. Weißt du übrigens, was dieser Kneyght mir geschenkt hat? Genau das, was du gesagt hast: einen lumpigen Fächer! Was? Doch, für einen Fächer ist er ganz ordentlich, aber trotzdem…«

»Du mußt einmal zu mir kommen und dir ansehen, was er mir geschenkt hat«, kam Eleanors Stimme aus dem Hörer.

»Dir? Wieso hat er denn dir etwas geschenkt?«

»Dein Cousin scheint zu den so seltenen reichen Leuten zu gehören, denen es Spaß macht, anderen etwas Schönes und Wertvolles zu schenken«, lautete die Antwort.

»Und da habe ich mich gewundert, daß er unbedingt wissen wollte, wo sie wohnt«, fauchte Suzanne vor sich hin, als sie den Hörer aufgelegt hatte.

Zwischen die Freundschaft der beiden jungen Frauen hat sich mittlerweile eine Wolke geschoben; soweit Eleanor davon betroffen ist, hat die Wolke die Form eines Silberfuchses.

DAS NEUE KLEID

Virginia Woolf

M abel hatte ihren ersten ernsthaften Verdacht, daß etwas nicht stimmte, als sie ihren Mantel ablegte, und Mrs. Barnet, während sie ihr den Spiegel reichte und die Bürsten berührte und sie so, vielleicht ziemlich deutlich, auf die diversen Gerätschaften zum Richten und Ordnen von Haaren, Teint und Kleidern aufmerksam machte, die es auf dem Frisiertisch gab, bestätigte den Verdacht – daß es nicht stimmte, nicht ganz stimmte, der sich verstärkte, als sie nach oben ging, und ihr zur Gewißheit wurde, als sie Clarissa Dalloway grüßte, so daß sie geradewegs auf die andere Seite des Raumes ging, in eine schattige Ecke, in der ein Spiegel hing, und hineinsah. Nein! Es stimmte *nicht.* Und sofort legte sich das Elend, das sie immer zu verbergen suchte, die tiefe Unzufriedenheit – das Gefühl, das sie schon als Kind gehabt hatte, anderen Menschen unterlegen zu sein – über sie, unbarmherzig, gnadenlos, mit einer Intensität, der sie sich nicht erwehren konnte, wie sie es tat, wenn sie nachts aufwachte, indem sie Borrow oder Scott las; denn oh, diese Männer, oh, diese Frauen, sie alle dachten – »Was hat Mabel da nur an? Sie sieht ja verboten aus! Was für ein abscheuliches neues Kleid!« – und ihre Augenlider flatterten, wenn sie auf sie zutraten, und dann klappten ihre Lider fest zu. Es war ihre eigene entsetzliche Unzulänglichkeit; ihre Feigheit; ihr erbärmliches, wasserdurchsetztes Blut, das sie niederdrückte. Und sofort kam ihr das ganze Zimmer, in dem sie so viele Stunden lang mit der kleinen Schneiderin überlegt hatte, wie es werden sollte, schmierig vor, widerwärtig; und ihr eigener Salon so schäbig, und sie selbst, beim Weggehen, aufgeblasen vor Eitelkeit, wie sie die Briefe auf dem Tischchen im Flur berührte und sagte: »Wie langweilig!« um sich wichtig zu machen – das alles schien nun unaussprechlich dumm, armselig und provinziell. Das alles war ein für allemal zerstört worden, entlarvt, zersprengt, in dem Augenblick, in dem sie Mrs. Dalloways Salon betrat.

Was sie an jenem Abend gedacht hatte, als, sie saß noch am Teetisch, Mrs. Dalloways Einladung kam, war, daß es ihr natürlich unmöglich wäre, modisch zu sein. Es war absurd, auch nur so tun zu wollen – Mode bedeutete Schnitt, bedeutete Stil, bedeutete wenigstens dreißig Guineen – aber warum nicht originell sein? Warum nicht einfach sie selbst sein? Und sie war aufgestanden und hatte das alte Modeheft ihrer Mutter hervorgeholt, ein Pariser Modeheft im Empirestil, und sie hatte gedacht, wieviel hübscher, würdevoller und fraulicher sie damals waren, und sich in den Kopf gesetzt – oh, wie dumm von ihr – sein zu wollen wie sie, hatte sich, um ehrlich zu sein, damit hervortun wollen, bescheiden und altmodisch und sehr bezaubernd zu wirken, hatte sich, daran konnte es keinen Zweifel geben, einer Orgie der Eigenliebe hingegeben, die bestraft gehörte, und sich deshalb so herausgeputzt.

Aber sie wagte es nicht, in den Spiegel zu sehen. Sie konnte sich dem Schrecken in seiner Gänze nicht stellen – dem blaßgelben, idiotisch altmodischen Seidenkleid mit dem langen Rock und den hoch angesetzten Ärmeln und der Taille und allem, was im Modeheft so bezaubernd aussah, aber nicht an ihr, nicht unter all diesen normalen Leuten. Wie sie da stand, kam sie sich vor wie eine Schneiderpuppe, in die junge Leute Stecknadeln piksen konnten.

»Aber, meine Liebe, es ist bezaubernd!« sagte Rose Shaw und musterte sie von Kopf bis Fuß, die Lippen in leisem Spott verzogen, wie sie es erwartet hatte – und Rose selbst natürlich nach der allerneuesten Mode gekleidet, genau wie alle anderen, immer.

Wir sind alle wie Fliegen, die versuchen, über den Rand der Untertasse zu krabbeln, dachte Mabel und wiederholte den Satz, als bekreuzigte sie sich, als versuche sie, einen Zauberspruch zu finden, um diesen Schmerz auszulöschen, diese Qual erträglich zu machen. Zitate aus Shakespeare, Zeilen aus Büchern, die sie vor ewigen Zeiten gelesen hatte, gingen ihr plötzlich durch den Kopf, wenn sie sich quälte, und sie wiederholte sie immer und immer wieder. »Fliegen, die zu krabbeln versuchen«, wiederholte sie. Wenn es ihr gelang, sich das oft genug vorzusagen und die Fliegen zu sehen, würde sie empfindungslos werden, kalt, versteinert, stumm. Jetzt konnte sie Fliegen langsam aus einer Untertasse mit Milch kriechen sehen, die Flügel verklebt; und sie mühte sich verzweifelt (während sie vor dem Spiegel stand und Rose Shaw zuhörte), sich dazu zu zwingen, Rose Shaw und all die anderen Leute hier als Fliegen zu sehen, die versuchten, sich aus etwas herauszuhieven, oder in etwas hinein, klägliche, unbedeutende, sich abrackernde Fliegen. Aber sie konnte sie nicht so sehen, nicht andere Leute. Sich selbst sah sie so – sie war eine Fliege, aber die anderen waren Libellen, Schmetterlinge, wunderschöne Insekten, die tanzten, flatterten, dahinschossen, während sie allein sich mühsam aus der Untertasse herauszog. (Neid und Mißgunst, die abscheulichsten der Laster, waren ihre schlimmsten Fehler.)

»Ich komme mir vor wie eine armselige, kümmerliche, schrecklich abgetakelte alte Fliege«, sagte sie, zwang

Robert Haydon stehenzubleiben, nur um sie das sagen zu hören, nur um sich selbst dadurch zu beruhigen, daß sie einen armen schwächlichen Spruch aufpolierte und so zeigte, wie sehr sie über dem allen stand, wie witzig sie war, daß sie sich nicht im geringsten von irgend etwas ausgeschlossen fühlte. Und natürlich gab Robert Haydon eine ganz höfliche, ganz unaufrichtige Antwort, die sie sofort durchschaute, und kaum daß er gegangen war, sagte sie sich (wieder aus irgendeinem Buch), »Lügen, Lügen, Lügen!« Denn eine Gesellschaft macht die Dinge entweder viel realer, oder viel unrealer, dachte sie; sie sah blitzartig auf den Grund von Robert Haydons Herz; sie durchschaute alles. Sie sah die Wahrheit. *Das hier* war wahr, dieser Salon, dieses Selbst, das andere falsch. Miss Milans kleines Arbeitszimmer war wirklich schrecklich heiß, stickig, schmierig. Es roch nach Kleidern und gekochtem Kohl; und doch hatte, als Miss Milan ihr den Spiegel reichte und sie sich in dem Kleid begutachtete, fertig, ein unglaubliches Glücksgefühl ihr Herz erfüllt. Durchflutet von Licht, lebte sie plötzlich. Frei von Sorgen und Falten war das, was sie von sich erträumt hatte, da – eine schöne Frau. Nur eine Sekunde lang (sie hatte nicht gewagt, länger hinzusehen, Miss Milan wollte etwas über die Länge des Rocks wissen) sah ihr, eingerahmt von verschnörkeltem Mahagoni, ein grau-weißes, geheimnisvoll lächelndes, bezauberndes Mädchen entgegen, der Kern ihrer selbst, die Seele ihrer selbst; und es war nicht nur Eitelkeit, nicht nur Eigenliebe, die sie glauben ließen, es sei gut, zärtlich und wahr. Miss Milan sagte, der Rock dürfe auf keinen Fall länger werden; falls überhaupt, sagte Miss Milan, die Stirn gekraust, angestrengt nachdenkend, müsse der Rock kürzer sein; und sie fühlte sich plötzlich, ehrlich, erfüllt von Liebe für Miss Milan, empfand viel viel mehr Zuneigung für Miss Milan denn für irgend jemand sonst in der ganzen Welt, und hätte vor Mitleid darüber weinen können, daß sie den Mund voller Stecknadeln auf dem Boden herumkroch, das Gesicht gerötet, mit vorquellenden Augen – daß ein menschliches Wesen so etwas für ein anderes tun konnte, und sie sah sie alle nur als menschliche Wesen, und sich selbst auf dem Weg zu ihrer Gesellschaft, und Miss Milan, wie sie das Tuch über den Käfig des Kanarienvogels deckte oder ihn ein Hanfkorn von ihren Lippen piken ließ, und der Gedanke daran, an diese Seite der menschlichen Natur und ihre Geduld und ihre Ausdauer und ihr Zufriedensein mit derart erbärmlichen, kärglichen, kläglichen kleinen Vergnügungen füllte ihre Augen mit Tränen.

Und nun war das alles verschwunden. Das Kleid, das Zimmer, die Liebe, das Mitleid, der verschnörkelte Spiegel und der Käfig des Kanarienvogels – alles war verschwunden, und hier stand sie in einer Ecke von Mrs. Dalloways Salon, litt Todesqualen, aufgeschreckt in die Realität.

Aber es war alles so armselig, dünnblütig, kleinlich, sich derart zu sorgen in ihrem Alter und mit zwei Kindern, immer noch so absolut abhängig zu sein von den Meinungen der Leute und keine Prinzipien oder Überzeugungen zu haben, nicht sagen zu können, wie andere Leute es taten: »Da ist Shakespeare! Da ist der Tod! Wir alle sind Maden in einem Stück Schiffszwieback« – oder was es auch war, was die Leute sagten.

Sie sah sich im Spiegel direkt an; sie zupfte an ihrer linken Schulter; sie trat ins Zimmer hinaus, als würden von allen Seiten Speere auf ihr gelbes Kleid geschleudert. Aber statt wild oder tragisch auszusehen, wie Rose Shaw es getan hätte – Rose hätte wie Boadicea ausgesehen – sah sie dumm und verlegen aus, und zierte sich wie ein Schulmädchen und trottete durch das Zimmer, schlurfte dahin wie ein geprügelter Straßenköter, und sah sich ein Bild an, einen Stich. Als ginge man auf eine Gesellschaft, um sich Bilder anzusehen! Alle wußten, aus welchem Grund sie das tat – aus Scham, aus Demütigung.

»Jetzt ist die Fliege in der Untertasse«, sagte sie zu sich selbst, »mittendrin, und kann nicht heraus, und die Milch«, dachte sie, unverwandt auf das Bild starrend, »verklebt ihr die Flügel.«

»Es ist so altmodisch«, sagte sie zu Charles Burt, zwang ihn stehenzubleiben (was er an und für sich haßte) auf seinem Weg, um sich mit jemand anderem zu unterhalten.

Sie meinte, oder versuchte sich einzureden, daß sie meinte, daß es das Bild war, und nicht ihr Kleid, das altmodisch war. Und ein Wort der Anerkennung, ein freundliches Wort von Charles hätte in diesem Augenblick für sie den ganzen Unterschied ausgemacht. Wenn er nur gesagt hätte, »Mabel, Sie sehen heute abend bezaubernd aus!«, hätte sich ihr ganzes Leben geändert. Aber dann hätte sie auch ehrlich und direkt sein müssen. Charles sagte natürlich nichts dergleichen. Er war die personifizierte Bosheit. Er durchschaute einen immer, vor allem, wenn man sich besonders erbärmlich, schäbig oder dümmlich vorkam. »Mabel hat ein neues Kleid!« sagte er, und die arme Fliege wurde brutal in die Mitte der Untertasse geschubst. Wirklich, er würde sie gerne ertrinken sehen, glaubte sie. Er hatte kein Herz, keine echte, grundlegende Güte, nur einen Firnis von Freundlichkeit. Miss Milan war bedeutend realer, bedeutend gütiger. Wenn man das doch nur fühlen und sich immer daran halten könnte. »Wieso?« fragte sie sich – während sie Charles eine viel zu schnippische Antwort gab, ihn merken ließ, daß sie mißgestimmt war, oder »gries-grämig« wie er es nannte (»Wohl etwas griesgrämig?« sagte er und ging weiter, um dort drüben mit einer Frau über sie zu lachen) – »Wieso?« fragte sie sich selbst, »kann ich nicht immer eine Sache fühlen, ganz sicher fühlen, daß Miss Milan recht hat, und Charles unrecht, und mich daran halten, sicher sein in bezug auf den Kanarienvogel und das Mitleid und die Liebe und nicht in einer Sekunde um und um gepeitscht werden, nur weil ich in ein Zimmer voller Leute komme?« Es war wieder ihr verhaßter, schwacher, wankender Charakter, der sie im kritischen Moment immer im Stich ließ und nicht ernsthaft interessiert war an Konchologie, Etymologie, Botanik, Archäologie, Kartoffeln aufzuschneiden und zu beobachten, wie sie Früchte ansetzten, wie Mary Dennis, wie Violet Searle.

Dann sah Mrs. Holman sie da stehen und stürzte sich auf sie. Natürlich war etwas wie ein Kleid für Mrs. Holman nicht weiter beachtenswert, fiel ihre Familie doch ständig die Treppe herunter oder hatte Scharlach. Konnte Mabel ihr vielleicht sagen, ob Elmthorpe je im August und September vermietet wurde? Oh, es war eine Unterhaltung, die sie unsäglich langweilte! – es machte sie wütend, wie ein Häusermakler oder ein Botenjunge behandelt zu werden, benutzt zu werden. Keinen Wert zu haben, das war es, dachte sie, während sie versuchte, sich an etwas Festes zu halten, etwas Reales, während sie versuchte, vernünftige Antworten über das Badezimmer und die Südlage und das heiße Wasser bis in den obersten Stock des Hauses zu geben; und die ganze Zeit über konnte sie kleine Stücke ihres gelben Kleides in dem runden Spiegel sehen, der sie alle zur Größe von Stiefelknöpfen oder Kaulquappen schrumpfte; und es war erstaunlich zu denken, wieviel Demütigung und Qual und Selbstverachtung und

Mühe und leidenschaftliche Höhen und Tiefen der Gefühle in einem Ding von der Größe eines Dreipennystücks enthalten waren. Und was noch merkwürdiger war, dieses Ding, diese Mabel Waring, war abgesondert, war losgelöst; und obwohl Mrs. Holman (der schwarze Knopf) sich vorbeugte und ihr erzählte, wie ihr ältester Junge sich beim Laufen das Herz überanstrengt hatte, konnte sie auch sie sehen, ebenfalls losgelöst im Spiegel, und es war unmöglich, daß der schwarze Punkt, der sich vorbeugte, gestikulierte, den gelben Punkt, der einsam da saß, auf sich selbst beschränkt, dazu bringen konnte zu fühlen, was der schwarze Punkt fühlte, und doch taten sie so.

»Einfach unmöglich, Jungen ruhig zu halten« – das war die Art von Bemerkung, die man von sich gab.

Und Mrs. Holman, die nie genug Mitgefühl bekommen konnte und nach dem bißchen, das es gab, gierig schnappte, als wäre es ihr Recht (aber sie verdiente viel mehr, denn da war ihr kleines Mädchen, das heute morgen mit einem geschwollenen Kniegelenk heruntergekommen war), nahm das klägliche Almosen und begutachtete es mißtrauisch, mißmutig, als wäre es ein halber Penny, wo es doch ein Pfund hätte sein müssen, und steckte es weg in ihre Börse, mußte sich damit zufriedengeben, knauserig und knickerig wie es war, die Zeiten waren hart, so hart; und redete weiter, die knarrende, beleidigte Mrs. Holman, über das Mädchen mit den geschwollenen Gelenken. Ah, es war tragisch, diese Gier, dieses Wehklagen menschlicher Wesen, wie eine Reihe von Kormoranen, die bellten und mitleidheischend mit den Flügeln schlugen – es war tragisch, hätte man es fühlen können und nicht nur so getan, als fühle man es!

Aber in ihrem gelben Kleid konnte sie heute abend keinen weiteren Tropfen aus sich herauswringen; sie wollte alles, alles für sich selbst. Sie wußte (sie konnte nicht aufhören, in den Spiegel zu sehen, tauchte ein in diesen schrecklich verräterischen blauen Tümpel), daß sie verdammt war, verachtet, so zurückgelassen in einem toten Wasserarm, weil sie so war, eine schwache, wankende Kreatur; und es schien ihr, als sei das gelbe Kleid eine Strafe, die sie verdient hatte, und wenn sie wie Rose Shaw gekleidet gewesen wäre, in herrlichem, eng anliegendem Grün mit einem Hauch von Schwanenfeder, hätte sie eben das verdient; und sie dachte, daß es kein Entkommen für sie gäbe – überhaupt keines. Aber es war schließlich nicht nur ihr Fehler, nicht allein. Es lag auch daran, daß sie aus einer zehnköpfigen Familie stammte; nie genug Geld da war, immer geknausert und gespart werden mußte; und ihre Mutter schleppte große Konservendosen, und das Linoleum auf der Treppe war an den Kanten zerschlissen, und eine banale häusliche Tragödie nach der anderen – nichts Katastrophales, die Schafzucht ein Mißerfolg, aber kein totaler; ihr ältester Bruder unter seinem Niveau verheiratet, aber nicht viel – es gab keine Romanzen, nichts Extremes, bei ihnen allen. Ihr Leben zerrann in allen Ehren in Badeorten am Meer; in jedem Seebad schlief auch jetzt eine ihrer Tanten in irgendeinem Logis, dessen Vorderfenster nicht so ganz aufs Meer hinausgingen. Das war so typisch für sie – immer mußten sie auf die Dinge schielen. Und sie hatte es genauso gemacht – sie war genau wie ihre Tanten. Trotz all ihrer Träume vom Leben in Indien, verheiratet mit einem Helden wie Sir Henry Lawrence, einem Empirearchitekten (immer noch machte der Anblick eines turbantragenden Eingeborenen sie sentimental), hatte sie gänzlich versagt. Sie hatte Hubert geheiratet, mit seinem sicheren, untergeordneten Dauerposten beim Gericht, und sie kamen einigermaßen zurecht in ihrem eher kleinen Haus, ohne richtiges Personal, und Hackfleisch, wenn sie allein war, oder einfach nur Brot und Butter, aber ab und zu – Mrs. Holman verzog sich, hielt sie für den vertrocknetsten, fühllosesten Klotz, dem sie je begegnet war, dazu noch völlig absurd angezogen, und würde jedem von Mabels wunderlichem Aussehen erzählen – ab und zu, dachte Mabel Waring, alleingelassen auf dem blauen Sofa, das Kissen aufschüttelnd, um beschäftigt auszusehen, denn auf gar keinen Fall würde sie zu Charles Burt und Rose Shaw gehen, die wie zwei Elstern schwatzten und vor dem Kamin vielleicht über sie lachten – ab und zu kamen bezaubernde Augenblicke zu ihr, zum Beispiel neulich nachts, als sie im Bett gelesen hatte, oder am Meer im Sand in der Sonne, Ostern – wie war das noch einmal gewesen? – ein großes Büschel blassen Strandgrases, das verdreht wie eine Garbe von Speeren vor dem Himmel stand, der blau war wie ein glattes Porzellanei, so fest, so hart, und dann die Melodie der Wellen – ›Schsch – schsch‹ sagten sie, und die Rufe der Kinder beim Planschen – ja, es war ein göttlicher Augenblick, und sie lag da, fühlte sie, in der Hand der Göttin, die die Welt war; eine eher hartherzige, aber sehr schöne Göttin, ein kleines Lämmchen auf dem Altar (man dachte solche Dummheiten, und es spielte keine Rolle, solange man sie nie aussprach). Und auch mit Hubert hatte sie manchmal ganz unerwartet – wenn sie den Hammel für das Sonntagsessen schnitt, aus keinem Grund, einen Brief öffnete, in ein Zimmer kam – göttliche Augenblicke, in denen sie zu sich selbst sagte (denn sie würde dies nie zu irgend jemand sonst sagen), ›Das ist es. Das ist geschehen. Das ist es!‹ Und anders herum war es gleichermaßen überraschend – das heißt, wenn alles vorbereitet war – Musik, Wetter, Ferien, jeder Grund zum

Glücklichsein war da – und dann geschah nichts, gar nichts. Man war nicht glücklich. Es war fad, einfach fad, das war alles.

Ihr elendes Selbst schon wieder, ohne Frage! Sie war immer eine überbesorgte, schwache, ungenügende Mutter gewesen, eine unbestimmte Ehefrau, die in einer Art Dämmerexistenz umhertaumelte ohne etwas sehr Klares oder sehr Kühnes oder mehr das eine als das andere, wie all ihre Brüder und Schwestern, mit Ausnahme von Herbert vielleicht – sie alle waren die gleichen armen wasserblütigen Kreaturen, die nichts taten. Und dann, mitten in diesem kriechenden, krabbelnden Leben, war sie plötzlich auf der Schaumkrone einer Welle. Die elende Fliege – wo hatte sie die Geschichte, die ihr nicht aus dem Kopf ging, über die Fliege und die Untertasse, bloß gelesen? – kämpfte sich heraus. Ja, sie hatte diese Momente. Aber jetzt, wo sie vierzig war, kamen sie vielleicht immer seltener. Ganz allmählich würde sie aufhören weiterzukämpfen. Aber das war bedauernswert! Das war unerträglich! Da mußte sie sich ja über sich selbst schämen!

Morgen würde sie in die Londoner Stadtbibliothek gehen. Sie würde ein wunderbares, hilfreiches, erstaunliches Buch finden, rein zufällig, ein Buch von einem Geistlichen, von einem Amerikaner, von dem niemand je gehört hatte; oder sie würde die Strand entlanggehen und zufällig in eine Halle hineingeraten, in der ein Bergarbeiter vom Leben unter Tage erzählte, und plötzlich würde sie ein neuer Mensch werden. Sie würde völlig verändert sein. Sie würde eine Uniform tragen; sie würde Schwester Soundso genannt werden; sie würde nie wieder einen Gedanken an Kleider verschwenden. Und von dem Augenblick an würde sie immer absolute Klarheit haben über Charles Burt und Miss Milan und dieses Zimmer und jenes Zimmer; und es würde immer, Tag für Tag, so sein, als liege sie in der Sonne oder als schneide sie den Hammel. Das würde es sein!

So stand sie von dem blauen Sofa auf, und der gelbe Knopf im Spiegel stand ebenfalls auf, und sie winkte Charles und Rose zu, um ihnen zu zeigen, daß sie nicht die Spur auf sie angewiesen war, und der gelbe Knopf bewegte sich aus dem Spiegel heraus, und alle Speere sammelten sich in ihrer Brust, als sie zu Mrs. Dalloway ging und sagte:»Gute Nacht.«

»Aber es ist zu früh, um zu gehen«, sagte Mrs. Dalloway, die immer so charmant war.

»Tut mit leid, aber ich muß«, sagte Mabel Waring.

»Aber«, fügte sie mit ihrer schwachen, zittrigen Stimme hinzu, die nur lächerlich klang, wenn sie versuchte, ihr mehr Festigkeit zu geben,»es hat mir ausgezeichnet gefallen.«

»Es hat mir gefallen«, sagte sie zu Mr. Dalloway, dem sie auf der Treppe begegnete.

»Lügen, Lügen, Lügen«, sagte sie zu sich selbst, als sie die Treppe herunterging, und»Mitten in der Untertasse«, sagte sie zu sich selbst, als sie Mrs. Barnet für ihre Hilfe dankte und sich um und um und um in den chinesischen Mantel hüllte, den sie nun schon seit zwanzig Jahren trug.

WINTER-KREUZFAHRT

William Somerset Maugham

K apitän Erdmann kannte Miss Reid nur flüchtig, bis die »Friedrich Weber« Haiti erreichte. Sie war in Plymouth an Bord gekommen, aber da hatte er bereits eine Anzahl von Passagieren aufgenommen, Franzosen, Belgier und Leute aus Haiti, von denen viele schon früher mit ihm gereist waren, und sie erhielt einen Platz am Tisch des Ersten Ingenieurs. Die »Friedrich Weber« war ein Frachter, der regelmäßig von Hamburg nach Cartagena an der kolumbischen Küste fuhr und auf dem Weg einige Westindische Inseln anlief. Sie brachte Phosphate und Zement aus Deutschland und nahm Kaffee und Bauholz mit zurück, aber ihre Besitzer, die Gebrüder Weber, waren jederzeit bereit, sie einen Umweg machen zu lassen, wenn es sich für eine Ladung irgendwelcher Art lohnte. Die »Friedrich Weber« war darauf eingestellt, Vieh, Maultiere, Kartoffeln oder sonst etwas aufzunehmen, wenn dabei nur die Möglichkeit bestand, einen Pfennig ehrlich zu verdienen. Sie nahm auch Passagiere auf. Sechs Kajüten waren auf dem Oberdeck und sechs unten. Die Einrichtung war nicht luxuriös, aber das Essen gut, einfach und reichlich, und der Fahrpreis niedrig. Die Rundreise nahm neun Wochen in Anspruch und kostete Miss Reid nicht mehr als fünfundvierzig Pfund. Sie freute sich nicht nur darauf, viele interessante Gegenden von historischer Bedeutung kennenzulernen, sondern sich auch viel Wissenswertes anzueignen, das ihren Geist bereichern konnte.

Der Agent hatte sie darauf vorbereitet, daß sie bis zur Ankunft in Port-au-Prince in Haiti die Kajüte mit einer anderen Dame teilen müsse. Miss Reid störte das nicht; sie hatte Gesellschaft gern, und als der Steward ihr sagte, daß Madame Bollin ihre Reisegefährtin sei, dachte sie sofort, dies würde eine willkommene Gelegenheit sein, ihr Französisch aufzufrischen. Sie geriet nur leicht aus der Fassung, als sie entdeckte, daß Madame Bollin kohlschwarz war. Sie sagte sich, daß man das Gute und Schlechte ineinanderrechnen müsse und daß allerlei Sorten nötig seien, um eine Welt zu bilden.

Miss Reid war seefest, wie es nicht anders erwartet werden konnte, da ihr Großvater Marineoffizier gewesen war, aber nach einigen stürmischen Tagen wurde das Wetter gut, und bald kannte sie ihre sämtlichen Reisegefährten. Sie fand leicht Kontakt mit den Leuten. Das war eine der Ursachen, daß sie in ihrem Geschäft erfolgreich gewesen war: Sie besaß eine Teestube in einem berühmten Erholungsort im Westen Englands, und sie hatte für jeden Gast, der hereinkam, ein Lächeln und ein freundliches Wort. Im Winter schloß sie, und die letzten vier Jahre hatte sie immer eine Kreuzfahrt unternommen. Man treffe dabei so interessante Menschen, meinte sie, und man lerne immer etwas. Die Passagiere auf der »Friedrich Weber« waren zwar nicht von so guter Klasse wie jene, die sie im Jahr zuvor auf ihrer Mittelmeerfahrt getroffen hatte, aber Miss Reid war kein Snob, und obwohl die Tischmanieren von einigen Leuten sie schockierten, war sie doch entschlossen, die gute Seite von allem zu sehen und sich mit ihnen abzufinden. Sie las sehr gern und freute sich, als sie bei der Durchsicht der Schiffsbücherei viele Bücher von Philip Oppenheim, Edgar Wallace und Agatha Christie entdeckte. Aber da es so viele Leute zum Plaudern gab, fand sie gar keine Zeit zum Lesen und beschloß, damit zu warten, bis sich das Schiff in Haiti leeren würde.

»Schließlich«, sagte sie, »ist die menschliche Natur wichtiger als die Literatur.«

Miss Reid hatte immer im Ruf gestanden, gute Konversation zu machen, und während der vielen Tage auf See stellte sie mit Genugtuung fest, daß die Tischgespräche dank ihrer Bemühung kein einziges Mal stockten. Sie verstand die Leute auszufragen, und jedesmal, wenn ein Thema erschöpft schien, hatte sie eine Bemerkung bereit, um es wieder zu beleben, oder ein neues Thema lag ihr schon auf der Zungenspitze, um die Konversation wieder in Gang zu bringen. Ihre Freundin, Miss Price, Tochter des verstorbenen Vikars von Campden, die sie in Plymouth ans Schiff begleitet hatte – denn sie wohnte dort –, hatte oft zu ihr gesagt:

»Weißt du, Venetia, du hast einen männlichen Geist. Du bist nie in Verlegenheit, was du sagen sollst.«

»Nun, ich glaube, wenn du dich für jedermann interessierst, wird sich auch jedermann für dich interessieren«, erwiderte Miss Reid bescheiden. »Übung macht den Meister, und ich habe die unendliche Fähigkeit, mich zu bemühen, von der Dickens sagte, daß sie Genie bedeutete.«

Miss Reid hieß nicht wirklich Venetia; ihr Name war Alice, aber da er ihr nicht gefiel, hatte sie schon als junges Mädchen den poetischen Namen angenommen, der ihrer Meinung nach so viel besser zu ihrer Persönlichkeit paßte.

Miss Reid hatte viele interessante Gespräche mit ihren Mitreisenden, und sie bedauerte es aufrichtig, als das Schiff endlich Port-au-Prince anlief und die letzten von ihnen an Land gingen. Die »Friedrich Weber« lag zwei Tage dort, so daß Miss Reid die Stadt und die Umgebung besichtigen konnte. Als sie wieder abfuhren, war sie der einzige Passagier. Das Schiff fuhr an der Küste der Insel entlang und legte in verschiedenen Häfen an, um Ladung zu löschen oder an Bord zu nehmen.

»Hoffentlich geraten Sie allein mit so vielen Männern nicht in Verlegenheit, Miss Reid«, sagte der Kapitän scherzhaft, als sie sich zum Mittagessen niederließen. Sie hatte ihren Platz zu seiner Rechten, und am Tisch saßen außerdem noch der Erste Maat, der Erste Ingenieur und der Arzt.

»Ich bin eine Frau von Welt, Kapitän. Ich habe immer gefunden, wenn eine Dame wirklich eine Dame ist, dann benehmen sich Herren auch wie Herren.«

»Wir sind nur rauhe Seeleute, Madam, Sie dürfen nicht zuviel erwarten.«

»Gütige Herzen sind mehr als Adelskronen und schlichter Glaube mehr als Normannenblut, Kapitän«, erwiderte Miss Reid.

Er war ein kleiner, untersetzter Mann mit glattrasiertem Kopf und einem roten, glattrasierten Gesicht. Er trug ein weißes Trikothemd, das aber außer bei den Mahlzeiten aufgeknöpft war und seine behaarte Brust zeigte. Er war ein jovialer Bursche. Er konnte nur polternd reden. Miss Reid hielt ihn für ein Original, aber sie hatte einen ausgesprochenen Sinn für Humor und war bereit, ihm dies zugute zu halten. Sie nahm die Konversation in die Hand. Sie hatte auf der Hinreise sehr viel über Haiti erfahren und noch mehr während der zwei Tage, die sie dort verbracht hatte, aber sie wußte, daß Männer lieber sprechen als zuhören, und darum stellte sie ihnen eine Reihe von Fragen, zu denen sie die Antworten schon kannte; seltsamerweise aber kannten sie sie nicht. Zuletzt sah sie sich gezwungen, einen richtigen kleinen Vortrag zu halten, und bevor das Mittagessen zu Ende war, hatte sie ihnen eine Menge interessanter Informationen übermittelt: über die Geschichte und die wirtschaftliche

Lage der Republik, die Probleme, denen die Regierung zu begegnen hatte, und ihre Zukunftsaussichten. Sie sprach ziemlich langsam, mit vornehmer Stimme, und ihr Wortschatz war reich.

Bei Einbruch der Nacht gingen sie in einem kleinen Hafen vor Anker, wo sie dreihundert Säcke Kaffee laden sollten, und der Agent kam an Bord. Der Kapitän forderte ihn auf, zum Abendessen dazubleiben, und bestellte Cocktails. Als der Steward damit kam, glitt Miss Reid in den Salon. Ihre Bewegungen waren gelassen, elegant und selbstsicher. Sie behauptete immer, daß man am Gang einer Frau sofort erkennen könne, ob sie eine Dame sei. Der Kapitän stellte ihr den Agenten vor, und sie setzte sich.

»Was trinken denn die Herren?« fragte sie.

»Einen Cocktail. Wollen Sie einen haben, Miss Reid?«

»Das wäre gar nicht übel.«

Sie trank ihn, und der Kapitän fragte sie zögernd, ob sie noch einen haben wolle.

»Noch einen? Nun, der Kameradschaft wegen – ja.«

Der Agent, der viel weißer war als manche andere, war der Sohn eines früheren Gesandten von Haiti am deutschen Hof, und da er lange Jahre in Berlin gelebt hatte, sprach er gut Deutsch. Er hatte tatsächlich aus diesem Grund den Posten bei einer deutschen Schiffahrtsgesellschaft bekommen. Dies veranlaßte Miss Reid, ihnen beim Abendessen die ganze Geschichte ihrer Rheinreise zu erzählen, die sie einmal gemacht hatte. Nachher saß sie mit dem Agenten, dem Kapitän, dem Arzt und dem Maat um einen Tisch herum, und alle tranken Bier. Miss Reid hielt es für ihre Aufgabe, den Agenten auszuholen. Die Tatsache, daß sie Kaffee luden, erweckte in ihr den Gedanken, es müsse interessant für ihn sein, wie der Tee auf Ceylon angebaut wurde; ja sie war auf einer Kreuzfahrt in Ceylon gewesen, und die Tatsache, daß sein Vater Diplomat war, machte sein Interesse für die königliche Familie von England zur Gewißheit. Sie verbrachte einen äußerst angenehmen Abend. Als sie sich endlich zur Ruhe begab, denn es wäre ihr nie eingefallen zu sagen, daß sie ins Bett gehen wolle, sagte sie zu sich selber: »Es besteht kein Zweifel darüber, daß Reisen eine große erzieherische Wirkung hat.« Es war wirklich ein Erlebnis, mit all diesen Männern alleine zu sein. Wie sie zu Hause lachen würden, wenn sie nach ihrer Heimkehr alles darüber erzählte! Sie würden sagen, daß so etwas nur Venetia passieren könne. Sie lächelte, als sie den Kapitän auf Deck mit seiner starken, dröhnenden Stimme singen hörte. Die Deutschen waren so musikalisch. Er hatte eine drollige Art, mit seinen kurzen Beinen auf und ab zu stolzieren, während er Wagnersche Melodien zu Worten eigener Erfindung sang. Es war aus »Tannhäuser«, was er jetzt sang (dieses entzückende Lied vom Abendstern); doch da Miss Reid kein Deutsch verstand, konnte sie sich nur wundern, was für seltsame Worte er dazu fand. Das war auch gut.

»Oh, welche Pest ist dieses Weib, ich bringe es um, wenn das so bleibt!« Dann ging er zu Siegfrieds Schwertlied über. »Furchtbar, furchtbar, furchtbar ist sie! Ich werfe sie in die See!«

Und das traf natürlich auf Miss Reid zu. Sie war entsetzlich, geradezu erstaunlich und qualvoll langweilig. Sie redete mit steter Eintönigkeit, und es hatte keinen Zweck, sie zu unterbrechen, denn dann fing sie nur wieder von vorn an. Sie hatte einen unstillbaren Durst nach Belehrung, und keine flüchtige Bemerkung konnte über den Tisch hinüber gemacht werden, ohne daß sie unzählige Fragen daran knüpfte. Sie träumte sehr lebhaft, und sie berichtete diese Träume mit un-

erträglicher Langatmigkeit. Es gab keinen Gegenstand, über den sie nicht etwas Banales zu sagen wußte. Sie hatte einen Gemeinplatz für jede Gelegenheit bereit. Sie zielte auf das Abgedroschene, wie ein Hammer den Nagel in die Wand hineintreibt. Sie tauchte im Augenfälligen unter, wie ein Zirkusclown durch den Reifen springt. Schweigen konnte sie nicht beschämen. Diese armen Männer, so weit von ihren Heimen und dem Trippeln kleiner Füße entfernt, und Weihnachten vor der Türe, kein Wunder, daß sie in gedämpfter Stimmung waren; sie verdoppelte ihre Bemühungen, ihr Interesse zu erwecken und sie zu unterhalten. Sie war entschlossen, ein wenig Frohsinn in ihr trübes Dasein zu bringen. Denn das war das Schreckliche an der Sache: Miss Reids Absichten waren gut. Sie unterhielt sich nicht nur selber gut, sie wollte, daß alle sich gut unterhielten. Sie war überzeugt, daß alle sie so gern hatten, wie sie selber sie gern hatte. Sie fühlte, daß sie ihr Teil dazu beitrug, der Gesellschaft zum Erfolg zu verhelfen, und sie war naiv glücklich bei dem Gedanken, daß ihr dies gelang. Sie erzählte ihnen alles von ihrer Freundin Miss Price, und wie oft diese zu ihr gesagt hatte: »Venetia, niemand hat eine langweilige Minute in deiner Gegenwart.«
Es war die Pflicht des Kapitäns, einem Passagier gegenüber höflich zu sein, und wenn er ihr auch noch so gern gesagt hätte, sie solle ihren törichten Mund halten – er konnte es nicht. Selbst wenn er seine Meinung frei hätte äußern dürfen, wußte er doch, daß er sie niemals so hätte kränken können. Nichts hemmte ihren Redestrom. Er war so unwiderstehlich wie eine Naturgewalt.
Einmal begannen sie, in ihrer Verzweiflung deutsch zu sprechen, aber Miss Reid machte dem sofort ein Ende.

»Nein, das kann ich nicht dulden, daß Sie etwas sagen, das ich nicht verstehe. Sie sollten alle Nutzen daraus ziehen, daß Sie mich alleine für sich haben und sich im Englischen üben können.«

»Wir sprachen von technischen Sachen, die Sie nur langweilen würden, Miss Reid«, sagte der Kapitän.

»Ich langweile mich nie. Und darum, auch wenn Sie mich für ein klein wenig eingebildet halten mögen, bin ich nie langweilig. Sehen Sie, ich weiß gerne Bescheid. Alles interessiert mich, und man kann nie wissen, wann ein bißchen Kenntnis einem von Nutzen sein könnte.«

Der Doktor lächelte trocken.

»Der Kapitän hat das nur gesagt, weil er verlegen war. Er hat nämlich eine Geschichte erzählt, die für die Ohren einer unverheirateten Dame nicht geeignet war.«

»Ich bin zwar eine unverheiratete Dame, aber ich bin auch eine Frau von Welt; ich erwarte nicht, daß Seeleute Heilige sind. Sie brauchen nicht ängstlich zu sein, was Sie vor mir sagen, Kapitän, ich werde nicht entsetzt sein. Ich möchte Ihre Geschichte sehr gerne hören.«

Der Doktor war ein Mann von sechzig Jahren, mit dünnem, grauem Haar, einem grauen Schnurrbart und kleinen, scharfen blauen Augen.

Er war ein schweigsamer, verbitterter Mann, und so sehr sich Miss Reid auch bemühte, ihn ins Gespräch zu ziehen, war es doch fast unmöglich, ein Wort aus ihm herauszubekommen.

Aber sie war nicht die Frau, die ohne Kampf nachgab, und eines Morgens auf offener See, als sie ihn mit einem Buch auf Deck sitzen sah, zog sie ihren Stuhl neben den seinen und ließ sich neben ihm nieder.

»Lesen Sie gerne, Doktor?« fragte sie munter.

»Ja.«

»Ich auch. Und ich vermute, daß Sie wie alle Deutschen musikalisch sind.«

»Ich höre Musik gern.«

»Ich auch. Als ich Sie zum erstenmal sah, dachte ich sofort, daß Sie klug aussehen.«

Er warf ihr einen kurzen Blick zu, verzog die Lippen und las weiter. Dies schreckte Miss Reid nicht ab.

»Aber lesen kann man natürlich jederzeit. Ich ziehe immer ein gutes Gespräch einem guten Buch vor. Sie nicht?«

»Nein.«

»Das ist sehr interessant. Sagen Sie mir nur, warum?«

»Ich kann Ihnen keinen Grund nennen.«

»Das ist sehr merkwürdig, nicht? Aber ich finde die menschliche Natur überhaupt sehr merkwürdig. Ich interessiere mich schrecklich für Menschen, wissen Sie. Ärzte habe ich immer gern, sie wissen so viel über die menschliche Natur, aber ich könnte Ihnen einige Dinge erzählen, die sogar Sie erstaunen würden. Man erfährt viel über die Leute, wenn man wie ich eine Teestube leitet, das heißt, wenn man die Augen offenhält.«

Der Doktor erhob sich.

»Ich muß Sie bitten, mich zu entschuldigen, Miss Reid. Ich muß jetzt einen Patienten besuchen.«

»Jedenfalls ist es mir gelungen, das Eis zu brechen«, dachte sie, während er sich entfernte. »Ich glaube, er war nur schüchtern.«

Ein paar Tage später fühlte sich der Doktor gar nicht wohl. Er hatte ein inneres Leiden, das ihn von Zeit zu Zeit plagte, aber er war daran gewöhnt und nicht geneigt, darüber zu reden. Wenn er einen seiner Anfälle hatte, wollte er nur allein gelassen werden. Seine Kajüte war klein und dumpf; darum legte er sich auf Deck in einen Liegestuhl und schloß die Augen. Miss Reid spazierte gerade auf und ab, um sich wie jeden Morgen und Abend eine halbe Stunde Bewegung zu machen. Er dachte, wenn er sich schlafend stellte, würde sie ihn nicht stören. Als sie aber ein halbes dutzendmal an ihm vorbeigekommen war, blieb sie vor ihm stehen. Obwohl er die Augen geschlossen hatte, wußte er, daß sie ihn betrachtete.

»Kann ich etwas für Sie tun, Doktor?« fragte sie.

Er zuckte zusammen.

»Warum, was denn?«

Er schaute sie an und bemerkte ihren tiefbekümmerten Blick.

»Sie sehen schrecklich krank aus«, sagte sie.

»Ich habe große Schmerzen.«

»Ich weiß. Das kann ich sehen. Kann man nichts dagegen tun?«

»Nein, es geht nach einiger Zeit vorbei.«

Sie zögerte einen Augenblick und ging dann fort. Nach einer Weile kam sie zurück.

»Sie sehen so unbehaglich aus, ohne Kissen oder irgend etwas. Ich habe Ihnen mein Reisekissen gebracht, das ich immer mitnehme. Lassen Sie es mich Ihnen unter den Kopf schieben.«

Er fühlte sich im Augenblick zu elend, um zu protestieren. Sie hob seinen Kopf sanft auf und schob das weiche Kissen darunter. Es war wirklich bequemer für ihn. Sie strich ihm mit der Hand, die kühl und weich war, über die Stirn.

»Armer Mann«, sagte sie. »Ich weiß, wie Ärzte sind. Ärzte haben keine Ahnung, wie sie sich selber behandeln sollten.«

Sie verließ ihn, kam aber nach wenigen Minuten mit einem Stuhl und einem Beutel zurück. Als der Doktor sie bemerkte, zuckte er gequält zusammen.

»Nun werde ich Ihnen nicht erlauben zu sprechen; ich werde nur neben Ihnen sitzen und stricken. Ich finde, es ist immer tröstlich, wenn man sich nicht wohl fühlt, jemand in der Nähe zu haben.«

Sie setzte sich, zog einen angefangenen Schal aus ihrem Beutel und begann emsig die Nadeln zu handhaben. Sie sprach kein Wort. Und merkwürdigerweise empfand der Doktor ihre Gegenwart als Trost. Niemand an Bord hatte überhaupt bemerkt, daß er krank war; er hatte sich einsam gefühlt, und die Teilnahme dieser hoffnungslos langweiligen Person war wohltuend für ihn. Es beruhigte ihn, sie da schweigend arbeiten zu sehen, und bald schlief er ein. Als er wieder aufwachte, arbeitete sie noch. Sie sah ihn mit einem leichten Lächeln an, sagte aber nichts. Der Schmerz war vergangen, und er fühlte sich viel wohler.

Er ging erst am Spätnachmittag in den Salon. Dort fand er den Kapitän und Hans Krause, den Maat, die zusammen Bier tranken.

»Setzen Sie sich, Doktor«, sagte der Kapitän. »Wir halten eben Kriegsrat. Sie wissen, daß übermorgen Heiliger Abend ist.«

»Natürlich.« Der Weihnachtsabend bedeutet dem Deutschen viel, und sie hatten sich schon alle darauf gefreut. Sie hatten den ganzen Weg von Deutschland her einen Weihnachtsbaum mitgebracht.

»Beim Essen heute war Miss Reid gesprächiger denn je. Hans und ich haben beschlossen, daß etwas dagegen geschehen muß.«

»Sie hat heute vormittag zwei Stunden schweigend neben mir gesessen. Da hat sie wohl das Versäumte nachholen wollen.«

»Es ist schlimm genug, gerade jetzt von zu Hause weg zu sein, und es bleibt uns nichts anderes übrig, als das Beste draus zu machen. Wir wollen unseren Heiligen Abend genießen, und wenn wir wegen Miss Reid nichts unternehmen, ist das ausgeschlossen.«

»Wir können es nicht gemütlich haben, wenn sie dabei ist«, sagte der Maat. »Sie würde todsicher alles verderben.«

»Was schlagen Sie vor, um sie loszuwerden, wenn wir sie nicht über Bord werfen können?« sagte der Doktor lächelnd. »Sie ist keine üble Seele; alles, was ihr fehlt, ist ein Liebhaber.«

»In ihrem Alter?« rief Hans Krause.

»Gerade in ihrem Alter. Diese ausschweifende Redseligkeit, diese Sucht nach Auskünften, die zahllosen Fragen, ihre Banalitäten, die Art, wie sie kein Ende findet – das ist alles ein Zeichen ihrer rebellierenden Jungfräulichkeit. Ein Liebhaber würde ihr Frieden bringen. Ihre überreizten Nerven würden sich entspannen. Sie hätte wenigstens eine Stunde lang gelebt. Die tiefe Befriedigung, die ihr Wesen verlangt, würde durch diese gereizten Sprachzentren fließen, und wir hätten Ruhe.« Es war immer etwas schwer festzustellen, wieviel der Doktor von dem, was er sagte, wirklich meinte und wann er sich lustig machte. Aber die blauen Augen des Kapitäns funkelten übermütig.

»Na, Doktor, ich setze großes Vertrauen in Ihre Diagnose. Das Rezept, das Sie vorschlagen, ist sicher einen Versuch wert, und da Sie Junggeselle sind, ist es klar, daß seine Anwendung Ihnen obliegt.«

»Verzeihen Sie, Kapitän, es ist meine berufliche Pflicht, den Patienten, die mir auf diesem Schiff anvertraut sind, Arzneien zu verordnen, aber nicht, sie ihnen persönlich zu verabreichen. Außerdem bin ich sechzig.«

»Ich bin ein verheirateter Mann mit erwachsenen Kindern«, sagte der Kapitän. »Ich bin alt und dick und asthmatisch; es ist klar, daß mir eine solche Aufgabe nicht zugemutet werden kann. Die Natur hat mich für die Rolle eines Ehemannes und Vaters bestimmt, nicht für die eines Liebhabers.«

»In diesen Dingen ist Jugend eine Voraussetzung und gutes Aussehen von Vorteil«, sagte der Doktor ernst. Der Kapitän schlug mit der Faust krachend auf den Tisch. »Sie denken an Hans. Sie haben ganz recht. Hans muß es sein.«

Der Maat sprang auf die Füße.

»Ich? Niemals.«

»Hans, du bist groß, hübsch, stark wie ein Löwe, tapfer und jung. Wir werden noch dreiundzwanzig Tage auf See sein, bevor wir nach Hamburg kommen. Du willst doch einen vertrauten alten Kapitän in solcher Notlage nicht im Stich lassen, oder deinen guten Freund, den Doktor?«

»Nein, Kapitän, das ist zuviel von mir verlangt. Ich bin noch kein ganzes Jahr verheiratet, und ich liebe meine Frau. Ich kann es kaum erwarten, nach Hamburg zurückzukommen. Sie sehnt sich ebenso nach mir wie ich mich nach ihr. Ich will ihr nicht untreu werden – vor allem nicht mit Miss Reid.«

»Miss Reid ist gar nicht so übel«, sagte der Doktor.

»Manche Leute würden sie sogar hübsch finden«, sagte der Kapitän.

Und wirklich, wenn man Miss Reids Züge einzeln betrachtete, war sie keineswegs unschön. Wohl hatte sie ein langes, dummes Gesicht, aber ihre braunen Augen waren groß, und sie hatte sehr dichte Wimpern; ihr braunes Haar war kurz geschnitten und lockte sich recht gefällig im Nacken; ihre Haut war nicht schlecht, und sie war weder zu dick noch zu dünn. Sie war nach heutigen Begriffen nicht alt, und wenn sie gesagt hätte, sie sei vierzig, so hätte man das ohne weiteres geglaubt. Das einzige, was an ihr auszusetzen blieb, war, daß sie hausbacken und langweilig war.

»Muß ich also weitere dreiundzwanzig Tage die Weitschweifigkeit dieser lästigen Person ertragen? Muß ich noch geschlagene dreiundzwanzig Tage ihre törichten Fragen beantworten und ihre albernen Bemerkungen anhören? Muß ich alter Mann mir meinen Heiligen Abend, den schönen Abend, auf den ich mich gefreut hatte, durch die Gesellschaft dieser unerträglichen Jungfer verderben lassen? Und nur weil niemand gefunden werden kann, der ein wenig Galanterie, ein wenig menschliche Güte, einen Beweis von Mildtätigkeit einer einsamen Frau gegenüber aufbringen kann! Ich werde das Schiff auflaufen lassen.«

»Es bleibt immer noch der Funker«, sagte Hans.

Der Kapitän stieß einen lauten Schrei aus. »Hans, mögen die zehntausend Jungfrauen von Köln sich erheben und dich segnen. Steward«, donnerte er, »sag dem Funker, daß ich ihn sprechen will.«

Der Funker kam in den Salon und stand stramm. Die drei Männer betrachteten ihn schweigend. Er überlegte beunruhigt, ob er etwas angestellt habe, wofür er nun zur Rechenschaft gezogen werden sollte. Er war mehr als mittelgroß, mit breiten Schultern und schmalen Hüften, kerzengerade und schlank; seine gebräunte, glatte Haut sah aus, als habe ein Rasiermesser sie nie berührt, er hatte große, auffallend blaue Augen und eine Mähne von lockigem, goldblondem Haar. Er war ein Prachtexemplar junger teutonischer Männlichkeit. Er war so gesund, so kräftig und voller Leben, daß man selbst auf eine gewisse Entfernung die Vitalität spürte, die von ihm ausstrahlte.

»Wie alt bist du, mein Junge?« sagte der Kapitän.

»Einundzwanzig, Herr Kapitän.«

»Verheiratet?«

»Nein, Herr Kapitän.«

»Verlobt?«

Der Funker kicherte. Es lag etwas anziehend Knabenhaftes in seinem Lachen. »Nein, Herr Kapitän.«

179

»Du weißt, daß wir einen weiblichen Passagier an Bord haben?«

»Ja, Herr Kapitän.«

»Kennst du sie?«

»Wenn ich sie treffe, sage ich ihr guten Morgen.«

Der Kapitän nahm seine offiziellste Haltung an. Seine Augen, die meistens vor Humor zwinkerten, waren jetzt streng, und er legte einen bellenden Ton in seine volle, tiefe Stimme.

»Obwohl dies ein Frachtdampfer ist und wir wertvolle Ladung mitführen, nehmen wir auch die Passagiere auf, die wir kriegen können, und das ist eine Abteilung unseres Geschäfts, an deren Entwicklung der Gesellschaft sehr viel liegt. Die Weisungen an mich lauten dahin, alles nur mögliche für die Zufriedenheit und das Behagen der Passagiere zu tun. Miss Reid benötigt einen Liebhaber. Der Doktor und ich sind zu der Überzeugung gekommen, daß du geeignet bist, den Anforderungen von Miss Reid zu entsprechen.«

»Ich, Herr Kapitän?« Der Funker wurde feuerrot und begann dann zu kichern, beherrschte sich aber gleich wieder, als er die entschlossenen Mienen der drei Männer ihm gegenüber sah. »Aber sie ist alt genug, um meine Mutter zu sein.«

»In deinem Alter hat das gar nichts zu sagen. Sie ist eine vornehme Dame und mit allen großen Familien in England verwandt. Wenn sie Deutsche wäre, so wäre sie mindestens eine Gräfin. Daß du für diesen verantwortungsvollen Posten auserwählt worden bist, bedeutet eine Ehre, die du hoch einschätzen solltest. Außerdem ist dein Englisch mangelhaft, und hierdurch wirst du eine glänzende Gelegenheit haben, es zu verbessern.«

»Das ist allerdings wahr«, sagte der Funker. »Ich weiß, daß es mir an Übung fehlt.«

»Es kommt im Leben nicht so oft vor, daß man Vergnügen mit geistiger Entwicklung verbinden kann, und du darfst dir zu diesem Glücksfall gratulieren.«

»Aber wenn ich diese Frage stellen darf, Herr Kapitän: warum benötigt Miss Reid einen Liebhaber?«

»Es scheint eine alte englische Sitte zu sein, daß unverheiratete Frauen von hohem Rang sich zu dieser Jahreszeit den Umarmungen eines Liebhabers hingeben. Die Gesellschaft wünscht dringend, daß Miss Reid genauso behandelt wird, wie das auf einem englischen Schiff der Fall gewesen wäre, und wenn sie zufrieden ist, dürfen wir damit rechnen, daß sie bei ihren aristokratischen Beziehungen vielen ihrer Freunde diese Schiffahrtslinie empfehlen wird.«

»Herr Kapitän, ich bitte mich zu entschuldigen.«

»Dies ist keine Bitte, die ich heute ausspreche, sondern ein Befehl. Du wirst dich heute abend um elf Uhr bei Miss Reid in ihrer Kajüte melden.«

»Was soll ich tun, wenn ich dort bin?«

»Tun?« donnerte der Kapitän. »Tun? Dich natürlich benehmen.«

Er winkte mit der Hand und entließ ihn. Der Funker schlug die Hacken zusammen, salutierte und ging hinaus.

»Jetzt wollen wir noch ein Glas Bier trinken«, sagte der Kapitän.

Beim Abendessen war Miss Reid ganz auf der Höhe. Sie war wortreich. Sie war neckisch. Sie war vornehm. Es gab keinen Gemeinplatz, den sie nicht ausgesprochen hätte. Es gab keine abgedroschene Redensart, die sie vermieden hätte. Sie bombardierte alle mit törichten Fragen. Das Gesicht des Kapitäns wurde immer röter bei der Bemühung, seine Wut zu unterdrücken; er fühlte, daß er ihr nicht länger mit Höflichkeit begegnen konnte, und wenn das Rezept des Doktors nicht half, würde er sich eines Tages vergessen und ihr nicht nur ein wenig, sondern restlos die Meinung sagen.

»Ich werde meinen Posten verlieren«, dachte er dabei, »aber ich glaube fast, daß es sich lohnen würde.« Am nächsten Tag saßen sie schon alle am Tisch, als sie zum Mittagessen hereinkam. »Morgen ist Weihnachtsabend«, sagte sie munter. Dieser Hinweis entsprach ihr durchaus. Sie fuhr fort: »Nun, was haben Sie alle heute vormittag getrieben?« Da sie jeden Tag genau das gleiche taten und sie genau wußte, was das war, wirkte diese Frage aufreizend. Der Kapitän verlor den Mut. Er sagte dem Doktor kurz, was er von ihm hielt.

»Jetzt aber bitte kein Deutsch«, sagte Miss Reid schalkhaft. »Sie wissen, daß ich das nicht gestatte, und warum, Kapitän, haben Sie den armen Doktor so verdrießlich angesehen? Es ist doch Weihnachtszeit, bedenken Sie, Frieden auf Erden und den Menschen ein Wohlgefallen. Ich bin schon ganz aufgeregt im Gedanken an morgen. Werden an dem Weihnachtsbaum Kerzen sein?«

»Natürlich.«

»Wie wunderbar! Ich finde immer, daß ein Weihnachtsbaum ohne Kerzen kein Weihnachtsbaum ist. Ach, übrigens, denken Sie nur: Ich hatte gestern abend ein so komisches Erlebnis. Ich kann es gar nicht verstehen.«

Eine betroffene Stille trat ein. Alle blickten gespannt auf Miss Reid. Ausnahmsweise hingen sie einmal an ihren Lippen.

»Ja«, fuhr sie in dem ihr eigenen monotonen und gezierten Ton fort, »ich wollte mich gestern abend gerade zur Ruhe begeben, als es an meine Tür klopfte. ›Wer ist da?‹ sagte ich. ›Der Funker‹, war die Antwort. ›Was

gibt es?‹ fragte ich. ›Kann ich Sie sprechen?‹ sagte er.«
Sie hörten mit atemloser Aufmerksamkeit zu.
»›Nun, ich will schnell einen Morgenrock anziehen‹,
sagte ich, ›und die Tür aufmachen.‹ Also zog ich den
Morgenrock an und öffnete die Tür. Der Funker sagte:
›Entschuldigen Sie, Miss, aber wollen Sie nicht vielleicht eine Funkbotschaft senden?‹ Nun, ich fand es
schon sehr komisch, daß er um diese Stunde kam, um
mich zu fragen, ob ich eine Funkbotschaft senden
möchte; ich lachte ihm gerade ins Gesicht, denn es
regte meinen Sinn für Humor an, wenn Sie verstehen,
was ich damit meine, aber ich wollte ihn nicht kränken, darum sagte ich: ›Vielen Dank, aber ich glaube
nicht, daß ich eine Funkbotschaft senden will.‹ Er
stand da und sah so komisch aus, als sei er ganz verlegen, darum sagte ich: ›Vielen Dank trotzdem für das
Angebot, und dann sagte ich: ›Gute Nacht und ange-
nehme Träume‹ und schloß die Tür.«
»Der verdammte Narr«, rief der Kapitän aus.
»Er ist noch jung, Miss Reid«, warf der Doktor ein. »Das
war übertriebener Eifer. Wahrscheinlich dachte er,
daß Sie gern Ihren Freunden Glückwünsche schicken
möchten, und da wollte er Ihnen den Vorteil einer ver-
billigten Gebühr vermitteln.«
»Ach, es hat mir gar nichts ausgemacht. Ich habe diese
komischen kleinen Erlebnisse auf Reisen gern. Ich la-
che nur herzlich darüber.«
Sobald das Essen vorüber war und Miss Reid sie verlassen hatte, ließ der Kapitän den Funker kommen.
»Du Esel, warum in aller Welt hast du Miss Reid gestern abend gefragt, ob sie einen Funkspruch senden
wolle?«
»Herr Kapitän, Sie haben mir gesagt, ich solle mich
natürlich benehmen. Ich bin Funker. Ich dachte, es sei
natürlich, wenn ich sie frage, ob sie einen Funkspruch

senden wolle. Ich wußte nicht, was ich sonst sagen sollte.«

»Gott im Himmel!« schrie der Kapitän. »Als Siegfried Brünhilde auf dem Felsen liegen sah und ausrief: ›Das ist kein Mann!‹« (der Kapitän sang die Worte zwei- oder dreimal, weil er seine Stimme gern hörte, bevor er fortfuhr), »hat Siegfried sie dann, nachdem sie erwachte, gefragt, ob sie einen Funkspruch senden möchte, um vielleicht ihrem Papa mitzuteilen, daß sie sich von ihrem langen Schlaf erhoben habe und jetzt wach sei?«

»Ich möchte Sie respektvoll darauf aufmerksam machen, daß Brünhilde Siegfrieds Tante war. Miss Reid ist mir völlig fremd.«

»Er hat nicht darüber nachgedacht, daß sie seine Tante war. Er wußte nur, daß sie eine schöne und wehrlose Frau war, allem Anschein nach aus guter Familie, und er benahm sich so, wie jeder Gentleman es getan hätte. Du bist jung und hübsch, die Ehre Deutschlands liegt in deiner Hand.«

»Zu Befehl, Herr Kapitän. Ich werde mir Mühe geben.«

An diesem Abend wurde wieder an Miss Reids Türe geklopft.

»Wer ist da?«

»Der Funker. Ich habe eine Funknachricht für Sie, Miss Reid.«

»Für mich?« Sie war erstaunt, aber es fiel ihr sofort ein, daß einer ihrer Mitreisenden, der in Haiti an Land gegangen war, ihr einen Weihnachtsgruß geschickt haben konnte. Wie freundlich sind doch die Menschen, dachte sie. »Ich bin zu Bett. Legen Sie es vor die Tür.«

»Es ist mit Rückantwort. Zehn Worte vorausbezahlt.«

Dann konnte es kein Festgruß sein. Ihr Herzschlag stockte.

Es konnte nur eins bedeuten: Ihr Geschäft war bis auf den Boden niedergebrannt. Sie sprang aus dem Bett.

»Schieben Sie es unter der Tür durch, dann schreibe
ich die Antwort und schiebe es Ihnen zurück.«
Der Umschlag wurde unter der Tür durchgeschoben,
und als er auf dem Teppich erschien, hatte er wirklich
ein unheilvolles Aussehen. Miss Reid nahm ihn rasch
und riß ihn auf. Die Worte schwammen vor den Augen,
und sie konnte ihre Brille nicht gleich finden. Dies war
es, was sie las:
*Fröhliche Weihnachten. Stop. Frieden auf Erden und
den Menschen ein Wohlgefallen. Stop. Sie sind sehr
schön. Ich liebe Sie. Stop. Ich muß mit Ihnen sprechen.
Stop. Unterzeichnet: der Funker.*
Miss Reid las es zweimal durch. Dann nahm sie langsam ihre Brille ab und versteckte sie unter einem
Schal. Sie öffnete die Tür.
»Kommen Sie herein«, sagte sie.
Am nächsten Tag war es Weihnachtsabend. Die Offiziere waren heiter und ein wenig sentimental, als sie
sich zum Mittagessen setzten. Die Stewards hatten den
Salon mit tropischen Schlingpflanzen geschmückt, als
Ersatz für Stechpalme und Misteln, und der Weihnachtsbaum stand auf dem Tisch; seine Kerzen sollten
beim Abendessen angezündet werden. Miss Reid kam
erst herein, als die Offiziere schon saßen, und als sie
ihr guten Morgen wünschten, neigte sie nur schweigend den Kopf. Alle schauten sie neugierig an. Sie
sprach dem Essen mit gutem Appetit zu, sagte aber
kein Wort. Ihr Schweigen war unheimlich. Endlich
konnte der Kapitän es nicht mehr aushalten und sagte:
»Sie sind heute sehr still, Miss Reid.«
»Ich denke nach«, erwiderte sie.
»Und wollen Sie uns Ihre Gedanken nicht mitteilen,
Miss Reid?« fragte der Doktor scherzend.
Sie warf ihm einen kühlen, beinahe hochmütigen
Blick zu.

»Ich ziehe vor, sie für mich zu behalten, Doktor. Ich hätte aber gerne noch etwas von dem Ragout, ich habe einen sehr guten Appetit.«

Sie beendeten das Mahl unter wohltuendem Schweigen. Der Kapitän stieß einen Seufzer der Erleichterung aus. Dazu war eine Mahlzeit da: zum Essen, nicht zum Schwatzen. Als sie fertig waren, ging er auf den Arzt zu und drückte ihm die Hand.

»Es ist etwas geschehen, Doktor.«

»Es ist geschehen. Sie ist wie verwandelt.«

»Aber wird es andauern?«

»Man kann nur das Beste hoffen.«

Miss Reid zog für die Feier ein Abendkleid an, ein ganz schlichtes, schwarzes Kleid, mit künstlichen Rosen an ihrem Busen und einer langen imitierten Jadekette um den Hals. Das Licht war gedämpft, und an dem Weihnachtsbaum brannten die Kerzen. Es war ein wenig wie in der Kirche. Die jüngeren Offiziere speisten an diesem Abend auch im Salon, und sie sahen sehr flott aus in ihren weißen Uniformen. Es gab Sekt auf Kosten der Schiffahrtsgesellschaft und nach dem Abendessen Punsch. Sie zogen an Knallbonbons. Sie sangen Lieder zur Grammophonbegleitung: »Deutschland, Deutschland über alles«, »Alt-Heidelberg« und »Lang, lang ist's her«. Sie schmetterten die Melodien kräftig hinaus, die Stimme des Kapitäns übertönte alle andern, und Miss Reid fiel mit einer angenehmen Altstimme ein. Der Doktor beobachtete, daß Miss Reids Augen von Zeit zu Zeit auf dem Funker ruhten, und er las in ihnen den Ausdruck einer leichten Verwirrung.

»Er ist ein hübscher Bursche, nicht wahr?« sagte der Doktor.

Miss Reid drehte sich um und schaute ihn kühl an.

»Wer?«

»Der Funker! Ich dachte, Sie hätten ihn eben betrachtet.«

»Welcher ist es?«

»Die Doppelbödigkeit der Frauen«, brummte der Doktor vor sich hin, erwiderte aber mit einem Lächeln: »Er sitzt neben dem Ersten Ingenieur.«

»Ach, natürlich, jetzt erkenne ich ihn wieder. Wissen Sie, ich finde nie, daß es so wichtig ist, wie ein Mann aussieht. Ich interessiere mich soviel mehr für den Geist eines Mannes als für sein Äußeres.«

»Oh«, sagte der Doktor.

Sie hatten alle einen kleinen Schwips, auch Miss Reid, aber sie verlor dabei nichts von ihrer Würde, und als sie ihnen gute Nacht sagte, geschah es in ihrer allerbesten Form.

»Ich habe einen ganz reizenden Abend verbracht. Ich werde niemals meinen Weihnachtsabend auf einem deutschen Schiff vergessen. Es war sehr interessant. Ein richtiges Erlebnis.«

Sie ging aufrecht zur Türe, und das war ein gewisser Triumph, denn sie hatte den ganzen Abend hindurch Zug um Zug mit ihnen ihr Glas geleert.

Sie waren am nächsten Tag alle ein wenig mitgenommen. Als der Kapitän, der Doktor und der Erste Ingenieur zum Mittagessen herunterkamen, saß Miss Reid schon am Tisch. Vor jedem Gedeck lag ein kleines, mit rosa Band umwickeltes Päckchen. Auf jedem stand geschrieben: »Fröhliche Weihnachten.« Sie schauten Miss Reid fragend an.

»Sie sind alle so freundlich zu mir gewesen, deshalb wollte ich jedem von Ihnen ein kleines Geschenk machen. Es gab nicht viel Auswahl in Port-au-Prince, Sie dürfen nicht zuviel erwarten.«

Für den Kapitän waren es zwei Pfeifen aus Rosenholz, für den Doktor sechs seidene Taschentücher, ein Zigarrenetui für den Maat und zwei Krawatten für den Ersten Ingenieur. Sie nahmen die Mahlzeit ein, und Miss Reid zog sich in ihre Kajüte zurück, um sich auszuruhen. Die Offiziere schauten einander unbehaglich an. Der Maat spielte mit dem Zigarrenetui, das sie ihm gegeben hatte.

»Ich schäme mich ein bißchen«, sagte er endlich.

Der Kapitän schwieg nachdenklich; offenbar fühlte auch er sich etwas unsicher.

»Ich frage mich, ob wir Miss Reid diesen Streich hätten spielen dürfen«, sagte er. »Sie ist eine gute Seele, und sie ist nicht reich; sie ist eine Frau, die sich ihren Unterhalt verdient. Sie hat sicher annähernd hundert Mark für diese Geschenke ausgegeben. Ich wollte beinahe, wir hätten sie in Ruhe gelassen.«

Der Doktor zuckte die Achseln.

»Sie wollten, daß sie verstummen sollte, und ich habe sie zum Schweigen gebracht.«

»Wenn man es näher überlegt, hätte es uns nichts geschadet, ihrem Geschwätz noch weitere drei Wochen zuzuhören«, sagte der Maat.

»Ich bin ihretwegen nicht ganz glücklich«, fügte der Kapitän hinzu. »Ich finde ihr Schweigen unheimlich.« Sie hatte während der ganzen Mahlzeit kaum ein Wort gesagt. Sie schien kaum darauf zu hören, was sie sprachen.

»Meinen Sie nicht, daß Sie sich bei ihr erkundigen sollten, ob sie sich ganz wohl fühlt, Doktor?« schlug der Kapitän vor.

»Natürlich fühlt sie sich wohl. Sie hat einen Wolfsappetit. Wenn Sie Erkundigungen einholen wollen, sollten Sie sich lieber an den Funker wenden.«

»Vielleicht haben Sie es noch nicht bemerkt, Doktor, aber ich bin ein Mann von großem Zartgefühl.«

»Ich habe selber auch ein Herz«, sagte der Doktor.

Während der restlichen Fahrt verwöhnten diese Männer Miss Reid in ganz übertriebener Weise. Sie behandelten sie mit der Rücksicht, die sie einer von langer gefährlicher Krankheit Genesenden entgegengebracht hätten. Obwohl ihr Appetit glänzend war, bemühten sie sich, sie mit neuen Gerichten zu verlocken. Der Doktor bestellte Wein und bestand darauf, daß sie die Flasche mit ihm teilte. Sie spielten Domino mit ihr. Sie spielten Schach mit ihr. Sie spielten Bridge mit ihr. Sie zogen sie ins Gespräch. Aber es unterlag keinem Zweifel, daß sie, obwohl sie dem Entgegenkommen höflich begegnete, innerlich für sich blieb. In ihrem Blick lag beinahe etwas wie Verachtung; man hätte fast denken können, daß diese Männer und ihre liebenswürdigen Bemühungen ihr angenehm lächerlich erschienen. Sie sprach selten, wenn sie nicht angeredet wurde. Sie las Detektivromane und saß abends auf Deck und betrachtete die Sterne. Sie lebte ein Leben für sich.

Endlich nahte das Ende der Reise. Sie dampften an einem ruhigen, grauen Tag den Ärmelkanal hinauf; sie erblickten Land. Miss Reid packte ihre Koffer. Um zwei Uhr nachmittags legten sie im Dock von Plymouth an. Der Kapitän, der Maat und der Doktor kamen herbei, um sich von ihr zu verabschieden.

»Nun, Miss Reid«, sagte der Kapitän in seiner herzhaften Weise, »es tut uns leid, Sie zu verlieren, aber wahrscheinlich freuen Sie sich, nach Hause zu kommen.«

»Sie sind sehr freundlich zu mir gewesen, Sie alle sind sehr freundlich gewesen. Ich weiß gar nicht, wodurch ich das verdient habe. Ich war sehr glücklich bei Ihnen. Ich werde Sie nie vergessen.«

Sie sprach ein wenig zittrig, sie versuchte zu lächeln, aber ihre Lippen bebten, und Tränen liefen ihr über die Wangen. Der Kapitän wurde dunkelrot. Er lächelte verlegen.

»Darf ich Ihnen einen Kuß geben, Miss Reid?«

Sie war um einen halben Kopf größer als er. Sie beugte sich herunter, und er drückte ihr einen dicken Kuß auf die eine nasse Wange und einen weiteren dicken Kuß auf die andere. Sie wandte sich zu dem Doktor und dem Maat. Und beide küßten sie.

»Was für eine alte Närrin bin ich«, sagte sie. »Alle sind so gut.«

Sie trocknete sich die Augen und ging dann langsam, in ihrer graziösen, leicht komischen Art den Laufsteg hinunter. Der Kapitän hatte feuchte Augen. Als sie den Kai erreichte, blickte sie in die Höhe und winkte jemandem auf dem Bootsdeck.

»Wem winkt sie?« fragte der Kapitän.

»Dem Funker.«

Miss Price wartete am Kai, um sie willkommen zu heißen. Als sie den Zoll passiert hatten und Miss Reid ihr großes Gepäck losgeworden war, gingen sie zu Miss Price und tranken dort einen frühen Tee. Miss Reids Zug fuhr erst um fünf Uhr. Miss Price hatte Miss Reid viel zu berichten.

»Aber es ist schlimm von mir, so ins Reden zu geraten, wenn du gerade erst nach Hause gekommen bist. Ich habe mich schon so darauf gefreut, alles über deine Reise zu hören.«

»Ich fürchte, daß es gar nicht viel zu erzählen gibt.«

»Das kann ich nicht glauben. Deine Reise ist doch gelungen, oder nicht?«

»Sehr gelungen. Es war sehr nett.«

»Und es war dir nicht unangenehm, mit all diesen Deutschen zusammen zu sein?«

»Natürlich sind sie nicht wie Engländer. Man muß sich an ihre Art gewöhnen. Sie tun manches, was – nun, was

Engländer nicht tun würden, weißt du. Aber ich finde immer, daß man die Dinge nehmen muß, wie sie kommen.«

»Was meinst du damit?«

Miss Reid blickte ihre Freundin gelassen an. Ihr langes, dummes Gesicht hatte einen milden Ausdruck, und Miss Price bemerkte das eigentümlich mutwillige Blinken in ihren Augen nicht.

»Eigentlich nur ganz bedeutungslose Ereignisse. Einfach komische, unerwartete, recht nette Erlebnisse. Zweifellos wirkt Reisen wunderbar bildend.«

DER LETZTE TEE

Dorothy Parker

D er junge Mann in dem schokoladenbraunen Anzug setzte sich an den Tisch, an dem das Mädchen
mit der künstlichen Kamelie schon seit vierzig Minuten saß.

»Ich bin wohl spät dran«, sagte er. »Tut mir leid, daß du
warten mußtest.«

»Ach du lieber Himmel«, sagte sie. »Ich bin ja selbst
gerade erst gekommen, gerade vor einer Sekunde.
Ich habe nur einfach schon mal bestellt, weil ich
unbedingt eine Tasse Tee haben mußte. Ich war
selbst spät dran. Ich bin nicht länger als eine Minute
hier.«

»Das ist gut«, sagte er. »He, he, immer langsam mit dem
Zucker – ein Würfel genügt völlig. Und nimm das Ge-
bäck da weg. Schauderhaft! Mir geht's vielleicht schauderhaft!«

»Ach«, sagte das Mädchen, »tatsächlich? Ach. Was ist
denn los?«

»Oh, ich bin fix und fertig«, sagte er. »Ich bin in schau-
derhafter Verfassung.«

»Ach, das arme Bübchen«, sagte sie. »Fühlt es sich
elend? Ach, und da hat es den weiten Weg gemacht,
nur um mich hier zu treffen! Das hättest du nicht tun
sollen – ich hätte dafür Verständnis gehabt. Ach, man
muß sich mal vorstellen, daß es den ganzen weiten
Weg gemacht hat, wo ihm doch so schlecht ist!«

»Oh, das ist schon in Ordnung«, sagte er. »Ich kann
ebensogut hier wie woanders sein. Ein Ort ist so gut
wie jeder andere, so wie ich mich heute fühle. Oh, ich
bin völlig erschossen.«

192

»Aber das ist ja furchtbar«, sagte sie. »Ja du armer kranker Kerl. Himmel, es wird doch nicht die Grippe sein. Es heißt, daß sie ziemlich umgeht.«

»Grippe!« sagte er. »Ich wollte, das wäre alles, was mir fehlt. Oh, ich bin vergiftet. Ich bin erledigt. Ich rühre das Zeug mein Lebtag nicht mehr an. Weißt du, wann ich ins Bett gekommen bin? Zwanzig Minuten nach fünf heute früh. Was das für eine Nacht war! Was das für ein Abend war!«

»Ich dachte«, sagte sie, »daß du im Büro bleiben und länger arbeiten wolltest. Du hast gesagt, du würdest diese Woche jeden Abend arbeiten.«

»Tja, ich weiß«, sagte er. »Aber es machte mich ganz kribbelig, wenn ich daran dachte, dorthin zu gehen und am Schreibtisch zu sitzen. Ich bin zu May gegangen – sie hat eine Party gegeben. Apropos, da war jemand da, der gesagt hat, daß er dich kennt.«

»Ehrlich?«, sagte sie. »Mann oder Frau?«

»Biene«, sagte er. »Namens Carol McCall. Apropos, wieso habe ich eigentlich nicht schon früher von ihr erfahren? So ein tolles Mädchen. Das ist vielleicht ein Klasseweib!«

»Ach, wirklich?« sagte sie. »Das ist komisch – ich habe noch nie von jemand gehört, der das findet. Ich habe Leute sagen hören, daß sie eigentlich ganz nett aussähe, wenn sie sich nicht so aufdonnern würde. Aber ich habe noch nie von jemand gehört, der sie reizend findet.«

»Reizend ist das richtige Wort«, sagte er. »Die hat da vielleicht ein Paar Augen im Kopf!«

»Wirklich?« sagte sie. »Sie sind mir nie besonders aufgefallen. Aber ich habe sie ja auch lange nicht gesehen – manchmal verändern sich die Menschen irgendwie.«

»Sie sagt, sie sei früher mit dir zur Schule gegangen«, sagte er.

»Na ja, wir gingen in die gleiche Schule«, sagte sie. »Ich ging rein zufällig in eine öffentliche Schule, weil sie zufällig ganz in der Nähe von uns lag und meine Mutter es haßte, wenn ich Straßen überqueren mußte. Aber sie war drei oder vier Klassen über mir. Sie ist viel älter als ich.«

»Die ist drei oder vier Klassen über allen«, sagte er. »Tanzen! Und ob die schwofen kann! ›Leg noch 'nen Zahn drauf, Schätzchen‹, hab ich dauernd zu ihr gesagt. Ich muß ganz schön angesäuselt gewesen sein.«

»Ich war auch tanzen gestern abend«, sagte sie. »Mit Wally Dillon. Er liegt mir ja ständig in den Ohren, mit ihm auszugehen. Er ist ein phantastischer Tänzer. Himmel! Ich weiß überhaupt nicht, wann ich eigentlich nach Hause gekommen bin. Ich muß ja gräßlich aussehen. Stimmt's?«

»Du siehst schon ganz in Ordnung aus«, sagte er.

»Wally ist verrückt«, sagte sie. »Was der so alles sagt! Aus irgendeinem verrückten Grund hat er es sich in den Kopf gesetzt, daß ich wunderschöne Augen habe, und, na ja, da hat er eben davon geredet, bis ich nicht mehr wußte, wo ich hinschauen soll, so verlegen war ich. Ich wurde so rot, daß ich dachte, jeder im Lokal würde zu mir herschauen. Ich wurde so rot wie eine Tomate. Wunderschöne Augen! Ist der nicht verrückt?«

»Der ist schon in Ordnung«, sagte er. »Apropos, die kleine McCall, die hat alle möglichen Angebote, zum Film zu gehen. ›Nun geh schon zu und geh hin‹, hab ich ihr gesagt. Aber sie sagt, sie hätte überhaupt keine Lust dazu.«

»Da war ein Mann droben am See im vorletzten Sommer«, sagte sie. »Er war Regisseur oder so etwas bei einem der großen Filmbosse – oh, er hatte jede Menge Einfluß! –, und er bestand dauernd darauf, daß ich in Filmen auftreten müsse. Sagte, ich müsse solche Rollen wie die Garbo spielen. Ich habe ihn nur ausgelacht. Stell dir das mal vor!«

»Sie hat Tausende von Angeboten bekommen«, sagte er. »Ich habe ihr gesagt, sie soll hingehen und zum Film gehen. Sie bekommt laufend solche Angebote.«

»Ach, wirklich?« sagte sie. »Ach, übrigens, ich wußte, daß ich dich noch etwas fragen wollte. Hast du mich gestern abend zufällig angerufen?«

»Ich?« sagte er. »Nein, ich hab nicht angerufen.«

»Während ich aus war, sagte Mutter, war dauernd diese Männerstimme dran«, sagte sie. »Ich dachte, vielleicht warst das zufällig du. Ich überlege mir, wer das gewesen sein könnte. Oh – ich glaube, ich weiß, wer das war. Ja, der war es!«

»Nein, ich habe dich nicht angerufen«, sagte er. »Ich hätte das Telefon gestern abend gar nicht sehen können. Was ich heute morgen für einen Kopf aufhatte! Ich hab Carol angerufen, so gegen zehn, und die sagte, sie fühle sich großartig. Das Mädchen ist vielleicht trinkfest!«

»Ich bin da komisch«, sagte sie. »Mir wird einfach irgendwie schlecht, wenn ich eine Frau trinken sehe. Das ist nun mal so meine Art, nehme ich an. Bei einem Mann macht es mir nicht soviel aus, aber mir wird absolut übel, wenn ich sehe, wie sich eine Frau betrinkt. So bin ich halt nun einmal.«

»Und wie die den Alkohol verträgt!« sagte er. »Und fühlt sich dann am nächsten Tag großartig. Was für eine Frau! He, was machst du denn da? Ich will keinen Tee mehr, danke. Ich bin doch keiner von diesen Teeknaben. Und diese Teestuben machen mich ganz kribbelig. Schau dir bloß mal all die alten Tanten an. Da muß einem ja ganz kribbelig werden.«

»Ja, wenn du lieber woanders wärst, um zu trinken, mit ich weiß nicht was für Leuten«, sagte sie, »dann kann ich mir beim besten Willen nicht vorstellen, wie ich das verhindern soll. Himmel, es gibt genug Leute, die froh genug sind, mich zum Tee auszuführen. Ich weiß nicht, wie viele Leute mich dauernd anrufen und mir in den Ohren liegen, weil sie mich zum Tee ausführen wollen. Sehr viele Leute!«

»Schon gut, schon gut, ich bin ja da oder etwa nicht?« sagte er. »Reg dich schon ab.«

»Ich könnte sie den ganzen Tag lang aufzählen«, sagte sie.

»Schon gut«, sagte er. »Weshalb bist du denn sauer?«

»Himmel, es geht mich ja nichts an, was du tust«, sagte sie. »Aber ich hasse es, mit anzusehen, wie du deine Zeit mit Leuten verschwendest, die auch nicht annähernd gut genug für dich sind. Das ist alles.«

»Kein Grund, dir meinetwegen Sorgen zu machen«, sagte er. »Ich bin schon in Ordnung. Bestimmt. Du mußt dir keine Sorgen machen.«

»Es ist nur, daß ich es nicht gern sehe, wie du deine Zeit verschwendest«, sagte sie, »indem du die ganze Nacht aufbleibst und dich am nächsten Tag dann schauderhaft fühlst. Ach, ich habe ja ganz vergessen, daß ihm so schlecht ist. Ach, es war gemein von mir, ihn auszuschimpfen, wo ihm doch so elend ist. Armes Bübchen. Wie fühlt es sich denn jetzt?«

»Oh, ich bin ganz in Ordnung«, sagte er. »Mir geht's prima. Möchtest du noch etwas? Wie wär's dann mit der Rechnung? Ich muß noch vor sechs telefonieren.«

»Ach, wirklich?« sagte sie. »Carol anrufen?«

»Sie hat gesagt, um diese Zeit wäre sie vermutlich zu Hause«, sagte er.

»Siehst du sie heute abend?« sagte sie.

»Sie gibt mir Bescheid, wenn ich anrufe«, sagte er. »Sie hat vermutlich rund eine Million Verabredungen. Warum?«

»Ich hab nur so gedacht«, sagte sie. »Himmel, ich muß mich sputen! Ich esse mit Wally zu Abend, und er ist so verrückt, daß er vermutlich schon da ist. Er hat mich heute rund hundertmal angerufen.«

»Warte, bis ich bezahlt habe«, sagte er, »dann bring ich dich zum Bus.«

»Ach, mach dir keine Umstände«, sagte sie. »Es ist ja gleich an der Ecke. Ich muß mich sputen. Ich nehme an, du willst hierbleiben und deine Freundin von hier aus anrufen?«

»Das ist eine Idee«, sagte er. »Bist du auch bestimmt in Ordnung?«

»Ganz bestimmt«, sagte sie.

Eilig sammelte sie ihre Handschuhe und ihre Tasche ein und verließ ihren Stuhl. Er erhob sich, allerdings nicht ganz, als sie noch einmal kurz neben ihm stehenblieb.

»Wann sehe ich dich wieder?« sagte sie.

»Ich ruf dich an«, sagte er. »Ich bin unheimlich beschäftigt, im Büro und so. Hör zu, ich mache folgendes. Ich ruf dich mal an.«

»Ehrlich, ich hab ja so viele Verabredungen!« sagte sie. »Es ist schrecklich! Ich weiß nicht, wann ich eine freie Minute habe. Aber du rufst an, ja?«

»Mach ich«, sagte er. »Paß auf dich auf.«

»Und du paß auf dich auf«, sagte sie. »Hoffentlich bist du bald wieder in Ordnung.«

»Oh, mir geht's prima«, sagte er. »Meine Lebensgeister fangen gerade an zurückzukehren.«

»Laß mich auf jeden Fall wissen, wie es dir geht«, sagte sie. »Ja? Ganz bestimmt? Also dann, auf Wiedersehen. Oh, und amüsier dich gut heute abend.«

»Danke«, sagte er. »Hoffentlich amüsierst du dich auch.«

»Oh, das werde ich bestimmt«, sagte sie. »Ich nehme es jedenfalls an. Ich muß mich tummeln! Oh, das hätte ich ja fast vergessen! Vielen Dank für den Tee. Es war sehr nett.«

»Red keinen Unsinn«, sagte er.

»Aber es war wirklich nett«, sagte sie. »Na denn. Also vergiß nicht, mich anzurufen, hörst du? Bestimmt nicht? Na denn, auf Wiedersehen.«

»Bis dann«, sagte er.

Sie ging durch die schmale Gasse zwischen den blaugestrichenen Tischen weiter.

SCHNEE IN GREENWICH VILLAGE

John Updike

D ie Maples waren erst tags zuvor ans westliche Ende der Dreizehnten Straße gezogen, und heute abend hatten sie Rebecca Cune eingeladen, weil sie ja jetzt so nah beieinander wohnten. Rebecca war ein hochgewachsenes Mädchen, das immer ein wenig lächelte und nie ganz bei der Sache war. Sie ließ sich von Richard Maple Mantel und Schal abnehmen und wandte sich zur gleichen Zeit in sanfter Begrüßung Joan zu. Richard, der sich mit besonderer Exaktheit und Würde bewegte, vor lauter Stolz, daß ihm das Mantelabnehmen so elegant von der Hand gegangen war – er und Joan waren zwar schon fast zwei Jahre miteinander verheiratet, aber er sah noch so jung aus, daß ihrer beider Gäste ihm instinktiv keine Gastgeberpflichten zumuteten, und diese Rücksicht bewirkte, daß er sich seinerseits in einer unsicheren Reserve hielt und das Ausschenken der Getränke zum Beispiel meist seiner Frau überließ, indes er sich wie ein besonders begünstigter, besonders reizender Gast auf dem Sofa räkelte –, Richard nun ging ins dunkle Schlafzimmer, vertraute Rebeccas Garderobe dem Bett an und kehrte ins Wohnzimmer zurück. Ihr Mantel hatte überhaupt kein Gewicht gehabt.

Rebecca saß unter der Lampe auf dem Boden, ein Bein unter sich gezogen, einen Arm auf das Wandklappbett gestützt, das die vorigen Mieter noch nicht herausgenommen hatten, und sagte gerade: »Ich kannte sie erst diesen einen Tag, an dem sie mir meine Arbeit erklärte, aber ich sagte ja. Bis dahin hatte ich in einem schauerlichen Appartementhaus gewohnt, einem so-

199

genannten Wohnheim für Damen. In den Korridoren standen Schreibmaschinen, in die man fünfundzwanzig Cents stecken mußte.«

Joan saß mit kerzengeradem Rücken auf einem Hitchcock-Stuhl, der noch aus ihrem Elternhaus in Vermont stammte, zerknüllte ein feuchtes Taschentuch und erläuterte zu Richard gewandt:»Bevor Becky ihre Wohnung kriegte, hat sie mit diesem Mädchen und dessen Freund zusammengewohnt.«

»Ja, Jacques hieß er«, sagte Rebecca.

»Du hast mit ihnen *zusammen*gewohnt?« fragte Richard; sein neckend gelassener Tonfall war ein Überbleibsel der Stimmung, in die das so glücklich verlaufene Manöver mit dem Mantel seines Gastes ihn versetzt hatte (im dämmerigen Schlafzimmer hatte es ihm einen richtigen Stich gegeben – es war, als entledigte er sich mit großem Takt einer enttäuschenden Nachricht).

»Ja, und er bestand darauf, daß sein Name auf den Postkasten käme. Er hatte schreckliche Angst, daß ein Brief ihn mal nicht erreichen könnte. Als mein Bruder bei der Marine war und mich besuchte und auf dem Briefkasten die Namen sah« – mit drei Parallelbewegungen ihres Fingers setzte sie die Namen untereinander –

»Georgene Clyde,
Rebecca Clyde,
Jacques Zimmermann,
sagte er, ich sei doch immer so ein anständiges Mädchen gewesen. Und Jacques wollte nicht mal ausziehen, um meinem Bruder Platz zum Schlafen zu machen. Mein Bruder mußte auf dem Fußboden schlafen.«

Sie senkte die Lider und suchte in ihrer Handtasche nach einer Zigarette.

»Ist das nicht wundervoll?« sagte Joan, und ihr Lächeln zog sich hilflos in die Breite, als ihr aufging, was für dummes Zeug sie da geredet hatte. Richard machte sich Sorgen wegen ihrer Erkältung. Sieben Tage ging es nun schon so und wurde nicht besser. Ihr Gesicht war blaß und mit rosa und gelben Flecken gesprenkelt, und das unterstrich den modiglianiesken Zug noch, der in ihrem langen Hals und den ovalen blauen Augen lag und in ihrer Gewohnheit, hochaufgerichtet auf dem Stuhl zu sitzen, den Kopf dabei spöttisch zur Seite geneigt und die Hände mit den Flächen nach unten im Schoß zu halten.

Auch Rebecca war blaß, aber ihre Blässe hatte die konsistentere Schattierung einer – ja, die schweren Lider und eine gewisse Virtuosität um die Lippen legten diesen Vergleich nahe – einer Zeichnung von da Vinci.

»Möchte jemand einen Sherry?« fragte Richard mit tiefer Stimme zu ihr hinunter.

»Wir haben auch ein paar harte Sachen da, wenn du die lieber magst«, sagte Joan zu Rebecca gewandt. Und von Richards Standpunkt aus enthielt dieser Satz – wie manche Reklamesprüche, die von verschiedenen Blickrichtungen aus gelesen, Verschiedenes bedeuten – die nicht mißzuverstehende Aufforderung, daß diesmal er die Old Fashioneds würde mixen müssen.

»Sherry, das ist ein guter Gedanke«, meinte Rebecca. Sie hatte eine klare Aussprache, aber ihre Stimme war so verhaucht und zart, daß alles, was sie sagte, ohne Wirkung blieb.

»Ich finde auch«, sagte Joan.

»Gut.« Richard nahm die Achtdollarflasche Tio Pepe vom Kaminsims, und damit alle das Schauspiel genießen könnten, entkorkte er sie an Ort und Stelle im Wohnzimmer. In dekorativer Haltung schenkte er drei Gläser halb voll, reichte sie herum, lehnte sich gegen den Kamin (die Maples hatten bislang noch nie einen Kamin gehabt), schwenkte das Glas in der Hand, wie der Fachmann in der Weinhandlung ihm geraten hatte, um die Ester und Äther freizumachen, bis seine Frau sagte, was sie immer in solchen Fällen sagte – es war der Standardtoast in ihrem Elternhaus gewesen –: »Prösterchen, ihr Lieben!«

Rebecca setzte die Geschichte ihrer ersten Wohnung fort. Jacques hatte nie gearbeitet. Georgene hielt es nie länger als drei Wochen in einer Stellung aus. Alle drei zahlten in eine gemeinsame Kasse ein, die allen dreien auch gleichermaßen zugänglich war. Rebecca hatte ein separates Schlafzimmer. Jacques und Georgene dachten sich zuweilen Fernsehsendungen aus; sie schütteten den Sack ihrer Hoffnungen in eine Sendereihe, die den Titel *Das IBI* – »I« für intergalaktisch oder interplanetarisch oder so etwas Ähnliches – *in Raum und Zeit* trug. Ein junger Kommunist zählte zu ihren Freunden, der sich nie wusch und immer Geld hatte, da seinem Vater die halbe West Side gehörte. Tagsüber, wenn die beiden Mädchen fort waren zur Arbeit, flirtete Jacques mit einer jungen Schwedin, die über ihnen wohnte und nicht davon abließ, ihren Mop auf den winzigen Balkon vor dem Fenster der drei auszuschütteln. »Eine wahre Bombe«, sagte Rebecca. Als sie dann ein eigenes kleines Appartement bezog und sich endlich zu Hause und zufrieden fühlte, machten Georgene und Jacques den Vorschlag, eine Matratze zu besorgen und bei ihr auf dem Fußboden zu nächtigen. Da hatte Rebecca das Gefühl, daß jetzt der Zeitpunkt gekommen sei, energisch zu werden. Sie sagte nein. Später heiratete Jacques dann, aber ein anderes Mädchen, nicht Georgene. »Möchte jemand Cashews?« fragte Richard. Er hatte im Delikatessengeschäft an der Ecke eine Büchse voll gekauft, speziell für diesen Besuch, aber auch wenn Rebecca nicht hätte kommen können, würde er etwas in dem Geschäft gekauft haben, irgendwas anderes, unter irgendeinem Vorwand, einfach aus Vergnügen daran, den ersten Einkauf in diesem Laden zu tun, in dem er all die kommenden Jahre so viel kaufen und in dem er so gut bekannt werden würde.

»Nein, danke dir«, sagte Rebecca. Aber Richard, dem nichts ferner lag, als einen Korb hinzunehmen, hielt ihr in seinem Überschwang die Nüsse hin und drängte: »Da bitte! Die sind so gut für dich!« Sie nahm zwei und biß eine in der Mitte durch.

Er hielt die Schale – ein Ding aus Silber, das die Maples zur Hochzeit geschenkt bekommen und aus Platzmangel bisher nicht ausgepackt hatten – seiner Frau hin, die sich eine gefräßige Handvoll herausfischte und so blaß aussah, daß er fragte: »Wie fühlst du dich?« Nicht etwa, daß er die Anwesenheit ihres Gastes vergessen hätte; vielmehr führte er ihm seine Besorgnis vor, die aber trotz allem ganz echt war. »Gut«, sagte Joan kratzbürstig, und vielleicht stimmte das ja.

Obgleich die Maples Anekdötchen erzählten – etwa, wie sie die ersten drei Monate ihres Ehelebens in einer Blockhütte in einem Camp des Christlichen Vereins Junger Männer zugebracht hatten, oder wie Bitsy Flaner, eine gemeinsame Freundin, als einziges Mädchen in die Bentham-Theologie-Schule aufgenommen wurde, oder wie die Arbeit im Annoncenbüro Richard mit Yogi Berra in Kontakt brachte – hielten sie sich nicht (das heißt: hielten sie einander nicht) für Raconteurs, und Rebeccas schmächtige Stimme herrschte in der Unterhaltung vor. Sie hatte die Gabe, Kurioses zu erleben. Ihr reicher Onkel lebte in einem Haus aus Metall, das vollgestopft war mit Refektoriumsstühlen. Er hatte eine schreckliche Angst vor Feuer. Unmittelbar

vor der Depression hatte er ein ungeheures Boot gebaut, das ihn und ein paar Freunde nach Polynesien
tragen sollte. Alle seine Freunde verloren ihr Geld bei
dem Börsenkrach damals, nur er nicht. Er machte weiter Geld. Er machte Geld aus allem und jedem. Aber
er konnte die Reise schließlich nicht allein antreten,
und so wartete das Boot immer noch in der Oyster Bay
– ein gewaltiges Ding, neun Meter ragte es aus dem
Wasser. Der Onkel war Vegetarier. Rebecca hatte bis
zu ihrem dreizehnten Lebensjahr keinen Truthahn am
Thanksgiving-Tag gegessen, weil es eine Familienge-
pflogenheit war, dies Fest im Hause des Onkels zu be-
gehen. Im Krieg gab man diese Gepflogenheit dann
auf: die Kunststoffabsätze der Kinder hinterließen al-
lenthalben schwarze Spuren auf seinen Asbestfußbö-
den. Seither hatte Rebeccas Familie nicht mehr mit
ihm gesprochen.»Ja, und was ich nie hab fassen können«, sagte Rebecca,»jede neue Gemüsewelle rollte
an, als ob es sich um einen völlig andersartigen Gang
handelte.«
Richard schenkte wieder eine Runde Sherry ein, und
da er auf diese Weise ohnehin im Mittelpunkt der Aufmerksamkeit stand, sagte er:»Lassen sich manche Vegetarier für den Thanksgiving-Tag nicht Truthähne
aus gemahlenen Nüssen modellieren?«
Nach einer langhingedehnten Pause sagte Joan:»Ich
weiß nicht.« Und ihre Stimme, nicht in Gebrauch seit
zehn Minuten, brach auf der letzten Silbe. Sie räus-
perte sich, und Richards Herz verschrammte ganz
dabei.»Womit füllen sie die denn?«fragte Rebecca und
stäubte Asche in die Untertasse neben sich.

Draußen vorm Fenster ertönte plötzlich Hufgeklapper.
Joan war als erste am Fenster, Richard als nächster,
dann kam Rebecca; sie erhob sich auf die Fußspitzen

und reckte ihren Hals. Sechs berittene Polizisten galoppierten, aufgerichtet in den Steigbügeln, zu Paaren gruppiert, die Dreizehnte Straße hinab. Als das helle Staunen der Maples sich gelegt hatte, bemerkte Rebecca:»Das machen sie jeden Abend um diese Zeit. Ich finde, für Polizisten sehen sie wahnsinnig chic aus.«»Oh, und es schneit!« rief Joan. Ihr wurde immer ganz sentimental ums Herz, wenn sie Schnee sah, sie liebte ihn so, und in den letzten Jahren hatte es ihn so selten gegeben.»An unserem ersten Abend hier! An unserem ersten *richtigen* Abend!« Sie vergaß alles um sich her und schlang die Arme um Richard, und Rebecca im Gegensatz zu jedem anderen Gast, der sich abgewendet oder allzu breit, allzu ermunternd gelächelt hätte, veränderte ihren süßen geistesabwesenden Blick nicht, durchdrang mit ihm die Umarmung des Paars und ließ ihn auf dem Bild draußen weilen. Der Schnee hielt sich nicht auf der nassen Straße, nur über die Motorhauben und die Dächer der geparkten Autos zog sich eine dünne Decke.

»Ich glaube, ich gehe jetzt«, sagte sie.

»Oh, bitte nicht!« rief Joan und ein Drängen lag in ihrer Stimme, das Richard erstaunte: Sie war sichtlich sehr müde. Aber die neue Wohnung, der Wetterumschwung, der gute Sherry, die zärtlichen Strömungen zwischen ihr und ihrem Mann, die neu ausgelöst worden waren, als sie ihm so jäh um den Hals fiel, Rebeccas Anwesenheit – all das hatte sich wahrscheinlich in ihrem Gemüt unentwirrbar verflochten zu diesem einen verzauberten Augenblick.

»Doch, ich glaube, es ist besser, weil du so verschnupft und angegriffen aussiehst.«

»Kannst du nicht wenigstens noch auf eine Zigarettenlänge bleiben? Dick, gieß uns noch einen Sherry ein.«

»Ein winziges bißchen nur«, sagte Rebecca und hielt ihr Glas hin. »Vermutlich habe ich dir schon von dem Jungen erzählt, Joan, mit dem ich mal ausgegangen bin und der so getan hat, als sei er Oberkellner.« Joan kicherte erwartungsvoll. »Nein, wirklich nicht, noch nie.« Sie schlang den Arm um die Rückenlehne ihres Stuhls und flocht die Finger durch die Stäbe, wie ein Kind, das sich vom Aufschub seiner Zubettgehpflicht überzeugt hat. »Was hat er denn getan? Hat er Oberkellner nachgemacht?«

»Ja und überhaupt: zum Beispiel, als wir aus dem Taxi kletterten, war da gerade ein Kanalisationsdeckel, aus dem Dampf aufstieg, und er bückte sich« – Rebecca beugte den Kopf und hob die Arme – »und tat, als ob er der Teufel wär.«

Die Maples lachten – weniger über die Schilderung als solche, als über die Art, wie Rebecca ihnen die Situation vor Augen gerufen hatte und mit ihrer nur angedeuteten nachahmenden Geste, in der sich beides ausdrückte: das Gehabe ihres Begleiters und ihre eigene, so wenig von sich hermachende Natur. Sie sahen Rebecca vor dem Taxischlag stehen und ausdruckslosen Blicks verfolgen, wie ihr Begleiter sich tiefer und tiefer kauerte, ganz aufging in seinem Scherz und dämonisch die Finger krümmte, während er deutlich zu spüren vorgab, wie ihm Hörner durch die Schädeldecke sprossen, Flammen an seinen Beinen emporzüngelten und die Füße ihm zu Hufen schrumpften. Rebeccas Talent, erkannte Richard jetzt, lag nicht darin, daß ihr sonderbare Dinge *zustießen*, sondern darin, daß sie alles so *darstellte* – noch dazu mit dieser kontrastierenden trockenen Sachlichkeit –, als berühre es sie sonderbar. Auch dieser Abend mochte sich später in ihrer Wiedergabe grotesk ausnehmen. »Sechs berittene Polizisten galoppierten vorbei, und sie rief: ›Es schneit!‹ und fiel ihm um den Hals. Und er hörte nicht auf, ihr vorzuhalten, wie krank sie sei, und ließ uns mit Sherry vollaufen.«

»Und was hat er noch gemacht?« fragte Joan.

»Wo wir zuerst hingingen – ein großer Nachtclub war das, irgendwo auf dem Dach –, da setzte er sich ans Klavier und spielte, bis eine Frau mit Harfe sagte, er solle aufhören.«

Richard fragte: »Hat die Frau auf der Harfe *gespielt?*«

»Ja, sie zupfte dran herum.« Rebecca machte kreisförmige Bewegungen mit ihren Händen.

»Ja, hat er denn dieselbe Melodie gespielt, die *sie* spielte? Hat er sie *begleitet?*« Verdrießlichkeit, merkte Richard, und wußte nicht weshalb, hatte sich in seinen Ton geschlichen.

»Nein, er setzte sich einfach hin und spielte irgendwas anderes. Ich weiß nicht, was es war.«

»Ist das *wirklich* wahr?« fragte Joan anspornend.

»Und im nächsten Lokal, in das wir dann gegangen sind, mußten wir an der Bar warten, bis ein Tisch frei wurde; ich schaute mich ein bißchen um, und er ging von Tisch zu Tisch und fragte die Leute, ob alles zu ihrer Zufriedenheit sei.«

»War das nicht *peinlich?*« fragte Joan.

»Doch. Später hat er dann da auch Klavier gespielt. Wir waren so etwas wie die Hauptattraktion dort. Gegen Mitternacht schlug er vor, wir sollten jetzt nach Brooklyn fahren, zu seiner Schwester. Ich war total erschöpft. Wir sind zwei Stationen zu früh aus der Subway gestiegen, unter der Manhattan-Brücke. Es war ganz leer dort, nichts kam vorbei, nur schwarze Limousinen. Meilenweit über unserem Kopf« – sie starrte nach oben, als sähe sie eine Wolke oder die Sonne – »dröhnte die Manhattan-Brücke, und er behauptete standhaft, das sei die Hochbahn. Schließlich fanden wir eine Treppe und zwei Polizisten, die uns zurückschickten zur Subway.«

»Womit verdient dieser erstaunliche Mann seinen Unterhalt?« fragte Richard.

»Er ist Lehrer. Er ist ganz intelligent.« Sie erhob sich und reckte einen langen, silberweißen Arm. Richard holte ihren Mantel und sagte, er werde sie nach Hause begleiten.

»Ich habe aber doch nur ein ganz kurzes Stück«, protestierte Rebecca, und ihre Stimme entbehrte jeden Nachdrucks.

»Du mußt sie nach Hause begleiten, Dick«, sagte Joan. »Bring eine Schachtel Zigaretten mit.« Die Vorstellung, wie er da im Schnee gehen würde, schien ihr Spaß zu machen; es war, als sähe sie ihn schon heimkommen, mit Schnee auf den Schultern und Kälte im Gesicht: all dem, was dieser Weg einbringen würde und für das sie nicht gesund genug war.

»Du solltest ein paar Tage mit dem Rauchen aufhören«, riet er. Sie winkte ihm zum Abschied vom obersten Treppenabsatz nach.

Die Flocken fielen kaum sichtbar, außer im Schein der Straßenlaternen, und hängten sich mit wehender, romantischer Schwere um ihrer beiden Gesichter.

»Ziemlich viel, was da runterkommt«, sagte Richard.

»Ja.«

An der Ecke, wo der Schnee dem grünen Ampellicht wäßrige Bläue gab, folgte sie ihm nur zögernd über die Straße, und er fragte: »Du wohnst doch auf dieser Seite, nicht?«

»Ja.«

»Ich wußte doch, ich hatte es noch in Erinnerung von damals her, als wir dich von Boston nach Hause fuhren.« Die Maples hatten damals in den westlichen

Achtzigern gewohnt.»Ich erinnere mich noch, daß da irgendwelche großen Gebäude gewesen sind.«

»Die Kirche und die Schlachterschule«, sagte Rebecca. »Jeden Tag um zehn, wenn ich zur Arbeit gehe, haben die Jungen, die Schlachter werden wollen, Pause und kommen raus, ganz blutig, und sie lachen.« Rebecca sah an der Kirche hinauf; der Turm zeichnete sich skelettiert gegen die vereinzelt erhellten Fenster eines hohen Gebäudes in der Seventh Avenue ab.

»Arme Kirche«, sagte Richard, »ein Turm hat es schwer in dieser Stadt, das Höchste zu sein.«

Rebecca sagte nichts, nicht einmal ihr gewohnheitsmäßiges Ja. Als tadele sie seine Redseligkeit, so empfand er es. In seiner Verwirrung lenkte er ihre Aufmerksamkeit auf das Nächstbeste, das er sah: ein dürftig beschriftetes Schild über einer hohen Tür.»Berufsschule für Lebensmittelhändler«, las er laut.»Die Leute über uns haben uns erzählt, daß der Mann, der vor unserem Vorgänger in unserer Wohnung gewohnt hat, Fleischwarengroßhändler war und sich *Lieferant für exquisite Delikatessen* nannte. Er hielt sich eine Freundin in der Wohnung.«

»Die großen Fenster da oben«, sagte Rebecca und zeigte zum dritten Stock eines braunen Ziegelhauses hinauf, »liegen genau gegenüber von meinem. Ich kann hineinsehen und habe dann das Gefühl, daß wir Nachbarn sind. Immer ist jemand da. Ich habe keine Ahnung, womit sie ihr Geld verdienen.« Sie gingen noch ein paar Schritte und blieben dann stehen, und Rebecca sagte – mit einer Stimme, die Richard eine Nuance lauter vorkam als sonst –: »Magst du mit raufkommen und dir ansehen, wie ich wohne?«

»Natürlich.« Es gab gar keinen Grund, nein zu sagen. Sie stiegen vier Zementstufen empor, öffneten eine unansehnliche orangefarbene Tür, traten in einen überheizten, im Hochparterre gelegenen Vorplatz und machten sich dann an die Besteigung von vier Holztreppen. Die Ahnung, die Richard auf der Straße beschlichen hatte, daß er im öffentlichen Garten reiner Höflichkeit von den Wegen abgeirrt war, verdichtete sich zu schuldhafter Gewißheit. Wenig Dinge, denen so sehr der Geruch des Verbotenen anhaftet, wie hinter einer Frau die Treppe hinaufzusteigen. Joan hatte vor drei Jahren in Cambridge eine kleine, im vierten Stock gelegene Wohnung gehabt. Er hatte sie damals nie nach Hause bringen können – auch dann nicht, als bei ihnen alles, bis zur letzten Intimität, unter Dach und Fach war –, ohne die Angst zu hegen, daß der Hauswirt, zu Recht ergrimmt, hinter seiner Tür hervorspringen und ihn verschlingen würde, sowie sie beide vorbeikämen. Rebecca öffnete ihre Tür und sagte:»Es ist ja höllisch heiß hier«, und das war der erste Fluch, den er aus ihrem Munde hörte. Sie knipste ein trübes Licht an. Das Zimmer war klein; schräge Sparren – unmittelbar darüber war das Dach – verliefen an Decke und Wänden und schnitten große, prismatische Teile aus dem Raum. Als Richard weiter ins Zimmer hineinging, auf Rebecca zu, die noch immer im Mantel stand, entdeckte er zur Rechten einen merkwürdigen Winkel, der dadurch entstand, daß das steil abfallende Dach hier unmittelbar bis zum Fußboden reichte. Ein Doppelbett stand dort. Es war fest eingezwängt auf drei Seiten, und man hatte daher nicht so sehr den Eindruck eines Möbels als eines permanent dort installierten, weißbezogenen Podiums. Er wandte schnell die Augen ab und, unfähig, jetzt, sofort danach, Rebecca anzusehen, starrte er zwei Küchenstühle an, eine Bridgelampe aus Metall, auf deren Schirmrand plumpe Fische und Steuerräder einander abwechselten, und ein Büchergestell mit vier Brettern: alles

Dinge, die sich schmalbrüstig der schrägen Wand anpaßten und von verschreckter Vertikalität waren.

»Ja, und dies hier ist der Herd auf dem Kühlschrank, von dem ich euch erzählt habe«, sagte Rebecca. »Oder hab ich's nicht erzählt?« Der obere Apparat ragte auf allen Seiten um etliche Zoll über den unteren hinaus. Richard fuhr mit dem Finger über die weiße Vorderseite des Herds. »Hübsch hier bei dir«, sagte er.

»Und hier mein Ausblick«, fuhr sie fort. Er trat neben sie ans Fenster, schob den Vorhang beiseite und sah durch die winzigen, fleckigen Scheiben zur Wohnung auf der anderen Seite der Straße hinüber.

»Der Bursche da drüben hat wirklich ein riesiges Fenster«, sagte er. Rebecca stimmte ihm zu mit einem kurzen »mhm«. Alle Lampen brannten in der Wohnung drüben, aber sie war leer. »Sieht wie ein Möbellager aus«, sagte Richard.

Rebecca stand immer noch im Mantel.

»Es hört nicht auf zu schneien.«

»Nein.«

»Also dann« – das kam zu laut; und zu leise führte er seinen Satz zu Ende – »danke, daß du mir dein Zimmer gezeigt hast. Ich – hast du das schon gelesen?« Er hatte eine Ausgabe von *Auntie Mame* erspäht, sie lag auf einem Fußschemel.

»Ich habe noch nicht die Zeit gehabt«, sagte sie.

»Ich hab's auch noch nicht gelesen. Nur Rezensionen darüber. Zu mehr komme ich nie.«

Damit war er bis an die Tür gelangt. Albernerweise drehte er sich dort um. Nur an der Tür, entschied er, als er später alles noch einmal bedachte, war ihr Benehmen unverantwortlich gewesen: nicht genug damit, daß sie unnötig nahe stand, verlagerte sie auch noch das Gewicht ihres Körpers auf ein Bein, neigte den Kopf zur Seite und machte sich damit um etliche

Zoll kleiner, erreichte es, daß er sie überragte, und das paßte zu den tiefen, demütigen Schatten, die – sie mußte es gewußt haben – auf ihrem Gesicht lagen.

»Ja, dann –« sagte er.

»Ja, dann.« Ihr Echo erfolgte unverzüglich und bedeutete sicher nichts.

»Paß auf, daß die Sch-Schlachter dich nicht erwischen.« Das Stottern verdarb den Scherz natürlich, und das Lachen, das sie angestimmt hatte, sobald sie von seinem Gesicht ablas, daß er sich an etwas Spaßigem versuchen wollte, war verstummt, bevor er noch ausgesprochen hatte.

Als er die Treppe hinunterging, stützte sie sich mit beiden Händen aufs Geländer und sah ihm nach. »Gute Nacht«, sagte sie.

»Nacht.« Er sah hinauf; sie war ins Zimmer gegangen.

Oh, aber sie waren einander nahe.

EINGESCHNEIT

Leopold Sacher-Masoch

D as Ganze war eigentlich eine jener Damenverschwörungen, die in Polen und Rußland so oft die Geschicke der Völker entschieden haben, denen der Gemahl der zweiten Katharina und Stanislaus August zum Opfer fielen. Frau Towarnizka und Fräulein Marzia Rebetzka wollten tanzen, und die jungen Damen Gostobski waren sofort gleicher Ansicht, und so wurde eine Schlittage nach Ratschki arrangiert, ohne daß wir armen Opfer, wir traurigen Herren der Schöpfung, nur gefragt worden wären.

Der Tag, an dem das große Unternehmen seinen Anfang nahm, war schön genug, der Himmel rein, die Luft bis zu einem gewissen Grad von der Sonne erwärmt, die Schneebahn vortrefflich; es war also in der Tat kein allzu kühnes Wagnis, nach dem kaum zwei Stunden entfernten Ratschki zu fahren. Als wir im Schlitten den kleinen Edelhof verließen, krächzten die Krähen lustig auf den großen Pappeln, die denselben umstanden, und der riesige weiße Wolfshund bellte freudig an der Kette. Die Katze saß auf dem Gemäuer der Freitreppe und putzte sich, alles gute Anzeichen. Mein Onkel saß neben dem Kutscher und lenkte selbst die Pferde, während meine schöne Tante neben mir, in den weichen Fellen ruhend, ihren großen Fuchspelz über mich breitete. Die Fahrt war auf diese Weise sehr angenehm.

In Banschtsch wurden wir mit dem Dombrowskimarsch empfangen. Es waren sechs jüdische Musikanten, die Herr Alfred Puzyna für Geld und gute Worte gewonnen hatte und die jetzt in einem mit drei

mageren Bauernpferden bespannten Fuhrwerk, das
ebensosehr einem Kahn wie einer Wiege glich, vor-
aussegelten. Herr Puzyna folgte uns mit zwei anderen
jungen Herren. Im Städtchen wurden wir durch die
Husarenoffiziere und ein paar junge Beamte verstärkt,
so daß wir schon mit fünf Schlitten nach Studniza ge-
langten. Hier gesellte sich die gefeierte Frau Towarnizka, auf den ausgebreiteten Flügeln eines Schwans
ruhend, zu uns und mit ihr ihr Gatte, Herr Hugo, den
sie so gnädig war mitzunehmen. Als wir in Ratschki
mittags ankamen, empfing uns der gastfreundliche
Hausherr, Herr Gostobski, an dem Fuß der Freitreppe
mit dem großen Familienpokal, während sich an den
kleinen, mit Frost bedeckten Fenstern soundso viel
hübsche, neugierige Mädchengesichter zeigten. Es
währte nicht lange, so war ein zahlreicher Kreis guter
Nachbarn vereint, und schöne Frauen und Mädchen
wetteiferten, die Herzen der Herren zu bezwingen und
ihre Mazurs und Quadrillen nach Geschmack und
Laune zu vergeben.

Es versteht sich von selbst, daß nur zwei Personen in
dieser heiteren Gesellschaft einander fast ängstlich
auswichen, das waren Herr Alfred Puzyna und Fräulein Marzia Rebetzka, die zusammen einen Prozeß
führten, den schon ihre Großeltern begonnen hatten.

Der Himmel war noch immer rein und von einer sanften, blaßblauen Farbe, nur im Osten zeigte sich ein
kleines weißes Wölkchen, das nicht größer schien als
ein Schneeballen oder eine mit Zuckerschaum gefüllte spanische Torte und daher von niemandem be-
achtet wurde.

Nach dem Diner machten die jungen Damen und Herren Toilette, und die Alten spielten Whist oder Tarock.
Um vier Uhr, es war noch nicht recht dunkel, begann
man zu tanzen. Herr Gostobski war ein echter polni-

scher Landedelmann vom alten Schlag, eine jener edlen Seelen, die sich für ihr Vaterland, ihre Freunde, ihre Verwandtschaft und vor allem für ihre Frau ruinierten, die die Ernte auf dem Halm verkauften, um eine Anzahl Reiter gegen die Moskowiter ausrüsten zu können, und einen geflickten Schnürrock trugen, während ihre Frauen die Kleider von Paris bezogen und sich zu Hause in samtenen, mit Marder- oder Zobelpelz besetzten Jacken auf dem staubigen Diwan herumwälzten. Er erfüllte die Pflichten des Hausherrn mit Eifer und Freude. Bald war er im Tanzsaal und ermunterte die Musikanten oder neckte die Mädchen, bald sah er den Kartenspielern zu, jetzt eilte er in den Keller, jetzt in die Küche und, wenn es nötig war, auch in die Speisekammer, denn seine Frau war im höchsten Maß das, was man eine *Grymasniza* nennt, immer unglücklich, angegriffen, nervös, übler Laune, unzufrieden, den Tränen nahe und vor allem immer sehr leidend. Ich glaube, es gab keine Krankheit, die sie nicht bereits gehabt, und kein Bad, das sie noch nicht besucht hatte. Sie war wie zu einem Hofball angezogen, kokettierte etwas altmodisch sentimental, aber unermüdlich mit ihren blauen Himmelsaugen und stampfte beim Mazur wie ein Steppenroß, hatte uns aber gleich mit der Versicherung empfangen, daß sie an einer schrecklichen Migräne leide, und beteuerte immer wieder, daß sie sich nur aus Liebe zu ihren hochgeschätzten Gästen aufopferte. Ihre Töchter schienen eher alles andere als Schwestern zu sein. Amalie war geschaffen, um ein Streitroß zu besteigen, jeder alte Major hätte sie um ihre sonore Kommandostimme beneiden können, und es klang wie Hohn, wenn man sie zärtlich verkleinernd Maltscha nannte. Dagegen war Isabella eine Madonna, aber eine Dorfkirchenmadonna, mit großen, verdrehten

Augen, einem langen, farblosen Gesicht, das immer länger wurde, je gefühlvoller sie sich zeigen wollte, und einer Nase, die wie ein Dorn an einem Akazienzweig dastand. Sie seufzte jederzeit, jeder Satz begann bei ihr mit einem Seufzer und erhielt einen Seufzer als Schlußpunkt, sie aß seufzend die Portion eines Dreschers auf und seufzte sogar bei einer Polka oder einem Galopp. Wenn sie aber zornig wurde, und sie wurde sehr leicht zornig, da wurden ihre Madonnenaugen plötzlich ganz klein, und ihr Gesicht war mit einemmal rund und dunkelrot wie ein neuer Kupferkreuzer, und statt zu seufzen, spuckte sie um sich, und ihre langen, mageren Hände flogen nur so umher, und es zeigte sich jetzt auch, daß sie ganz ordentliche Krallen an den zarten Engelhänden hatte. Diese beiden Mädchen, Maltscha in einem alten blaßgrauen Seidenkleid ihrer Mutter, Bella weiß wie ein Täubchen, tanzten mit der Ausdauer eines ehemaligen Kavalleriepferdes, das auch an der Deichsel einer Juden-Butka stets im Galopp geht.

Alfred Puzyna beschrieb Kurven, um die ihn der beste Schlittschuhläufer hätte beneiden können, nur um nicht in die Lage zu kommen, in die blauen Augen der elfenschlanken Marzia Rebetzka blicken zu müssen, und doch hingen diese schönen Augen immer wieder mit einer solchen Aufmerksamkeit an seinem hübschen Gesicht, und jedesmal, wenn Marzias blonde Zöpfe beim Tanz an ihm vorüberflogen, drehte er seinen Schnurrbart, als gelte es, eine schwierige Eroberung zu versuchen. Marzia war fast immer nur an der Seite des Herrn Husarewitsch zu sehen, eines jungen Beamten, der mit dem Modejournal ungleich vertrauter schien als mit den österreichischen Gesetzen oder seinen Akten, und dessen helles, in der Mitte geteiltes Haar zu beiden Seiten seines Kopfes wie ein

Strohdach herabhing. Sooft der Pfarrer Popiel den Ta-
rocktisch verließ und an der Schwelle des Tanzsaales
erschien, berechnete er im Geist bereits die Trauungs-
taxen für ein hochwohlgeborenes Paar. Dieser wür-
dige Mann war so groß und hager, daß ihn, wie der lustige alte Pan Zajontschek beim zehnten Glas zu
erzählen liebte, als er eines Morgens, eine Predigt stu-
dierend, regungslos auf einem Feldweg stand, ein
technischer Geometer für eine Meßstange angesehen
und infolgedessen den Erzähler um zwei Joch besten
Ackergrundes verkürzt hatte. Das vergnügte Lächeln,
das beim Anblick des fast unzertrennlichen Pärchens
um seine dürren Lippen spielte, ärgerte Herrn Alfred
Puzyna, Gott weiß, aus welchem Grund, so sehr, daß
er den Umstehenden erzählte, der Pfarrer habe sich
medizinische Werke und eine Hausapotheke nur zu
dem Zweck angeschafft, damit sein Begräbnisregister
nicht sosehr verstaube.
Frau Towarnizka hatte damit begonnen, die anwe-
sende Herrenwelt zu lorgnettieren und sich dann
gleich ein Opfer erkoren, wenn von einem Opfer die
Rede sein kann, wo sich ein jeder glücklich schätzte,
von ihr bemerkt zu werden. Man sah hier aufs neue,
daß eine Frau durchaus nicht schön zu sein braucht,
um als Löwin der Gesellschaft die erste und glänzend-
ste Rolle zu spielen. Frau Towarnizka war weder jung
noch schön, und doch huldigten ihr drei Kreise von Ga-
lizien. Das Beste, was man von ihr sagen konnte, war,
daß sie Chic besaß, aber dieser Chic genügte, um die
magere Gestalt mit Reiz und Anmut zu umkleiden,
dem gelben Gesicht, den dunklen, tiefliegenden Augen etwas Faszinierendes zu verleihen und allem, was
sie sprach, den Stempel des Esprit aufzudrücken. Das
Opfer, der Tänzer nämlich, das sie sich erkoren hatte
und das sich durch ihre Gunst sehr geschmeichelt

fühlte, war ein Gutsbesitzer von unbestimmtem Alter, Herr Krasnowski, ein schöner Pascha seinem Äußeren nach und ein Eugen Onegin in bezug auf seine geistige Physiognomie.

»Wer ist dieser schöne Mann«, wandte sich die Königin dreier galizischer Kreise an ihren Gatten, einen dicken, kurzhalsigen, blonden Biedermann.

»Das ist ja Robert Krasnowski, ein furchtbarer Weltverächter.«

»Stelle ihn mir vor.«

»Ich sage dir ja, daß er einen üblen Ruf hat«, erwiderte Herr Towarnizki, »er ist sozusagen ein Atheist.«

»Das macht ihn in meinen Augen um so interessanter.«

Herr Towarnizki gehorchte also und brachte den gefährlichen Mann seiner Frau. Diese ließ jetzt ihre prächtige Sortie de Bal von weißem Atlas, mit schwarzem Luchspelz besetzt, von den mageren Schultern gleiten, und der gehorsame Gatte verschwand mit derselben, er wußte, daß er seine Frau nicht genieren durfte, wenn sie sich amüsieren wollte, und da sie alles in allem eine musterhafte Gattin war, so konnte er sich dieser kleinen Laune fügen.

Um Mitternacht, als der Ball nach einem glänzenden Souper auf seinem Höhepunkt angelangt war und Frau Towarnizka mit dem gefährlichen Mann bereits die dritte Quadrille getanzt hatte, gesellte sich zu dem wackeren jüdischen Orchester eine zweite, gar seltsame Musik, welche dasselbe zu übertönen drohte. Aus dem Wölkchen war eine Armada von Wolken, aus dem kleinen Schneeballen ein Schneesturm geworden. Jener Wirbelwind, den die podolische Fläche mit der Wüste gemein hat, nur daß er hier den Schnee und dort den heißen Sand auftürmt und in fliegenden Säulen dahinjagt, hatte sich plötzlich erhoben und die weißen, trägen Massen, die seit Wochen auf der Erde lagerten, in Bewegung gebracht. Er heulte in den Schornsteinen, trieb aus den Kaminen einen Funkenregen heraus, erbaute Schneepaläste auf der Steppe und umgab Dörfer und Edelhöfe mit riesigen weißen Mauern.

Was war da zu machen? Es war nichts Neues, was man da erlebte. Man zuckte die Achseln und tanzte weiter, und als es zu tagen begann, ging jeder, so gut er konnte, zur Ruhe, denn an eine Rückkehr nach Hause war nicht zu denken. Die Damen nahmen die Betten und Diwans und einige überzählige Matratzen ein, die Herren streckten sich auf dem Stroh aus, das auf dem Boden des Tanzsaales und des Speisezimmers für sie ausgeschüttet wurde.

Wir erwachten mittags, um zu erfahren, daß man die Versuche, einen Weg zu schaufeln, aufgegeben hatte und wir in Ratschki eingeschneit waren. Es gab niemanden, der sich nicht heiter in sein Schicksal ergeben hätte. Man machte also Toilette, entfernte das Stroh, fegte die Fußböden, und während wir noch beim Diner saßen, stimmten die Musikanten bereits ihre Instrumente. Nach einer kurzen Siesta begann man wieder zu tanzen und Karten zu spielen und tanzte und spielte die ganze Nacht hindurch. Noch immer heulte der Wind. Wir waren die Gefangenen Gostobskis, Gott weiß für wie lange noch, und schliefen den nächsten Vormittag hindurch ebensogut oder schlecht wie am vorigen Tag.

Der ganze Edelhof glich einem Zigeunerlager. Mittags erwachte Herr Towarnizki, der erste von uns. Er zog ein Paar Pantoffeln an, die dem Hausherrn gehörten, und hüllte sich in den lilafarbenen Kaftan eines der jüdischen Musikanten, der auf einem Fensterhaken hing. In dieser rasch improvisierten Toilette schlich er zu seiner Frau, in der Absicht, die Sehnsucht seines

Herzens zu stillen und sich mit ihr durch das Schlüsselloch zu unterhalten. Ein kräftiges Husten weckte die Gattin, aber Madame schien nicht sehr zufrieden damit.

»Was willst du hier?« rief sie, die Tür ein wenig öffnend, »der Teufel soll dich holen!«

»Geliebte Nunja«, erwiderte er, »ich wollte dir nur sagen, daß ich dich anbete.«

»Sehr geistreich.«

»Aber was hast du mit diesem Krasnowski, weißt du nicht, daß ich eifersüchtig bin? Du tanzt doch sehr viel mit ihm.«

»Ich tanze immer nur mit einem Herrn.«

»Aber ich bin eifersüchtig und kann es nicht ändern.«

»Das ist deine Sache«, gab die von drei galizischen Kreisen bewunderte Frau zur Antwort, »ich habe nichts dagegen, im Gegenteil, es macht mir sogar Spaß; aber sage mir, habe ich dir je Ursache dazu gegeben?«

»Nein«, antwortete er eilig, »du bist ja überhaupt das Ideal einer Frau.«

Herr Towarnizki war aber nicht der erste, sondern der zweite, der aufgestanden, vor ihm hatte bereits Alfred Puzyna sein Strohlager verlassen und knüpfte eben im Spielzimmer, vor dem großen Wandspiegel, sein Halstuch, als ein Frauengewand eilig vorrüberrauschte. Er wendete sich um und sah nur noch eine schlanke Mädchengestalt, die eben zur Tür hinaus wollte. Im nächsten Augenblick hatte er sie eingeholt.

»Was befehlen Sie?« fragte er artig.

»Ich – ich wollte – aber ich kann Sie doch nicht bemühen«, antwortete eine tiefe, schöne Altstimme. Alfred wurde rot, rot bis in die Ohrläppchen. Es war Fräulein Marzia Rebetzka, seine Gegnerin, die vor ihm stand und mit den vom Schlaf leicht geröteten, frischen Wangen, das blonde Haar in Papierpapilloten eingedreht, die holde Gestalt in eine mit Fehenrücken gefütterte und besetzte Kazabaika von Penseesamt geschmiegt, noch um vieles schöner war als in Balltoilette.

»Es ist mir ein Vergnügen, Ihnen zu dienen«, sagte Alfred, sich verneigend.

»Es handelt sich darum, das Lockeneisen heiß zu machen.«

Schon hatte sich Alfred desselben bemächtigt, er eilte selbst in die Küche, legte es selbst in die Glut und brachte es im Triumph zurück. »Ich danke, ich danke sehr«, stammelte Marzia.

»Befehlen Sie nur weiter über mich.«

»Wie sollte ich?«

»Sie machen mich glücklich.«

Das weitere fand sich von selbst. Alfred wich nicht mehr von der Stelle, und so wurde ihm unter Aufsicht der Frau Gostobska das Glück zuteil, zuzusehen, wie Marzia ihre Haare brannte, dann auch jenes, ihr den falschen Zopf zu halten, als sie denselben flocht, sowie die Puderbüchse, während sie sich derselben bediente, und endlich das Glück, ihr das Licht anzuzünden, an dem sie den Kork schwärzte, mit dem sie ihre Augenbrauen verbesserte. Man genierte sich in solchen Dingen nicht, wenn man zusammen eingeschneit ist und Marzia tat klug daran, keine Ausnahme zu machen.

Dafür saß Alfred diesmal beim Diner neben ihr und bediente sie, wie ein Tauber sein Täubchen, und er tanzte an diesem Nachmittag fast nur mit ihr, an diesem Nachmittag, denn abends waren bereits alle so müde, daß die Musikanten in die Backstube geschickt wurden und man sich begnügte, zusammen zu soupieren und zu plaudern.

Am dritten Tag war alle Welt früh auf. Die Damen erschienen beim Frühstück mit Papilloten und in ihren bequemen Pelzjacken und zeigten so wenig Lust, dieselben mit den gepanzerten Ballroben zu vertauschen, daß man, statt zu tanzen, spielte; die alten Herren und Damen spielten ihr Whist oder Tarock weiter, die jungen Herren spielten Makao oder Billard mit den Damen.

Ein Teil der Gesellschaft beschloß, ein Theaterstück aufzuführen. Sofort wurden die Rollen geschrieben, die Kostüme hergestellt und Proben gehalten. Alfred spielte den Liebhaber und Marzia seine Angebetete, die beiden gingen mit Siebenmeilenstiefeln. Abends stellte man lebende Bilder. Frau Towarnizka als Judith schickte sich an, Krasnowski zu enthaupten, und Alfred lag als Prinz zu den Füßen des erwachenden Dornröschens, Fräulein Marzia.

In der folgenden Nacht fanden zwei Ereignisse statt. Der lustige Zajontschek schlich sich, Gott weiß wie, bei den Damen ein und malte Frau Towarnizka und Fräulein Bella riesige Schnurrbärte mit Kohle, und Herrn Towarnizki erschien die weiße Frau. Es war im Korridor, wo er sie sah, und zwar, als er sich überzeugen wollte, ob seine geliebte Nunja schon schlafe. Der alte Stefan, der Diener Gostobskis, wollte sogar zwei weiße Frauen gesehen haben, und zwar die eine an dem Arm des Herrn Alfred und die andere an jenem des Herrn Krasnowski, und die letztere hatte Fräulein Maltscha erschrecklich ähnlich gesehen.

Am vierten Tag hörte der Sturm auf, und die Bauern begannen die Straße frei zu machen.

Man spielte wieder Whist, Tarock, Makao, Diabelek und Billard, nur Herr Alfred spielte nicht, es machte ihm viel mehr Vergnügen, zu sehen, wie sicher und anmutig Marzias schöne Hände den Queue regierten und wie weich sich die Linien ihrer schlanken Gestalt jedesmal in dem Samt und Pelz ihrer weiten Kazabaika abzeichneten, wenn sie sich auf das Billard legte, um einen schwierigen Stoß auszuführen.

Nachmittag wurde ein Konzert improvisiert, abends spielte man Theater, und die Nacht hindurch wurde wieder getanzt.

Es gab vier Liebeserklärungen an diesem Abend, wovon zwei auf Rechnung des Herrn Alfred kamen. Die erste machte er an Marzia auf der Bühne coram populo, die zweite hinter der Kulisse, die dritte fand in einer Ecke des Tanzsaales zwischen dem Gefährlichen und Fräulein Maltscha statt, die vierte adressierte Herr Husarewitsch, wahrscheinlich, um an Marzia Rache zu nehmen, an die Madonna. Es gab an diesem Abend drei Brautpaare. Herr Gostobski sagte zu seiner Frau: »Sie haben hier gehaust wie die Tataren, kein Huhn und keine Gans ist mehr am Leben, aber dafür haben wir beide Töchter auf einmal unter die Haube gebracht«, und Frau Towarnizka vernichtete ihren Gatten mit einem einzigen Blick. »Siehst du jetzt, wie grundlos wieder deine alberne Eifersucht war?« fragte sie triumphierend.

»Ja, ich sehe es ein.«

Am fünften Tag früh tranken wir noch stehend einen Tschaj, dann hüllten wir die Damen in ihre großen Pelze ein und verließen endlich unter Vivats auf die ganze Familie Gostobski den gastlichen Edelhof.

Alfred und Marzia fuhren in demselben Schlitten davon. Wir tanzten einige Wochen später auf ihrer Hochzeit und nicht lange danach bei der Doppelhochzeit in Ratschki.

DIE VIER EISENBAHNEN
VON ISERLOHN

Lars Gustafsson

I serlohn, eine kleine, überraschend freundliche Stadt in den Hügeln des nördlichen Sauerlands, besaß in dem ungewöhnlich strengen und vor allem fürchterlich schneereichen Winter 1979 mindestens vier verschiedene Eisenbahnen.

Die vier Eisenbahnen standen nur in einer zufälligen und sozusagen rein geistigen Beziehung zueinander, es ist schwer zu sagen, welche am wichtigsten war, das hängt davon ab, aus welcher Perspektive man es betrachtet, und vor allem, aus *wessen* Perspektive.

Und überhaupt ist es vielleicht nicht so wichtig, daß alles wichtig sein soll.

Von diesen vier Eisenbahnen hat eigentlich nur eine einzige die Stadt jemals verlassen.

Dafür gibt es eine Erklärung, zu der wir gleich kommen werden.

Die Erzählung beginnt indessen lange bevor wir bei dem schneereichen Winter 1979 sind, der tatsächlich während einiger Januarwochen so schneereich war, daß man sogar auf Skiern von den bewaldeten Hügeln außerhalb der Stadt bis in die Mendener Straße fahren konnte. In den Zeitungen wimmelte es von erbosten Leserbriefen mit Klagen über die Schneemassen und über schlecht geräumte und zu wenig gestreute Straßen.

Mehrere Einsender stellten zu Recht die Frage, was um Himmels willen passieren würde, wenn eine wirkliche Naturkatastrophe Iserlohn heimsuchte, da ein ganz gewöhnlicher Schneefall von einigen Tagen offenbar schon ein solches Chaos anrichten konnte.

Aber im Oktober 1978 konnte noch kein Mensch ahnen, daß ein so strenger Winter bevorstand.

Es war ein großer, goldener, freundlicher Herbst, in dem die Trauben reiften und die herbstlichen Wälder allmählich die Goldfarbe annahmen, die so charakteristisch ist für die Eichen- und Buchenwälder dieser Gegend, wenn der Herbst sich schließlich mit seinem reichen Licht und seinen kürzeren Tagen einstellt.

In der Luft war es noch ganz warm, als ich nach Iserlohn kam, auf einer dieser vielen Reisen, die ich am Ende der siebziger Jahre machte.

Niemand erwartete mich am Bahnhof; ich schleppte meinen verdammt schweren Koffer, meine immer abgenutztere Reiseschreibmaschine und den Tennisbeutel zum einzigen einigermaßen anständigen Hotel der Stadt, »Zur Alten Post«, und der Schweiß rann mir in Strömen herunter, bevor ich im Schatten der Hotelrezeption angelangt war.

Ich verfluchte die Organisatoren meiner Lesung, die keine Anstalten gemacht hatten, mich am Bahnhof abzuholen, und die mir nicht einmal ein Hotelzimmer reserviert hatten.

Mein Name stand nicht im Gästebuch. Gott sei Dank war noch ein Zimmer frei, und bald stand ich unter der Dusche.

Ich war in den letzten Wochen ziemlich viel herumgereist. Die Hotelzimmer waren meine Schlafzimmer gewesen, mein Arbeitszimmer aber war Tag für Tag ein Eisenbahnabteil, mal auf dieser, mal auf jener Strecke. Ich war in Basel und Zürich gewesen, hatte einige warme und besinnliche Tage in Wien verbracht, mit meinem Notizblock in verschiedenen Cafés sitzend, fern am Horizont wartete das vertraute Berlin – ja, es war eine richtig ausgedehnte, eine labyrinthische Reise, denn ich war unterwegs, um aus einem kürzlich auf deutsch erschienenen Roman zu lesen. Nachdem ich geduscht und einigermaßen ordentliche und leichte Sachen angezogen hatte, ging ich in die Stadt Iserlohn hinaus und sah mich um. Das zentrale Geschäftsviertel, das ehrlich gesagt nicht besonders imponierend war, ließ ich links liegen und kletterte steile Straßen mit immer schöneren, herbstlich erglühenden Laubbäumen hinauf, die freundliche Gewölbe über dem Katzenkopfpflaster stiller Fahrbahnen bildeten.

Ich ging nachdenklich vor mich hin und dachte über Probleme nach, die ausschließlich mich selbst betrafen, als mir plötzlich in den Sinn kam, daß ich vielleicht wieder zum Hotel zurückgehen und die Veranstalter der abendlichen Lesung ausfindig machen sollte.

Es war schon gegen sechs – um diese Zeit pflegte ich sonst mit irgendeinem lokalen Kulturpotentaten beim Essen zu sitzen und über das literarische Leben in Europa zu diskutieren. Es war *wirklich* merkwürdig, daß kein Mensch von sich hatte hören lassen.

Ungefähr an diesem Punkt wurde mir bewußt, daß ich mich verirrt haben mußte. Ich hatte offenbar vergessen, welchen Weg ich nahm, ich meine, ich hatte vergessen, mir die Straßenkreuzungen zu merken.

Gerade in dem Augenblick, als ich schon die Hoffnung aufgeben wollte (alle Straßen schienen mit monotoner Hartnäckigkeit immer zu derselben Stelle zurückzuführen, einem Markt oder Platz mit einem friedlichen Springbrunnen, großen grünen Bäumen und Patrizierhäusern mit grünen Fensterläden), wurde mir klar, daß ich in eins dieser Häuser hineingehen sollte.

Die größte der Villen schien irgendwelche Geschäftsräume zu beherbergen, und erst, als ich die schwere

Eichentür hinter mir hatte zuschlagen lassen, entdeckte ich, daß ich mich in einem Konservatorium befand.

Ein langer Korridor mit Türen, und hinter jeder Tür ein anderes Musikstück.

Hinter einer Tür ertönte die schöne, zögernde Einleitung zu Bachs Triosonate, hinter einer anderen der Klang einer Bratsche, die ein wenig isoliert und abstrakt ihren Part aus einem Streichquartett von Brahms spielte, und hinter einer dritten Tür die zweite von Bachs Cellosuiten.

Ich entschied mich für die Cellosuite. Bach hat mir immer am nächsten gestanden.

Es war ein Mädchen, das da über das Cello gebeugt saß, ein wenig schwer, ein wenig wehmütig, mit einem fast mütterlichen Verhältnis zu seinem Instrument. Ich habe sonst immer gefunden, daß Cellistinnen etwas sexuell Erregendes an sich haben, ihre Art, das Instrument mit dem linken Oberschenkel zu stabilisieren, hat mich immer fasziniert.

Aber dieses Mädchen, das übrigens wirklich gar nicht übel aussah mit seinen langen, braunen Haaren, behandelte das Cello eher so, als sei es ein Sohn.

Sie unterbrach sich mitten in einer halsbrecherischen Passage aus der Allemande und musterte mich lange und gründlich. Fast hätte man glauben können, sie hätte mich erwartet. Sie schien nicht im mindesten erstaunt darüber zu sein, daß ich hereinschaute, wohl aber ein bißchen überrascht, daß ich so aussah, wie ich es tat.

»Sie sehen überhaupt nicht so aus wie auf den Photos«, sagte sie.

»Die meisten Photos von mir, die man hier in Deutschland zu sehen kriegt, sind bereits ziemlich alt«, sagte ich.

»Ein bißchen neuere Photos hätten Sie doch wenigstens schicken können«, sagte sie.

»Ich bin ganz zufrieden damit, wie ich aussehe«, sagte ich. »Schön bin ich nie gewesen, aber das habe ich auch nie irgendeinem Menschen gegenüber behauptet. Einige meiner Freunde finden, daß ich ein ›nettes‹ Aussehen habe. Das bedeutet, wie man wohl vermuten darf, daß sie sich daran gewöhnt haben.«

»Okay«, sagte sie – ungefähr so, als hätte sie einen Entschluß gefaßt. »Wir gehen auf ein Glas Bier in die Stadt. Ein bißchen reden können wir ja wenigstens miteinander. Du bist nicht mit dem Auto gekommen, oder?« Entschlossen stellte sie das Cello weg und klappte das Buch mit Bachs Cellosonaten zu. Als sie aufstand, sah sie plötzlich ein wenig älter aus. Aber es war immer noch schrecklich schwer zu sagen, ob sie dreißig oder fünfunddreißig Jahre alt war.

Sie hatte feine, wie ich es nenne, »humoristische« Fältchen um die Augen. Sie zog einen einfachen, aber geschmackvollen Mantel an, machte mir ein Zeichen, das so etwas bedeutete wie »Moment, ich muß noch etwas Unangenehmes erledigen«, und verschwand in einem Zimmer, wo sie offenbar ziemlich heftig mit irgendeinem Menschen schimpfte, der vielleicht ihr Chef war. Was weiß ich?

»Okay«, sagte sie noch einmal, und diesmal mit einer gewissen Kälte in der Stimme, als sie wieder herauskam. »Jetzt bin ich fertig. Jetzt können wir los. Wir fahren zu einer guten Kneipe, die ich kenne.«

Mittlerweile war ich so fasziniert, daß ich meine Lesung total vergessen hatte. Vielleicht war es auch so, daß ich es schon geschafft hatte, mir einzureden, dieses vitale und starke Mädchen könne das ganze Problem lösen, indem sie diese verdammten Veranstalter und die Buchhandlung, Volkshochschule oder Bibliothek ausfindig machte, wo man mich aus meinem Buch lesend vermutete. Die Dämmerung brach herein, die Lampen gingen an, und ihr kleiner Volkswagen brummte entschlossen die Hügel von Iserlohn hinunter.

Alles war jetzt sehr gemütlich.

Es war eine ganz gewöhnliche Kneipe, abgesehen davon, daß das Bier aus dem schönsten Hahn gezapft wurde, den ich je in meinem ganzen Leben gesehen habe. Nur um dieses Zapfhahns willen hätte man nach Iserlohn fahren können. Hoch aufragend strahlte er im kalten Glanz einer blauen Fayence, die an die Blütezeit der ostislamischen Kunst denken ließ, an die wunderbaren kühlblauen Moscheen auf dem Weg nach Bengalen. Isfahan hätte stolz sein können auf einen solchen Zapfhahn.

Ich fragte sie, ob sie etwas trinken wolle.

»Ja, ein kleines Helles.«

Der Mann hinter der Theke ließ sich viel Zeit, während er sorgfältig den Schaum abstrich. Ich hatte das Gefühl, obwohl ich mich natürlich geirrt haben kann, daß er uns dabei beobachtete.

Inzwischen kam ein etwas älterer Mann herein, in einem abgeschabten Regenmantel und mit einer typisch englischen Sportmütze. Er sah sich um und setzte sich dann zu uns.

»Entschuldigen Sie, wenn ich störe«, sagte er, »aber an den anderen Tischen ist tatsächlich kein Platz mehr frei. Ich gebe mir viel Mühe, keine anderen Leute in öffentlichen Lokalen zu behelligen, am allerwenigsten verliebte Pärchen.«

»Oh, Sie stören überhaupt nicht«, sagte ich rasch, um jedem Mißverständnis vorzubeugen.

Das Mädchen schien aber nicht ganz einverstanden zu sein.

»Sind Sie mit dem Zug gekommen?« fragte der ältere Mann.

»Ja, mit dem Drei-Uhr-Zug«, sagte ich.

»Dann hat Ihr Leben in meinen Händen gelegen«, sagte er. »Ich bin ein einfacher Eisenbahnbeamter, müssen Sie wissen. Mein Platz ist im Stellwerk. Wir haben die Verantwortung für die gesamte Fernblokkierung, bis hin nach Gütersloh.«

»Soso, bis hin nach Gütersloh«, sagte ich. »Du meine Güte! Was haben Sie gerade gesagt?«

»Wir haben die Verantwortung für die Fernblockierung...«

»Nur das letzte Wort«, sagte ich. »Wie hieß es?«

»Gütersloh«, sagte der ältere Mann hilfsbereit.

»Verdammt noch mal«, sagte ich und zog vorsichtig das ziemlich zerfledderte und vollgekritzelte Programm meiner Lesungen aus der Tasche.

»Ich bin, wie gesagt, ein einfacher Eisenbahnbeamter«, sagte der Mann mit großem Ernst und plötzlich sehr würdevoll. »Und ich tue meine Arbeit, ich tue sie wirklich mit der gleichen blinden Präzision wie eine elektronische Maschine. Ich kann morgens noch so verkatert sein, aber das Stellwerk erlaubt keine Phantasien, keine Improvisationen, verstehen Sie. Es gibt Tageszeiten, da habe ich alle drei Minuten je einen Schnellzug in beide Richtungen. Da bleibt kein Platz für irgendein Seelenleben.«

»Komisch«, sagte ich, vor allem zu mir selbst, und steckte das verfluchte Programm der Lesungen wieder in die Tasche, »ich muß mir immer eingebildet haben, daß *Iserlohn* und *Gütersloh* ein und dasselbe ist. Aber das stimmt ja überhaupt nicht. Es sind zwei verschiedene Städte.«

»Gütersloh ist eine unangenehme, etwas vulgäre und neureiche Stadt im Vergleich zu Iserlohn. Kein

Mensch, der die Wahl hätte, würde auf die Idee kommen, Gütersloh den Vorrang vor Iserlohn zu geben«, sagte das Mädchen mit großem Nachdruck.

»Ich sollte heute abend dort eine Lesung haben«, sagte ich.

»Ich lebe wie ein Eisenbahnbeamter, aber eigentlich bin ich etwas ganz anderes«, sagte der ältere Herr. »Ich bin ein Nachfolger Kierkegaards. Irgendwann im nächsten Jahrhundert wird jede amerikanische Universität Vorlesungsreihen über mich veranstalten.«

»Worüber schreiben Sie denn?« fragte ich.

»Ich bin Moralphilosoph. Ich schreibe ein großes moralphilosophisches Werk. Es wird alle Widersprüche unserer Zeit in sich vereinen, genau wie Kierkegaard es vermochte, in seinem Werk alle Widersprüche seiner Zeit zu vereinen.«

»Wie schaffen Sie das?« fragte ich respektvoll, denn die Erfahrung eines Lebens hat mich gelehrt, daß wenn jemand sich selbst als ein großes, bedeutungsvolles Genie darstellt, er entgegen der Meinung des Pöbels in der Regel recht hat.

»Wie schaffen Sie das bloß? Haben Sie Menschen in Iserlohn, mit denen Sie über solche Probleme reden können?« fragte ich, was vielleicht ein bißchen sehr unbedacht von mir war.

Die Augen des Stellwerkbeamten verdunkelten sich. Drohend und düster sah er in seine eigenen geöffneten Hände hinein, als ob die Antwort dort zu lesen wäre.

»Ich schreibe immer Sonntag vormittags, vom frühen Morgen bis meine Frau das Mittagessen fertig hat.«

»Geben Sie ihr die Manuskripte zu lesen?« fragte ich. (Wenn man in einer Konversation erst einmal auf ein falsches Gleis geraten ist, kann man das kaum mehr rückgängig machen.)

»Sie hat nicht die geringste Ahnung, womit ich beschäftigt bin, und auch nicht das geringste Verständnis. Ich bin absolut einsam mit dem, was ich tue. Früher hatte ich noch ein paar Freunde. Die habe ich verraten und verlassen.«

»Weshalb?«

»Ich habe sie dem sozialen Aufstieg geopfert.«

»Wie denn?«

»Als ich noch ein junger, gewöhnlicher Eisenbahnarbeiter war, hatte ich eine Menge kommunistischer Freunde. Einfache junge Arbeiter, aber mit intellektuellen Interessen.«

»Und als Stellwerkmeister sind Sie sich viel zu gut, um mit ihren früheren Genossen zu verkehren?«

»Zu gut? Ach Quatsch! Es ist nur so, daß ein Stellwerkmeister mit kommunistischen Freunden natürlich etwas völlig Unmögliches ist. Verfassungsfeinde, die alle drei Minuten je einen Schnellzug in beide Richtungen überwachen – das ist doch ein Ding der Unmöglichkeit, das muß auch der größte Dummkopf einsehen. Da gibt es eine Grenze. Da muß man sich entscheiden. Stellwerk oder Kommunismus – das sind beides herausragende Dinge, aber nicht beide auf einmal. Da fängt schon die moralische Entscheidung an.«

»Was Sie sagen, ist mir viel zu hoch, viel zu philosophisch«, sagte ich. »Es geht ganz einfach über meinen Horizont. Wenn ich nicht wüßte, daß Sie ein großes philosophisches Genie sind, würde ich es vielleicht wagen, eine Diskussion mit Ihnen anzufangen, aber so wie es nun einmal ist – auf keinen Fall. Lassen Sie uns noch mal zu diesem phantastischen Zapfhahn pilgern. Er zieht mich an wie eine abbasidische Moschee in einer ostturkmenischen Wüste«, fügte ich hinzu.

Als ich von der Theke zurückkam, mühsam drei schäumende Seidel mit dem eisenreichen, angenehmen Bier dieser Gegend balancierend, war der geniale Mann verschwunden, ob nur vorübergehend oder für immer, war schwer zu sagen.

»Das muß Spaß machen«, sagte das Mädchen. »Stell dir vor, ich hab mir immer schon eine Modelleisenbahn gewünscht. Ich war immer so fasziniert von dem *Netz* in dem, was man *Eisenbahnnetz* nennt, die Kombinationsmöglichkeiten, das geheimnisvolle Leben, das eine große Eisenbahn stets lebt; sieh mal, immer ist doch irgendein Zug irgendwohin unterwegs, Tag und Nacht, immer sind Züge in Bewegung.

Aber da ich es als Kind nie geschafft habe, eine Modelleisenbahn zu bekommen – und (sie warf mir einen nervösen Seitenblick zu, den ich nicht deuten konnte) da ich auch jetzt nicht viel Hoffnung habe, eine zu bekommen, habe ich mich immer mit der gewöhnlichen Eisenbahn begnügen müssen.

Das heißt, daß ich jedesmal, wenn ein Schnellzug nicht pünktlich ist, einen bösen Brief an die Bundesbahndirektion schreibe. Und richtig wütende Briefe schreibe ich immer dann, wenn man bei verspäteten Schnellzügen die Anschlußzüge nicht warten läßt. Das ist wirklich ein ganz abscheulicher Machtübergriff. Ich kann es einfach nicht leiden!«

Sie schlug mit ihrer wahrlich sehr kleinen Hand, ihrer feinen Musikerinnenhand, auf die Marmorplatte, jedoch nicht mit solcher Wucht, daß auch nur die geringste Gefahr bestand, sie zu verletzen, und beugte sich zu mir vor.

Sie nahm, um die Wahrheit zu sagen, meine beiden Hände in die ihren, sah mir tief in die Augen, mit ihren großen Augen, die zugleich warm, aufrichtig und verzweifelt waren, und sagte:

»Werden wir uns jemals verstehen, wir beide? Werden wir jemals zusammenleben können?«

Die letzte Frage schien mir ein bißchen voreilig und intim dafür, daß sie an jemanden gerichtet war, der einen Augenblick hereingeschaut hatte, um nach dem Weg zu fragen, und ich hätte das vielleicht auch gesagt, aber gerade in diesem Moment kam der Eisenbahnbeamte zurück.

Er hatte auch Bier geholt, aber eine andere, viel dunklere Sorte. Er setzte sich mit einem Seufzer.

»Nein. Meine Frau versteht überhaupt nichts davon. Meine Arbeitskollegen haben keine Ahnung davon. Meine Zeit reicht nicht aus dafür. Irgendein anderer Mensch, der schreibt, ist mir nie begegnet. Und wenn Sie nur wüßten, wie wenig an einem Sonntagvormittag zustande kommt. Nur ein paar kleine Zettel am Boden einer Zigarrenkiste. Ich sammle sie nämlich in Zigarrenkisten, die ich wiederum nach einem bestimmten Klassifikationssystem geordnet habe. Aber es kommt wenig, sehr wenig zustande an einem Sonntagvormittag. Meine Güte, was könnte man nicht alles schaffen, wenn man seine ganzen Tage zur Verfügung hätte und nicht mehr diese verdammten Schnellzüge mit ihren fetten, vollgefressenen, unbegabten Fahrgästen überwachen müßte. Wozu müssen die überhaupt auf Reisen gehen.«

»Also«, sagte das Mädchen, »wenn ich Ihren Beruf hätte, dann würde ich das alles ganz anders sehen. Ich würde es so sehen, daß ich eine große, wunderbare Modelleisenbahn zur Verfügung habe. Im Maßstab eins zu eins.«

»Es ist nur so, daß ein Modell im Maßstab eins zu eins niemals überschaubar ist. Es führt über den Horizont hinaus, *man hat die Züge nicht ständig im Blick.*«

»Vielleicht ist deshalb«, sagte das Mädchen, »die Literatur so ungeheuer viel leichter zu handhaben als das Leben. Die Literatur ist wie ein Modell in einem kleineren Maßstab... *Und im Leben verschwinden die Züge hinter dem Horizont.*«

So redeten wir noch ziemlich lange weiter. Und ich muß gestehen, daß ich eine ganze Menge trank, denn dieses Mädchen machte mich nervös. Sie schien viel zuviel auf einmal von mir zu wollen.

Der Eisenbahner stieg nach geraumer Zeit ziemlich wackelig auf sein Fahrrad, er behauptete, er hätte irgendwann am nächsten Nachmittag Dienst, und rechnete offenbar damit, bis dahin wieder nüchtern zu sein. Er war recht umständlich beim Abschied, wie das ja bei beschwipsten Männern passieren kann – ich hatte dabei immerzu das Mädchen sozusagen im Hinterkopf; ich hatte mir genau überlegt, was ich ihr sagen wollte. Ich hatte sie bei Gott nicht vergessen.

Als ich mich umdrehte, war sie spurlos verschwunden. Glaubt mir – spurlos!

Ich ging aus der Kneipe und sah mich um. Nichts als leere, schlafende Straßen im Wind; ein sanfter, lauer, herbstlicher Wind raschelte im Laub um mich her: kein Mensch, so weit das Auge reichte. Nein, auch nicht auf der Damentoilette.

2.

In dem Winter, der nun folgte, fiel entsetzlich viel Schnee. In Chicago hörte im Januar eine Zeitlang fast jede normale Tätigkeit auf, in London gingen die Leute nicht mehr zur Arbeit, als Schneefall und Streiks das alltägliche Leben zum größten Teil lahmgelegt hatten. Wir müssen uns darüber klar sein, daß wir historisch an einem abschüssigen Hang leben – von den Höhepunkten des Industrialismus, die irgendwann am Anfang der fünfziger Jahre gelegen haben müssen, geht es mit der Welt bergab, und daran läßt sich sicher nicht viel ändern.

In Iserlohn herrschten nun allerdings keine so katastrophalen Verhältnisse. Einige alte Damen brachen sich den Oberschenkelhals. Die Zeitungen veröffentlichten ein paar Leserbriefe über die mangelhafte Schneeräumung, ein paar kühne Skiläufer probierten, ob man nicht vom Stadtberg bis hinunter in die Mendener Straße fahren konnte.

Das Mädchen, nehmen wir einmal an, gab nach einer Weile eine Annonce in einer Zeitung auf, eine neue Annonce in einer neuen Zeitung (wenn nun eine von meinen Theorien stimmt), und fand einen umwerfend schönen, männlichen Franzosen, der außerdem ein sehr guter Flötenspieler war und also ganze Nachmittage lang mit ihr über Bach plaudern konnte.

Mit dem Cello und ihrem in vier große Kartons verpackten Hausrat zog sie aus der Wohngemeinschaft aus, in der sie lange in einer riesigen Altbauwohnung gelebt hatte, und zog mit ihrem neuen Freund in eine ruhige Villa ein, wo drei Familien je eine Etage bewohnten.

Noch unvertraut mit den Geräuschen der neuen Wohnung, lauschte sie oft in die Dunkelheit hinaus, wenn sie regelmäßig um drei oder vier Uhr morgens aufwachte. Mal war es eine Tiefkühltruhe, die sich mit einem überraschenden Knacken und einem Summlaut einschaltete. Mal war es das Geräusch eines fernen Schnellzugs auf dem Weg durch das erste, dichte Schneegestöber des Morgens.

Sie konnte im Licht der Straßenlaterne vor dem Fenster sehen, wie die Schneeflocken, klein und beweglich wie sie immer sind, wenn die Temperatur ein gutes Stück unter Null sinkt, in Wirbeln herumtanzten. Sie machte sich Sorgen darüber, daß sie vielleicht zu wenig schlief – eine Cellistin braucht viel Schlaf – und darüber, ob ihre unruhigen Bewegungen ihren Mann nicht wecken könnten. Und sie beruhigte sich wieder, indem sie an etwas Beruhigendes dachte. An lange Reisen zu warmen, weniger verschneiten Orten. An die Züge, die sich männlich und ohne Furcht tief drinnen in dem dichter werdenden Schneegestöber bewegten.

An die Träume der Menschen, die sich vielleicht insgeheim trafen und sich kreuzten im dichter werdenden Schneegestöber des tiefen Schlafs.

Mal erwachte sie auch davon, daß eine von den Katzen des Hauses mit einem blitzschnellen Sprung durch eine geschickt angebrachte Katzenluke in einem Kellerfenster der Erdgeschoßwohnung hereinschlüpfte.

Ihr kam in den Sinn, daß sie unter irgendeinem Vorwand hinuntergehen sollte, um mit der Hausbesitzerin Kaffee zu trinken, einer alten Dame, die offenbar keinen Mann hatte, dafür aber einen Sohn, einen ewigen Studenten an der Universität Aachen, der aber ständig zu Hause bei seiner Mutter zu leben schien.

Er war offenbar schon um die dreißig.

Der Januar schleppte sich langsam dahin.

Zwischen ihrem Cellounterricht, ihren Orchesterproben (sie wollten Tschaikowskis Sechste bereits Ende Februar aufführen) und ihrem neuen Eheleben hatte sie kaum Zeit, ihre Bücher in der neuen Wohnung zu sortieren.

Eines Sonntagmorgens, als sie mit einer leeren Holzkiste, die im Keller verstaut werden sollte, auf dem Treppenabsatz stand, kam der Herr, der in der Wohnung über ihr wohnte, mit einem riesigen Paket unter dem Arm vorbei.

Sie hatten einander stets höflich gegrüßt, und zumindest in den ersten Wochen, die sie in dem Haus wohnte, war da auch eine Frau zu grüßen gewesen, eine kleine, leichte, magere, blonde Dame. In der letzten Zeit hatte sie sich nicht mehr blicken lassen.

»Raten Sie mal, was ich in diesem Karton habe«, sagte der Herr spielerisch.

Er sah ungewöhnlich glücklich aus. Sein kleiner brauner Schnurrbart flatterte hoffnungsvoll im Wind, und in seinen Augen war ein blauer Schimmer, wie ein Stückchen freier Himmel. Irgendwas mußte ihm offenbar passiert sein.

»Sie haben eine Modelleisenbahn in dem Karton«, sagte sie und ließ sich sofort auf das Fragespiel ein.

»Woher wissen Sie das, zum Teufel?«

»Keine Ahnung. Es fiel mir einfach ein, daß es so sein mußte.«

»Das ist phantastisch.«

»Nicht wahr?«

»Verstehen Sie: Ich habe mich scheiden lassen. Oder vielmehr, meine Frau hat mich verlassen.«

»Wie traurig!«

»Ja, in gewisser Weise schon. Aber andererseits auch nicht. Sie war immer so furchtbar eifersüchtig auf meine Modelleisenbahn.«

»Und jetzt haben Sie endlich die Chance, sie auszubauen?«

»Nein, ich baue sie nicht aus, ich baue eine ganz und gar neue, in einem viel kleineren Maßstab. So bekomme ich Platz für viel mehr Gleise. Es wird alles viel *überschaubarer.*«

»Sie haben als Junge viel mit Eisenbahnen gespielt.«

»Unheimlich viel.«

»Und jetzt kehren Sie zur Modelleisenbahn zurück?«

»Sie sagen das so, als ob das ein Fehler wäre.«

»Ach, so habe ich das überhaupt nicht gemeint. Mir fiel nur ein, daß sich in diesen Jahren so viele aufs Private zurückziehen. Wir sind weit entfernt vom Jahr 1968, als nichts über das Kollektiv ging. Ich habe selbst zwölf Jahre lang in verschiedenen Wohngemeinschaften gelebt. Und jetzt bin ich mit meinem Mann in eine Zweizimmerwohnung mit Küche gezogen. Und nachdem Sie nicht mehr mit Ihrer Frau zurechtgekommen sind, ziehen Sie wieder ins Paradies Ihrer Jugend ein, in die überschaubare Welt der Modelleisenbahn.«

»Sie reden so aufrichtig und freundlich, daß ich gern auf eine aufrichtige Art antworten möchte. Also: Was es so furchtbar schwierig machte, mit meiner Frau zusammenzuleben, war nicht, daß sie die Modelleisenbahn nicht leiden konnte.«

»Ach, Sie meinen, daß sei nur ein Symbol für etwas anderes gewesen?«

»Für meine Welt, für alles auf der Welt, was mir gehörte und nicht ihr. Oder besser gesagt: für alles auf der Welt, was sie von mir nicht erobern konnte. Meine unglückliche, von Anfang bis Ende mißlungene Ehe hat mich auf den Gedanken gebracht, daß Liebe im Grunde nichts anderes ist als eine Form von Neid. Der Versuch, ein anderer Mensch zu werden, wenn wir es nicht mehr aushalten, der zu sein, der wir sind. Aber man kann ja kein anderer Mensch werden.«

»Und da hast du eine Modelleisenbahn gekauft?« (Das Du kam jetzt ganz selbstverständlich.)

»Ein paar wichtige Ergänzungsteile zu meiner alten, die ich vom Speicher geholt habe. Sie stand ja die ganze Zeit auf dem Speicher, in Kartons verpackt.«

Das Mädchen schwieg einen Augenblick. Sie dachte: Was ist es eigentlich, was wir der Gemeinschaft opfern?

3.

Was geht verloren? Vielleicht ist es etwas viel Wertvolleres, als wir glauben?

Am Abend, nachdem ihr Mann eingeschlafen war, lag sie lange im Bett wach und träumte sich ihre eigene Modelleisenbahn. Das war die dritte Eisenbahn in Iserlohn.

Sie beschloß, daß sie sehr groß und labyrinthisch sein sollte. Es sollte Tunnel darin geben und tiefe Einschnitte in wilden Gebirgsgegenden aus Papiermaché, und einen Hafen mit Kais und die Andeutung eines Meeres, wo alle Gleise endeten, eine Möglichkeit des Todes vielleicht, aber auch der Freiheit und der Veränderung.

Hier und da sollte die Eisenbahn ganz nah an kleinen Dörfern vorbeiführen, Dörfern mit einem ziemlich primitiven, aber nicht bettelarmen Aussehen, etwa in der Art der Dörfer im nördlichen China, fleißige Dörfer, sehr exzentrische Dörfer, in denen die moderne Zeit keine großen Chancen hatte, zu Wort zu kommen.

Sie lag im Dunkeln wach und dachte über die nicht ganz unwichtige Frage nach, ob in den Dörfern christliche Kirchen, Moscheen oder vielleicht buddhistische Tempel stehen sollten, als der lästige Thermostat der Tiefkühltruhe wieder ansprang. Ihr Mann drehte sich im Schlaf herum; er hatte eigentlich ein sehr feines, vielleicht ein wenig bleiches Gesicht.

Er war ein freundlicher, ein sensibler Mensch. Den anderen nahe.

Wie sollte die Eisenbahn dirigiert werden?

Es mußte natürlich ein Schaltpult geben, mit Knöpfen und Schaltern, die zu allen Weichen führten, zu allen Bahnschranken (mit richtig bimmelnden Warnsignalen), zu allen Schleusen und Klappbrücken der Kanäle. Oder wäre vielleicht ein kleiner Computer vorzuziehen, der alles lenkte?

Sie würde sich Kompendien und Handbücher besorgen müssen, *Software* und *Hardware,* um herauszukriegen, wie sich das machen ließe. Aber müßte nicht auch der Zufall in einen solchen Computer einprogrammiert werden? Eine Eisenbahn ganz ohne Risiken, ganz ohne Überraschungen und Gefahren, sozusagen ganz ohne Herausforderungen und Begegnungen, würde das nicht auf die Dauer schrecklich monoton und langweilig werden?

Es schauderte ihr ein bißchen bei diesem Gedanken.

Die lästige Tiefkühltruhe fing wieder an zu summen. Sie zog das weiche schottische Plaid höher über die Schultern hinauf und versuchte, wieder einzuschlafen.

Das war nicht so einfach.

Sie dachte über den Nachbarn mit der Eisenbahn nach.

Sie dachte an Studentendemonstrationen in Berlin und Heidelberg – sie hatte noch oft einen Alptraum, daß sie zusammen mit Hunderten von Menschen vor der mit Schlagstöcken bewaffneten Polizei flüchtete. Daß sie stolperte und wieder auf die Beine kam, stolperte und flüchtete. Und daß sie alle miteinander flüchteten und bis in alle Ewigkeit auf der Flucht sein würden.

Flüchteten vielleicht auch die Polizisten?

Gründete sich nicht alle Macht in der Welt auf dieselbe große Lüge: daß der Sinn unseres Lebens außerhalb unserer selbst liege?

Aber wenn der Sinn nirgendwo anders liegen konnte als *in* uns, in dem Dunkel, das das eigene Ich war, jenseits aller moralischen Fallen, dann müßten wir ja auch für immer uns selber fremd bleiben. War es denn so?

Ihr Mann hatte jetzt angefangen zu schnarchen, mit sehr leichten, kultivierten kleinen Schnarchern.

Sie spürte ein leises Glücksgefühl in sich aufsteigen, ein Glück von einer neuen und ungewohnten Art.

Wie das Glück vor einer sehr langen Reise.

4.

Es war, wie gesagt, ein schrecklicher Winter. Erst gegen Anfang April wurde er milder. Nun ging es rasch auf den Frühling zu.

An einem Freitagnachmittag, gerade bei Sonnenuntergang, schaute sie bei der Dame im Erdgeschoß herein, um die Monatsmiete zu bezahlen.

Sie hatte den ganzen Winter über vorgehabt, die beiden zu Kaffee und Kuchen einzuladen, die Mutter mit ihrem steifen, aber nicht ganz unfreundlichen Gesicht, und den Sohn. Schließlich war es nicht falsch, einigermaßen gute Beziehungen zu seiner Hausbesitzerin zu unterhalten.

Sie saßen gerade beim Essen. Die Mutter schwer wie eine Urgroßmutter, eine, die uns nichts verzeiht und uns eigentlich auch nie etwas verweigert.

Der Sohn bleich, ernsthaft kauend, ständig ein bißchen erkältet. Das war vermutlich sein Vorwand dafür, daß er sich offenbar nie aufraffen konnte, zur Universität zu gehen.

Als sie nun ins Zimmer kam, entstand ein Schweigen, das fast peinlich geworden wäre. Es war ein dunkel und freudlos möbliertes Zimmer. Ein schwerer Eichentisch – oder vielleicht war es nur gebeizte, imitierte Eiche –, ein Bild des toten Vaters (in Uniform, wer weiß, in was für einer) auf dem Eßzimmerbüfett, auch aus dieser schweren, schwarzen Holzart, die Eiche sein mochte, mit einer kleinen Spiegelwand obendrauf, umrahmt von einem kitschigen Flechtwerk aus Holz.

Mutter und Sohn begannen jetzt zu reden und fielen einander, wie immer bei solchen Gelegenheiten, hektisch ins Wort.

Das Mädchen hörte nicht zu. Vielmehr starrte sie fasziniert auf das, was auf dem Büfett stand:

Einfach perfekt in all seiner Kleinheit, vollständig elektrifiziert, ein winziges Eisenbahnnetz.

»Aber da steht ja der Zug!«

Der Sohn sprang auf, die Backen noch vollgestopft mit Essen, und begann eine großartige Vorführung. Wie immer, wenn solche Sachen vorgeführt werden sollen, funktionierte nicht alles ganz so, wie es sollte. An einem Bahnübergang gab es Schranken, die nicht richtig spuren wollten.

Und dabei war tatsächlich *alles* vollständig elektrifiziert!

Der Nachbar vom obersten Stock befreite sich, immer mehr, der Sohn blieb Sohn, und das Mädchen? Das Mädchen grübelte.

Ein Haus, voll von Eisenbahnen ohne Verbindung miteinander.

Sich fortsehnen und zugleich Heimweh haben. Die großen, männlichen Schnellzuglokomotiven, mutig unterwegs in Schneesturm und Regen, unter Bergen hindurch und über steile Schluchten hinweg.

»Wir haben die Eisenbahn in unserem Haus«, sagte das Mädchen.

Hier endet unsere unmögliche Erzählung.

[A] ls ich Udo Franke das erste Mal sah, wurde ich
sofort an Heldendenkmäler erinnert: Da stand in
entspannter und doch gestraffter Pose ein junger,
großer, gesundheitsstrotzender Mann, der sich seines
Menschseins voll bewußt zu sein schien. Stählern war
sein Blick, stolz seine Kopfhaltung, gerade sein Rück-
grat. Es fehlte nur noch das flatternde Banner, um das
Bild abzurunden. Da sich der junge, aufrechte Mensch
jedoch in einem düsteren, unordentlichen Raum, in
einer Gesellschaft trinkender und rauchender Bohe-
miens befand, wirkte er etwas befremdend.

Er war ein Neuling auf diesem alkoholfreien Jour fixe,
der uns, eine feste Clique, jeden zweiten Mittwoch zu-
sammenführte, und er war zweifellos fehl am Platz.
Peter Hamann, der Veranstalter dieser Abende, wußte
offenbar nicht, wie dieser stramme Gast in seine Wohnung geraten war. Er stellte ihn mir mit einer vagen
Handbewegung und einem unverständlichen Murmeln vor, woraufhin sich der junge Mann bemüßigt
fühlte, mir offenen Blickes ins Auge zu sehen, fest
meine Hand zu drücken und vernehmlich seinen Namen zu nennen.

»Aha«, sagte ich, und das klang wohl ein wenig ironisch.

Udo Franke – und das hätte ich eigentlich ahnen müssen – vertrug keine Ironie. Seine Pupillen zogen sich
zu winzigen Punkten zusammen, und sein offener
Blick wurde stechend. Er wandte sich brüsk von mir
ab und entfernte sich mit stolz erhobenem Haupt und
durchgedrücktem Kreuz. Am anderen Ende des Zim-

mers ließ er sich auf einem Hocker nieder, und da saß er dann, ohne zu trinken, ohne zu rauchen – ein Anblick vollendeter Körperbeherrschung und Disziplin. Wir hätten vermutlich kein Wort miteinander gewechselt, wenn ich nicht gerade an diesem Abend von einem meiner Migräneanfälle überrascht worden wäre. Noch bevor die Schmerzen ihre volle Wucht erreicht hatten, erkundigte ich mich, ob jemand starke Kopfwehtabletten bei sich hätte. Zu meiner Überraschung holte der junge, gesundheitsstrotzende Mann ein Döschen aus seiner Tasche, öffnete es, musterte aufmerksam den Inhalt und danach mich.

»Können Sie mir die Schmerzen näher beschreiben?« fragte er im Ton eines kompetenten Arztes.

»Es ist eine handfeste Migräne«, erklärte ich mürrisch.

»Kommen Sie«, sagte er und stand auf.

»Wohin?«

»In ein Zimmer mit frischer Luft.«

Peter Hamann führte uns in sein sogenanntes Schlafzimmer, eine Kammer, in der eine ungemachte Bettcouch, ein uralter Sessel, ein Schrank und ein paar leere Flaschen herumstanden.

»Setzen Sie sich schon in den Sessel«, befahl Udo Franke, verschwand und kehrte gleich darauf mit einem Glas Wasser zurück. Er nahm zwei Kapseln aus seinem Döschen und gab sie mir.

»Was ist das?«

»Entspannungstabletten... So, und jetzt machen Sie sich ganz locker. Legen Sie die Unterarme auf die Knie und lassen Sie Oberkörper und Kopf schwer nach vorne fallen... ja, so ist es gut!«

Er stellte sich hinter mich und begann, mir mit fachmännischen Griffen Genick und Hals zu massieren.

»Sind Sie Arzt?«

»Nein.«

»Woher wissen Sie dann so gut Bescheid?«

»Ich befasse mich mit diesen Dingen.«

»Mit Medizin?«

»Unter anderem.«

»Was sind Sie von Beruf?«

»Das weiß ich noch nicht. Ich möchte ein Buch schreiben.«

»Ach nein! Und über was?«

»Das weiß ich auch noch nicht. Sind die Schmerzen schon etwas besser?«

»Kaum, aber das Massieren ist sehr angenehm.«

»Haben Sie oft Migräne?«

»Ja.«

»Trinken und rauchen Sie viel?«

»Sehr viel.«

»Haben Sie Probleme?«

»Wer hat die nicht.«

»Sie sollten es mal mit autogenem Training versuchen.«

»Keine Ahnung, was das ist.«

»Ich werde Ihnen ein Buch darüber geben. Wo wohnen Sie?«

Ich nannte ihm meine Adresse.

»Ich wohne zwei Ecken weiter«, erklärte er. »Morgen, irgendwann im Laufe des Tages, bringe ich Ihnen das Buch vorbei.«

»Können Sie es nicht zu einer bestimmten Zeit bringen?«

»Ich binde mich nicht gern an bestimmte Zeiten. Wenn Sie nicht da sind, lege ich es vor die Tür.«

»Na gut. Wie Sie wollen.«

»Jetzt lassen Sie sich bitte mal zurückfallen... so...! Und legen Sie den Kopf auf die Rückenlehne.«

Während er mit festen Fingerspitzen Stirn, Schläfen und Schädeldecke massierte, betrachtete ich sein Gesicht. Es war ein hartes, strenges, bleiches Gesicht mit einer gewaltigen Stirn, einer langen dünnen Nase, einem schmallippigen Mund und einem Kinn, das, von unten gesehen, besonders massiv wirkte. Auffallend waren allein seine hellen Augen, nicht weil sie schön waren, sondern weil sie einen kalten, silbrigen Glanz hatten, wie Metall, das in der Sonne aufblitzt. Es war ein Gesicht, stellte ich fest, das mir überhaupt nicht gefiel.

»Warum geben Sie sich eigentlich so viel Mühe mit mir?« fragte ich. »Sie mögen mich doch gar nicht.«

»Wenn ein Mensch in Not ist, helfe ich ihm, ganz gleich ob ich ihn mag oder nicht.«

»Sind Sie etwa ein Philanthrop?«

»Die Menschen tun mir leid, das ist alles.«

»Jetzt erinnern Sie mich an einen jugendlichen Albert Schweitzer«, sagte ich auflachend, »und zuerst habe ich Sie für einen strammen Bundeswehroffizier gehalten.«

Er verzog keine Miene, aber seine Stimme war scharf und bitter, als er sagte: »Mein Vater, für den ich wenig übrig hatte, war aktiver Offizier. Ich war siebzehn, als ich mich noch ein Jahr am Krieg beteiligen durfte. In anderen Worten, ich bin ein fanatischer Antimilitarist.«

»Ich habe das Gefühl, daß Sie in allen Dingen ein Fanatiker sind«, sagte ich und wußte nicht, warum er mich immer wieder zu unverfrorenen Bemerkungen reizte.

»Und ich habe das Gefühl, daß Sie wieder ganz in Ordnung sind. Kehren Sie also getrost zu Alkohol und Zigaretten zurück, und bestellen Sie Ihren Freunden meinen besten Dank. Es war ein reizender Abend, aber ich muß ihn leider frühzeitig abbrechen.« Er verschwand, ohne mich auch nur eines weiteren Blickes zu würdigen.

Dennoch brachte er mir am nächsten Tag gegen vier Uhr das Buch.

»Das hätte ich nach Ihrem schroffen Abschied gestern abend nicht gedacht«, sagte ich.

»Ich habe Ihnen doch schon einmal erklärt, daß ich Menschen, die Hilfe brauchen, nicht im Stich lasse.«

»Ich bin wirklich gerührt.«

»Allerdings bezweifle ich, daß Ihnen zu helfen ist.«

»Interessant«, sagte ich, »und warum?«

»Weil Sie haltlos, egozentrisch und gefühlskalt sind und nur das tun, was Ihnen Spaß macht.«

»Mag sein«, sagte ich und lud ihn zum Tee ein.

Er zögerte einen Moment, dann gab er mir die Ehre. Den Tee fand er gut, die Wohnung recht hübsch, meine Bücher allerdings nur zum Teil lesbar.

»Was tun Sie eigentlich«, fragte er, »wenn Sie nicht gerade trinken oder Ihre Zeit mit sogenannten Freunden totschlagen?«

»Ich übersetze einen Roman.«

»Zu ihrem persönlichen Vergnügen?«

»Zu meinem persönlichen Unterhalt.«

»Ach«, sagte er und sah mich einen Augenblick starr an, »das hätte ich nicht gedacht.«

»Mögen Sie einen Schluck Rum in den Tee?« fragte ich.

»Nein, danke. Ich kann Alkohol nicht ausstehen.«

»Ihr Pech«, sagte ich und goß mir mehr Rum als Tee in die Tasse.

»Apropos«, sagte er, »wie geht es Ihrem Kopf?«

»Heute ganz gut.« Ich sah ihn neugierig an und überlegte, ob ihn tatsächlich nichts anderes zu mir geführt hatte als sein merkwürdiger Drang, Menschen zu helfen.

»Warum schauen Sie mich so an?«

»Ich versuche, dahinterzukommen, was Sie für ein Mensch sind.«

»Das versuche ich auch schon etliche Jahre, aber vergeblich.«

»Wie leben Sie eigentlich?«

Zum ersten Mal verzog sich sein Mund zu einem dünnen Lächeln. »In Untermiete«, sagte er, »bei der Familie Vogt.«

»Das sagt mir nicht viel.«

»Das sollte es aber! Welcher nicht völlig schwachsinnige deutsche Bundesbürger in meinem Alter lebt heutzutage noch in Untermiete, fährt mit der Straßenbahn, bewahrt seine Butter auf dem Fensterbrett auf und ist nicht in der Lage, sich eine Reise nach Italien zu leisten?«

»Ist das nun ein Prinzip«, fragte ich, »eine Lebensanschauung oder ein Spleen?«

Er sah mich grimmig an.

»Oder ist es vielleicht eine in Tugend abgewandelte Not?«

Wie alle hellhäutigen Menschen wechselte er sehr schnell die Farbe. Entweder er wurde weiß oder aber rosaviolett wie eine bestimmte Tulpensorte. Jetzt wurde er weiß. »Wenn ich wollte, könnte ich für Film, Fernsehen und Illustrierte eine Schnulze nach der anderen schreiben.«

»Aber Sie wollen nicht.«

»Ich will nicht, und ich kann nicht. Ich bin unfähig, mich zu verkaufen, mich mediokren Menschen und Beschäftigungen zu unterwerfen oder auch nur Kompromisse zu schließen.«

»Solchen Luxus können sich leider nur reiche oder geniale Menschen leisten.«

»Ich bin weder das eine noch das andere.«

»Dann haben Sie vielleicht ein Geheimrezept.«

»Ich habe ein ganz gewöhnliches, aber nicht sehr schmackhaftes Rezept. Ich schränke mich auf ein

Minimum ein – auf eine winzige Stube, auf leicht waschbare Hemden und Pullover, auf eine Handvoll Erdnüsse, Rosinen oder Vitamintabletten, auf Gelegenheitsarbeiten und auf ein tägliches nahrhaftes Frühstück bei meinem Freund, Christian Döring.«
»Nur gut, daß es diesen Freund gibt.«
Er überhörte meine Bemerkung.
»Das einzige, worauf ich nicht verzichte«, erklärte er, »sind Bücher. Bücher und exquisite Seife.«
»Bei Ihnen«, sagte ich, »scheint es sich um einen wahren Sonderling zu handeln.«

Zwei Wochen ließ er nichts mehr von sich hören. Dann rief er an und erkundigte sich, ob ich das Buch gelesen hätte.
»Ja«, sagte ich, obgleich ich es nicht angerührt hatte.
»Können Sie etwas damit anfangen?«
»Sehr viel«, sagte ich und fragte, ob er nicht mal wieder zum Tee kommen wolle.
»Recht gerne«, sagte er, und von diesem Tag an kam er regelmäßig. Nach einer Weile fiel mir auf, daß er immer sehr viel Zucker und Sahne in seinen Tee tat, und dabei mußte ich an die Handvoll Erdnüsse denken und daran, daß er vielleicht Hunger hatte. Beim nächsten Mal brachte ich unter einem taktvollen Vorwand Brot, Butter, Honig und Backwerk auf den Tisch. Er aß mit bestem Appetit, und ich hatte das beruhigende Gefühl, daß er jetzt wenigstens zwei Mahlzeiten am Tag zu sich nahm.
Unsere Beziehung blieb wochenlang dieselbe. Wir unterhielten uns meistens in aggressivem Ton, denn wir waren fast immer verschiedener Meinung. Er hielt mich nach wie vor für eine haltlose, egozentrische, gefühlskalte Person und ich ihn für eine höchst merkwürdige Kreuzung zwischen einem jugendlichen

Albert Schweitzer und einem strammen Bundeswehroffizier. Was mich, offen gestanden, hauptsächlich an
ihm reizte, war die eiserne Zurückhaltung, mit der er
mich behandelte, als wäre ich ein neutrales Wesen,
von dem man sich nichts anderes erhoffte als eine
Tasse Tee und ein Honigbrot. Nach einiger Zeit fühlte
ich mich verletzt und ertappte mich dabei, daß ich öfter
denn je in den Spiegel schaute und mich für seine Besuche besonders sorgfältig zurechtmachte. Als auch
das nicht wirkte, ging ich zu konkreteren Maßnahmen
über. Ich gab ihm reichlich Gelegenheit, mich zu küssen. Doch als er selbst diese Gelegenheit ungenutzt
ließ, war ich ganz sicher, meine Anziehungskraft verloren zu haben.
Eines besonders schönen Vollmondabends stand ich
am Fenster. Ich lehnte traurig die Stirn an die Scheibe
und seufzte. Udo Franke witterte Not. Er trat hinter
mich und begann sanft meinen Nacken zu streicheln.
»Sind Sie unglücklich?« fragte er.
Ich nickte.
»Sagen Sie mir den Grund. Ich möchte Ihnen helfen.«
Ich fuhr wütend herum. »Ich pfeife auf Ihre Samari-
terdienste«, rief ich.
Zu meiner Überraschung wandte er sich nicht indi-
gniert ab. Im Gegenteil – er küßte mich, und es war der
perfekteste Kuß, den ich jemals bekommen hatte. Als
er mich losließ, sah ich ihn fassungslos an. Sein Gesicht war blaß, ein wenig gedunsen und erinnerte
mich an einen aufgegangenen Hefeteig. Er drehte sich
schnell um und verließ ohne ein weiteres Wort die
Wohnung.

Er kam weder am nächsten noch am übernächsten
Tag. Am dritten Tag schließlich rief ich ihn an.
»Warum kommen Sie nicht?« fragte ich.

»Ich will nicht, daß es passiert.«

»Weshalb?«

»Weil Ihr Leben und meins nicht zusammenpassen.«

»Ich werde Ihnen Ihr Leben lassen und Sie mir das meine.«

»Ich kann das Leben, das Sie führen, nicht akzeptieren.«

»Dann eben nicht«, sagte ich zornig und hängte ein.

Am Nachmittag kam er, und es passierte. Seine Liebeskunst hielt, was sein Kuß versprochen hatte, und mir war, als hätte ich das große Los gezogen.

»Du scheinst dich auch mit der Erotik sehr intensiv beschäftigt zu haben«, sagte ich, als wir an einem besonders reich gedeckten Teetisch saßen.

»Ja«, erklärte er mit tiefem Ernst, »ich habe viele Bücher darüber gelesen. Es ist ein äußerst interessantes Thema.«

»Wem sagst du das! Ich habe zwar wenig darüber gelesen, aber um so mehr...«

Er starrte mich an. In seinen Augen war ein unheilvolles Glitzern, und ich unterbrach mich erschrocken.

»Ich möchte kein Wort über deine zahllosen Affären hören«, sagte er mit wutbebender Stimme. »Und wenn ich dich jemals mit einem anderen Mann erwischen sollte...«

Er sprach den Satz nicht zu Ende, aber die Drohung in seinem Gesicht war ungeheuerlich.

Ich kann nur jede Frau davor warnen, sich mit einem Fanatiker einzulassen. Fanatiker sind unbekehrbare Menschen, und man kann nur überleben, indem man zu allem, was sie tun, Ja und Amen sagt.

Bei Udo Franke war es so, daß die unbedeutendste Nebensächlichkeit zur Besessenheit ausartete. Da war, zum Beispiel, sein Reinlichkeitsbedürfnis, das sich zu einer Manie entwickelt hatte. Er trug stets eine kleine Lufthansa-Tasche mit sich herum, in der sich, säuberlich verpackt, all das befand, was er für seine rituellen Waschungen benötigte: eine Wurzelbürste, eine Zahnbürste aus Dachshaar, Zahnpasta, vitaminreiche Öle und natürlich exquisite Seife. Er putzte sich im Laufe des Tages mindestens ein dutzendmal die Zähne und wusch sich jede halbe Stunde die Hände. Oft verschwand er beängstigend lange im Badezimmer und behandelte sich mit heißen und kalten Duschen, Schaumbädern und Massagen. Wenn er dann wieder auftauchte, war er von Kopf bis Fuß rosa-violett und mit einer dicken, glänzenden Ölschicht bedeckt.

»Wenn du nur einen Bruchteil der Zeit und Mühe, die du für deine Körperpflege aufwendest, in deine Arbeit stecken würdest«, knurrte ich bei solchen Gelegenheiten, »dann hättest du bald ein Vermögen.«

»Ich brauche kein Vermögen.«

»Ich weiß, ich weiß, du brauchst nur deine Bücher, deine Seife und deine Reformhauskost.«

»Das allerdings.«

Er war, unter anderem, ein Gesundheitsfanatiker und versorgte sich und seine Schützlinge mit Weizenkeimen und Knusperflocken, mit Haselnußmus und Knoblauchkapseln, mit einer Unzahl von Müslis und Tränklis, von Vitamintabletten, kräftigenden Säften, homöopathischen Tropfen und getrockneten Früchten.

Es war eine völlig geschmacklose Kost, die in Mund und Magen aufquoll und nichts anderes hinterließ als ein ständiges Hunger- und Unlustgefühl.

»Das kannst du mir nicht antun!« protestierte ich nach der dritten Vollwert-Mahlzeit. »Zum Abendessen brauche ich Fleisch, Salat, Käse und Rotwein, sonst kann ich nicht mehr arbeiten.«

»Du irrst dich. Richtig arbeiten kann man überhaupt nur mit dieser Kost.«

»Wie willst du, ausgerechnet du, das beurteilen?«

Er warf mir einen warnenden Blick zu, woraufhin ich verstummte und traurig an einer Scheibe Weizenkeimbrot mit Hefeextrakt-Aufstrich nagte.

»Also schön«, sagte er, »wenn du dich unbedingt ruinieren willst…«

Am nächsten Abend gab es Fleisch, Salat, Käse und Rotwein, und Udo schmeckte es genausogut wie mir. Er erlaubte mir sogar ein Glas Wein und trank selber ein paar Schluck. Von da an aßen wir jeden Abend nahrhaft, wenn auch unvollwertige Mahlzeiten. Es war der einzige Punkt, in dem er nachgab. In allen anderen Dingen blieb er eisern und bemühte sich fanatisch, mich zu einer ihm ebenbürtigen Frau umzuerziehen.

»Dein Leben ist wie deine Übersetzung«, hatte er einmal gesagt. »Du vermeidest die Interpunktion, oder, was noch schlimmer ist, du setzt sie falsch.«

»Na, da hast du es ja größtenteils geschafft, sie richtig zu setzen«, hatte ich mißmutig erwidert und an all die guten Dinge gedacht, die mir damit verlorengegangen waren: Kaffee und Zigaretten, Alkohol und Flirt, Lokale, die ich gerne besucht, und Bekannte, mit denen ich mich gerne unterhalten hatte.

»Bedauerst du das etwa?«

»Aber nein, eine richtige Interpunktion hat auch was für sich.«

Sie hatte in erster Linie für sich, daß meine Tage in einem unerhörten Gleichmaß verliefen und bis auf die Minute eingeteilt waren. Neun Stunden schlief ich, sechs Stunden arbeitete ich an meiner Übersetzung, zwei Stunden wurde ich spazierengeführt. Und den Rest der Zeit verbrachte ich – wenn ich allein war – mit einkaufen, kochen, putzen – wenn ich mit Udo war – mit streiten, lieben und essen.

Nach einem ausgiebigen Frühstück bei Christian Döring erschien Udo gegen zwei Uhr – eine blaue Lufthansa-Tasche in der einen Hand, ein Buch, das er aus hygienischen Gründen nicht zu seinen Toilettensachen legte, in der anderen. Manchmal, wenn es seine Finanzen – die ich übrigens nie durchschaute – zuließen, brachte er etwas zum Essen mit. Meistens war es ein ebenso feiner wie kleiner Leckerbissen aus einem der teuersten Delikatessengeschäfte. Über solche Einkäufe war er immer hocherfreut und ich tief betrübt, denn mit vier Paar Würstchen wäre mir mehr gedient gewesen als mit hundert Gramm geräuchertem Rheinsalm.

In der ersten Zeit hatte mich seine Unvernunft noch aus der Fassung gebracht. Ich hatte gejammert, geschimpft und auf ihn eingeredet. Aber bald hatte ich erkannt, daß es hoffnungslos war, daß er sich nie und in nichts ändern würde.

Von da an hatte ich mich nicht mehr eingemischt, hatte ihn stillschweigend sein verschrobenes Leben führen lassen. Der Erfolg allerdings war, daß ich ständig einen dumpfen Groll gegen ihn hegte. Warum paßte ich mein Leben dem seinen an, wenn er mir in keiner Weise entgegenkam? Sicher, er kümmerte sich rührend um mich und widmete mir viel Zeit und Aufmerksamkeit. Er las meine Übersetzung, verbesserte dieses oder jenes Wort, setzte die Interpunktion. Er pflegte mich mit wahrer Aufopferung, wenn ich krank war. Er ging ganz auf mich ein, wenn ich meine Depression hatte. Aber hätte er jemals etwas für mich getan, was ihn Mühe gekostet hätte, Anstrengung, Überwindung? Ganz bestimmt nicht! Er blieb bei seiner Lebensweise, und mit der Zeit kam ich darauf, daß sie nichts anderes war als eine bequeme Flucht in seine angeborene Trägheit. Er war faul, und er wußte dieser Faulheit ein Mäntelchen geistiger Größe umzuhängen. Er fraß ein unglaubliches Wissen in sich hinein, ohne daß jemals etwas Produktives dabei herausgekommen wäre. Während ich hinter der Schreibmaschine saß, lag er bäuchlings auf der Couch und las. Während ich einkaufen ging, saß er zu Hause und hing seinen Gedanken nach. Während ich das Essen zubereitete, stand er untätig daneben und erzählte, was er gelesen und gedacht hatte. Ihm behagte diese Kombination, mir aber nicht. Mein Groll wuchs und wuchs, und eines Tages kochte er über.

»Ich habe meinen eigenen Fraß jetzt satt«, erklärte ich eines Abends. »Ich möchte endlich mal wieder in einem Restaurant essen.«

Er sah mich mit durchdringendem Blick an, erkannte, daß ich mit wohlgefügten Worten nicht mehr zu besänftigen war, und zog sich sofort in eisige Reserve zurück.

»Bitte schön«, sagte er, »wenn dir soviel daran liegt, dann geh in ein Restaurant.«

»Auf den Gedanken, daß du mich einmal dazu einladen könntest, kommst du wohl gar nicht! Immerhin sind wir jetzt schon ein gutes dreiviertel Jahr zusammen, und ich fände es nicht übertrieben...«

»Du weißt sehr gut, daß ich für Restaurants kein Geld habe. Aber du hast ja einen großen Bekanntenkreis und zahllose Männer, die dich liebend gerne einladen würden.«

»Seit ich dich kenne, habe ich überhaupt keinen Bekanntenkreis mehr. Du mit deiner manischen, unbegründeten Eifersucht...«

»Unbegründet? Mein liebes Kind, deine Männergeschichten sind stadtbekannt, und du wartest doch nur auf den Moment, wo du wieder damit anfangen kannst.«

»Wenn ich es tatsächlich wollte, brauchte ich nicht irgendeinen Moment abzuwarten. Du gibst mir, weiß Gott, keinen Anlaß, mich dir verpflichtet zu fühlen.«

»Was meinst du damit?«

»Ich meine damit, daß du nichts, jedenfalls nichts Reales tust, um mir dieses miserable Leben zu erleichtern.«

»In dem Augenblick, da ich in der Lage sein werde, das zu tun, was ich verantworten kann...«

»In die Lage, mein Lieber, wirst du nie kommen. Und weißt du warum? Weil es eine unbequeme Lage wäre, eine, in der du nicht um zehn Uhr aufstehen könntest und stundenlang baden und den Tag verbummeln.«

»Jetzt merke ich, daß wir Monate aneinander vorbeigeredet haben, daß es dir nie gelungen ist...«

»In die Tiefe deiner Seele hinabzutauchen oder mich zu der Höhe deines geistigen Niveaus emporzuschwingen. Ich weiß.«

»Du bist kalt«, sagte er, »zynisch und brutal. Ich aber brauche eine Frau, die mir Wärme gibt, Sicherheit und Selbstvertrauen. Nur dann kann ich es zu etwas bringen.«

»Quatsch!« schrie ich. »Nimm dir ein Stück Papier und einen Bleistift und fang an, dein verdammtes Buch zu schreiben! Oder geh als Lektor in einen Verlag! Oder arbeite als Kellner! Aber spiel nicht dauernd das verkannte Genie, den schutz- und wärmebedürftigen Schöngeist.«

Er wurde in schneller Folge erst rosaviolett, dann weiß, drehte sich auf dem Absatz um und ging zur Tür. Dort blieb er noch einen Augenblick stehen und sagte in seinem Albert-Schweitzer-Ton: »Wenn du jemals

Hilfe brauchen solltest, dann kannst du dich selbstverständlich immer an mich wenden.«

»Und wenn du unbedingt einen schweren Gegenstand an den Kopf haben möchtest, dann bleib noch eine Sekunde länger da stehen.«

Er verschwand, indem er die Tür hinter sich zuknallte.

Ich sah und hörte nichts mehr von ihm, und mitunter tat mir das recht leid. Wenn er mich auch viel Zeit, Geld und Ärger gekostet hatte, er war ein erstklassiger Liebhaber gewesen und eine verkörperte Enzyclopädie.

Eines besonders trübsinnigen Tages trieb es mich ins Reformhaus. Ich wollte – seligen Angedenkens – Sanddornschnitten kaufen, vielleicht sogar Weizenkeimlinge. In dem Laden war eine einzige Kundin, die von einer langen Einkaufsliste all die Köstlichkeiten ablas, die auch ich einst zu mir genommen hatte. Mir fiel auf, daß sie bemerkenswert schöne Beine hatte und eine mir bekannte Stimme. Neugierig trat ich neben sie. Da wandte sie mir ihr Gesicht zu und sah mich an. Es war Monika, Christian Dörings Frau.

»Oh, guten Tag«, sagten wir gleichzeitig, gaben uns artig die Hand und lächelten freundlich. Ich hatte Monika nur einmal gesehen, und damals war sie mir – seltsamerweise – kaum aufgefallen. Allerdings hatte ich auch wenig Gelegenheit gehabt, sie näher zu betrachten. Wir waren zusammen im Kino gewesen – Monika und Christian, mit dem sie zu der Zeit noch nicht verheiratet gewesen war, Udo und ich. Nach der Vorstellung hatten wir noch ein paar belanglose Sätze miteinander gewechselt und uns dann getrennt.

»Es sind liebe Menschen und gute Freunde«, hatte Udo auf dem Heimweg bemerkt, »aber leider kann man nicht viel mit ihnen anfangen.«

Jetzt freilich kam mir der Gedanke, daß man – mit Monika jedenfalls – einiges anfangen konnte. Sie hatte eine auffallend gute Figur, einen großen, schönen Mund und Augen, die ebenso sanft und dunkel waren wie ihre Stimme.

»Wie ich sehe«, sagte ich zu ihr, »halten Sie auch viel von Vollwertnahrung.«

Sie nickte und lächelte verträumt.

»Schmeckt sie Ihnen auch?«

»O ja, ausgezeichnet sogar.«

»Mir nicht.«

Monika zog ein Portemonnaie aus der Tasche. Sie hatte schmale, lange Finger, und an ihrer rechten Hand prangte ein breiter Ehering.

»Wie geht es Udo?« fragte ich.

»O danke, sehr gut. Er überarbeitet jetzt Drehbücher für die Synchronisationsfirma meines Mannes.«

»Meine Hochachtung«, sagte ich mit bitterem Spott.

Monika streifte mich mit sanftem, dunklem Rehblick, legte das Geld auf den Tisch, tat die Pakete in eine Tasche und gab mir die Hand.

»Auf Wiedersehen«, sagte sie mit ihrem hübschen, verträumten Lächeln.

»Auf Wiedersehen, und grüßen Sie Udo von mir.«

»O ja, das werde ich tun.«

Ich sah ihr nach, als sie zur Tür ging. Merkwürdig, dachte ich, daß Udo sie in all den Monaten so selten erwähnt hat.

Ich hatte Udo nie mißtraut, hatte ihn einer Lüge, eines Betrugs gar nicht für fähig gehalten. Er war so sehr der Typ des beständigen, treuen Mannes, daß mir jeder Zweifel absurd vorgekommen wäre. Daß er bei Dörings aus und ein ging, als gehöre er zur Familie, hatte ich keineswegs befremdend gefunden. Die Dörings hatten Geld, eine hübsche, warme Wohnung und einen gefüllten Eisschrank. Christian, ein robuster, tüchtiger, vitaler Mann, war seit Jahren mit Udo befreundet. Er hatte ihn, den Schwächeren, Lebensfremden unter seine Fittiche genommen und ihm jederzeit mit Rat und Tat zur Seite gestanden. Den Rat allerdings hätte er sich sparen können, denn Udo schätzte an Christian nur den Freund und nicht den Menschen.

»Er ist in seiner Entwicklung stehengeblieben«, hatte er erklärt. »Er ist unernst, oberflächlich und wenn es ums Geld geht, geradezu charakterlos.«

Auch in seine Äußerungen über Monika hatte sich immer ein geringschätziger Ton gemischt: »Sie ist ein nettes, anständiges Mädchen, aber leider aus sehr spießigen Verhältnissen. Man merkt es ihr immer wieder an.«

Da ich sie damals noch nicht kannte, war meine erste Frage gewesen: »Ist sie hübsch?«

»Na ja, manchmal kann sie recht gut aussehen.«

Bei der Hochzeit, die mit kirchlicher Trauung und allen Feierlichkeiten vollzogen wurde, war Udo Trauzeuge gewesen. Sein Bericht hatte sich auf zwei Sätze beschränkt: »Monika hat beinahe schön ausgesehen...« Und dann nach einem längeren versonnenen Schweigen: »Das wird keine glückliche Ehe.«

Es wurde tatsächlich keine glückliche Ehe – so jedenfalls schloß ich aus Udos raren, kurzen Kommentaren. »Christian ist ein Despot«, sagte er einmal, »und das arme Mädchen hat nicht die Möglichkeit, sich zu entfalten.«

»Vielleicht gibt es da gar nichts zu entfalten.«

»Bei jedem Menschen gibt es etwas zu entfalten, und Monika ist ein introvertierter Typ. Wahrscheinlich ist mehr aus ihr herauszuholen, als man auf Anhieb vermutet. Aber dazu braucht man Geld, Zartgefühl und psychologische Erfahrung.«

Bei dieser Bemerkung hätte ich hellhörig werden müssen, denn Udos Drang, sich als geduldiger, zartfühlender Psychologe zu betätigen, war mir nur allzu gut bekannt.

Aber da er ja schon an mir ein weites Betätigungsfeld hatte, schenkte ich den Worten keine Beachtung und überhörte auch den entscheidenden Satz:»Monika tut mir wirklich leid. Man müßte ihr helfen!«

Jetzt, ein dreiviertel Jahr später, fiel mir das alles ein. Ich lief verärgert durch die Straßen, kaute an meinen Sanddornschnitten und sagte mir, daß ich Gespenster sähe. Ein Moralist wie Udo würde sich nie und nimmer an der Frau seines besten Freundes vergreifen. Aber die Ungewißheit blieb, und am Abend rief ich Udo an und bat ihn zu kommen.

Obgleich mein Anruf ein Triumph für ihn sein mußte, ließ er es mich nicht spüren. Er kam sofort und behandelte mich mit milder Nachsicht. Er schien mir anschmiegsamer, zärtlicher als je zuvor, und ich schämte mich meiner unsinnigen Verdächtigungen. Es war der erste Abend, an dem wir, ein Herz und eine Seele, in allem übereinstimmten.

Auch in den folgenden Tagen und Wochen vertrugen wir uns besser als früher. Udo hatte sich zu seinem Vorteil verändert. Er war toleranter geworden und einsichtsvoller. Dinge, die er mir früher sehr übelgenommen hätte – ein Glas Kognak zum Beispiel, eine bissige Bemerkung, der Anruf eines Bekannten –, nahm er jetzt gelassen hin. Und selbst als ich eines Abends zaghaft erklärte, eine beruflich wichtige Verabredung zu haben, machte er keine Einwände. Im ersten Moment war ich ihm dankbar dafür, aber dann überkam mich ein bohrendes Unbehagen. Am nächsten Tag fragte ich ihn, mit was er sich den Abend vertrieben habe. Er sagte, er sei im Kino gewesen.

»Allein?« wollte ich wissen.

»Mit Monika.«

»Ach... und Christian?«

»Der hatte angeblich eine späte Besprechung.«

»Betrügt er sie?«

»Natürlich.«

»Und sie ihn auch?«

Er sah mich mit seinem starren, glitzernden Metallblick an und wurde weiß.

»Warum sollte sie nicht...«, bemerkte ich achselzuckend.

»Du mußt nicht immer von dir auf andere schließen«, sagte er kalt. »Monika ist ein unverdorbenes, anständiges Mädchen, und sie hat einen einwandfreien Charakter.«

»Im Gegensatz zu mir.«

»Ja, im Gegensatz zu dir.«

»Dann geh doch zu ihr!« schrie ich ihn an. »Legt euch und eure einwandfreien Charaktere zusammen und werdet glücklich.«

»Du bist wieder einmal übererregt«, sagte er, zog ein Fläschchen mit homöopathischen Tropfen aus der Tasche und hielt es mir hin. Ich schlug es ihm wütend aus der Hand.

Es war etwa einen Monat später. Ich lag mit einer starken Erkältung im Bett und wartete auf Udo. Er hatte versprochen, um elf Uhr zu kommen, aber jetzt war es bereits halb zwölf. Ich wunderte mich. Udo hatte seine Krankenpflegerpflichten stets sehr ernst genommen. Am Abend zuvor war er besonders umsichtig und einfühlsam gewesen. Er hatte mich mit heißem Zitronensaft, einem kalten Wickel und vielen Tropfen und

Pillen versorgt. Gegen neun Uhr hatte er mir noch zwei Schlaftabletten gegeben und sich dann mit einem ziemlich merkwürdigen Satz verabschiedet. »Arme Kleine«, hatte er gesagt, »wie schade, daß so viel an dir verkorkst worden ist.« Darauf hatte er mich sanft geküßt und war gegangen.

Um zwölf, als Udo immer noch nicht erschienen war, rief ich bei Dörings an. Christian war am Apparat, und ich nannte meinen Namen und fragte, ob Udo zufällig bei ihm wäre. Einen Moment lang herrschte Totenstille am anderen Ende. Dann hörte ich einen unheimlichen Ton – ein Schnauben, Prusten oder Stöhnen, und schließlich brach sich eine dröhnende Stimme Bahn: »Nein, er ist nicht hier, dieser Schweinehund, und der Himmel möge verhüten, daß er mir jemals wieder unter die Augen kommt, sonst...«

Ich hielt den Hörer ein Stück von meinem Ohr ab und lauschte gebannt einer wahren Flut an Drohungen, Verwünschungen und Flüchen. Christian war ein heftiger, impulsiver Mann, und er tat sich, bei Gott, keinen Zwang an.

»So«, sagte ich, als er völlig außer Atem eine Pause einschalten mußte, »und jetzt erklären Sie mir doch bitte mal, was vorgefallen ist.«

»Ich komme gegen fünf Uhr früh nach Hause«, begann er mit einigermaßen beherrschter Stimme, »schleiche mich, um Monika nicht zu wecken, in die Wohnung und finde auf meiner Couch ein trautes Paar: meine liebe Frau und meinen besten Freund in einer ziemlich eindeutigen Situation.«

»Was heißt ziemlich eindeutig? Dabei oder nicht dabei?«

»Nein, aber vielleicht ein paar Minuten davor oder ein paar Minuten danach – so genau will ich das gar nicht wissen!«

»Waren sie ausgezogen?«

»Nein, aber völlig zerzaust und benommen, und dann hatten sie weder Schuhe noch Strümpfe an.«

»Vielleicht wollten sie Tautreten gehen. Bei Udo kann man so etwas nie wissen.«

»Sie scheinen einen unerschütterlichen Humor zu haben, aber mir ist er restlos vergangen!«

»Verständlicherweise. Und dann?«

»Meine Frau ist mit einem gellenden Schrei ins Badezimmer gerannt, und Udo, dieses miserable Häufchen Elend, hat sich zu seiner vollen Größe emporgereckt und erklärt: ›Ich ziehe selbstverständlich die Konsequenzen und heirate Monika.‹ Stellen Sie sich das vor! Dieser faule, unfähige Nichtskönner, der ohne mich längst verhungert wäre, zieht die Konsequenzen! Steht da wie der gekreuzigte Jesus Christus persönlich und kommt sich auch so vor. Na, und da habe ich ihm einen Kinnhaken versetzt – die Zähne haben ihm nur so gescheppert, und das Blut ist ihm aus der Nase gespritzt. Er ist rücklings zu Boden gegangen und hat sich dabei noch den Kopf an einer Tischkante angeschlagen.«

»Ist er verletzt?«

»Ich hoffe es. Ich hoffe, er hat eine schwere Gehirnerschütterung. Aber eine Ratte wie er ist leider sehr zäh. Als er wieder zu sich kam, habe ich ihn aus der Wohnung geworfen und die Schuhe hinterher!«

»Und wo ist er jetzt?«

»Liebe gnädige Frau, das weiß ich nicht, und das ist mir auch scheißegal. Von mir aus kann er im Leichenschauhaus sein!«

Er kam am frühen Nachmittag. Groteskerweise hatte er zur Feier des Tages seinen besten Anzug angezogen, einen blauen, der, um einige Schattierungen zu hell und einige Zentimeter zu eng, einen Stich ins Geckenhafte hatte. Dazu trug er ein weißes Hemd, dessen Kragen so steif war, daß sich sein Hals unter dem Druck zu blähen schien. Sein Gesicht war geschwollen und hatte die Farbe ungebackenen Teigs. Das Weiß seiner Augen war rot geädert, und seine schmalen Lippen waren zu einem Ausdruck tiefer Verbitterung verkniffen. Er bewegte sich mit äußerster Vorsicht, woraus ich schloß, daß ihm einige Stellen seines Körpers und seines Kopfes sehr weh taten.

»Du bist spät dran«, sagte ich und versuchte die Ahnungslose zu spielen. Aber er ließ sich nicht täuschen. Er stand am Fußende meines Bettes und blickte feindselig auf mich hinab.

»Na schön«, sagte ich, »machen wir's kurz. Das Theater hat lange genug gedauert – eine schmierige Komödie, findest du nicht? Ein Hinterhofdrama. Ich habe dir dummerweise mehr Geschmack zugetraut.«

Er schwieg, er zuckte nicht mit der Wimper. Es war nicht Scham, die ihn da stumm und starr am Fleck festhielt, es war Überheblichkeit.

»Du fühlst dich wohl im Recht, was?«

»Ja, ich fühle mich im Recht«, sagte er. »Ich werde mich immer im Recht fühlen gegen alle Menschen, wie ihr es seid. Menschen wie Christian und du, Ungeheuer, die rücksichtslos und brutal andere aussaugen und dann wegwerfen. So hat Christian es mit Monika, so hättest du es mit mir getan.«

»Ihr tut mir leid«, sagte ich, »ihr tut mir unsagbar leid. Wie ihr uns ausgeliefert seid, ihr Schöngeister – uns und unseren Brieftaschen, uns und...«

Er drehte sich um und stolzierte zur Tür.

»Du mißglückter Albert Schweitzer«, schrie ich ihm nach, »du aufgeblasene Null, du pathologischer Vollwertheuchler.«

Er blieb stehen, zog aus der Tasche seiner zu engen Jacke ein Fläschchen und warf es mir zu. »Baldrian«,

sagte er, »Schafgarbe, Erdrauch und Salbei. Eine aus-
gezeichnete Beruhigungsmischung. Nimm 20 bis 30
Tropfen.«

Das letzte, was ich von Udo Franke sah, waren sein
durchgedrücktes Kreuz und sein angeschlagener, aber
hoch erhobener Kopf.

Dies ist die Geschichte einer unglücklichen Liebe. Was denn sonst. Die Geschichte meiner allerersten Liebe. Ich war drei Jahre alt. Man ist nie zu jung, um sein Herz zu verlieren.

Es war der Gärtner. Von nebenan natürlich, denn wir selbst hatten ja keinen. Oder keinen mehr. Ich sehe mich noch am Gartenzaun stehen und sehnsüchtig durch die Latten linsen. Wie er hieß... das weiß ich nicht mehr. Er war groß und blond und alles, was dazugehört. Blaue Augen. Jung, glaube ich, obwohl er mir natürlich alt vorkam. Ich nehme an, er war so um die zwanzig, damals. Und ich war drei. Ich hatte natürlich alles gegen mich. Ich konnte noch nicht einmal richtig sprechen.

Und ich war klein. Ich war so klein, daß er mich manchmal gar nicht bemerkte. Ich zupfte schüchtern an seinem Hosenbein. Dann lächelte er. Er fuhr mir mit der Hand übers Haar. Er reichte mir ein Bonbon zwischen den Zaunlatten hindurch. Ich hatte ein Eichhörnchen, eins aus Plüsch, das nahm ich immer mit in den Garten. Ich hielt es so unter den Arm geklemmt, wie die Frauen ihre Handtaschen, die Frauen, die bei uns auf den Sofas herumsaßen und mich an sich zu drücken versuchten. In meiner Erinnerung sehe ich immer sechs oder sieben Frauen in unserer Halle herumstehen, sitzen, gehen, schwatzen oder stricken oder die Beine übereinanderschlagen. Tanten. Alle gleich. In Wahrheit kamen sie natürlich eine nach der anderen. Eine reiste ab, eine andere kam. In meiner Erinnerung sahen sie alle gleich aus. Älter oder jünger, vielleicht, das macht für mich keinen Unterschied. Ich ließ mich ungern küssen. Ich ging in den Garten. Ich spielte. Ich weiß noch, welches Kleid ich trug, als ich den Gärtner zum ersten Mal sah: das hellbraune, samtene, mit dem runden Kragen. Ich drückte die Nase an den Zaun und schaute. Ich konnte noch nicht einmal richtig sprechen. Vielleicht sagte ich so etwas wie hallo, guten Tag. Ich glaube es aber nicht. Ich war sehr schüchtern, und abgesehen von den diversen Tanten sah ich kaum jemanden. Er kniff mich in die Wange. Erschrocken lief ich weg. Er tat es nie wieder. Wenn es regnete, durfte ich nicht in den Garten. Er schon. Ich sah ihn vom Fenster aus mit seinem gelben Regenhut. Ich sah ihn von oben, nur den Hut. Normalerweise sah ich ihn von unten, die Gummistiefel und die blaue Arbeitshose. Wenn es regnete, langweilte ich mich.

Auch sonst. Ich lebte allein mit meinem Vater und wechselnden Tanten in diesem riesigen Haus mit unzähligen düsteren Zimmern und Hallen. Soweit ich mich erinnere, kümmerte sich niemand übertrieben um mich. Da war jemand, der kochte. Mein Vater schloß sich oft in seinem Zimmer ein, vielleicht arbeitete er. In meinem Zimmer waren lauter altmodische Spielsachen, die früher ihm gehört hatten und mit denen ich kaum spielte. Nur das Eichhörnchen, das gefiel mir.

Ich war weitgehend mir selbst überlassen. Ich strich durchs Haus. Ich rollte die Ecken der Teppiche zurück und sah zu, wie mein Vater darüber stolperte. Ich räumte auf. Ich trug Dinge von einem Zimmer ins andere. Dann wurde er wütend.

Einmal nahm ich sogar seine Pfeifensammlung mit ins Bad und wusch sie sorgfältig aus. Da wurde er sehr wütend.

Nicht, daß ich ihn nicht gern gehabt hätte. Oder er mich. Ich war nur zu klein, und er war oft abwesend, sorgenvoll und mit sich selbst beschäftigt. Später wurde dann alles anders. Indirekt hatte das auch mit mir und meiner unglücklichen Liebe für den Gärtner zu tun.

Der Gärtner. Er füllte mein ganzes kleines Leben. Ich machte ihm Geschenke. Alles, was ich fand und mir gefiel, das gab ich ihm. Auch meine Spielsachen. Bis auf das Eichhörnchen natürlich. Dann lachte er und bedankte sich feierlich. Einmal küßte er mir die Hand. Manchmal legte ich die Sachen auch einfach irgendwo hin, wo er sie finden mußte.

Denn ich sah natürlich, daß er traurig war. Warum sonst hätte er so viel Zeit mit mir verbracht. Er erzählte mir oft von Frauen, die schlecht waren und Unheil brachten und die man meiden sollte wie die Pest. Ich dachte an meine Tanten und nickte aus tiefstem Herzen. Dann sah er mich plötzlich ganz erstaunt an, als hätte er gar nicht gemerkt, mit wem er rede. Er versuchte, zu lachen oder so mit der Hand abzuwinken, als ob nichts wäre. Aber ich sah genau, daß er traurig war. Deshalb machte ich ihm all die Geschenke. Es waren wohl auch wertvolle Sachen darunter. Mein Vater sammelte ungeschliffene Edelsteine. Aber das konnte ich ja nicht wissen. Sie sahen nach nichts aus. Dann kam der Tag, an dem ich durch den Zaun kroch. Der Tag, an dem der Gärtner nicht gekommen war. Ich war traurig. Ich hielt mein Eichhörnchen fest und flüsterte ihm Mut zu, ganz geheuer war mir selber nicht, aber ich mußte ihn einfach suchen. So ist das, wenn man verliebt ist. Der Garten nebenan war im Gegensatz zu unserem sehr gepflegt und übersichtlich. Überhaupt keine Gefahr, sich zu verirren. Ich schlurfte die Kieswege entlang und versuchte, Steinchen mit meiner Sandale aufzufangen und dann alle auf einmal wegzuschleudern. Ich blickte auf meine Füße und auf den Kies. Ich stieß beinahe mit ihm zusammen.

Hoppla, sagte er und hob mich auf und drückte mich an sich, ich versteckte mein Gesicht in seinem Hemd und hielt mein Eichhörnchen fest. Er küßte mich ins Haar. Dann stellte er mich wieder auf die Füße. Dann sagte er vermutlich irgend etwas. Was tust du denn hier, was soll denn das, wissen deine Eltern... Ich erinnere mich an sein Gesicht, die Haut, die Augen. Und der Geruch. Wie mein Vater manchmal, ich wußte sofort, daß etwas nicht stimmte. Vor meinem Vater hatte ich immer Angst an den Tagen, an denen er so roch. So aussah, mit dieser violetten Haut, dem stacheligen Bart, den geschwollenen Augen. Das waren die Tage, an denen er brummte und brüllte und an denen die Tanten in Erscheinung traten.

Fassungslos sah ich ihn an. Dann ließ ich das Eichhörnchen fallen und rannte weg. Vor dem Gartenzaun drehte ich mich um. Er hob das Eichhörnchen hoch wie zum Gruß. Ich ging ins Haus. Am selben Nachmittag fand ich diesen Umschlag. Er lag in der Halle am Boden, und ich hob ihn auf. Er war nicht versiegelt, nicht einmal richtig zugeklebt. Er war voller frischer, knisternder Banknoten.

Natürlich wußte ich damals nicht, was Geld war oder was es bedeutete. Ich fand einfach, das sei ein wunderbares Geschenk für meinen Gärtner. Ich wollte es ihm geben, aber dann traute ich mich nicht. Ich warf den Umschlag über den Zaun, verkroch mich im Gebüsch und wartete. Es war schon beinahe dunkel, als ich ihn endlich sah. Er schlenderte an den Beeten entlang, riß ab und zu von einer Pflanze ein Blatt ab und murmelte halblaut vor sich hin. In seiner Jackentasche steckte mein Eichhörnchen. Ich sah die großen

Plüschohren. Mein Herz klopfte. Plötzlich blieb er wie angewurzelt stehen. Er öffnete den Mund. Er bückte sich, hob den Umschlag auf. Er faßte mit zwei Fingern hinein. Dann preßte er ihn gegen seine Brust und schloß die Augen. Ich hörte, wie man nach mir rief und rannte ins Haus zurück. So habe ich meinen Vater ruiniert. Er hätte es wahrscheinlich auch ohne meine Hilfe geschafft. Aber nicht so schnell.

Eine Zeitlang ging alles drunter und drüber. Geschrei und Geheul. Eine Tante jagte die andere. Mein Vater ließ sich einen Bart wachsen. Ich hatte mehr denn je mitleidigen Blicken und tätschelnden Händen auszuweichen. Aber dann wurde alles anders. Wir heirateten, das heißt, mein Vater heiratete, eine der Tanten natürlich, aber eine der netteren. Wir zogen in eine große, helle, moderne Wohnung in der Stadt. Mein Vater mußte arbeiten und ich zur Schule gehen. Was wir auch taten, beinahe fröhlich. Wir waren bürgerlich geworden. Das sagte er manchmal zu mir, wenn wir zusammen über die Straße gingen, Hand in Hand, er frisch rasiert und ich gekämmt, dann lachte er und sagte: »Jetzt sind wir also bürgerlich geworden, was!« Ich glaube, das gefiel ihm irgendwie.

Ich lachte auch. Mein Herz hüpfte einmal hoch, und ich dachte an meine erste große Liebe, den Gärtner. Ich habe ihn nie wieder gesehen.

DIE SCHLITTENFAHRT

Marlen Haushofer

W ährend Hedwig dem großen Mann die Hand reicht, hat sie Mühe, ein Zittern zu unterdrücken. Ich bin durchfroren und müde, denkt sie. Ich wünschte, der Doktor würde mich mit seinen Überraschungen verschonen. Aber es ist so schwer, ihn zurückzuweisen.

Inzwischen umarmt der kleine Doktor den großen Mann und drückt seine Wangen in Anbetracht des Größenunterschiedes heftig gegen die Rockaufschläge des anderen, was den ungeschlachten Riesen sichtlich in Verlegenheit versetzt.

Auf dieses Wiedersehen war er nicht vorbereitet, denkt Hedwig, ebensowenig wie ich. Ich müßte ihm helfen, die Situation darf nicht peinlich werden.

»Ich dachte, Michael«, ruft der kleine Doktor, »du würdest dich freuen, die Frau meines Freundes kennenzulernen. Es war als Überraschung gedacht für dich und sie. Nun, freust du dich, mein Lieber?«

Der Angeredete errötet leicht unter seiner fahlen Haut und murmelt verwirrt:

»Gewiß – ein guter Einfall von dir, du hattest immer so gute Ideen, schon in der Schule...«

Hilflos bleibt sein Blick an Hedwig haften.

Nun ist es wohl an der Zeit, ihm zu Hilfe zu kommen.

»Wir kennen uns von früher, Doktor«, wirft sie mit leichtem Lächeln ein. Unbefangen hebt sie die Augen zu Michael.

»Ich hoffe, es geht dir gut!«

»Ja – natürlich, Hedwig, geht es mir gut. Ich habe in den letzten Jahren das Sägewerk ausgebaut –«

»Das freut mich, Michael. Du warst ja immer ein
großartiger Geschäftsmann – nicht wahr?«
Der Mann runzelt die Brauen.
Gewiß liegt in diesem Satz eine Spitze verborgen. Aber
er hat verlernt, ständig auf der Hut zu sein. Es ist so
mühsam.
Der kleine Doktor staunt.
»Ihr kennt euch von früher? Nein – wer hätte das gedacht!«
Sein flinker Eichhörnchenblick wandert von einem
zum andern, als suche er einen verborgenen Zusam-
menhang zu entdecken. Aber aus Hedwigs verschlos-
senem Gesicht ist nichts zu lesen, und Michael – du lieber Himmel! – ist wohl jeder Frau gegenüber verwirrt
und ungeschickt.
Im Wohnzimmer ist es warm und behaglich. Ein riesiger Holzkorb steht vor dem Kachelofen.
Er hat noch immer keine Dauerbrandöfen eingebaut,
denkt die Frau. Nun, nachdem ich nicht mehr hier war,
legte wohl niemand mehr Wert darauf.
Er besitzt ja mehr als genug Holz, alle Wälder im Um-
kreis gehören ihm. Sie weiß, daß er von Holz zu träu-
men pflegt. Dann zieht er die Brauen zusammen und
bewegt lautlos die Lippen im Schlaf, als ob er rechnen
wollte.
Einmal war sie eifersüchtig auf das viele Holz. Wie
lächerlich! Damals war sie ein wenig verrückt. Ein
junges Ding, das zuviel gelesen hatte und zuwenig gegessen.
Das Zimmer macht einen fremden Eindruck. Die
schweren alten Möbel sind durch lächerliche Decken
verniedlicht, und in den ledergepolsterten Sesseln
häufen sich blumenbestickte Kissen. Sogar die lichten
Vorhänge hat man durch schweren, dunkelgrünen
Samt ersetzt.

Ein wenig gekränkt streifen Hedwigs Blicke über das mißhandelte Zimmer.

Michael ist unschuldig daran. Wer wüßte es besser als sie! Er versteht nichts von diesen Dingen. Wenn er sich setzt, pflegt er die Kissen auf den Boden zu werfen und die Spitzendecke vom Tisch zu streifen. Ja, er scheut sich nicht einmal, die Asche seiner Zigarren auf den Teppich zu streuen.

Ein Mann von egoistischer, unbequemer Art – darüber kann kein Zweifel bestehen. Aber in Anbetracht dieser Anhäufung weiblicher Handarbeit ist sie heute eher geneigt, ihm zu verzeihen, als damals.

»Ihr müßt entschuldigen«, hört sie seine Stimme, »meine Frau ist gestern zur Stadt gefahren und kommt erst morgen zurück.«

Also doch eine Frau.

Es liegt ja nun sechs Jahre zurück – aber es ist vielleicht besser, heute abend diese unvorstellbare Frau nicht zu sehen. Ja, sicher ist es besser so! Sie versteht zwar sehr gut, daß er in dem großen Haus nicht allein leben konnte, doch wer weiß, vielleicht liebt er seine Frau? Diese Vorstellung treibt ihr das Blut in die Schläfen und läßt sie tief atmen.

Während ein junges Mädchen das Abendessen aufträgt, stellt Hedwig fest, daß Michael gealtert ist. Sein fahlblondes Haar ist leicht ergraut, die Tränensäcke treten stärker hervor als früher. Seine Augen scheinen ihr trübe und die Lider gerötet.

Er trinkt zuviel, denkt sie.

Das kühle, kluge Gesicht des »Professors«, wie sie ihren zweiten Gatten zu nennen pflegt, taucht vor ihr auf. Niemals würde es ihm einfallen, eine Nacht lang durchzutrinken oder vielleicht gar verriegelte Türen einzutreten. Der Gedanke ist so abwegig, daß sie sich eines Lächelns kaum enthalten kann.

Dieser Mann Michael aber hat, wie es scheint, sein Leben nicht geändert. Er sieht weder glücklich noch unglücklich aus, eher wie ein riesiger Baum, an dessen Wurzeln die Mäuse nagen – still und unverdrossen, Nacht für Nacht.

Nach dem Abendessen fällt es der Frau Doktor ein, nach dem Kind zu fragen. Zögernd und leicht verstimmt gibt Michael dem Mädchen, das die Speisen aufgetragen hat, einen Wink.

Er hat also ein Kind, denkt Hedwig und starrt bestürzt in das blasse Gesicht des überfütterten kleinen Mädchens. Es gleicht offenbar seiner Mutter. Nichts erinnert an Michael als der großgeschwungene Mund.

Dieser Anblick versetzt ihrem Herzen einen Stoß. Ist es nicht ein Unrecht, seinen Mund an dieses häßliche, fremde Kind verschwendet zu haben?

Unerklärliches Schuldbewußtsein überfällt sie.

Als das Mädchen, das Kind auf dem Arm, aus dem Zimmer geht, hebt Hedwig die Lider und trifft Michaels Blick. Wie immer, wenn er zornig oder traurig ist, sind seine Augen dunkel.

Sie kann den Blick nicht ertragen.

Eine halbvergessene Vision steigt vor ihr auf. Mit großen grauen Augen und lächelndem Mund schwebt aus der Dämmerung der Fensternische ein Kind auf sie zu. Sein Haar leuchtet wie mattes altes Gold, als es in den Lichtkreis der Lampe gleitet. Mit schmerzhafter Deutlichkeit sieht sie die kleinen, etwas nach innen gerichteten Füße und die nackte Schulter über dem schiefgerutschten Hemdchen.

»Herzchen«, murmelt sie, »mein Herzchen« – und schrickt auf. »Habe ich etwas gesagt?«

Scheu sieht sie von einem zum andern, aber niemand scheint ihre Geistesabwesenheit bemerkt zu haben. Sie horchen alle auf den kleinen Doktor, der eben einen seiner Schwänke zum besten gibt. Hedwig hat das gute Recht, nicht aufzumerken, sie hörte diese Geschichte jede Woche siebenmal. Aber Michael scheint sie zu gefallen. Er kann so hemmungslos lachen wie ein Kind. Im innersten Herzen hat Hedwig, die niemals laut herauslachen konnte, ihn oft darum beneidet. Ihre Gedanken schweifen von neuem ab. Dieses Haus tut mir nicht gut, denkt sie. Sie hat nie ein Kind gehabt und wird niemals eines haben. Weshalb verwandelt sich die sanfte, gleichbleibende Trauer darum heute in schmerzliche Bitterkeit? Langsam erhebt sie sich und tritt, wie um ihre Hände zu wärmen, an den Ofen. Und in der Tat sind ihre Finger eiskalt. Durch einen zitternden Schleier aus Zigarrenrauch sieht sie Michael auf sich zukommen. In jeder Hand trägt er ein Glas mit Wein, und sein Gesicht hat einen seltsam verkrampften Zug. Er scheint sich nicht wohl zu fühlen.

Einen Augenblick lang sieht sie sein Gesicht ganz nahe und fühlt das scheue Verlangen, mit ihrer Hand die Spuren des Verfalls aus ihm zu löschen.

Dann stoßen ihre Gläser aneinander.

»Auf die Vergangenheit«, sagt er schwerfällig und versucht zu lächeln.

Hedwig fröstelt. Sie hebt das Glas und nickt ihm zu. Eine leise Unruhe beginnt sich in ihrer Brust zu regen.

»Du hast dich verändert, Hedwig«, sagt er zögernd.

»Sechs Jahre sind eine lange Zeit, wenn man in der Stadt lebt. Hier bleibt alles beim alten – unmerklich frißt die Zeit uns auf.«

Er scheint sie vergessen zu haben – auch das kennt sie aus früheren Zeiten.

Endlich fährt er fort: »Es geht dir doch gut, Hedwig – du hast meine Briefe nicht beantwortet – es hat mir Sorgen gemacht...«

Wie ungeschickt er ist, er kann einem geradezu leid tun.

»Es geht mir sehr gut. Ich führe ein ziemlich angenehmes Leben. Es tut mir übrigens leid, Michael, es war die Idee des Doktors, mich zu einer Schlittenfahrt mit verbundenen Augen zu überreden. Er hat mir deinen Namen nicht genannt, und ich wußte natürlich nicht, daß ihr befreundet seid.«

Sie schweigt verwirrt.

»Laß es gut sein, Hedwig«, hört sie seine Stimme wie aus weiter Ferne. »Du warst damals so unerbittlich, wie ich es niemals von dir erwartet hätte. Aber es hat sich wohl alles für dich zum besten gewendet. – Es ist schön, dich wieder einmal zu sehen.«

O Michael, du Klotz von einem Mann!

Hedwig lacht auf. Es klingt ein wenig unbeherrscht.

»Ja, jetzt kannst du völlig beruhigt sein – wie du siehst!«

Soll denn dieser unglückselige Abend nie ein Ende nehmen?

Es ist wohl Zeit für die beiden, zum Tisch zurückzukehren.

Der kleine Doktor bemüht sich vergeblich, seiner schläfrig gewordenen Frau ein Lächeln zu entlocken.

Es fällt der Ärmsten manchmal schwer, die Gegenwart ihres Mannes zu ertragen.

Man trinkt noch ein Glas Wein und wünscht einander eine gute Nacht. Das Hausmädchen geleitet Hedwig in ihr Zimmer.

Als ob sie es nicht mit geschlossenen Augen finden würde! Wie oft ist sie den Korridor entlanggegangen.

Noch immer erwecken die langen Reihen von Hirsch- und Rehgehörnen an der Wand in ihr ein Gefühl drohender Verlassenheit.

Der rote Läufer ist noch eine Spur schäbiger geworden. Michael hat es sich in den Kopf gesetzt, ihn nicht zu erneuern. Aber das ist eine alte, unwichtige Geschichte. Sie hat dieses Haus wohl zum letzten Mal betreten, mögen seine Läufer immerhin zerfransen und verblassen.

Ihr Zimmer scheint unverändert. Niemand kann es inzwischen bewohnt haben.

Schwacher Lavendelgeruch quillt aus allen Kästen und Laden. Damals haftete er an jedem ihrer Kleider und an jedem Wäschestück.

Dieser Duft berührt sie wie die Erinnerung an eine Tote. Und ist sie nicht in Wahrheit gestorben – damals vor sechs Jahren?

Sie schließt die Augen und lehnt sich an die Wand.

Plötzlich erscheint es ihr unfaßbar, daß sie erst dreiunddreißig Jahre alt ist, so uralt fühlt sie sich – ohne Begierden, ohne Schmerz und Liebe. Kalt und gefühllos wie eine Mumie.

Mechanisch beginnt sie die Kleider abzulegen.

Die Bettdecke bis zum Hals gezogen, schlingt sie die kalten, feuchten Finger auf der Brust ineinander.

Der Schirm der Nachtlampe zeigt lila Rosen auf gelbem Grund. Einmal ist ihr diese Zusammenstellung als Inbegriff des schlechten Geschmacks erschienen. Heute denkt sie anders darüber. Alle Geschenke Michaels waren von dieser Art – barbarisch und großzügig. Niemals später hat sie eine ähnliche Lampe gesehen. Wer – außer ihm – würde auch wagen, lila Rosen auf gelbem Grund zu kaufen, einzig und allein weil es ihm gefällt? Es gehört Mut dazu, und Hedwig hat diesen Mut niemals besessen.

Mit einer gewissen Überwindung – es ist unangenehm, die Hand zu bewegen – knipst sie das Licht aus.

Es scheint eine dunkle Nacht zu sein. Wenn man aber einige Zeit in die Finsternis gestarrt hat, kann man schattenhaft die Umrisse der einzelnen Möbelstücke wahrnehmen. Wahrscheinlich strahlt der Schnee vor den Fenstern eine kaum merkliche Helle aus.

Es ist so merkwürdig still im Raum, irgend etwas fehlt. Endlich weiß Hedwig, was es ist. Früher pflegte in den kalten Nächten der Jagdhund Pluto vor ihrem Bett zu schlafen.

Es ist töricht, über seinen Tod zu trauern, schon vor sechs Jahren war er alt und halb blind. Aber es wäre so tröstlich, seinem Atem zu lauschen. Bekümmert dreht sie den Rücken zur Wand und schließt die Augen. Es ist ihre Schlafstellung, immer mit dem Rücken zur Wand zu liegen – eine Gewohnheit aus der Kinderzeit. Stets muß man den Feind im Auge behalten, auch wenn, wie sie natürlich weiß, dieser Feind nur in der Einbildung besteht. Wer kann schon seine tyrannischen kleinen Gewohnheiten ablegen, die ihn aus irgendeiner uralten Angst des Blutes heraus bedrängen.

Hier in diesem Zimmer hat sich der Riß durch ihr Leben vollzogen. Niemals, denkt sie, hätte ich Michael heiraten dürfen – niemals das große weiße Haus kennenlernen. Es läßt mich nicht mehr los. Wenn man in diesem Haus und mit diesem Mann gelebt hat, erscheint alles, was nachher kommt, schal und mittelmäßig.

Manchmal zweifelte Hedwig an ihrer Daseinsberechtigung. Wußte sie jemals sicher, was sie eigentlich wollte?

Wie oft hatte sie früher in sich hineingehorcht – nach den heimlichen Wünschen ihrer Seele und ihres zarten, ständig fröstelnden Körpers. – Nichts hatte ihr geantwortet.

Solange sie sich erinnern kann, kennt sie nur eine unklare Sehnsucht nach Wärme und Güte. Aber ist das nicht ein bißchen zuwenig, um leben zu können?

»Ich bin lau« sagt sie manchmal zu sich selbst, und es
gibt Tage, an denen sie ihre eigene Hand – wie einen
fremden, leblosen Gegenstand – lieber nicht berühren
möchte.

Vielleicht habe ich Michael unrecht getan? denkt sie
unruhig. Man soll einen Mann nicht verachten, weil er
sich manchmal betrinkt und in seinem Zorn schrecklich wird – wie ein wildes Tier. Sollte man ihn nicht
eher beneiden um soviel Lebenskraft?

Nicht um ein Haus voll Gold könnte sie – Hedwig – laut
schreien. Aber diese Erkenntnis kommt ein wenig zu
spät. Außerdem ist es auch möglich, daß sie gar nicht
richtig ist. Unnütz, darüber nachzudenken.

Das Bett strömt den Duft frisch gewaschener Wäsche
aus. Man kann die Wange an die feine Leinwand legen
und die Augen schließen. Niemals riecht in der Stadt
die Wäsche nach Sonne und Regenwasser – dies gibt
es nur hier.

Plötzlich schrickt sie auf. Eine Hand tastet über ihr Gesicht hin.

Er ist gekommen, denkt sie ein wenig benommen, mitten in der Nacht.

Schon kommt eine Stimme aus der Dunkelheit: »Du
brauchst keine Angst zu haben, Hedwig, ich wollte
dich nicht erschrecken. – Du hast geschlafen.«

»Ich habe keine Angst«, flüstert die Frau.

»Ich weiß, du hattest nie Angst, nur dein Herz hat jedesmal so laut gepocht, daß ich es bis zur Türe hören
konnte.«

Will er sie verhöhnen? Eine schwache Zorneswelle
überflutet sie. »Ja, du hast recht, und dieses Herzklopfen habe ich ein wenig zu teuer bezahlt, wie du weißt!
Manchmal, Michael, hab ich darüber nachgedacht,
weshalb du eigentlich so großzügig mein Leben zerstört hast.«

Das, denkt sie, hätte ich besser nicht gesagt, es klingt so sonderbar. Aber ich weiß keinen anderen Ausdruck dafür als »zerstören«.

Er schweigt. Seine große, schwere Gestalt hockt als dunkle, reglose Masse auf dem Bettrand.

Sechs Jahre sind wie ausgelöscht – unwirklich und nicht mehr wahr. Stöhnend verbirgt sie das Gesicht in den Kissen.

»Sei still«, murmelt der Mann, »ich hab dich schlecht behandelt. Ich weiß schon! Du warst ein Kind, und ich war nicht gewöhnt, mit Frauen deiner Art umzugehen. Ja, wenn ich es recht bedenke, fange ich erst in letzter Zeit an, dich zu verstehen.

Ich war verliebt und ungeduldig und oft wohl auch zu hart, weil ich deine Angst für Trotz gehalten habe.«

Seine Stimme klingt unglücklich, und ungeschickt fährt er mit der Hand über ihre Schulter.

Diese Bewegung rührt sie. Niemals konnte sie ihm widerstehen, wenn er gut und freundlich war. Sein Schuldbekenntnis weckt ihr Schamgefühl, es ist ihr zumute, als ob sie verbotene Dinge gehört hätte.

»Du hast recht, Michael«, kommt sie ihm entgegen. »Ich war ein Kind und hatte Angst vor dir. Aber glaub nicht, daß ich vielleicht gut war. Störrisch und nachtragend war ich, jawohl.« Krampfhaft sucht sie nach Fehlern. »Sagen wir, unsere Ehe war ein Unglück – ein Mißverständnis, wenn du so willst. Denk nicht länger darüber nach – quäl dich nicht mehr!« Ihre Stimme ertrinkt in unverständlichem Flüstern.

Schweigen.

Eine Last Schnee plumpst vom Dach.

Die Gedanken der Frau irren ab. So viele Nächte ist sie hier wach gelegen und hat gewartet auf ein Wort von ihm – krank vor Sehnsucht nach Zärtlichkeit und voll Angst vor seiner Wildheit.

Mit erschreckender Deutlichkeit erinnert sie sich aller
Geräusche jener endlosen Nächte: das eintönige Spiel
des Frühlingsregens auf den Scheiben oder das Dröh-
nen der riesigen Nachtfalter, die in den Sommernäch-
ten die Lampe umschwirrten. Manchmal berührten
die weichen, dunklen Flügel ihre Wangen, und sie
fürchtete sich. Hedwig liebte die Nachtfalter nicht, sie
hatten etwas Düsteres an sich, etwas Todtrauriges.
Am längsten dauerten die Winternächte, wenn sie fröstelnd dem Surren der Telephondrähte lauschte, bis
der Schlaf sie übermannte. Und wann könnte sie jemals jene finsteren Spätherbstnächte vergessen, in
denen der Sturm die Ziegel vom Dach riß und auf den
gepflasterten Hof schleuderte?
Die Erinnerung daran hatte etwas Peinigendes und
Unerlöstes an sich. Heute scheint es der Frau, als habe
sie sich damals die Seele aus dem Leib gewartet nach
diesem Wildling Michael, der nun so unfaßbar fried-
fertig auf ihrem Bette sitzt.
Seine Stimme reißt sie von ihren Gedanken los.
»Es ist nicht nur das, Hedwig, was ich dir sagen wollte.
Du hast mir sehr gefehlt. Niemals hätte ich gedacht,
daß mir eine Frau so sehr fehlen könnte.«
Hedwig kann das ungläubige Staunen darüber aus
seiner Stimme hören. – Was für ein großes Kind er ist!
»Du warst so etwas Leichtes, Feines, Duftiges« – seine
Stimme sinkt kummervoll – »ich war wahnsinnig be-
trunken in jener letzten Nacht. Ich mußte dir weh tun.
Damals war ich wild vor Sehnsucht nach dir, und deine
entsetzten Augen machten mich noch verrückter. –
Aber du zitterst ja, frierst du so sehr?«
Sie atmet ein paarmal heftig. – Es ist schlimm, an jene
Nacht erinnert zu werden.
»Ich schreie noch jetzt im Traum vor Entsetzen auf...«
Erschrocken hält sie inne – jetzt hat sie ihn verletzt.

Sosehr sie diesen Triumph früher oft ersehnt hatte, so wenig Freude macht er ihr jetzt.

Langsam zieht der Mann seine Hand zurück. Man kann sein Gesicht nicht sehen. Vielleicht ist er zornig – oder traurig. Nie weiß man sicher, was in ihm vorgeht.

Endlich bewegt er sich. Seine Stimme klingt nun ganz fremd und verändert.

»Gott bewahre dich davor, mein Kind«, sagt er, »jemals das Gefühl kennenzulernen, das ich dir entgegengebracht habe. Du würdest es nicht ertragen. Also laß uns schweigen darüber. Nutzloses Gerede!

Ich verstehe nicht mehr, weshalb ich zu dir gekommen bin. Selbst wenn du wolltest, könntest du die letzten sechs Jahre nicht auslöschen. Du bist eine fremde Frau, du gehörst mir nicht. Die kleine Hedwig, die einmal meine Frau war, ist gestorben und spukt nachts in meinem Arbeitszimmer. Ein durchsichtiges Gespenst mit riesigen Augen. Es verträgt keine Zugluft. Wenn ich alle Fenster aufreiße, verschwindet es.

Das ist alles!«

Jetzt sollte Michael eigentlich gehen – aber er rührt sich nicht. Mit einem dumpfen Laut schlägt er die Hände vors Gesicht und verstummt.

Hedwig achtet nicht darauf. Sie lauscht verwirrt auf einen fernen zitternden Ton, der ihr Herz berührt wie eine streichelnde Hand. Etwas Unverständliches geht in ihr vor.

Ohne zu überlegen, kniet sie auf und tastet mit beiden Händen nach ihm. Sie streichelt seinen Kopf und preßt ihn an ihre Brust. Und ihre Tränen fallen auf sein Gesicht.

Wie töricht ich war, denkt sie. Das also ist die Liebe!

Sie fühlt nichts mehr als das schmerzhafte Verlangen, diesem Mann Michael wohlzutun. Ein nie gekanntes

Glück überfällt sie mit erlösender Gewalt – das Glück der Hingabe.

Sie fühlt seine Hände an den Schultern, und der vertraute Geruch seiner Kleider weckt ein Gefühl der Trauer in ihr. – Mit einem kaum hörbaren Laut sinkt sie in die Dunkelheit zurück.

So ist es, wenn man nach Hause kommt und weint.

Im Morgengrauen beugt sich Michael über sie.

»Du mußt jetzt schlafen, Hedwig«, murmelt er an ihrem Ohr.

»Ich kann nicht hierbleiben«, flüstert sie. »Kannst du mich nicht zur Bahn bringen – zum ersten Zug?«

Eine Weile überlegt er, aber es gibt nichts zu überlegen. Die graue Vernunft sickert mit der Kälte aus allen Ritzen.

Hedwig friert. Die Glut im Ofen ist längst erloschen.

Während sie sich ankleidet, bereitet Michael in der Küche Tee. Er tut es mit der ruhigen Sicherheit eines Mannes, der gewohnt ist, tagelang in einsamen Jagdhütten zu hausen.

Als Hedwig ihn reisefertig in Lodenrock und Stiefeln sieht, überfällt sie eine leichte Schwäche.

Michael merkt es nicht, aber das macht nichts. Sehr weise ist sie über Nacht geworden.

Während Michael das Pferd vor den Schlitten spannt, steht sie an der Schwelle des Hauses und sieht in das rötliche Licht der baumelnden Stallaterne.

»Ich fahre fort«, sagt sie, ohne die Lippen zu bewegen – und immer wieder: »Ich fahre fort.«

Dann sitzt sie wohlverpackt im Schlitten. Das Pferd zieht an. Es hat nicht aufgehört zu schneien.

In seltsamer Lautlosigkeit gleitet der Schlitten dahin. So müde macht der viele Schnee: Schnee bis an die Knie des Pferdes, Schneeflocken auf den Lippen und riesige graue Schneegebirge am Himmel. Man müßte ewig durch diese Einöde fahren, mit dem Geschmack des schmelzenden Schnees im Mund und dem sachten Flockenreigen vor den Augen.

So könnte das Paradies sein – und dann ein tiefer Schlaf.

Im ersten Licht des trüben Wintertages erreicht der Schlitten den Wald. Schwärme von Krähen steigen auf und kreisen um die Wipfel der Bäume.

»Die Krähen halten ihren Morgenflug«, sagt Hedwig in singendem Tonfall. Es klingt so unwirklich wie ein Lied, das in der Luft erstarrt war und plötzlich zu klingen anhebt.

Im Wald ist es dunkel. Die großen Fichten halten die Nacht unter ihrem schwarzen Geäst gefangen.

Zehn Minuten dauert die Fahrt durch den Wald.

Michael wartet, bis das Licht der Station durch die Bäume schimmert, dann küßt er die Frau auf den Mund.

Ein Blutstropfen rinnt über ihr Kinn.

Ja, so ist seine Art! Ein gewalttätiger, rücksichtsloser Mann.

Plötzlich muß Hedwig lächeln. Mit einer neuen, mütterlichen Geste legt sie die Hand auf seine Augen und gibt ihm den Kuß zurück – warm und besänftigend, wie eine gute Frau küßt.

Dann bleibt das Pferd mit einem Ruck stehen. Es dampft in der Kälte. Michael reibt es ab und breitet Wolldecken über seinen braunen Rücken.

Hedwig aber streichelt die weiche Pferdenase mit ihrer warmen Hand und fühlt beglückt den Pulsschlag des Tieres an dem ihren. Nie mehr, denkt sie, werde ich ganz verlassen sein, und nach einem kleinen zögernden Staunen: Ich lebe ja –.

WENN DER MOND
AM HIMMEL STEHT

GEEIGNETE MÄNNER

Donna Leon

V or ein paar Jahren ließ ich mich auf der Suche nach zivilisierter männlicher Gesellschaft dazu hinreißen, auf einige Anzeigen aus der Rubrik »Personals« der *New York Review of Books* zu antworten, die bei vielen als Intellektuellenzeitschrift Nr. 1 in den Vereinigten Staaten gilt. Nein, ich schrieb nicht in eigener Sache, sondern für meine älteste und liebste Freundin, die damals schon sieben Jahre Witwe war. Sie lebte seit über dreißig Jahren in der Stadt New York, kannte deren Sitten und Gebräuche und hatte schon oft davon gesprochen, wie wenig geeignete Männer auf dem Markt seien. Sie hatte, wenn ich es recht bedenke, ebensooft davon gesprochen, wie viele ungeeignete Männer auf dem Markt seien, aber ich war sicher, daß ich ihre Probleme mit einem alexandrinischen Schwerthieb lösen und den Richtigen für sie finden könnte.

Gesellschaftliche Veränderungen machen es amerikanischen Singles beiderlei Geschlechts immer schwerer, einander zu begegnen: Die Kirchengemeinden geben keine geselligen Abende mehr, gesellschaftliche Organisationen verlieren in den letzten Jahrzehnten immer mehr Mitglieder, und immer mehr Menschen arbeiten zu Hause. Zudem werden die meisten guten Exemplare frühzeitig aus der Herde entfernt, und so sind ab einem bestimmten Alter die meisten Männer entweder verheiratet oder schwul. Oder beides.

Unbeeindruckt von Statistiken schrieb ich in den nächsten Monaten drei dieser Männer an und erklärte dazu, daß ich nicht für mich, sondern für eine New Yorker Freundin schrieb. Es folgten Briefe, und am Ende nahmen sie alle mit meiner Freundin Kontakt auf, die sich mit allen dreien traf. Und da ich regelmäßig nach New York komme, lernte auch ich sie kennen. Dank jenes Wunders von Geduld und Liebe, das sich gelegentlich im Lauf einer vierzigjährigen Freundschaft entwickelt, spricht sie noch mit mir, aber ich muß zugeben, daß es dazu wirklich der allergrößten Geduld und Nachsicht ihrerseits bedarf. Denn diese Männer erwiesen sich aus unterschiedlichen Gründen als ungeeignet, obwohl sie weiß Gott auf dem Markt waren. In ihnen könnte man durchaus die Verkörperungen der Schwierigkeiten sehen, vor denen sich in New York alleinstehende Frauen eines gewissen Alters sehen (in New York kommt man in diese Kategorie offenbar kurz nach dem dreißigsten Geburtstag), wenn sie einen Mann suchen, mit dem sie etwas eingehen wollen, wofür Amerikaner offenbar keine andere Bezeichnung haben als »Beziehung«.

Der erste war Edward, ein ungeschlachter, bärtiger Bär von einem Mann, so eine Kreuzung aus Fidel Castro und Helmut Kohl. Edward war Ende Fünfzig und geschieden, hatte erwachsene Kinder und bezeichnete sich selbst als »intelligenten, bücherliebenden Arzt mit Interesse an klassischer Musik, Essen und Museen«. Hier hätten wir das erste Stichwort. »Interesse« ist oft eine Beschönigung für »Besessenheit«. Edwards Interesse an Musik entpuppte sich als enzyklopädisches Wissen über die Diskographie bestimmter Komponisten – Hindemith und Bartók gehörten zu seinen Lieblingen, soweit ich mich erinnere. Darum konnte er sich lang und breit über die Unterschiede zwischen dieser Furtwängler-Aufnahme von 1936 und jener De-Sabata-Einspielung von 1951 auslassen, was er leider auch tat. Ich habe einen Abend in seiner Gesellschaft verbracht und ihn über Musik reden hören, und kein einziges Mal kamen Wörter wie »herrlich«, »schön« oder »hinreißend« über seine Lippen. Statt dessen sprach er von der Klangfarbe der Flöten hier, dem verspäteten Einsatz der zweiten Violinen dort. Er hätte genausogut über die Schweinefleischpreise an der Chicagoer Warenbörse reden können, so wenig schien er zu *lieben*, wovon er sprach.

Ebenso allwissend war Edward, wenn es ums Essen oder um die Sammlungen der wichtigsten Museen in einer ermüdend großen Zahl von Ländern ging. Nie konnte man seinen Worten entnehmen, daß er die Bilder schön fand, nicht einmal, daß er sie besonders gern ansah. Nach meiner Beobachtung übertragen viele amerikanische Männer die Begeisterung, mit der sie früher Baseballbilder gesammelt oder die Schlagzahlen ihrer Lieblingsspieler auswendig gelernt haben, später auf »erwachsenere« Interessen. Leider geht ihnen auf dem Weg vom Sport zur Kultur die meiste Freude und die ganze Begeisterung verloren, die ihre Kindheitsinteressen so bezaubernd machten. Die beliebtesten Themen sind offenbar: teure Autos, Erstausgaben und Stereoanlagen, die so hochgezüchtet sind, daß die Klangunterschiede zwischen den verschiedenen Modellen nur von Meßgeräten oder Hunden festgestellt werden können.

Erfrischend war, daß Edward jede Form körperlicher Ertüchtigung haßte und seit seinem Abgang von der Universität keine Sporthalle mehr betreten hatte. Er trank Wein zum Lunch und Brandy nach dem Abendessen. Und er rauchte. Das wollen wir ihm sehr zugute halten. Ich habe oft den Eindruck, daß es in New York von nichtrauchenden Antialkoholikern wimmelt, die zwischen Büro und Fitneßcenter hin und her jagen, um Unsterblichkeit zu erlangen.

Der zweite war Jason, der sich als »Akademiker« mit Interesse an Film (sie sagen nie »Kino«), Geschichte und Politik bezeichnete. Schön, dachte ich, als ich meinen Brief abschickte, er ist New Yorker, also muß er ein Linker sein.

Zum Glück war ich gerade in New York, als meine Freundin sich mit Jason zum Lunch treffen wollte, also begleitete ich sie dorthin. Wir trafen ihn in einem kleinen Restaurant an der Columbus Avenue, nicht weit vom Lincoln Center. Es zeigte sich, daß Jason, der in seiner Anzeige nichts über sein Äußeres geschrieben, nur sein Alter mit »über fünfzig« angegeben hatte, hinter den Kinnbacken zwei verräterische Löcher aufwies. Sie waren rund, etwa rosinengroß und ebenso tief. Während er redete, legte ich den Kopf auf die offene Hand und tippte mit dem Finger auf die entsprechende Stelle an meinem Kiefer, wobei ich Jason fröhlich anlächelte und, sobald meine Freundin zu mir hersah, mit den Lippen das Wort »geliftet« formte. Irgendwo habe ich kürzlich gelesen, daß fast die Hälfte aller Schönheitsoperationen in den Vereinigten Staaten an Männern vorgenommen wird, die nun auch von der Notwendigkeit eingeholt worden sind, sich ihr jugendliches Aussehen bis weit in die reiferen Jahre zu erhalten. Man kann nur hoffen, daß nicht alle mit diesen verräterischen Rosinen daraus hervorgehen.

Jason war leitender Angestellter in einer Investmentfirma und zweimal geschieden. Er machte sich Sorgen, daß so vieles im Land nicht in Ordnung sei, und sah unsere einzige Rettung in einer Rückkehr zu den »Werten der Familie«. Doch, Amerikaner sagen so etwas wirklich. Zu keinem Zeitpunkt zeigte er sich in irgendeiner Weise daran interessiert, wie wir über diese Themen dachten. Und offenbar hörte er nicht den geringsten Mißklang zwischen seinem Glauben an die Familienwerte, seinen Scheidungen und seinem gelifteten Gesicht.

Sobald wir unseren Kaffee ausgetrunken hatten, ereilte mich einer meiner Migräneanfälle, und ich sagte, ich müsse dringend nach Hause, um ein Aspirin zu nehmen. Er schien überrascht, daß wir beide aufstanden, um zu gehen, und lehnte unser Angebot ab, das Essen zu bezahlen.

Jason lieferte mir zusätzliches Beweismaterial für eine andere Beobachtung, die ich an amerikanischen Männern gemacht habe: Sie hören Frauen nicht zu. Ich bin nicht sicher, ob sie einander besonders gut zuhören, aber Frauen hören sie jedenfalls nicht zu. Das könnte vielleicht erklären, warum Amerikaner beim Reden so unglaublich viele Füllsel wie:»Sehen Sie, ich meine, also und ach ja« benutzen, nämlich nur, um den Gesprächsfaden in der Hand zu behalten, während sie überlegen, was sie als nächstes sagen wollen. Manchmal fand ich es schon erhellend, wenn ich in eine der seltenen Gesprächslücken, die sich in solchen Monologen auftaten, die Bemerkung einwarf, ich hätte entdeckt, daß geröstete Skorpione eine Köstlichkeit sind, oder der Rinderwahnsinn komme nach meiner Überzeugung vom Trinkwasser. Bis heute habe ich darauf noch keine Antwort erhalten.

Der letzte war Robert, mit dem wir uns auf einen Kaffee verabredet hatten, da meine Freundin nicht mehr gewillt war, mehr Zeit für ein erstes Treffen zu investieren, und sich schon gar nicht mit einem dieser Typen ohne »backup« treffen mochte, wie die Polizisten es ausdrückten. Robert (»Gebildeter, finanziell gesicherter Professor«) war schon da, als wir in das Café kamen, und er schien erfreut, uns beide kennenzulernen. Robert freute sich überhaupt an allem: an Kaffee, dem Tag, unserer langen, langen Freundschaft. Herrje, wenn ihm jemand das Zweite Gesetz der Thermodynamik erklärt hätte, er wäre auch darüber erfreut gewesen.

Denn Robert war, man höre und staune, seinem wahren Ich begegnet, er ruhte in sich selbst, hatte das Kind in sich gefunden. Mit Psychotherapie hatte er es schon versucht, unser Robert, mit Religion, mit Aromatherapie, Elektrostimulation, war jetzt aber überzeugt, den wahren Frieden in der Lektüre eines der neuesten Friedens- und Weisheitsverkünder gefunden zu haben, deren Bücher die Selbsthilferegale Tausender von Buchläden in ganz Amerika füllen. Auch wir müßten, verstehen Sie, nur mit unseren eigenen Gefühlen in Kontakt treten, unsere Mitte finden, schon könnten auch wir diese wundersame Verwandlung erfahren. Er lehrte natürlich Soziologie.

Während ich Robert mit seiner hektischen Gutwilligkeit lauschte, fielen mir ein paar Zeilen aus Popes *Brief an Dr. Arbuthnot* ein:

Sein stetes Lächeln nur von Leere spricht,
ein seichter Strom, der plätschernd sich an Kieseln
bricht.

Ihm genügte es, wie offenbar vielen amerikanischen Männern, nur schon Gutes zu denken, um sich selbst als feinen, interessanten Menschen zu empfinden. Er brauchte das Gute nur zu *wollen*, dann war er schon mehr als überzeugt davon, daß ebendies ihn zu einem unvorstellbar wertvollen, ja faszinierenden Menschen machte. Sein Interesse an dem, was in ihm selbst vorging, war absolut. Er hatte sich eine solipsistische Welt geschaffen, die jedes Interesse an Dingen wie Kunst, Geschichte oder Politik ausschloß, außer natürlich insoweit, wie sie ihn betrafen. Oder das Kind in ihm, vermute ich.

Diesmal bekam meine Freundin einen Migräneanfall, und wir kehrten in ihre Wohnung zurück, lasen die *Times*, verzehrten ein Häagen-Dazs-Eis und machten uns Gedanken über die Schwierigkeit, in New York einen geeigneten Mann kennenzulernen.

STICH FÜR STICH

Ingrid Noll

E s muß wohl in der Familie liegen: Meine Oma und meine Mutter haben auf Teufel komm raus gestickt. Damals wurde eine solche Arbeit allerdings ernst genommen und nicht herablassend als Hobby oder Beschäftigungstherapie bezeichnet. Meine Großmutter hatte ihre gesamte Aussteuer, Bett- und Tischwäsche, Handtücher, Nachthemden und Unterwäsche mit Monogramm versehen, meine Mutter war Meisterin in Lochstickerei, alles Weiß in Weiß. Wahrscheinlich haben sich beide dabei die Augen verdorben, obgleich mein Augenarzt sagt, das sei nicht erwiesen. Ob es sinnvoll ist, Löcher in weiße Tischtücher zu schneiden, um sie dann wieder halbwegs zuzusticken, sei dahingestellt, ebenso, ob man auf jedem Küchentuch ein Monogramm braucht.

Ich bin da ehrlicher und gebe zu, daß ich zum Vergnügen sticke. Und ich würde mich nie und nimmer mit weißen Löchern oder roten Monogrammen zufriedengeben – langweilig, sage ich nur. Bunt muß es sein, phantasievoll und aussagekräftig. Meine Anfänge waren bescheiden; nach vorgegebenem Muster stickte ich in Kreuzstich auf Stramin: Blümchen auf Schürzen, Blümchen auf Kaffeedecken, Blümchen auf Sofakissen. Ein bißchen einfältig sah das allerdings aus, aber auch lieb und fröhlich, und ich war schließlich noch sehr jung.

Nach diesen Anfangserfolgen wurde ich mutiger und erlernte den Stiel- und Plattstich. Stundenlang konnte ich in Kurzwarenläden farbigen Twist oder Stickseide nebeneinanderlegen und Kombinationen zusammenstellen. Pfauenblau und Pfirsichrosa, Türkis und Honiggelb, Lachsrot und Schokoladenbraun, Silber und Nachtblau, Elfenbein und Jadegrün. Meine Kissenhüllen wurden nicht mehr in einfarbigem Grundton gehalten und mit verstreuten Röschen verschönert, sondern bestanden nur noch aus einem einzigen Blumenmeer.

Aber die Krönung ist die Gobelinstickerei. Eine jugoslawische Kollegin zeigte mir einen Katalog, aus dem man die Vorlagen für berühmte Gemälde bestellen konnte, um sie dann in einjähriger Arbeit in ein eindrucksvolles Stickbild zu verwandeln. Ich war begeistert. Das Programm enthielt auch Muster für kleinere Arbeiten wie etwa Bezüge für Fußschemel und Kleiderbügel, die sich als entzückende Geschenke verwenden ließen. Von da an gab es für mich nie mehr Abende vorm Fernseher, sonntägliche Spaziergänge, Kreuzworträtsel oder gar Kinobesuche.

Wenn ich von der Arbeit heimkomme, verrichte ich in Windeseile meine Hausarbeit, stelle mir ein Fertiggericht in die Mikrowelle, ziehe mir in den fünf Minuten bis zum Garwerden meine Büroklamotten aus und einen Jogginganzug an und stelle das Radio an. Ich verschwende keine überflüssige Zeit für Telefonate, Einkaufsbummel, Zeitunglesen oder Familienbesuche. Soziale Pflichten gegenüber Kollegen oder Verwandten leiste ich mit einem weihnachtlichen Geschenk ab. Wenn sie dann gestickte Buchhüllen, Bildchen, Lesezeichen, Duftkissen oder Teewärmer erhalten, können sie es kaum glauben, daß ich soviel Zeit in Freundschaft investiert habe. »Wie viele Stunden haben Sie daran gesessen?« fragen sie jedesmal. Ich führe Buch darüber. Je nach Verwandtschaftsgrad beziehungsweise nach kollegialer Verbundenheit rechne ich mit 20 bis 400 Arbeitsstunden. Das macht Eindruck. Sie behaupten, meine Gabe nicht annehmen oder nicht wiedergutmachen zu können. Nächstes Jahr solle ich es bitte lassen, das müsse ich versprechen. Dann lächle ich hintergründig und sage:»Mal sehen!«

Vielleicht hätte ich nie eine solche Leidenschaft für Handarbeiten entwickelt, wenn ich nicht mit 17 Jahren, als meine Altersgenossen im Sommer schwimmen und im Winter tanzen gingen, an Hepatitis erkrankt wäre. Ich mußte mich schonen, zu Hause bleiben und viel ruhen. Es wäre wohl sehr langweilig geworden, wenn ich nicht zufällig im Nähkörbchen meiner Mutter eine angefangene Stickerei entdeckt hätte. Sie war etwas verwundert, daß ich Interesse an solchen Geduldsspielen zeigte, aber sie unterwies mich doch hinreichend, so daß mir dieses erste Stück ganz gut gelang.

Übrigens blieb ich auch nach meiner Genesung ein wenig anfällig, eine sogenannte halbe Portion, kaum belastbar und schwierig im Umgang mit anderen Menschen. Die Buchhalterei erlernte ich ohne große Begeisterung, jedoch pflichtbewußt. Man kann sich auf mich hundertprozentig verlassen, darauf baut mein Chef. Außerdem wissen die Kollegen, daß sie mein Bedürfnis nach Ruhe und Alleinsein zu respektieren haben. Mein Zimmer wird nicht ohne triftigen Grund und schon gar nicht ohne deutliches Anklopfen betreten. Insgeheim werde ich bedauert, daß ich keine Familie habe – aber ich vermisse nichts, ob man es nun glaubt oder nicht. Im Gegenteil, es würde sich sehr störend auf meinen Feierabend auswirken, wenn ich mich nicht auf meine wirkliche Berufung konzentrieren könnte.

Längst habe ich meine ersten Bilder – Pferde-, Katzen- und Alpenblumenmotive – weggepackt; falls ich nicht ein dekoratives, aber nützliches Geschenk herstelle, beschäftige ich mich hauptsächlich mit klassischer Kunst. Im Wohnzimmer hängen ein gestickter Rembrandt, ein Lukas Cranach, ein Michelangelo, im Schlafzimmer Madonnen aus vier Jahrhunderten, in der Küche französische Impressionisten, um nur einige zu nennen. Leider habe ich gar nicht so viel Platz, um alle meine Träume in die Tat umzusetzen. Wie schön wäre es beispielsweise, Picassos »Kind mit Taube« über meinen Eßplatz zu hängen, aber da prangen schon Murillos Traubenesser und van Goghs Sonnenblumen.

Übrigens habe ich bei dem genialen Holländer meine Lieblingserfindung zum ersten Mal realisiert – nämlich die Originalfarben verbessert. Goldgelbe Sonnenblumen kennt jeder, ebenso bräunlich verblühte. Aber blaue sind absolut ungewöhnlich, und dieses Gemälde hat durch meine Idee unendlich gewonnen. Inzwischen habe ich meinen Trick schon häufig angewendet und dadurch ganz neue und erstaunliche Effekte erzielt. Es hat mich allerdings tagelang verdrossen, als ich auf Franz Marcs rote Pferde stieß; der Kerl hatte doch just den gleichen Einfall wie ich, nur früher.

Eine größere Wohnung wäre nötig, aber das ist leider auch ein finanzielles Problem. Ich trage mich mit dem Gedanken, eine Garage anzumieten, dabei besitze ich weder Führerschein noch Auto. Aber es hat natürlich etwas Spektakuläres, vier fensterlose weiße Räume mit klassischen Gemälden in ein kleines Museum zu verwandeln. Bis jetzt habe ich bei meiner Suche leider noch keine Garage entdeckt, die meinen speziellen Ansprüchen genügt.

Aber eines Tages gab es eine empfindliche Störung in meinem gleichmäßigen Lebensrhythmus. An einem Samstagvormittag fiel ich im Supermarkt um. Es war heiß, und ich war in Eile, als es mir plötzlich schwarz vor den Augen wurde. Erst im Krankenhaus kam ich wieder zu mir. Mein Arzt, den ich lange nicht mehr konsultiert hatte, konnte zwar außer einem niedrigen Blutdruck nichts Bedenkliches feststellen, aber er ließ sich meinen Tagesablauf minutiös schildern. Dabei fiel es mir zum ersten Mal selbst auf, daß ich fast meine gesamte Zeit im Sitzen verbringe. Es sind nur wenige Schritte von meiner Wohnung bis zur Bushaltestelle, und von dort ist es genauso nahe zum Büro. Der Arzt empfahl mir eine Kneippkur.

In Bad Wörishofen lebte ich ausschließlich meiner Gesundheit, ich hatte mir – es klingt fast masochistisch – weder Stickrahmen noch Garn und Nadeln mitgenommen. Der Tag begann bereits im Bett mit einem heißen Heusack auf den verspannten Nacken. Noch vor dem Frühstück mußte ich Wasser treten, mußte mich anschließend massieren lassen und zweimal täglich zu einer Wanderung aufbrechen. Zum ersten Mal im Leben entwickelte ich einen gesunden Appetit, so daß ich nachmittags gelegentlich in einem Café einkehrte. Die kulturellen Angebote ließ ich links liegen; ich war nicht hier, um mir Konzerte und Vorträge anzuhören. Außerdem hatte ich mein Radio und die Kopfhörer mitgenommen, denn für mein psychisches Gleichgewicht ist die stündliche Nachrichtensendung dringend erforderlich.

Nach drei pflichtbewußten Tagen setzte sich eine Fremde im überfüllten Café zu mir an den Tisch. Ich hatte es bis dahin tunlichst vermieden, jammernde AOK-Patienten kennenzulernen, und verhielt mich einsilbig. Aber die Dame ließ mit ihrem munteren Geplauder nicht locker und vereinbarte für den nächsten Tag einen gemeinsamen Ausflug. Wir besichtigten eine Falknerei. Mit Verwunderung stellte ich fest, daß es fast Spaß machte, zu zweit etwas zu unternehmen. Von da an bin ich kein einziges Mal mehr allein durch die Natur gestiefelt. Wie bereits gesagt, habe ich eine eigene Familie nie vermißt. Eine Freundin hätte ich mir jedoch gelegentlich schon gewünscht. Ich war in dieser Hinsicht allerdings übervorsichtig und beobachtete Gunda Mortensen mit zurückhaltender Achtsamkeit. Ein einmal gegebenes Du läßt sich schlecht rückgängig machen, Geschichten und Beichten aus der Kindheit oder dem Privatleben sind nicht mehr unser Eigentum, wenn wir sie vertrauensselig ausgeplaudert haben. Aber Frau Mortensen hatte selbst viel zu erzählen, es fiel ihr gar nicht weiter auf, daß ich nur freundliche und verständnisvolle Kurzkommentare gab, mich selbst und meine eigene Welt aber ausklammerte. Auch über meine große Liebe zur Kunst verlor ich nie ein Wort. Drei Wochen sind schnell vorbei. Der Abschied fiel mir nicht leicht, obgleich ich andererseits meinem Zuhause und meiner Lieblingsbeschäftigung entgegenfieberte. Ich fühlte mich fit und voller Schaffenskraft. Gunda wollte mir schreiben; sie wohnte nicht allzuweit entfernt, vielleicht ergab sich sogar irgendwann ein Besuch. Ich hoffte es sehr, wollte aber nicht mit einer direkten Einladung als aufdringlich gelten.

Der Alltag hatte mich wieder voll im Griff, als ich eines Tages einen reizenden Brief meiner Wörishofener Bekannten erhielt. Sie schrieb hauptsächlich über sich, über ihr Leben als Witwe, über ihre Kinder und das erste Enkelchen. Es war eine mir fremde Welt, obgleich meine Kolleginnen ähnliches zu berichten hatten. Nach einer angemessenen Frist habe ich geantwortet und von da an auf erneute Post gewartet. Bereits im nächsten Schreiben wurde ein Besuch angekündigt, der mich in große Erregung versetzte.

Es hört sich wahrscheinlich ungewöhnlich an, aber außer meiner verstorbenen Mutter hatte mich bis dahin noch niemals ein Gast in meiner Wohnung aufgesucht. Allerdings hatte ich auch nie eine Menschenseele dazu aufgefordert.

Da ich noch drei Wochen Zeit hatte, konnte ich in Ruhe überlegen, wie man einen Gast bewirtet, was einzukaufen war und ob ich ein Hotelzimmer reservieren mußte. Außerdem beschloß ich, Gunda Mortensen ein kleines Geschenk zu überreichen, natürlich kein gesticktes Bild, an dem ich mindestens 200 Stunden arbeiten müßte. Nur zu gut wußte ich, daß es feinfühlige Naturen in Verlegenheit brachte, wenn ich allzuviel Zeit für die Herstellung einer kleinen Überraschung verwendet hatte. Ich entschied mich für eine zierliche schwarze Seidenbörse mit einem gestickten biedermeierlichen Vergißmeinnichtkränzchen. Das Motiv hatte ich selbst entworfen, und es geriet zu einem kleinen Meisterwerk.

Kochen habe ich nie gelernt, ebensowenig Kuchen backen. Ich scheute aber keine Mühe, mich mit dem Taxi in die beste Konditorei fahren zu lassen, um sechs verschiedene Torten- und Kuchenstücke zu kaufen, für jeden Geschmack etwas – Joghurtcreme mit Obst, Frankfurter Kranz, Sacher- oder Apfeltorte. Ich deckte den Tisch mit einer selbstgestickten Decke (andere besitze ich gar nicht), die ich bis dahin nie benutzt hatte. Sie gehört noch in meine frühe Blumenepoche. Rosa Apfelblüten auf tannengrünem Grund, zartgrüne Blättchen und kleine Bienen lassen den gedeckten Kaffeetisch frühlingsfrisch und anmutig erscheinen.

Gunda kam pünktlich. An der Wohnungstür reichte sie mir strahlend, fast erwartungsvoll die Hand. Der Flur ist ein wenig dunkel, meine dort hängenden Werke kommen kaum zur Geltung, ich konnte noch keine begeisterte Reaktion erwarten. Nachdem sie ihren Mantel ausgezogen hatte, führte ich sie ins Wohnzimmer, wo ich erst einmal mitten im Raum stehenblieb, damit sie in Ruhe die vielen Bilder auf sich wirken lassen konnte. Zwar ließ Gunda die Blicke schweifen, sagte aber vorerst nichts. Erst als ich ihr Kaffee einschenkte, kam die verblüffende Frage:»Sind die Stickereien alle von Ihrer verstorbenen Frau Mutter?«

Ich gab keine Antwort, sondern legte ihr mein hübsch eingepacktes Geschenk auf den Teller. Sofort packte sie aus, Gott sei Dank mit sympathisch-kindlicher Neugier. Wie gesagt, meine schönbestickte Geldbörse war ein Schmuckstück. Und wenn man das Blumenkränzchen genau ansah, dann entdeckte man in der Mitte Gundas goldenes Monogramm. Sie starrte darauf, zog die Brille aus der Handtasche und vergewisserte sich, daß da tatsächlich die Initialen G. M. zu lesen waren.

Ungläubig sah sie mich an.»Haben Sie das etwa selbst gestickt, Herr Meyer?« fragte sie tonlos. Ich nickte glücklich und verstehe bis heute nicht, daß sie schon nach zehn Minuten aufbrach und nie mehr etwas von sich hören ließ.

DER MANN,
DER DEN SEILTRICK KANNTE

Joan Aiken

M iss Drake«, sagte Mrs. Minser. »Wären Sie wohl so
freundlich, Salz und Pfeffer *zurückzustellen,* wenn
Sie es nicht mehr brauchen?«

»'tschuldigung, Entschuldigung«, murmelte Miss
Drake. »Ich sehe nicht mehr gut, Sie wissen ja, ich sehe
nicht mehr gut.« Ihre zitternden Hände bewegten
sich wie tastende Ranken über den Tisch und warfen
das Senfglas um. Ein gelber Fleck beschmutzte das
schneeweiße, gestärkte Tischtuch. Mrs. Minser stieß
ein leises Zischen aus.

»Das ist die *dritte* Tischdecke, die Sie in einer Woche
bekleckert haben, Miss Drake. Sind Sie sich darüber
klar, daß ich heute morgen um vier Uhr aufstehen
mußte, um mit der Wäsche fertig zu werden? Wissen
Sie, wenn sie so weitermachen, kann ich Sie nicht behalten.«

Ohne das Entschuldigungsgeflüster abzuwarten,
schob sie den Teewagen mit den Wurstplatten zur Tür.
Ihre bindfadengrauen Haare waren am Hinterkopf in
einem Knoten zusammengefaßt, ihre grauen Augen
waren so glanzlos wie Flaschenkronen, und den Mund
kniff sie aus lauter Ärger über die Verfehlungen anderer Leute fest zusammen.

»Blöd genug, um vier in der Frühe aufzustehen«, murmelte der alte Mr. Hill, aber so, daß nur er es hörte.
»Wer fragt schon nach einem Senffleck auf der Tischdecke? Wer fragt nach einer Tischdecke oder einem
Extratisch, wenn das Essen schmeckt? Warum kocht
sie uns nicht einen ordentlichen, guten Haferbrei statt

dem Schleim, den sie uns vorsetzt, wenn sie schon um vier aufsteht?«

Demütig senkte er den Kopf über seinen Brotteller, als Mrs. Minser zurückkam und sich mit der Geschicklichkeit langjähriger Übung zwischen den weißgedeckten Tischen durchwand, an denen je ein stiller, älterer, kauender Gast saß.

Das Essen schmeckte *nicht* gut. »Reispudding oder Banane, Mr. Hill?« fragte Mrs. Minser neben ihm.

»Banane, bitte.« Mit unterdrücktem Schaudern betrachtete er den farblosen, glitschigen Pudding. Die Bananen waren unreif und schlecht für die Verdauung, aber sie waren wenigstens eßbar.

»Mr. Wakefield! Sie haben Soße auf Ihrem Hemd! Das bedeutet noch mehr Wäsche, und morgen kommt ein neuer Gast. Ich verstehe einfach nicht, wie alte Leute so rücksichtslos sein können.«

»Ich wasch' es, ich wasche es selbst, Mrs. Minser.« Der alte Herr legte ängstlich und wie zum Schutz die Hand über den Fleck.

»Das werden Sie nicht tun!«

»Wer ist denn der neue Gast, Mrs. Minser?« fragte Mr. Hill, mehr, um sie vom Mißgeschick seines Nachbarn abzulenken, als weil er es wissen wollte.

»Ein Mr. Ollendod. Er kommt aus Indien, ist jetzt im Ruhestand. Ich hoffe nur«, sagte Mrs. Minser düster, »daß er nicht viel Gepäck hat, sonst weiß ich wirklich nicht, wo ich es unterbringen soll.«

»Indien«, murmelte Mr. Hill vor sich hin. »Aus Indien, wie? Da steht ihm wirklich eine Veränderung bevor.« Und er sah sich im Speisesaal der Pension »Balmoral« um.

Der Name Balmoral und Mrs. Minsers Akzent waren das einzig Schottische an der Pension, davon abgesehen war sie typisch Westcliff. Das Meer lag eine halbe

Meile entfernt, vom Haus aus nicht zu sehen, und man merkte es nur an der würzigen Luft und an der Anwesenheit vieler älterer Herrschaften, die zweimal täglich zum Konzert des städtischen Orchesters bummelten. Niemand schwamm im Meer oder schaute es sich auch nur an, aber es war dennoch da und garantierte Sauerstoff und frischen Fisch auf den Tischen der Hotels und Pensionen.

Mr. Ollendod kam am nächsten Tag pünktlich an, und er hatte tatsächlich viel Gepäck.

Mrs. Minsers Gesichtsausdruck wurde immer düsterer, je mehr Koffer und Kisten – manche von sehr fremdländischem Aussehen und aus Stroh –, Schachteln und Rollen und Bündel ausgeladen wurden.

»Was denkt er bloß, wo das alles hin soll?« fragte sie unvorsichtig laut ihren Mann, der beim Tragen half.

Mr. Ollendod, ein älterer, sehr brauner und runzliger kleiner Mann, litt offenbar nicht unter Alterserscheinungen. Jedenfalls schaute er auf – er bezahlte gerade den Taxifahrer – und sagte: »Natürlich in mein Zimmer, oder? Es ist doch ein Doppelzimmer? Hatten wir nicht ein Doppelzimmer vereinbart?«

In Mrs. Minsers Vorstellungen war ein Doppelzimmer ein Raum, in den sich ein Doppelbett zwängen ließ. Sie sah Mr. Ollendod abschätzend an, die Lippen fest aufeinandergepreßt. Gehörte er zu denen, die Ärger machten? Wenn ja, dann würde sie bald einen Anlaß finden, ihm zu kündigen. Der Sommer kam, da stiegen die Preise und die Nachfrage nach Zimmern, und man konnte es sich leisten, wählerisch zu sein. Immerhin, zehn Guineen in der Woche waren zehn Guineen; am besten, sie wartete ab.

Die Minser-Kinder, Martin und Jenny, kamen aus der Schule und blieben fasziniert zwischen Mr. Ollendods Sachen stehen.

»Schau mal, ein Wandschirm voller Bilder!«
»Und Speere hat er!«
»Ein Tigerfell!«
»Ein Elefantenfuß!«
»Was ist das, ein Schild?«
»Nein, ein Fächer aus Pfauenfedern.« Mr. Ollendod lächelte ihnen freundlich zu. Jenny fand, daß sein Gesicht aussah wie die Haut von Kakao, die runzlig wird, wenn man nicht rührt.
In der Küche fragte sie:»Mutter, ist das ein Inder?«
»Nein, natürlich nicht. Er ist nur braun, weil er in einem heißen Land gelebt hat«, sagte Mrs. Minser kurz angebunden.»Lauf und mach deine Hausaufgaben und stör mich nicht.«
Auch die Gäste sprachen über Mr. Ollendod.
»Glauben Sie, er ist – *Ausländer*?« flüsterte Mrs. Pursey.
»Er sieht so sonderbar aus. Seine Augen strahlten – wie Diamanten, finden Sie nicht auch, Miss Drake?«
»Wie soll ich das wissen?« antwortete Miss Drake ärgerlich.»Sie haben wohl vergessen, daß ich seit fünf Jahren nicht mehr drei Meter weit sehen kann.«
Die Kinder fanden bald den Weg in Mr. Ollendods Zimmer. Es war ihnen streng verboten, die Gäste anzusprechen oder sonstwie zu belästigen, doch der kleine Mann mit den strahlenden Augen und den seltsamen Sachen hatte eine unwiderstehliche Anziehungskraft.
»Erzählen Sie uns von Indien«, bat Jenny und streichelte den Tigerkopf mit den großen gelben Glasaugen und dem aufgerissenen Rachen.
»Indien? Die Berge sind blau und bewaldet, sie sehen so harmlos aus, aber sie sind voller Tiger und Schlangen und schaukelnder, schwatzender Affen. In den Dörfern riecht es nach Staub und verbranntem Mist und Weihrauch; die Kleider sind nicht braun oder grau, sondern grellrosa und blutrot, türkis und safran-

gelb; die Kühe haben Hörner, die drei Meter weit aus-
einanderstehen.«

»Gehen Sie mal wieder hin?« Martin fragte sich, wie
jemand es aushielt, eine solche Umgebung gegen ein
Zimmer im »Balmoral« einzutauschen, mit seinem ab-
getretenen grau-schwarz-grünen Teppich, dem Klei-
derschrank aus furniertem Holz und Spiegelglas, der
schlaffen gelbseidenen Tagesdecke auf dem Bett.

»Nein.« Mr. Ollendod seufzte. »Ich bin krank geworden. Und jetzt braucht mich dort niemand mehr. Aber«,
setzte er fröhlicher hinzu, »ich habe mir viele Erinnerungen mitgebracht, genug, um Indien für mich lebendig zu machen. Schaut das an – und das – und das.«
Alles war wunderbar – die geschwungenen Lederpan-
toffeln, die reichgemusterte Seide von Mr. Ollendods
Schlafrock und seinen Halstüchern, der Wandschirm
mit den exotischen Bildern (»*der* bleibt mir da nicht
lange«, sagte Mrs. Minser), die riesigen rosa Muscheln
mit dem Perlmuttschimmer, die knorrigen, grinsen-
den Masken, die harten, duftenden Süßigkeiten mit
der farbigen Zuckerglasur.

»Ihr dürft *nicht* zu ihm hinauf. Und wenn er euch etwas
zu essen anbietet, dann habt ihr es sofort wegzuwer-
fen«, sagte Mrs. Minser, aber genausogut hätte sie in
den Wind reden können. Sowie die Kinder ihre Hausaufgaben gemacht hatten, waren sie oben in Mr. Ollendods Zimmer und bettelten um Geschichten von
Schlangen und Werwölfen, von Krokodilen, die hundert Jahre alt wurden, von geheimnisvollen Tempel-
zeremonien, Geistern, deren Füße verkehrt herum
saßen, und Frauen mit dem bösen Blick, die Milch
sauer werden und unreifes Obst im Nachbargarten
verderben lassen konnten.

»Haben Sie das wirklich gesehen? Sind sie Ihnen begegnet? Sie haben tatsächlich einen Schlangenbe-

schwörer gesehen und eine Schlange, die auf dem Schwanz stand? Und eine Eidechse, die mittendurchbrach und davonlief? Und einen Adler, der mit einem lebendigen Schaf weggeflogen ist?«

»All das habe ich gesehen«, sagte er. »Wenn ihr wollt, spiele ich euch die Melodie eines Schlangenbeschwörers vor.«

Er nahm eine kleine Bambusflöte aus einem Zedernholzkasten und spielte eine Weise aus wenigen, perlenden, monotonen Tönen, die sich ständig wiederholten. Tuffy, die alte mottenzerfressene schwarze Katze, die den Kindern im Haus überallhin folgte und in Mr. Ollendods Sessel schlief, wenn sie in der Schule waren, wachte auf und spitzte die Ohren. Unten knurrte Jip, der mürrische Airedale, sanft in der Kehle. Und Mrs. Minser, die gerade ihre gestärkte Bügelwäsche einsprengte, hielt inne und rieb sich ärgerlich das Ohr, als wäre es von einer Mücke gekitzelt worden.

»Und noch etwas habe ich gesehen: ein Seil, das aufrecht steht, wenn der Mann ein geheimes Wort sagt, aufrecht auf einem Ende steht! Und dann klettert ein Junge daran hoch, einfach hinauf! Höher und immer höher, bis er nicht mehr zu sehen ist.«

»Wohin geht er?« Die Kinder machten große Augen.

»In ein Land, wo das Gras weich ist und gemustert wie ein Teppich, wo die Rehe goldene Halsketten tragen und einem Brotstücke aus den Händen fressen, wo die Pflaumen rot und süß und so groß wie Orangen sind und die Mädchen Stimmen haben wie die Singvögel.«

»Kommt er je zurück?«

»Manchmal springt er aus dem Himmel herunter, mit Händen voller herrlichem Gras und Obst. Aber es kommt auch vor, daß er nicht zurückkehrt.«

»Kennen *Sie* das Wort, das man dem Seil sagen muß?«

»Ja, ich habe es gehört.«

»Wenn ich der Junge wäre, käme ich nicht zurück«, sagte Jenny.

»Erzählen Sie weiter. Von der Zauberin mit dem Fächer.«

»Sie hat einen Fächer aus Pfauenfedern«, sagte Mr. Ollendod. »Und wenn sie damit fächelt, wird sie eine Schlange und verschwindet im Wald. Und wenn sie es satt hat, eine Schlange zu sein, und sich wieder in eine Frau verwandeln will, klopft sie mit ihrem kalten Kopf ihrem Mann auf den Fuß, bis er den Fächer über ihr schwingt.«

»Ist es ein Fächer wie Ihrer an der Wand?«

»Genau so einer.«

»Oh, dürfen wir uns damit fächeln, bitte?«

»Und euch in kleine Schlangen verwandeln? Was würde eure Mutter dazu sagen?« Mr. Ollendod lachte herzhaft.

Mrs. Minser hatte auch so schon genug zu sagen. Wenn die Kinder ihr eine wirre Geschichte von den Schlangen und den Rehen und dem lebendigen Seil und den Mädchen mit den Vogelstimmen und den Pflaumen so groß wie Orangen erzählten, preßte sie fest die Lippen zusammen.

»Nichts als Quatsch und Gefasel! Am liebsten würde ich ihm verbieten, mit ihnen zu reden.«

»Ach, laß doch, Hannah«, sagte ihr Mann nachsichtig. »Solange sie bei ihm sind, machen sie schon keinen Unfug. Du weißt doch, daß du es nicht leiden kannst, wenn sie in die Küche kommen oder im Garten toben. Und er erzählt ihnen nur indische Märchen.«

»Jedenfalls dürft ihr ihm kein Wort glauben«, befahl Mrs. Minser den Kindern. »Kein *einziges* Wort.«

Sie hätte genausogut in den Wind reden können...

Tuffy, die Katze, wurde krank. Sie lag mitten im Flur, ihre Flanken hoben und senkten sich schwach.

Mrs. Minser stieß einen ärgerlichen Laut aus, als sie dazukam, wie Mr. Ollendod sich über das Tier beugte.

»Diese schmutzige alte Katze! Höchste Zeit, daß sie wegkommt.«

»Sie hat nur eine Erkältung, weiter nichts«, sagte Mr. Ollendod freundlich. »Wenn Sie erlauben, nehme ich sie auf mein Zimmer und behandle sie. Ich habe einen indischen Balsam zum Inhalieren, er ist sehr gut.« Doch Mrs. Minser ging nicht darauf ein. Sie telefonierte mit dem Tierarzt, und als die Kinder aus der Schule kamen, war Tuffy weg.

Sprachlos vor Kummer fanden sie sich bei Mr. Ollendod ein. Er sah sie eine Weile nachdenklich an, dann sagte er: »Soll ich euch ein Geheimnis verraten?«

»Ja, was? Was?« fragte Martin, und Jenny rief: »Sie haben Tuffy hier versteckt, ja?«

»Das nicht gerade«, sagte Mr. Ollendod, »aber seht ihr den Spiegel an der Wand?«

»Den großen mit dem Fransenschal davor, ja?«

»Einst gehörte dieser Spiegel einer Königin in Indien. Sie war sehr schön, so schön, daß man sich erzählte, kranke Leute würden allein bei ihrem Anblick gesund. Im Lauf der Zeit wurde sie alt und verlor ihre Schönheit. Doch der Spiegel erinnerte sich, wie schön sie gewesen war, und zeigte ihr immer noch das liebliche Antlitz, das sie verloren hatte. Und eines Tages ging sie direkt in den Spiegel hinein und wurde nie mehr gesehen. Wenn man hineinschaut, sieht man die Dinge nicht so, wie sie jetzt sind, sondern schön, wie sie in ihrer Jugend waren.«

»Dürfen wir mal reingucken?«

»Nur einen Augenblick. Stellt euch auf den Stuhl da«, sagte Mr. Ollendod lächelnd, und sie kletterten hinauf und spähten in den Spiegel, während er sie festhielt.

»Oh!« rief Jenny. »Ich kann sie sehen! Ich seh' Tuffy! Sie ist wieder ein junges Kätzchen und jagt einen Grashüpfer!«

»Ich sehe sie auch!« schrie Martin und sprang auf und ab. Der Stuhl kippte, und sie fielen auf den Boden.

»Bitte, lassen Sie uns noch mal schauen!«

»Heute nicht mehr«, sagte Mr. Ollendod. »Wenn Ihr zu lange in den Spiegel guckt, könntet ihr wie die Königin endgültig darin verschwinden. Deshalb verdecke ich ihn mit dem Schal.«

Die Kinder gingen getröstet davon und dachten an Tuffy, die wieder jung und verspielt war und den Schmetterlingen in der Sonne nachjagte. Mr. Ollendod schenkte ihnen ein kleines Schachspiel aus Elfenbein, um sie vom Verlust der Katze abzulenken, doch Mrs. Minser sagte, es sei viel zu schade für Kinder, sie würden es nur kaputtmachen. Sie verkaufte es und brachte das Geld zur Bank »für später«.

Inzwischen war es Juli. Täglich wurde es wärmer und schwüler. Mrs. Minser sagte Mr. Ollendod, sie sei gezwungen, drei Guineen mehr für das Zimmer zu verlangen, »wegen der Sommerpreise«.

Sie hoffte, er werde daraufhin ausziehen, doch er zahlte.

»Ich bin alt und müde«, sagte er. »Ich will nicht mehr umziehen, denn wahrscheinlich bin ich nicht mehr sehr lange hier. Bald wird mein Herz mich davontragen.«

Und tatsächlich hatte er an einem drückenden, gewittrigen Tag einen schweren Herzanfall und mußte eine Woche im Bett bleiben.

»Auf keinen Fall will ich ihn behalten, wenn er die ganze Zeit krank ist«, sagte Mrs. Minser zu ihrem Mann. »Sobald es ihm bessergeht, werde ich ihm sagen, daß wir sein Zimmer brauchen.« Mittlerweile schaffte sie von den indischen Sachen so viel weg, wie sie nur konnte; sie behauptete, in einem Krankenzimmer seien solche Staubfänger lästig. Die Schwerter und den Fächer und den Spiegel verschonte sie, weil sie an der Wand hingen und niemand im Weg waren. Sobald Mr. Ollendod wieder auf den Beinen war, sagte sie ihm wie angekündigt, daß sie sein Zimmer brauche und er gehen müsse.

»Aber wohin?« fragte er und stand so still auf seinen Stock gestützt, daß Mrs. Minser einen Moment lang den beklemmenden Eindruck hatte, die Uhr an der Wand habe aufgehört zu ticken und horche auf ihre Antwort.

»Das ist nicht meine Sache«, sagte sie kalt. »Gehen Sie, wohin Sie wollen, wo Sie jemand finden, der Sie mit all dem Gerümpel aufnimmt.«

»Darüber muß ich nachdenken«, sagte Mr. Ollendod. Er setzte seinen Panamahut auf und ging langsam hinunter zum Strand. Es war Ebbe, und vor ihm erstreckte sich etwa eine Meile weit bleicher Schlamm, übersät mit Konservendosen.

Jenny und Martin waren da und versuchten lustlos, einen selbstgebauten Drachen steigen zu lassen. Kein Lüftchen regte sich, und der Drachen fiel immer wieder in den Schlamm, doch sie wußten, daß ihre Mutter sie wieder hinausschicken würde, wenn sie vor sechs nach Hause kämen.

»Das ist Mr. Ollendod«, sagte Jenny.

»Vielleicht kann er den Drachen steigen lassen«, sagte Martin.

Sie liefen zu ihm und zogen dabei zwei schwarze parallele Spuren in den schimmernden Matsch.

»Mr. Ollendod, können Sie unseren Drachen steigen lassen?«

»Da muß man *sehr* schnell rennen können.«

Er lächelte freundlich. Selbst beim langsamen Spaziergang fing sein Herz jetzt an zu rasen und zu stolpern.»Mal sehen«, sagte er. Schweigend hielt er einen Augenblick die Schnur in den Händen; dann sagte er: »Ich kann nicht damit laufen, aber vielleicht kann ich ihn überreden, von allein zu steigen.«

Die Kinder beobachteten ihn still und aufmerksam, während er der Schnur leise etwas zumurmelte, das sie nicht verstehen konnten.

»Schau, er bewegt sich«, flüsterte Martin.

Der Drachen, der schlaff heruntergehangen hatte, zuckte und zappelte fröhlich wie ein Fisch an der Angel, dann richtete er sich langsam auf und stieg, als würde er unsichtbar nach oben gezogen, immer höher in den grauen Himmel. Mr. Ollendod ließ ihn nicht aus den Augen. Jenny sah, daß er die Hände geballt hatte; Schweiß lief ihm über die Stirn.

»Es ist wie in der Geschichte!« rief Martin.»Der Mann mit dem Seil und das magische Wort und der Junge, der hochklettert – dürfen wir hochklettern? Wir haben es in der Schule gelernt.«

Mr. Ollendod konnte nicht sprechen, doch sie nahmen sein Schweigen als Zustimmung. Sie stürzten sich auf die Schnur und kletterten daran hoch. Mr. Ollendod, der immer noch das Ende hielt, ließ sich langsam zu Boden sinken und saß da, den Kopf über die Knie gesenkt; dann fiel er langsam und sacht auf die Seite. Seine Hände um das Seil lockerten sich, es schwang leicht nach oben und verschwand. Nach einer Weile kam die Flut und überschwemmte die dreierlei Fußspuren.

»Die Kinder kommen mal wieder sehr spät«, sagte Mrs. Minser um sechs.»Sind sie oben bei Mr. Ollendod?«

Sie gingen hinauf, um nachzusehen. Das Zimmer war leer.

»Das nächste Mal vermiete ich es an ein Ehepaar«, überlegte Mrs. Minser; sie sah den Fächer aus Pfauenfedern und fächelte sich, denn die Hitze war beklemmend. »Ein Ehepaar zahlt das Doppelte und geht öfter zum Essen aus. Wo mögen bloß diese Kinder stecken?«

Eine Stunde später schaute der alte Mr. Hill auf dem Weg zum Abendessen zu Mr. Ollendods offener Tür hinein und sah, wie sich eine Schlange über den Teppich wand. Aufgeregt schlug er Alarm.

Als Mr. Minser heraufkam, hatte sich die Schlange unters Bett verkrochen, und Mrs. Pursey schrie wie am Spieß.

Mr. Minser klapperte mit dem Stock, und die Schlange schoß auf seinen Fuß zu, doch er hatte schon einen scharfen Krummsäbel von der Wand gerissen und schlug ihr den Kopf ab. Die alten Leute, die sich zitternd vor der Tür drängten, applaudierten seiner Geistesgegenwart.

»Stellen Sie sich vor, da hatte Mr. Ollendod die ganze Zeit eine Schlange bei sich, und wir wußten nichts davon!« sagte Mrs. Pursey schaudernd. »Ich hoffe nur, es gibt hier nicht noch mehr davon.«

Neugierig ging sie ins Zimmer. »Oh, was für ein herrlicher Spiegel!« rief sie. Die anderen drängten ihr schwatzend nach und sahen sich gierig um.

Gereizt bahnte sich Mr. Minser einen Weg durch die Gruppe und ging mit der geköpften Schlange hinunter. »In fünf Minuten gonge ich zum Abendessen«, rief er. »Hannah, Hannah! Wo bist du? Heute läuft in diesem Haus nichts, wie es sollte.«

Doch Hannah, wie jeder sich denken kann, antwortete nicht, und als er nach fünf Minuten gongte, kam niemand herunter als die alte Miss Drake, die ziemlich mürrisch sagte, alle anderen hätten sich davongeschlichen und sie in Mr. Ollendods Zimmer allein gelassen.

»Einfach davongeschlichen! Und mich zurückgelassen! Zwischen all den gräßlichen Sachen! Ohne ein Wort zu sagen, wirklich rücksichtslos! Alles mögliche hätte mir zustoßen können.«

Und sie aß rasch Mrs. Purseys gebutterten Toast auf.

DER LAUBKEHRER

Muriel Spark

H inter dem Rathaus befindet sich ein bewaldeter
Park, der gegen Ende November anfängt, sich in
eine dünne, blaue Wolke zu hüllen, und normalerweise schwebt er in diesem Dunst bis Mitte Februar.
Ich gehe jeden Tag vorbei und sehe in diesem Nebel-
schleier Johnnie Geddes das Laub zusammenkehren.
Hin und wieder hält er inne, wirft seinen langen Kopf
hoch und sieht ungehalten zu dem Blätterhaufen hin,
als dürfte es ihn nicht geben. Dann fegt er weiter. Diese
Tätigkeit hatte er während der Jahre gelernt, die er
in der Anstalt verbrachte; man hatte ihm stets diese
Arbeit gegeben, und als er entlassen wurde, ließ der
Stadtrat ihn das Laub zusammenkehren. Die unwillige
Kopfbewegung wirkt an ihm aber ganz natürlich, denn
sie gehört seit der Zeit, da er der vielversprechendste
und lebhafteste und lautstärkste Hochschulabsolvent
seines Semesters war, zu seinen Gewohnheiten. Er
sieht viel älter aus, als er tatsächlich ist, denn vor nicht
ganz zwanzig Jahren gründete Johnnie die Gesellschaft zur Abschaffung des Weihnachtsfestes.
Johnnie wohnte damals bei seiner Tante. Ich ging zur
Schule, und in den Weihnachtsferien gab Miss Geddes
mir das neueste Pamphlet ihres Neffen zu lesen, das
den Titel »Wie man zu Weihnachten reich wird« trug.
Das klang zwar sehr einleuchtend, doch es stellte sich
heraus, daß man zu Weihnachten dadurch reich wird,
daß man Weihnachten abschafft, und so dachte ich
über Johnnies Schrift nicht weiter nach.
Das war aber bloß sein erster Versuch. Drei Jahre später hatte er bereits eine Gesellschaft der Abolitionisten

317

gegründet. Sein neues Buch »Weihnachten – unser Untergang« war in der Stadtbibliothek außerordentlich begehrt, und schließlich kam auch ich an die Reihe. Diesmal überzeugte Johnnie mich wirklich, und die meisten Leute gaben sich nach der Lektüre des Buches völlig geschlagen. Kürzlich erstand ich für Sixpence ein antiquarisches Exemplar, und obgleich soviel Zeit seither vergangen ist, liefert es noch immer den schlüssigen Beweis dafür, daß Weihnachten ein nationales Verbrechen ist. Johnnie legt dar, daß jede Bevölkerungseinheit des Landes zwangsläufig verhungern wird innerhalb jener Zeit, die umgekehrt proportional ist zu derjenigen, in der eine von sechs Produktionseinheiten kein Spielzeug mehr herstellt, mit dem die Strümpfe der Bildungsempfängereinheiten gefüllt werden können, wenn Sie verstehen, was er meint. Er zitiert erschreckende Statistiken, um zu zeigen, daß 1,024 Prozent der Zeit, die alljährlich zu Weihnachten mit unbekümmerten Einkäufen und gedankenlosem Kirchgang vergeudet wird, die Nation ihrem Untergang um fünf Jahre näher bringt. Einige Leser protestierten, doch Johnnie vermochte ihre verworrenen Argumente abzuschmettern. Währenddessen wurde die Gesellschaft zur Abschaffung des Weihnachtsfestes immer größer. Indes, Johnnie war besorgt. Nicht nur wütete in jenem Jahr das Weihnachtsfest wie gewohnt im ganzen Land, er verfügte auch über geheime Hinweise, daß zahlreiche Mitglieder den Eid, sich des Festes zu enthalten, gebrochen hatten. Da beschloß er, einen Schlag gegen die eigentlichen Wurzeln des Weihnachtsfestes zu führen. Er quittierte seinen Job bei den Wasserwerken. Er gab seine Karriere auf und zog sich, von ein paar Freunden finanziell unterstützt, für zwei Jahre zurück, um die Ursprünge des Weihnachtsfestes zu studieren.

Dann schrieb er, überglücklich, sein nächstes und letztes Buch, in dem er darlegte, daß Weihnachten entweder eine Erfindung des frühen Christen war, um die Heiden versöhnlich zu stimmen, oder eine Erfindung der Heiden, um die frühen Christen versöhnlich zu stimmen – ich weiß nicht mehr, welche Version es war. Entgegen dem Rat seiner Freunde gab Johnnie seinem Buch den Titel »Weihnachten und Christentum«. Verkauft wurden achtzehn Exemplare. Johnnie hat sich davon nie recht erholt, und in dieser Zeit geschah es, daß seine Verlobte, eine glühende Abolitionistin, ihm zu Weihnachten einen selbstgestrickten Pullover schickte. Er schickte ihn nebst einem Exemplar der Statuten der Gesellschaft zurück, woraufhin sie den Ring zurückschickte. In jedem Fall aber war die Gesellschaft während Johnnies Abwesenheit von einer gemäßigten Fraktion unterwandert worden. Die Gemäßigten wurden schließlich immer gemäßigter, und der ganze Verein löste sich auf.

Bald danach verließ ich die Gegend, und es vergingen einige Jahre, ehe ich Johnnie wiedersah. An einem Sonntagnachmittag im Sommer schlenderte ich in der Menge umher, die gekommen war, die Redner von Hyde Park zu hören. Eine kleinere Gruppe umringte einen Mann, der ein Transparent mit der Aufschrift »Kreuzzug gegen Weihnachten« trug. Seine Stimme war schreckenerregend; sie trug außergewöhnlich weit. Das war Johnnie. Jemand aus der Menge sagte mir, Johnnie sei jeden Sonntag da, äußere sich sehr heftig über Weihnachten und werde wohl bald wegen Verwendung anstößiger Ausdrücke festgenommen werden. Wie ich aus der Presse erfuhr, wurde er bald wegen Verwendung anstößiger Ausdrücke festgenommen. Ein paar Monate später hörte ich, daß der arme Johnnie in einer Nervenheilanstalt sei, weil er nur noch Weihnachten im Kopf habe und nicht aufhören könne, seine Meinung darüber lautstark kundzutun. Danach verlor ich ihn aus dem Sinn, bis ich vor etwa drei Jahren, im Dezember, in die Nähe des Ortes zog, in dem Johnnie seine Jugend verbracht hatte. Am Tag vor Weihnachten machte ich mit einem Bekannten einen Nachmittagsspaziergang, wobei ich darauf achtete, was sich während meiner Abwesenheit verändert hatte und was nicht. Wir kamen an einem langgestreckten, großen Haus vorbei, das früher als eine Waffenkammer bekannt war, und ich sah, daß die eisernen Tore weit offen standen.

»Früher waren sie immer abgeschlossen«, sagte ich.

»Jetzt ist eine Anstalt darin untergebracht«, sagte mein Bekannter. »Die leichten Fälle dürfen draußen arbeiten, und die Tore bleiben offen, um ihnen ein Gefühl von Freiheit zu vermitteln. Aber innendrin wird alles abgeschlossen«, sagte mein Bekannter. »Tür für Tür. Auch der Aufzug. Alles bleibt zugeschlossen.«

Während mein Bekannter noch redete, betrat ich die Toreinfahrt und warf einen Blick hinein. Unmittelbar hinter dem Tor stand eine große, kahle Ulme. Dort sah ich einen Mann in brauner Cordhose das Laub fegen. Der arme Kerl, er sprach laut vor sich hin, irgend etwas über Weihnachten.

»Das ist doch Johnnie Geddes«, rief ich. »Ist er all die Jahre hier gewesen?«

»Ja«, sagte mein Bekannter und im Weitergehen: »Ich glaube, um diese Jahreszeit geht es ihm immer etwas schlechter.«

»Kommt seine Tante ihn besuchen?«

»Ja. Und sie besucht niemand sonst.«

Wir näherten uns jetzt dem Haus, in dem Miss Geddes wohnte. Ich schlug vor, sie zu besuchen. Ich hatte sie gut gekannt.

»Auf gar keinen Fall«, sagte mein Bekannter.

Ich beschloß trotzdem, hineinzugehen, und mein Bekannter ging weiter, zurück in die Stadt.

Miss Geddes hatte sich verändert, mehr als die Umgebung. Sie war eine ernste, ruhige Frau gewesen, und nun bewegte sie sich schnell und lächelte kurz und nervös. Sie führte mich zu ihrem Wohnzimmer, und als sie die Tür öffnete, rief sie jemand, der schon im Zimmer war, zu:»Johnnie, schau mal, wer uns besucht.«

Ein Mann in dunklem Anzug stand auf einem Stuhl und brachte Stechpalmenzweige hinter einem Bild an. Er sprang herunter.

»Gesegnete Weihnachten!« rief er.»Gesegnete und fröhliche Weihnachten! Hoffentlich bleiben Sie zum Tee«, sagte er,»wir haben nämlich einen wunderbaren Weihnachtskuchen, und weil es das Fest der Liebe ist, würde ich mich freuen, wenn Sie sehen könnten, wie schön er dekoriert ist. Es steht ›Frohe Weihnachten!‹ in rotem Zuckerguß darauf, und ein Rotkehlchen gibt es auch...«

»Johnnie«, sagte Miss Geddes,»du vergißt die Weihnachtslieder!«

»Die Weihnachtslieder«, sagte er. Er nahm eine Schallplatte von einem Stapel und legte sie auf. Es war *The Holly and the Ivy.*

»Das ist ja *The Holly and the Ivy*«, rief Miss Geddes.»Kannst du nicht was anderes auflegen? Das haben wir schon den ganzen Vormittag gehört.«

»Es ist großartig«, sagte er strahlend und hob, Ruhe gebietend, die Hand.

Während Miss Geddes den Tee holte und er in das Weihnachtslied versunken dasaß, beobachtete ich ihn. Er ähnelte Johnnie dermaßen, daß ich ihn, wenn ich den armen Johnnie nicht kurz zuvor im Anstaltspark das Laub hätte aufkehren sehen, tatsächlich für Johnnie gehalten hätte. Miss Geddes kam mit dem Tablett zurück, und als er aufstand, um eine andere Platte aufzulegen, sagte er etwas, was mich verblüffte.

»Ich habe dich an dem Sonntag, als ich im Hyde Park sprach, in der Menge gesehen.«

»Was für ein Gedächtnis du hast!« rief Miss Geddes.

»Es muß zehn Jahre her sein«, sagte er.

»Mein Neffe hat seine Ansichten über Weihnachten geändert«, erklärte sie. »Inzwischen kommt er Weihnachten immer nach Hause, und dann haben wir immer ein paar schöne Tage, stimmt's, Johnnie?«

»Freilich«, sagte er. »Ach, laß mich mal den Kuchen anschneiden.«

Der Kuchen faszinierte ihn. Schwungvoll stach er das große Messer hinein. Er rutschte ab und stach tief in seinen Finger. Miss Geddes rührte sich nicht. Er drehte den verletzten Finger weg und fuhr fort, den Kuchen in Scheiben zu schneiden.

»Blutet es nicht?« fragte ich.

Er hielt die Hand hoch. Ich konnte den tiefen Schnitt erkennen, aber Blut war nicht zu sehen.

Absichtlich, und vielleicht auch aus Hilflosigkeit, wandte ich mich Miss Geddes zu.

»Dieses Haus da oben«, sagte ich, »ich habe gesehen, daß es inzwischen eine Irrenanstalt ist. Heute nachmittag bin ich daran vorbeigekommen.«

»Johnnie«, sagte Miss Geddes wie jemand, der weiß, daß das Spiel aus ist, »geh und hol die Pastetchen!«

Er ging, ein Weihnachtslied pfeifend.

»Sie sind also an der Anstalt vorbeigekommen«, sagte Miss Geddes müde.

»Ja«, sagte ich.

»Und Sie haben Johnnie das Laub kehren sehen.«

»Ja.«

Wir hörten noch immer, wie das Weihnachtslied gepfiffen wurde.

»Wer ist denn *er*?« fragte ich.

»Das ist Johnnies Geist«, sagte sie. »Er kommt jede Weihnachten nach Hause. Aber ich kann ihn nicht leiden«, sagte sie. »Ich halte es nicht mehr aus. Morgen reise ich ab. Ich will nicht Johnnies Geist. Ich will Johnnie, wie er leibt und lebt.«

Mich schauderte bei dem Gedanken an den verletzten Finger, der nicht bluten konnte. Und ich ging, ehe Johnnies Geist mit den Pastetchen zurückkehrte.

Tags darauf – ich sollte mich bei meiner Familie melden, die in der Stadt wohnte – machte ich mich um die Mittagszeit auf den Weg dorthin. Wegen des leichten Nebels erkannte ich zuerst nicht, wer sich mir näherte. Es war ein Mann, der mir zuwinkte. Es stellte sich heraus, daß es Johnnies Geist war.

»Fröhliche Weihnachten! Was sagst du dazu?« rief Johnnies Geist, »meine Tante ist nach London gefahren. Stell dir vor, an Weihnachten, und ich dachte, sie ist in der Kirche, und ich stehe hier und habe niemand, mit dem ich Weihnachten feiern kann, aber ich verzeihe dir natürlich, es ist ja das Fest der Liebe, und ich freue mich, dich zu sehen, weil ich jetzt mitkomme, wohin du auch gehst, und wir können ein fröhliches...«

»Laß mich in Ruhe«, sagte ich und ging weiter.

Es klingt roh. Aber vielleicht wissen Sie nicht, wie abstoßend und widerlich der Geist eines lebenden Menschen ist. Die Geister der Toten, meinetwegen, aber bei dem Geist des verrückten Johnnie bekam ich eine Gänsehaut.

»Verschwinde!« sagte ich.

Er ging neben mir her.

»Da es das Fest der Liebe ist, werde ich deinen Ton mit Nachsicht behandeln«, sagte er, »aber ich werde mitkommen!«

Wir hatten die Tore der Anstalt erreicht, und dort, auf dem Grundstück, sah ich Johnnie das Laub kehren. An Weihnachten zu arbeiten, war wohl seine Art zu streiken. Er machte lautstarke Bemerkungen über Weihnachten.

Einer plötzlichen Eingebung folgend, sagte ich zu Johnnies Geist: »Du willst Gesellschaft?«

»Gewiß«, erwiderte er. »Es ist das Fest der...«

»Du sollst sie haben«, sagte ich.

Ich stand in der Toreinfahrt. »He, Johnnie!« rief ich.

Er sah auf.

»Ich habe deinen Geist mitgebracht, Johnnie. Er will dich besuchen.«

»So, so«, sagte Johnnie und näherte sich seinem Geist. »Sieh mal an!«

»Fröhliche Weihnachten!« sagte Johnnies Geist.

»Ach ja?« sagte Johnnie.

Ich überließ sie sich selbst. Und als ich mich umblickte, neugierig, ob sie wohl übereinander herfallen würden, sah ich, daß Johnnies Geist ebenfalls Laub kehrte. Gleichzeitig schienen sie sich zu streiten. Aber es war noch immer neblig, und ich kann wirklich nicht sagen, ob es, als ich mich ein zweites Mal umblickte, zwei Männer waren, die Laub kehrten, oder nur einer.

Johnnie machte im neuen Jahr langsam Fortschritte. Schließlich hörte er auf, über Weihnachten herumzuschreien, und dann verlor er kein Wort mehr zu diesem Thema. Nach ein paar Monaten, als er fast überhaupt nichts mehr sagte, wurde er entlassen.

Der Stadtrat ließ ihn das Laub im Park kehren. Er spricht selten und erkennt niemanden. Gegen Jahresende sehe ich ihn jeden Tag im Nebel arbeiten. Manchmal, wenn plötzlich ein Windstoß geht, wirft er den Kopf hoch, um zu beobachten, wie hinter ihm ein paar Blätter zu Boden fallen, als wäre er erstaunt, daß es sie tatsächlich gibt, obwohl, von Rechts wegen, das Fallen der Blätter eigentlich abgeschafft gehörte.

FLITTERWOCHEN ERSTER KLASSE

Henry Slesar

Obgleich seine Scheidung schon sieben Monate, zwei Wochen und vier Tage zurücklag, erwachte Edward Gibson am Samstagmorgen mit dem Gefühl ungetrübter Freude in seinem von Gloria befreiten Schlafzimmer. Er gähnte, reckte sich, legte sich quer über das Doppelbett und schwelgte im köstlichen Gefühl der Einsamkeit, der Stille und der Ungebundenheit.

Es gab keine Gloria mehr, die ihn gewaltsam mit ihren weinerlichen Klagen über ihre Schlaflosigkeit, das nächtliche Herzklopfen und die Atemknappheit weckte. Es gab auch keine Vorträge mehr über seine Trägheit, seinen Mangel an Zuneigung, seinen sich vergrößernden Taillenumfang, sein Schnarchen, seinen Mutterkomplex, seine Unaufmerksamkeit und sein Desinteresse für ihre gesundheitlichen Probleme.

Mit dem rechten Zeh stieß Edward das Kissen, das früher Gloria gehört hatte, vom Bett und grinste dabei so glücklich, wie er war.

Als er sich jedoch angekleidet hatte, wurde sein Frohsinn von einer bleiernen Depression abgelöst. Ihm fiel ein, daß heute wieder Zahltag war. Langsam schlenderte er in sein Arbeitszimmer und holte das Scheckheft aus dem viktorianischen Schreibtisch. Wie immer zitterte seine Hand vor Ärger und Widerwillen, als er die vier Zahlen auf die Anweisung schrieb. Die Unterhaltszahlung war für Gloria der einzige Sieg in der dreimonatigen Gerichtsschlacht gewesen, die ihre ehelichen Bindungen endgültig beendet hatte. Es war viel Geld, überlegte Edward traurig. Verdammt viel Geld!

Er leckte gerade das Kuvert an, als leise die Hausglocke in der Wohnung anschlug. Verwirrt runzelte er die Stirn und blickte auf seine Uhr. Besucher um halb zehn waren ungewöhnlich. Entschlossen marschierte er zur Tür und war darauf vorbereitet, sich mit einem Vertreter herumschlagen zu müssen. Statt dessen sah er sich Karl Sebron gegenüber.

»Morgen.« Karl grinste einfältig.

Sebron war ein junger Mann mit dichtem und gelocktem blondem Haar sowie von athletischer Anmut. Als ewiger Student trug er unter seinem Straßenanzug einen Pullover und weiße Segeltuchschuhe an den kleinen Füßen. Wie ein Läufer, der vor einem Rennen die Startlöcher ausprobiert, wippte er auf den Fußballen, und sein Gesicht hatte denselben gespannten und erwartungsvollen Ausdruck.

»Was, zum Teufel, hast du hier zu suchen?« sagte Edward erheblich ungnädiger, als er beabsichtigte. »Ziemlich früh für dich, nicht?«

»Mag sein«, erwiderte Karl ungerührt. »Wie wäre es, wenn du mich einlassen würdest?«

Knurrend trat Edward beiseite und ließ ihn herein. Mit einer Nonchalance, die nichts anderes als eine unbeholfene Imitation war, betrat Karl das Wohnzimmer und setzte sich. Im College waren sie zwar Klassenkameraden, aber niemals Freunde gewesen. Ihre einzige Verbindung war jetzt Karls scheinbares Interesse für Gloria; aus schwer erklärlichen Gründen war er mit Edwards ehemaliger Frau ständig verabredet.

Immerhin glaubte Edward eine Erklärung dafür gefunden zu haben. Er vermutete, daß ein Teil seiner Unterhaltszahlungen Karl zu Sportjacketts und Leinenschuhen verhalf.

»Hast du Gloria in letzter Zeit gesehen?« fragte er ironisch und setzte sich in den Schaukelstuhl.

»Dauernd«, erwiderte Karl lächelnd. »Um genau zu sein: Ich wollte mit dir über Gloria sprechen.«

»Von Gloria habe ich genug.« Edward nahm eine Zigarette aus der Porzellandose, die auf dem Tisch stand, und beobachtete dabei den anderen. »Langsam werdet ihr beide zum Stadtgespräch.«

Karl lachte. »Ärgert dich das?«

»Sagen wir lieber, daß es mich erstaunt. Entweder hat Gloria sich vollkommen verändert, oder aber du bist der dämlichste, taubste und blindeste Mann, den ich jemals kennengelernt habe. Merkst du denn nicht, was sie ist?«

»Das kommt darauf an«, sagte Karl. »Gelegentlich kann sie ausgesprochen reizend sein. Und sehr großzügig.«

Edward fluchte leise und legte die Zigarette hin, ohne sie angezündet zu haben, wobei er jede Höflichkeit außer acht ließ. »Was hast du vor, Karl? Wozu bist du hierhergekommen?«

»Das habe ich bereits erklärt. Um über Gloria zu sprechen. Oh, ich weiß selbst, daß es auf der Welt begehrenswertere Frauen gibt als sie. Sie ist zu füllig, ist ständig krank und redet ununterbrochen.«

»Und?«

»Aber gestern ist mir eine Idee gekommen. Mir fiel der hohe Preis ein, den du zahlst, um sie dir vom Hals zu halten. Wieviel ist es eigentlich, Ed?«

»Das geht dich nichts an.«

»Mindestens zweitausend pro Monat, nicht wahr?«

»Hör mal zu, Karl...«

»Vielleicht verstehst du mich noch nicht.« Karl grinste. »Ich bin nicht hier, um dir das alles noch einmal unter die Nase zu reiben. Ich bin vielmehr hier, um dir zu helfen. Ich habe nämlich eine Möglichkeit ausgeknobelt, dir eine Menge Geld zu sparen, Ed. Deswegen könntest du mich wenigstens anhören.«

»Du und mir Geld sparen?«

»So ungefähr – ja. Wie diese zweitausend pro Monat. Interessiert es dich?«

Es interessierte Edward sehr, aber sein Gesicht blieb ausdruckslos. »Also bitte – an was hast du dabei gedacht?«

»An Hochzeit natürlich. Wie sollten diese Unterhaltszahlungen denn sonst aufhören, Ed? Wenn Gloria wieder heiratet, kannst du deinen Zaster behalten. So bestimmt es das Gesetz.«

»Heiraten? Gloria? Weißt du – nur der größte Idiot auf dieser Welt würde sie jemals heiraten. Das weiß ich, weil ich es selbst zwei Jahre lang gewesen bin.« Dann atmete er tief. »Sage nur nicht, daß ausgerechnet du daran denkst.«

»Unter gewöhnlichen Umständen nicht. Aber in letzter Zeit habe ich ziemlich viel Pech gehabt.«

»Du erwartest also, daß Gloria dich aushält? Mit Ausnahme meines Unterhaltsschecks besitzt sie nicht einen einzigen Cent.«

»Das habe ich auch nicht gemeint. Was ich brauche, ist möglichst schnell eine runde Summe – verstehst du? Damit mir ein paar äußerst unangenehme Leute nicht dauernd im Nacken sitzen. Die reinsten Spielertypen!« Er wurde rot und blickte nach hinten, als stünden diese unangenehmen Leute bereits dort.

»Willst du mir einen Vorschlag machen, Karl?«

»Bezeichnen wir es lieber als Antrag.« Er kicherte nervös. »Das trifft mehr den Kern. Ein Heiratsantrag. Ich bin dazu bereit, wenn du bereit bist, dafür zu zahlen. In bar. Und sofort.«

Edward pfiff leise durch die Zähne. »Junge, Junge – dann muß es dir verdammt schlecht gehen.«

»Ich weiß nicht mehr aus und ein«, sagte Karl. Seine beiden Mundwinkel zuckten jetzt leicht. »Wenn ich bis heute abend nicht zehn Tausender zusammen habe, besteht alle Aussicht, daß ich mein berühmt gutes Aussehen einbüße.« Er blickte auf. »Ed, das ist mein Ernst. Ich werde Gloria heiraten, wenn du mir heraushilfst. Ich werde ihr einen Antrag machen.«

»Woher willst du eigentlich wissen, daß sie dich auch nimmt?«

»Sie nimmt mich – darüber mache dir keine Gedanken. Aber ich muß das Geld haben – bar oder als Bürgschaft, und möglichst sofort.«

»Ich besitze Bargeld«, sagte Edward sanft. Er griff nach der Zigarette und zündete sie an. »Aber wie kann ich ganz sichergehen? Woher weiß ich, daß du nicht wieder kneifst?«

»Ich gebe es dir schriftlich«, sagte Karl eifrig. »Ich gehe sofort hin und mache ihr einen Antrag. Ich bin sogar bereit, sie jetzt anzurufen, wenn du es möchtest.«

»Ja«, sagte Edward, und sein Herz klopfte schneller. »Rufe sie gleich an, Karl.«

Karl wischte sich die Hände an der Hose ab und ging zum Telefon. Er wählte Glorias Nummer und versuchte, ein Lächeln auf sein Gesicht und in seine Stimme zu bringen.

»Gloria?« sagte er. »Hier ist Karl... Gut, Süße, und dir?« Er lachte laut. »Ja, da hast du recht. Irgendwann werden wir wieder einmal hingehen. Vielleicht heute abend. Hör zu, Gloria...«

Er zerrte an der Telefonschnur und wickelte sie sich um seine linke Hand. »Ich muß dich unbedingt etwas fragen. Eigentlich wollte ich schon gestern abend mit dir darüber sprechen, aber bei den vielen Menschen, die um uns herum saßen... Vielleicht wäre es besser, wenn ich noch bis heute abend damit wartete. Es geht nämlich darum... Verdammt noch mal, aber bis heute abend kann ich nicht mehr warten, mein Liebling. Ich muß die Antwort wissen, bevor ich endgültig verrückt werde.«

Er schloß die Augen; die Schweißperlen auf seiner Stirn funkelten im Morgenlicht. »Schatz, ich möchte dich heiraten«, flüsterte er vertraulich. »Ich möchte, daß wir möglichst schnell heiraten.«

Er blickte zu Edward hinüber und strahlte. »Ist das dein Ernst?« sagte er freudig. »Ist das wirklich dein Ernst, Gloria?... Hör zu, warten wir gar nicht erst bis heute abend. Wir können uns doch zum Mittagessen oder sonstwo treffen... Ich habe dir soviel zu erzählen. Ja, Liebling... Bis nachher.«

Er legte den Hörer auf, atmete volle fünf Sekunden tief aus und ließ sich dann in die Ecke des Sofas fallen.

Edward starrte ihn an.

»Es ist also tatsächlich dein Ernst«, sagte er. »Du willst also wirklich heiraten, und ausgerechnet diese...«

»Wie ich gesagt habe«, erwiderte Karl nachdenklich. »Und wenn du willst, gebe ich es dir auch noch schriftlich. Hauptsache, ich kriege das Geld. Zehntausend müssen es aber sein, Ed. Hast du überhaupt soviel bei dir?«

»Natürlich«, erwiderte Edward lächelnd, »und ich lege sogar noch fünfhundert dazu, mein Freund. Damit könnt ihr euch Flitterwochen erster Klasse leisten.« Er durchquerte den Raum und blieb nur kurz stehen, um Karl auf die Schulter zu klopfen. »Warte hier einen Moment. Ich bin gleich wieder da.«

Mit einem Grinsen auf dem Gesicht und schnellen Schritten verschwand Edward in seinem Schlafzimmer.

Um vier Uhr, als er gerade die Behaglichkeit eines Nachmittagsschläfchens genoß, wurde er durch das mißtönende Schrillen des Telefons geweckt. Verschlafen stellte er es auf das Kissen und hörte die nasale Stimme am anderen Ende.

»Mr. Gibson? Hier ist Marvin Fleming. Der Anwalt Ihrer früheren Frau.«

»Wer? Ach – Sie, Fleming. Angewidert verzog Edward den Mund, erinnerte sich dann jedoch, daß ihm diese Last abgenommen war. »Was wünschen Sie?« sagte er. »Mir ist gerade eingefallen, daß man Sie vielleicht noch nicht informiert hat, und deswegen glaubte ich, Sie anrufen zu müssen. Hat es Ihnen noch niemand mitgeteilt?«

»Was mitgeteilt?«

»Es ist eine sehr unangenehme Aufgabe«, sagte Fleming ernst. »Und es bekümmert mich, daß ausgerechnet ich es Ihnen mitteilen muß, aber mit Sicherheit ergeben sich gewisse juristische Probleme aus dem Tod Ihrer früheren Frau...«

»Aus ihrem was?«

»Es tut mir schrecklich leid, aber Mrs. Gibson ist in der vergangenen Nacht an einem Herzanfall gestorben. Mr. Sebron war zu diesem Zeitpunkt bei ihr, und da Sie mit ihm befreundet sind, dachte ich, daß er Sie vielleicht...«

»Du dreckiges Schwein!« schrie Edward, obgleich sich diese Verwünschung nicht auf den Anwalt bezog.

Er schmetterte den Hörer auf die Gabel, nahm ihn jedoch im nächsten Augenblick wieder ab und wählte fieberhaft. Als sich in der Wohnung von Karl Sebron niemand meldete, hätte er den Hörer fast durch das Fenster geschleudert. Dann klickte es jedoch, und die Stimme eines Dienstmädchens sagte: »Hier bei Mr. Sebron. Wer spricht dort bitte?«

»Wo steckt er?« sagte Edward. »Hier ist Ed Gibson.«

»Es tut mir leid, Mr. Gibson, aber Mr. Sebron ist im Augenblick nicht hier.«

»Wo ist er hingegangen?«

»Mr. Sebron fuhr um drei zum Flughafen. Soviel ich weiß, wollte er nach St. Thomas fliegen. Aber ganz sicher bin ich mir nicht...«

»Hat er denn nichts gesagt?« brüllte Edward. »Irgend etwas muß er doch gesagt haben?«

»Das hat er auch, Sir«, erwiderte das Mädchen kichernd. »Das hat er tatsächlich. Er sagte, er fahre jetzt in die Flitterwochen. Können Sie sich vorstellen, was er damit gemeint hat?«

STRUPPS

Dorothy Sayers

D as Tor, auf dessen abgeschuppter, verblichener Oberfläche der Name »Strupps« in dem trüben Licht so eben zu entziffern war, fiel klappernd ins Schloß, was bei den durchnäßten Lorbeerbüschen einen Sprühregen auslöste. Susan Tabbit stellte den schweren Koffer hin und betrachtete durch den Regenschleier hindurch das kleine Haus.

Es war ein merkwürdiges, schiefes, buckliges Gebäude, das hinter seinen eigenen Hecken zu horchen schien. Seine Schornsteine – an jedem Dachende einer – hoben sich von dem wäßrigen Lichtstreifen im Westen wie zwei gespitzte, intensiv lauschende Ohren ab. Diese Wirkung wurde durch die blinde Fassade noch verstärkt.

Susan zitterte ein wenig und dachte sehnsüchtig an den hellen Omnibus, aus dem sie am Fuß des Hügels ausgestiegen war. Der Schaffner war offenbar ebenso überrascht gewesen wie der Gepäckträger am Bahnhof, als sie ihr Ziel nannte. Sie hatte den Eindruck gehabt, als wollte er etwas sagen, und sie wünschte, sie hätte den Mut aufgebracht, sich näher zu erkundigen. Strupps. Ein merkwürdiger Name. Ihre verheiratete Schwester hatte mißbilligend die Lippen gespitzt, als sie ihr die Adresse gab – Susan Tabbit bei Mrs. Wispell, Strupps, Roman Way, Bodcaster – und bekennen mußte, daß sie die Stelle ohne Besichtigung angenommen hatte.

Nun lag das Haus vor ihr, unnahbar, gleichgültig, aber auf der Lauer. Kein Haus sollte so aussehen. Sie hatte recht dumm gehandelt, aber ihrer Schwester war offensichtlich viel daran gelegen, sie aus dem Haus zu bekommen. Da die zahlreiche Familie ihres Schwagers erwartet wurde, war für sie kein Platz mehr. Außerdem war sie knapp bei Kasse. Sie hatte es sich so angenehm im Hause Strupps vorgestellt: Haus- und Stubenmädchen bei dreiköpfiger Familie. Diener und Köchin, ein Ehepaar, vorhanden. Bei ihrer letzten Stelle war sie die einzige Hilfe in einer achtköpfigen Familie gewesen, und sie hatte sich daher auf einen leichten Posten gefreut.

Susan nahm ihren Koffer wieder auf und schleppte ihn über den nassen Kiesweg zwischen viereckigen Rasenflächen mit leeren Blumenbeeten und dichten Gebüschgruppen. Dann folgte sie einem Pfad zur Rechten, der an der Hausfront mit ihren dunklen, abstoßenden Fenstern entlangführte. Der Weg an der Seite des Hauses war ebenso dunkel wie der andere. Zu ihrer Linken konnte sie die Umrisse einer hohen Glastür erkennen und zu ihrer Rechten eine Blumenrabatte, wo die an Stäben befestigten Blechschilder verlassen baumelten, und dahinter einen von hohen Bäumen eingeschlossenen Rasen. Durch eine quietschende Tür gelangte sie in einen kleinen, gepflasterten Hof, über den aus einem erleuchteten Fenster ein schmaler Lichtstreifen fiel.

Sie versuchte in dieses Fenster zu blicken. Aber eine Gardine verhüllte die untere Hälfte. Sie konnte nur die niedrige, mit schwarzen Balken durchzogene Decke sehen, an der eine Petroleumlampe hing. Nicht weit vom Fenster fand sie eine Tür und klopfte.

Beim ersten Schlag des altmodischen eisernen Klopfers ertönte wütendes, anhaltendes Hundegebell. Sie wartete klopfenden Herzens, aber niemand erschien. Nach einer Weile faßte sie Mut, den Klopfer noch einmal in Bewegung zu setzen. Diesmal schien sich etwas zu rühren. Das Bellen hörte auf. Sie vernahm, wie der Schlüssel umgedreht und der Riegel zurückgeschoben wurde. Dann öffnete sich die Tür, und eine massige Gestalt verwehrte ihr den Eintritt ins Haus.

»Wer sind Sie?«

Eine Stimme, wie Susan sie noch nie gehört hatte: rauh, heiser und geschlechtslos, wie die Stimme eines Erstickenden.

»Mein Name ist Tabbit – Susan Tabbit.«

»Ach, das neue Mädchen!«

Es folgte eine Pause, als ob man sie auf Herz und Nieren prüfen wollte.

»Kommen Sie herein.«

Die dunkle Masse wich zurück, und Susan trat mit ihrem Koffer über die Schwelle.

»Mrs. Wispell hat doch sicher meinen Brief bekommen, in dem ich ihr meine Ankunft mitteilte?«

»Ja, aber man kann nie vorsichtig genug sein. Das ist ein abgelegenes Haus. Ihren Koffer können Sie für Jarrock stehenlassen. Hier links ist die Küche.«

Susan betrat die Küche, einen niedrigen, nicht sehr großen Raum, und stellte mit Befriedigung fest, daß ein gutes Feuer im Kamin brannte. Eine Reihe glänzender Kupferpfannen über dem Sims strahlte eine beruhigende Wirkung aus. Hinter sich hörte sie wieder die scharrenden Geräusche des Riegels und des Schlüssels. Dann nahte ihre Kerkermeisterin – warum kam ihr das Wort so unvermittelt in den Sinn? – und trat zum erstenmal ins Licht.

Der Eindruck war überwältigend. Das flache, weiße, breite Gesicht, der wogende Busen, der gewaltige Umfang der weißbeschürzten Hüften schienen den Raum auszufüllen. Dann aber vergaß sie all das über dem Schock der Entdeckung, daß die kolossale Frau obendrein noch schielte.

Es war kein gewöhnliches Schielen. Das linke Auge war so weit nach innen gedreht, daß die Hälfte der Iris unsichtbar war, was dieser Seite ihres Gesichts ein listiges, boshaftes Aussehen verlieh. Das andere Auge war klein, dunkel und glänzend und heftete sich scharf auf Susan.

»Ich bin Mrs. Jarrock«, sagte die Frau mit ihrer seltsamen Stimme.

Es erschien Susan unverständlich, wie jemand, der nicht gerade blind und taub war, eine derart entstellte und wie ein Rabe krächzende Frau heiraten konnte.

»Guten Abend«, sagte sie und streckte zögernd die Hand aus, die von Mrs. Jarrocks dicker Pranke mit einem unerwartet harten, männlichen Griff umschlossen wurde.

»Sie trinken gewiß gern eine Tasse Tee, ehe Sie sich umziehen«, sagte Mrs. Jarrock. »Sie können doch servieren?«

»O ja, das bin ich gewohnt.«

»Dann beginnen Sie am besten gleich heute abend. Jarrock hat alle Hände voll zu tun mit Mr. Alistair, der wieder mal seinen schlechten Tag hat. Wir waren beide oben. Deswegen mußten Sie warten.« Wieder blickte sie das Mädchen durchbohrend an, und das Schielauge rollte unkontrolliert in seiner Höhle. Sie wandte sich ab, um den Kessel vom Herd zu nehmen, und Susan konnte sich nicht von der Vorstellung befreien, daß das linke Auge sie immer noch aus seinem Versteck hinter der flachen Nase der Köchin anschielte.

»Hat man es hier gut?« fragte Susan.

»Oh, es ist ganz erträglich«, erwiderte Mrs. Jarrock. »Man darf nur nicht nervös sein. *Sie* kümmert sich nicht viel um den Haushalt, aber das ist unter den Umständen nicht anders zu erwarten, und *er* ist ganz fried-

lich, wenn man ihm nicht in die Quere kommt. Mit Mr. Alistair haben Sie nichts zu tun, das ist Jarrocks Sache. Hier ist Ihr Tee. Ob Jarrock wohl –«
Sie brach ab und neigte den großen Kopf zur Seite, als ob sie auf etwas horchte, das oben vor sich ging. Dann eilte sie durch die Küche, mit einem für eine so schwerfällige Frau überraschend leichten Schritt, und verschwand in der Dunkelheit des Flurs. Die ängstlich lauschende Susan glaubte ein Stöhnen und das Getrappel von Füßen über der Balkendecke zu vernehmen. Nach wenigen Minuten kehrte Mrs. Jarrock zurück, nahm den Kessel vom Feuer und reichte ihn einer unsichtbaren Person im Flur. Es folgte ein längeres Geflüster. Dann erschien Mrs. Jarrock wieder und begann, Toast mit Butter zu bestreichen.

Susan aß ohne Appetit. Sie war hungrig gewesen, als sie aus dem Bus stieg, aber die Atmosphäre des Hauses bedrückte sie. Sie hatte gerade eine zweite Scheibe Toast abgelehnt, als sie merkte, daß jemand die Küche betreten hatte.

Es war ein großer, kräftig gebauter Mann, aber er stand an der Tür, als sei er mißtrauisch oder schüchtern. Als Susan den Kopf zur Tür wandte, drehte Mrs. Jarrock sich ebenfalls um.

»Da bist du ja, Jarrock. Hier, trink deinen Tee.«
Daraufhin schlich der Mann seitwärts wie eine Krabbe an der Wand entlang und kam auf diese merkwürdige Weise schließlich zur anderen Seite des Feuers, wo er mit abgewandtem Kopf stehenblieb und Susan aus den Augenwinkeln anblickte.

»Dies ist Susan«, erklärte Mrs. Jarrock. »Hoffentlich gewöhnt sie sich gut ein. Ich bin froh, wenn ich endlich Hilfe bekomme.«

»Wir werden unser Bestes tun, um ihr das Leben hier zu erleichtern«, sagte der Mann mit einem sonderbaren Lispeln. Obgleich er ihr die Hand entgegenstreckte, hielt er den Kopf abgewandt. Er ließ sich in einem Lehnstuhl nieder, der ziemlich weit vom Kamin entfernt stand, und starrte ins Feuer. Der Hund, der bei Susans Klopfen gebellt hatte, war ihm in die Küche gefolgt und umkreiste leise knurrend die Beine des Mädchens.

»Ruhig, Crippen«, befahl der Mann. »Platz!«

Der Hund, ein großer, scheckiger Bullterrier, setzte sich, aber er knurrte weiter, bis Jarrock ihn am Halsband zurückriß und mit einem kräftigen Klaps unter den Tisch scheuchte. Bei dieser Gelegenheit wandte Jarrock zum erstenmal Susan ganz das Gesicht zu, und sie sah mit Entsetzen, daß die linke Seite vom Backenknochen abwärts eine einzige schreckliche Narbe war, die den Mund zu einem grausigen Lächeln nach oben zerrte.

Ist denn jeder in diesem Haus verstümmelt oder mißgestaltet oder verrückt? fragte sich Susan verzweifelt.

Gleichsam als Antwort auf ihre Gedanken sagte Mrs. Jarrock zu ihrem Mann: »Hat er sich beruhigt?«

»Oh, er ist ganz friedlich«, lispelte der Mann durch seine zerschmetterten Kiefer. »Er wird keine Schwierigkeiten mehr machen.« Er zog sich wieder in seine Ecke zurück und begann geräuschvoll an seinem gebutterten Toast zu lutschen.

»Wenn Sie Ihren Tee ausgetrunken haben«, sagte Mrs. Jarrock zu Susan, »zeige ich Ihnen Ihr Zimmer. Hast du den Koffer nach oben gebracht, Jarrock?«

Der Mann nickte wortlos, und Susan folgte beklommen diesem Ungetüm von einer Frau, die eine Kerze in einem Leuchter angezündet hatte.

»Die Treppe wird Ihnen zuerst etwas steil vorkommen«, sagte die heisere Stimme. »Und nehmen Sie in den Gängen Ihren Kopf in acht. Dieses Haus ist anscheinend im Jahre eins gebaut worden und noch dazu von einem verrückten Architekten.«

Mrs. Jarrock glitt geräuschlos durch einen schmalen Korridor in eine quadratische, mit Fliesen belegte Diele, wo eine Petroleumfunzel die Dunkelheit noch zu vertiefen schien, und stieg dann eine schwarze, auf Hochglanz polierte Eichentreppe mit geschnitztem Geländer empor.

»Es gibt nur eine Treppe im Haus«, erklärte Mrs. Jarrock. »Höchst unbequem, aber nicht zu ändern. Sie müssen warten, bis er sich morgens in sein Zimmer verzogen hat, ehe Sie das schmutzige Wasser hinuntertragen; er sieht nicht gern Eimer. Dies hier ist das Schlafzimmer, da drüben das Gästezimmer, dies ist Mr. Alistairs Zimmer. Jarrock schläft natürlich bei ihm, für den Fall –« Sie blieb horchend an der Tür stehen und kletterte dann eine enge Bodentreppe hinauf. »Das ist Ihr Zimmer – klein, aber Sie sind für sich. Ich schlafe nebenan.«

Die Kerze warf ihre Schatten, ins Riesenhafte verzerrt, auf die schräge Decke, und Susan dachte: Wenn ich hierbleibe, werde ich auch eine unheimliche Gestalt bekommen.

»Und der große Bodenraum gehört dem Hausherrn. Damit haben Sie nichts zu tun. Wenn wir nur die Nase um die Ecke stecken, sind wir unsere Stellung los. Er schließt ihn sowieso immer ab.« Sie stieß einen heiseren Lacher aus. »Merkwürdige Dinge hebt er dort auf, das muß ich schon sagen. Ich habe sie gesehen – wenn er sie nach unten bringt, heißt das. Ein komischer Kauz, dieser Mr. Wispell. Na, werfen Sie sich nur rasch in Ihr Schwarzes; dann stelle ich Sie der Hausherrin vor.«

Susan kleidete sich hastig um vor dem kleinen, herzförmigen Spiegel mit dem grünlichen Glas, das das

Kerzenlicht mehr zu absorbieren als zu reflektieren schien. Sie zog die karierten Vorhänge beiseite und stellte fest, daß ihr Fenster den Seitengarten überblickte. Unter ihr lag die Blumenrabatte, und dahinter erhoben sich die hohen Bäume wie eine Mauer. Das Zimmerchen selbst war behaglich ausgestattet, erhielt jedoch eine merkwürdige Form durch den großen Schornstein, der am Kopfende ihres Bettes in einem abenteuerlichen Knick nach oben verlief. Ein winziger Kamin war an den Schornstein angeschlossen, sah aber unbenutzt aus. Wahrscheinlich, dachte Susan, qualmte er.

Dann stand sie, die Kerze in der Hand, zögernd oben an der Treppe. Die Angst vor der Einsamkeit kämpfte in ihr mit der Angst vor dem, was sie unten erwartete. Auf Zehenspitzen schlich sie die Bodentreppe hinab. Als sie auf dem oberen Korridor ankam, sah sie, wie Jarrock gerade die untere Treppe hinunterlief. Die Tür zu »Mr. Alistairs Zimmer« hatte er offengelassen. Getrieben von einer Neugierde, die mächtiger war als ihre Angst, schlich sie bis zur Tür und blickte verstohlen hinein. Ihr gegenüber stand ein altmodisches Himmelbett mit dunkelgrünen Behängen, und eine abgeblendete Leselampe brannte auf einem kleinen Tisch daneben. Der Mann in dem Bett lag mit geschlossenen Augen flach auf dem Rücken. Das Gesicht mit den scharfen Nasenflügeln war von einer durchsichtigen wachsartigen Blässe. Eine Hand, so dünn wie eine Klaue, lag regungslos auf der grünen Decke; die andere war im Schatten der Vorhänge verborgen. Wenn Jarrock vorhin von Mr. Alistair gesprochen hatte, mußte sie ihm beipflichten: Dieser Mann war jetzt durchaus friedlich.

»Der Arme«, flüsterte Susan, »er ist gestorben.« Kaum hatte sie die Worte ausgesprochen, als eine dröhnende

Lachsalve von unten heraufschallte, ungeheuerlich, kolossal, unheimlich – ein Frevel gegen das schweigende Haus.

Susan fuhr zurück und schleuderte dadurch die Lichtschere aus dem Kerzenhalter, die klappernd die Eichentreppe hinunterfiel und mit metallischem Klirren unten auf den Fliesen landete.

Eine Tür wurde aufgerissen, und eine laute Stimme, in deren Tiefen noch ein Rest jener albernen Heiterkeit lauerte, rief:

»Was war das? Zum Teufel noch mal! Jarrock, haben Sie den höllischen Krach gemacht?«

»Entschuldigen Sie vielmals, Sir«, sagte Susan und trat bestürzt an den Treppenabsatz. »Es war meine Schuld.«

»Donnerwetter, wer sind Sie denn? Kommen Sie mal herunter, damit man Sie in Augenschein nehmen kann. Oh!« rief er, als Susans schwarzes Kleid und weiße Schürze bei der Treppenbiegung in Sicht kamen. »Das neue Hausmädchen. Eine schöne Art, sich einzuführen. Verdammt guter Anfang! Ich wünsche keinen Lärm. Aller Lärm in diesem Haus wird von mir gemacht, verstanden?«

»Ja, Sir. Es soll nicht wieder vorkommen, Sir.«

»So ist's richtig. Und wenn Sie die Stufen beschädigt haben, dann geht's Ihnen an den Kragen. Wissen Sie das?« Er legte den großen, bärtigen Kopf in den Nakken, und sein schallendes Gewieher schien das Haus wie ein Windstoß zu erschüttern. »Nun kommen Sie schon, Mädchen, ich fresse Sie diesmal noch nicht. Zeigen Sie mir mal Ihr Gesicht. Ihre Beine sind wenigstens in Ordnung. Hausmädchen mit dicken Beinen kann ich nicht ausstehen. Kommen Sie herein und lassen Sie sich unter die Lupe nehmen. Sidonia, hier ist das neue Mädchen. Noch keine Minute im Haus, und schon wirft sie mit den Möbeln um sich. Hast du gehört? Ha, ha, ha!« Er schob Susan vor sich her in ein Wohnzimmer, das mit seinen leuchtend bunten Farben wie ein Pfauenschwanz wirkte. Die Fenster waren verrammelt.

Auf der Couch vor dem Kamin lag eine junge Frau mit einem kleinen, weißen, herzförmigen Gesicht, das von ihren schweren roten Haarmassen eingerahmt und fast darunter begraben wurde. Alte, schwere Ringe schmückten ihre langen Finger. Bei dem lärmenden Eintritt ihres Mannes erhob sie sich etwas unbeholfen und unsicher.

»Lieber Walter, schrei nicht so. Ich habe Kopfschmerzen, und dem armen Mädchen jagst du Angst ein. Sie sind also Susan. Hoffentlich haben Sie eine gute Reise gehabt. Kümmern sich Mr. und Mrs. Jarrock um Sie?«

»Ja, danke, gnädige Frau.«

»Das ist schön.« Ihr Blick wanderte ein wenig hilflos zu ihrem Mann und dann wieder zurück zu Susan. »Ich hoffe, Sie werden Ihre Arbeit gut verrichten, Susan.«

»Ich werde mich bemühen, Sie zufriedenzustellen, gnädige Frau.«

»Ja, ja, davon bin ich überzeugt.« Sie ließ ein silbernes Lachen erklingen, das einem Vogelruf ähnelte. »Mrs. Jarrock wird Sie in alles einweihen. Ich hoffe, Sie werden sich hier wohl fühlen und bei uns bleiben.«

Wieder ertönte ihr sinnloses Lachen.

»Hoffentlich verschwindet Susan nicht wie das letzte Mädchen«, sagte Mr. Wispell.

Susan fing einen Blick auf, den seine Frau ihm rasch zuwarf, aber ehe sie entscheiden konnte, ob er Furcht oder eine Warnung ausdrückte, wurde sie unterbrochen. Ein scharfer Glockenton erschallte, und in dem darauffolgenden Schweigen tauschten die beiden Wispells ängstliche Blicke aus.

»Was ist das schon wieder, zum Kuckuck noch mal?«
rief Mr. Wispell.

Jarrock kam mit einem Telegramm herein, das Wispell ihm aus der Hand riß und öffnete. Mit einem Ausruf der Bestürzung reichte er es seiner Frau, die einen scharfen Schrei ausstieß.

»Walter, das geht nicht! Sie darf nicht kommen. Können wir sie nicht daran hindern?«

»Sei nicht töricht, Sidonia. Was können wir tun?«

»Aber Walter, verstehst du denn nicht? Sie wird erwarten, daß sie Helen vorfindet.«

»O Gott!« stöhnte Mr. Wispell.

Susan ging früh zu Bett. Das Abendessen war eine gezwungene, melancholische Mahlzeit gewesen. Mrs. Wispell hatte von Zeit zu Zeit von nichtigen Kleinigkeiten geredet, und Mr. Wispell schien in wuterfüllten Trübsinn versunken zu sein, aus dem er sich nur aufrüttelte, um von Susan mehr Kartoffeln oder noch eine Scheibe Brot zu verlangen. Auch in der Küche war es nicht besser; man erwartete anscheinend Besuch.

»Per Auto von York«, murmelte Mrs. Jarrock. »Wer weiß, wann sie hier eintreffen. Aber das sieht ihr so richtig ähnlich. Keine Rücksichtnahme. Nie welche besessen. Mrs. Wispell kann mir leid tun.«

Jarrocks entstellter Mund verzog sich zu einem noch entsetzlicheren Grinsen.

»Reiche Leute tun, was ihnen beliebt«, meinte er. »Vor vier Jahren war es dasselbe. Ein Telegramm – und wehe, wenn nicht alles klappt! Aber wir werden bereit sein. O ja, da wirst du schon sehen.« Er kicherte leise vor sich hin.

Auf Mrs. Jarrocks Gesicht lag ein merkwürdiges, verschlagenes Lächeln. »Sie müssen mir helfen, die Gastzimmer herzurichten, Susan.«

Als Susan später in die Spülküche kam, um eine Wärmflasche zu füllen, fand sie die Jarrocks in vertraulicher Unterhaltung.

»Und sieh zu, daß du nicht soviel Lärm machst«, sagte die Köchin. »Diese Mädchen haben lange Zungen. Trauen kann man keiner...«

Sie drehte sich um und sah Susan.

»Wenn Sie fertig sind«, sagte sie und nahm ihr die Wärmflasche aus der Hand, »gehen Sie am besten zu Bett. Sie haben eine lange Reise hinter sich.«

Die sanft gesprochenen Worte klangen wie ein Befehl. Susan holte ihren Kerzenhalter aus der Küche, und als sie wieder an der Spülküche vorbeikam, hörte sie die Jarrocks miteinander flüstern.

An der Hintertür entdeckte sie zwei Spaten und einen leeren Sack. Die hatte sie dort vorher nicht gesehen, und sie fragte sich im stillen, was Jarrock wohl damit vorhatte.

Sie schlief rasch ein, denn sie war müde. Aber einige Stunden später fuhr sie aus dem Schlaf, mit dem Gefühl, daß man sich in ihrem Zimmer unterhielt. Der Regen hatte aufgehört, und ihr Zimmer war von einem matten Mondlicht erhellt. Es war niemand da, aber die Stimmen waren kein Traum. Dicht neben ihrem Kopf vernahm sie Gemurmel. Sie setzte sich auf und zündete ihre Kerze an. Dann schlüpfte sie aus dem Bett und schlich zur Tür.

Der Korridor war leer; aus dem Zimmer nebenan drang das tiefe, regelmäßige Schnarchen der Köchin. Susan ging zurück und stand einen Augenblick verdutzt da. In der Mitte des Zimmers konnte sie nichts hören, aber sobald sie sich ins Bett legte, ertönten die Stimmen wieder, etwas gedämpft, als wären die Sprechenden tief unten in einem Brunnen. Sie beugte sich über den leeren Kamin. Sofort wurden die Stimmen deutlicher, und sie merkte, daß der große Schornstein ein Sprachrohr bildete für Leute, die sich in dem darunterliegenden Raum unterhielten. Mr. Wispell sprach gerade.»...fangen am besten schon an... können jederzeit hier sein...«

»Der Boden ist ganz weich.« Das war Jarrock. Ein paar Worte entgingen ihr, und dann:»...sie vier Fuß tief vergraben wegen der Rosenbüsche.« Es folgte ein Schweigen. Dann kam das gedämpfte Echo von Mr. Wispells homerischem Gelächter, das durch den hohlen Schornstein dröhnte.

Susan hockte halb erstarrt vor dem Kamin. Die Stimmen sanken zu einem leisen Gemurmel ab. Dann wurde eine Tür geschlossen, und es herrschte völlige Stille. Sie streckte ihre verkrampften Glieder und lauschte noch einen Moment. Dann begann sie sich hastig anzukleiden. Sie mußte dieses schreckliche Haus verlassen.

Plötzlich tönte ein leiser Schritt auf dem Kiesweg unter ihrem Fenster, bald darauf ein Klirren von Eisen. Dann hörte sie eine Männerstimme:»Hier zwischen Betty Uprichard und Evelyn Thornton.« Daraufhin wurde ein Spaten in den schweren Boden gestoßen.

Susan schlich zum Fenster und blickte hinaus. Da unten im Mondlicht waren Mr. Wispell und Jarrock fieberhaft bei der Arbeit. Sie hoben einen flachen Graben aus. Ein Rosenbusch wurde herausgenommen und auf die Seite gelegt. Während Susan zusah, wurde der Graben zusehends tiefer und breiter und nahm eine unheimliche Gestalt an.

Eilig zog Susan sich die letzten Kleidungsstücke an, suchte ihre Handtasche mit dem Geld und öffnete vorsichtig die Tür. Es war nichts weiter zu hören als das Schnarchen von nebenan. Sie hob ihren Koffer auf, den sie vorm Schlafengehen noch nicht ausgepackt hatte, zögerte eine Weile und schlich dann so schnell und leise wie sie konnte auf Zehenspitzen die steile Treppe hinunter. Mr. Wispells Worte fielen ihr wieder ein und nahmen plötzlich eine drohende Bedeutung an.

»Hoffentlich verschwindet sie nicht ebenso wie das letzte Mädchen.« Hatte die letzte auch etwas gesehen, das nicht für ihre Augen bestimmt war, war sie ebenfalls mit zitternden Knien die schwarze Eichentreppe hinabgehuscht? Oder war sie auf seltsame Weise verschwunden und lag für immer vier Fuß tief unter den Rosenbüschen? Die alten Dielen knarrten unter Susans Gewicht. Auf dem unteren Korridor stand die Tür zu Mr. Alistairs Zimmer ein wenig offen. Wurde das Grab im Garten für ihn geschaufelt? Oder war es für sie bestimmt? Oder gar für den in der Nacht erwarteten Besuch?

Im Licht ihrer flackernden Kerze sah sie, daß die Haustür mit Schlüssel, Riegel und Kette verschlossen war. Nur das Grauen gab ihr die Kraft, mit äußerster Vorsicht und Beherrschung den quietschenden Riegel zurückzuschieben, die Kette zu lösen und den schweren Schlüssel umzudrehen. Der Garten lag still und aufgeweicht im Mondlicht da. Leise zog sie die Tür hinter sich zu und stand frei auf der Schwelle. Sie holte tief Atem und glitt lautlos wie ein Schatten den Pfad hinab.

An der Straße, die den Hügel hinabführte, stand eine dichte Gruppe von Büschen. Hier versteckte sie ihren Koffer, und dann rannte sie, was sie konnte.

In aller Herrgottsfrühe um vier Uhr erzählte ein junger Polizist dem Polizeiwachtmeister in Dedcaster eine merkwürdige Geschichte.

»Das junge Mädchen hat einen ziemlichen Schrecken bekommen«, sagte er, »aber ihre Geschichte klingt durchaus glaubwürdig. Sollen wir die Sache nachprüfen? Was meinen Sie dazu?«

»Klingt verdächtig«, erwiderte der Wachtmeister. »Vielleicht ist es doch besser, wenn Sie mal nachsehen. Warten Sie, ich komme selbst mit. Eigentümliche Leute, diese Wispells. Der Mann ist ein Künstler, nicht wahr? Das sind meist lockere Vögel. Holen Sie den Wagen heraus, Blaycock, Sie können uns fahren.«

»Zum Kuckuck noch mal, was soll das denn heißen?« fragte Mr. Wispell, der aufrecht im Licht der Polizeilaterne stand. Er stützte sich auf seinen Spaten und wischte sich mit seiner erdbeschmutzten Hand den Schweiß von der Stirn. »Ist das unser Hausmädchen, das Sie da bei sich haben? Was hat sie auf dem Kerbholz? He? Was gestohlen? Wenn Sie das Silber eingesteckt haben, dann können Sie was erleben!«

»Dieses junge Mädchen ist mit einer sonderbaren Geschichte zu uns gekommen, Mr. Wispell«, erklärte der Wachtmeister. »Ich möchte gern wissen, was Sie hier zu graben haben.«

Mr. Wispell lachte. »Was ich hier zu graben habe? Hören Sie, ich kann doch noch in meinem eigenen Garten graben, ohne daß Sie Ihre Nase hineinstecken!«

»Das verfängt bei uns nicht, Mr. Wispell. Dies ist ein Grab, das sieht man doch. Zum bloßen Zeitvertreib gräbt keiner mitten in der Nacht ein Grab in einem Garten. Ich möchte dieses Grab geöffnet sehen. Was haben Sie darin? Sagen Sie die Wahrheit.«

»Im Augenblick ist niemand drin«, antwortete Mr. Wispell, »und ich wäre Ihnen sehr dankbar, wenn Sie etwas weniger Lärm machen würden. Meine Frau ist nicht ganz gesund, und mein Schwager hat gerade wieder einen Anfall gehabt. Wir müssen ihn unter Morphium halten. Und da kommen Sie mit Ihrem Gebrüll —«

»Was ist da in dem Sack?« unterbrach ihn der junge Polizist. Als sich die anderen neugierig vordrängten, stand Susan auf einmal dicht neben ihm, und er beruhigte sie, indem er ihr freundlich auf den Arm klopfte. »In dem Sack?« Mr. Wispell lachte wieder. »Das ist Helen. Fügen Sie ihr keinen Schaden zu, ich flehe Sie an – wenn meine Tante –«

Der Wachtmeister hatte den Sack schon mit seinem Taschenmesser aufgeschlitzt. Das bleiche, aber sehr schmutzige Gesicht einer Frau schimmerte zu ihnen herauf. Ihre Augenlider waren mit Erde bedeckt.

»Marmor«, rief der Wachtmeister. »Nun schlägt's dreizehn!«

In diesem Augenblick hielt ein Auto vor der Tür.

»Allmächtiger Himmel!« stieß Mr. Wispell hervor. »Wir sind erledigt! Schaffen Sie die Frau rasch ins Haus, Jarrock.«

»Einen Augenblick, Sir. Ich möchte erst mal wissen –«

Schritte kamen auf dem Kies näher. Mr. Wispell rang die Hände. »Zu spät!« stöhnte er.

Eine ältere, sehr große und kerzengerade Dame bog um die Hausecke.

»Was machst du denn hier draußen, Walter?« fragte sie mit durchdringender Stimme. »Polizei? Ein schönes Willkommen für deine alte Tante, das muß ich schon sagen. Und was... was hat mein Hochzeitsgeschenk hier im Garten zu suchen?«

»O Gott!« stöhnte Mr. Wispell. Resigniert warf er den Spaten hin und marschierte ins Haus.

»Ich fürchte«, sagte Mrs. Wispell, »Sie müssen Ihr Monatsgehalt nehmen und wieder gehen, Susan. Mr. Wispell ist sehr ärgerlich. Sehen Sie, diese Statue war nämlich so häßlich, daß er sie nicht im Haus haben wollte, und es war nicht möglich, sie zu verkaufen, da seine Tante jederzeit auftauchen konnte. Daher vergruben wir sie, und als Tante telegrafierte, mußten wir sie natürlich wieder ausgraben. Aber ich fürchte, sie wird das meinem Mann nie verzeihen und bestimmt ihr Testament ändern. Na, er ist jedenfalls sehr zornig, und ich verstehe auch nicht, wie Sie so töricht sein konnten.«

»Es tut mir bestimmt leid, gnädige Frau. Ich war etwas nervös –«

»Vielleicht«, krächzte Mrs. Jarrock, »war das arme Mädchen durch Jarrock aus der Fassung gebracht. Ich hätte ihr erklären sollen, daß er und der arme Mr. Alistair im Krieg eine Granatexplosion mitgemacht haben. Aber da ich an sein Gesicht gewöhnt bin und wir gerade die Aufregung mit Mr. Alistair hatten, habe ich nicht daran gedacht.

Mr. Wispells Stimme dröhnte die Treppe herab. »Ist die dumme Gans endlich fort?«

Der junge Polizist legte Susan die Hand auf den Arm. Er hatte schöne braune Augen und lockiges Haar, und seine Stimme klang freundlich.

»Ich glaube, Miss«, meinte er, »Strupps ist nicht der richtige Platz für Sie. Am besten kommen Sie zu uns und essen mit meiner Mutter und mir zu Mittag.«

DAS MÄDCHEN,
DAS FRIEDHÖFE LIEBTE

P. D. James

S ie hatte keine Erinnerung an den Tag im heißen August neunzehnhundertsechsundfünfzig, als sie für immer zu ihrer Tante Gladys und zu ihrem Onkel Victor in das kleine Ostlondoner Haus Alma Terrace 49 gekommen war. Sie wußte, daß es drei Tage nach ihrem zehnten Geburtstag war und daß sie nun, da ihr Vater und ihre Großmutter tot, kurz hintereinander an Influenza gestorben waren, von ihren einzigen lebenden Verwandten in Obhut genommen werden sollte. Aber das waren nur Tatsachen, die ihr irgend jemand zu irgendeiner Zeit kurz berichtet hatte. Sie hatte keinerlei Erinnerung an ihr früheres Leben. Jene ersten zehn Jahre waren eine leere Landschaft, so wenig greifbar wie ein Traum, der verblaßt ist, in ihrer Seele jedoch eine offene Wunde diffuser kindlicher Angst zurückgelassen hatte. Für sie begannen Erinnerung und Kindheit mit dem Moment, in dem sie in dem kleinen fremden Zimmer erwacht war und Sambo, das Kätzchen, das noch im Schlaf zusammengerollt auf einem Handtuch am Fußende ihres Bettes lag, zurückgelassen hatte, um barfuß zum Fenster hinüberzugehen und die Vorhänge aufzuziehen.

Und da, unter ihren Augen ausgebreitet, lag der Friedhof voll Glanz und Geheimnis im frühen Morgenlicht, von Eisengittern umschlossen, von den Hintergärten der Alma Terrace nur durch einen schmalen Pfad getrennt. Es versprach wieder ein warmer Tag zu werden, und über den dichtgeschlossenen Reihen der Grabsteine hing ein feiner Dunst, der hier und dort von einem Obelisk oder den Flügelbögen marmorner Engel beherrscht wurde, deren Köpfe körperlos auf einem Meer flirrenden Lichts zu treiben schienen. Noch während sie in regloser Verzauberung hinuntersah, begann der Dunst sich zu lichten, und der ganze Friedhof zeigte sich ihr, ein Wunderwerk von Stein und Marmor, leuchtendem Gras und sommerlichen Bäumen, blumengeschmückten Gräbern und einem Netz sich kreuzender Wege, das sich weiter dehnte, als das Auge reichte. In der Ferne konnte sie gerade noch die Spitze der viktorianischen Kapelle erkennen, funkelnd wie der Turm eines verzauberten Schlosses aus einem längst vergessenen Märchen. In diesen Augenblicken staunender Verwunderung durchlief sie ein Schauder des Entzückens, der sich, selten empfunden, wie Schmerz durch ihren mageren Körper stahl. An diesem ersten Morgen ihres neuen Lebens, da sie hinter sich eine leere Vergangenheit und vor sich eine unbekannte, beängstigende Zukunft wußte, nahm sie den Friedhof in Besitz. Ihre ganze Kindheit und Jugend hindurch sollte er ihr ein Ort der Wonne und des Geheimnisses bleiben, ihre Zuflucht und ihr Trost.

Es war eine Kindheit ohne Liebe, beinahe ohne Wärme. Ihr Onkel Victor war der ältere Stiefbruder ihres Vaters; auch das hatte man ihr gesagt. Er und ihre Tante waren in Wirklichkeit gar nicht ihre Verwandten. Ihr karges Liebesvermögen verbrauchten sie füreinander, und selbst da äußerte es sich nicht im Verströmen eines positiven Gefühls, sondern vielmehr in Form eines Schutz- und Trutzpakts gegen die bedrohliche Welt, die außerhalb der adretten Gardinen ihres beengend kleinen Wohnzimmers lag.

Aber sie versorgten sie so pflichtschuldig, wie sie den Kater Sambo versorgten. Man war überzeugt, daß sie Sambo abgöttisch liebe, *ihren* Kater, den sie mitgebracht hatte, die einzige Verbindung zu ihrer Vergangenheit, beinahe ihr einziger Besitz. Nur sie wußte, daß sie ihn ablehnte und fürchtete. Aber sie pflegte und fütterte ihn mit der gleichen Gewissenhaftigkeit, die sie auf alles verwendete, was sie tat, und dafür war er ihr mit sklavischer Ergebenheit zugetan, ging ihr kaum von der Seite, trottete mit ihr zum Friedhof und kehrte erst um, wenn sie das Haupttor erreichten. Aber er war nicht ihr Freund. Er liebte sie nicht, und er wußte, daß sie ihn nicht liebte. Er war ein Mitverschworener, der, wenn er sie aus schmalen azurblauen Augen ansah, sich an einem geheimen Wissen ergötzte, das auch ihr Wissen war. Er fraß gierig, doch er wurde niemals dick. Vielmehr ging sein geschmeidiger schwarzer Körper in die Länge, bis er, im Sonnenlicht auf dem Fensterbrett ausgestreckt, so unheimlich und unnatürlich aussah wie ein pelztragendes Reptil.

Es war ihr Glück, daß es in der Alma Terrace ein Törchen zum Friedhof gab und daß der Weg über den Friedhof eine Abkürzung zur Schule war, was ihr gestattete, die Gefahren der Hauptstraße zu meiden. An ihrem ersten Schultag hatte ihr Onkel zweifelnd gesagt: »Na ja, es wird schon in Ordnung sein. Aber irgendwie scheint's mir ungut, daß ein Kind jeden Tag zwischen Reihen von Toten hindurchmarschieren soll.« Ihre Tante hatte erwidert: »Die Toten können aus ihren Gräbern nicht aufstehen. Sie bleiben ruhig liegen. Vor den Toten braucht sie sich nicht zu fürchten.« Ihre Stimme war unnatürlich barsch und laut gewesen. Und es hatte aggressiv geklungen, beinahe trotzig. Aber das Kind wußte, daß die Tante recht hatte. Sie fürchtete sich tatsächlich nicht vor den Toten, sie fühlte sich sicher und geborgen bei ihnen.

Die Jahre im Haus an der Alma Terrace glitten dahin, so neutral und fade wie die Mandelsüßspeise ihrer

Tante – wahrgenommen, aber ohne Eindruck zu hinterlassen. War sie glücklich gewesen? Es war ihr nie in den Sinn gekommen, sich diese Frage zu stellen. Sie war in der Schule nicht unbeliebt, rief aber, da sie weder hübsch noch intelligent genug war, bei den Kindern oder den Lehrern kein besonderes Interesse hervor; ein ganz gewöhnliches Kind, das nur deshalb etwas anders als die anderen war, weil sie eine Waise war. Sie besaß jedoch nicht die Fähigkeit, sich den Gefühlsvorschuß, den ihr das einbrachte, zunutze zu machen.

Sie hätte vielleicht Freunde gefunden, stille, zurückhaltende Kinder, wie sie selbst eines war, die sich von ihrer so gar nicht bedrohlichen Mittelmäßigkeit hätten ansprechen lassen. Aber sie hatte etwas an sich, das die schüchternen Annäherungsversuche der anderen zurückwies – ihre Autonomie, der unbeteiligte, gleichgültige Blick, die Weigerung, etwas von sich selbst zu geben, und sei es nur in einer oberflächlichen Freundschaft. Sie brauchte keine Freunde, sie hatte den Friedhof und seine Bewohner.

Sie hatte ihre Lieblinge unter ihnen. Sie kannte sie alle, wußte, wann sie gestorben waren, wie alt sie geworden waren, in manchen Fällen, wie sie gestorben waren. Sie kannte ihre Namen und lernte ihre Grabsprüche auswendig. Für sie waren sie realer als die Lebenden, diese Reihen innig geliebter Frauen und Mütter, angesehener Kaufleute, unvergessener Väter, zärtlich geliebter Kinder. Die neuen Gräber interessierten sie kaum, wenn sie auch aus der Ferne bei den Beerdigungen zuzusehen pflegte, um später hinzuschleichen und die Trauerbotschaften zu lesen. Aber am liebsten waren ihr die vernachlässigten alten Gräber mit den verwitterten Steinen, den schiefstehenden Kreuzen, auf denen die Zeit die eingeritzten Worte beinahe ausgewaschen hatte. Um die Namen jener längst Gestorbenen rankten sich ihre kindlichen Phantasien. Selbst die Jahreszeiten erlebte sie durch den Friedhof. Die goldgelben und lilafarbenen Spitzen der ersten Krokusse, die durch die harte Erde stießen. Der April mit den sich wiegenden Narzissen. Der ganze Friedhof in gelber und weißer Pracht, wenn die trauernden Hinterbliebenen die Gräber zu Ostern schmückten. Der Duft frischgemähten Grases und der modrig-erdige Geruch des Hochsommers, als atmeten die Toten die von Blumenduft erfüllte Luft und atmeten zugleich ihren eigenen geheimnisvollen Hauch aus. Der blendende Glanz der Sonne auf Stein und Marmor, während die alten Frauen in ihren fleckigen Baumwollkleidern mit den Vasen zum Brunnen hinter der Kapelle schlurften. Die Verwandlung des Friedhofs beim ersten Schnee, der groteske Anblick der Marmorengel mit ihren hohen weißen Hauben. Kam Tauwetter, so stand sie am Fenster und wartete auf den Moment, in dem die weiße Vermummung fallen und die Engel wieder im alten Gewand dastehen würden. Nur einmal hatte sie nach ihrem Vater gefragt. Von da an wußte sie instinktiv, daß dieses Thema aus irgendwelchen geheimnisvollen Gründen, die nur die Erwachsenen kannten, tabu war. Sie hatte mit ihren Hausaufgaben am Küchentisch gesessen, während ihre Tante gekocht hatte. Von ihrem Geschichtsbuch aufsehend, hatte sie gefragt: »Wo ist Daddy eigentlich begraben?« Die Bratpfanne hatte klirrend gegen den Herd geschlagen, der Kochlöffel war ihrer Tante aus der Hand gefallen. Sie hatte viel Zeit gebraucht, um ihn aufzuheben, zu waschen und das Fett vom Boden aufzuwischen.

Das Kind hatte noch einmal gefragt: »Wo ist Daddy eigentlich begraben?«

»Oben im Norden. In Creedon, außerhalb von Nottingham, zusammen mit deiner Mama und deiner Großmutter. Wo sonst?«

»Kann ich da hinfahren? Kann ich ihn besuchen?«

»Wenn du älter bist, vielleicht. Es bringt doch nichts,
da an den Gräbern rumzustehen. Die Toten sind sowieso nicht mehr da.«

»Und wer kümmert sich um sie?«

»Um die Gräber? Das Friedhofspersonal. Jetzt komm,
mach deine Hausaufgaben, Kind. Ich muß den Tisch
gleich fürs Essen herrichten.«

Nach ihrer Mutter, die bei ihrer Geburt gestorben war,
hatte sie nicht gefragt. Daß ihre Mutter sie verlassen
hatte, schien ihr immer Vorsatz gewesen zu sein, zugleich ein Quell geheimer Schuld. »Du hast deine Mutter umgebracht.« Irgendwann hatte einmal jemand
diese Worte zu ihr gesagt und ihr diese Last aufgebürdet. Sie verbot es sich, an ihre Mutter zu denken. Aber
sie wußte, daß ihr Vater bei ihr geblieben war und sie
geliebt hatte, daß es nicht sein Wunsch gewesen war,
zu sterben und sie zu verlassen. Eines Tages würde sie
heimlich losziehen und sein Grab finden. Und wenn
sie es gefunden hatte, würde sie es jede Woche besuchen. Sie würde es pflegen und Blumen darauf pflan-
zen und das Gras schneiden, wie die alten Frauen auf
dem Friedhof das taten. Und wenn es keinen Stein
hatte, würde sie einen kaufen, kein Kreuz, sondern
einen glänzenden Obelisken, den größten im ganzen
Friedhof mit seinem Namen darauf und einem Grab-
spruch, den sie auswählen würde. Sie würde natürlich
warten müssen, bis sie älter war, bis sie aus der Schule
kam und arbeiten und genug Geld sparen konnte. Aber
eines Tages würde sie ihren Vater finden. Dann würde
sie auch ein Grab haben, das sie besuchen und pflegen konnte. Es galt, eine Schuld der Liebe abzutragen.

Vier Jahre nach ihrer Ankunft im Haus an der Alma Terrace kam der einzige Bruder ihrer Tante aus Australien zu Besuch. Rein äußerlich hatte er große Ähnlichkeit mit seiner Schwester, die gleiche stämmige, kurzbeinige Gestalt, die gleichen kleinen Augen in einem runden, dicklichen Gesicht. Aber Onkel Neds forsche Selbstsicherheit, seine muntere Herzlichkeit war der unsicheren, zurückhaltenden Art seiner Schwester so fremd, daß man sie dem Wesen nach niemals für Geschwister gehalten hätte. Während der Dauer seines zweiwöchigen Besuchs beherrschte er mit seiner durchdringenden, fremdklingenden Stimme und seiner selbstbewußten Männlichkeit das kleine Haus. Er bescherte ihnen eine Reihe unbekannter Vergnügen, Restaurantbesuche im West-End, einen Nachmittag beim Greyhoundrennen, eine Theatervorführung in Earls Count. Er war nett zu dem Kind, steckte ihm des öfteren Geld zu, spazierte eines Morgens sogar mit der Kleinen durch den Friedhof, um sich seine Rennzeitung zu kaufen. Am selben Abend, als sie ungehört die Treppe zum Abendessen herunterkam, schnappte sie Bruchstücke einer Unterhaltung auf, eines Gesprächs unter Erwachsenen, die sie zu jenem Zeitpunkt nicht verstand, jedoch in ihr Gedächtnis aufnahm und dort verwahrte.

Zuerst hörte sie die herzhaft dröhnende Stimme Onkel Neds:»Wir standen da und schauten uns zusammen so einen Grabstein an. Geliebter Mann und Vater, am 14. März 1892 plötzlich und unerwartet von unserer Seite gerissen. So was in der Art. Mit einem riesigen Marmorengel, der zum Himmel zeigte. Ihr kennt die Dinger ja. Da schaut mich die Kleine an und sagt: ›Daddy ist auch plötzlich gestorben.‹ Genau das hat sie gesagt. Ganz kühl und sachlich. Wie, in Gottes Namen, ist sie darauf gekommen? Ich meine, wieso sagte sie

357

das ausgerechnet in dem Moment? Ich war ganz schön verdattert, kann ich euch sagen. Ich wußte überhaupt nicht, wo ich hinschauen sollte. Und das dann auch noch auf dem gottverdammten Friedhof. Eins kann ich euch versprechen, wenn ihr nach Sidney kommt. Da erwartet euch eine bessere Aussicht.«

Sie schlich näher, strengte sich aber vergebens an, das undeutliche Gemurmel, das ihre Tante zur Antwort gab, zu verstehen.

Dafür hörte sie die Worte ihres Onkels um so deutlicher. »Diese Hexe hat ihm nie verziehen, daß er Helen geschwängert hat. Für ihre kostbare einzige Tochter war ihr keiner gut genug. Und als Helen dann bei der Geburt starb, gab sie ihm daran auch noch die Schuld. Der arme Teufel, der hat sich nichts als Kummer und Verdruß eingehandelt, als er diesem Mädchen begegnete. Zu weich, zu romantisch. Das war immer schon Martins Problem.«

Wieder undeutliches Gemurmel, der Klang von Schritten, als ihre Tante vom Tisch zum Herd ging, das Rücken eines Stuhls. Dann wieder die Stimme von Onkel Ned. »Ein komisches Ding, die Kleine, nicht wahr? Altmodisch. Morbide könnte man fast sagen. Ihr ganzes Leben scheint sich auf dem Friedhof abzuspielen. Und sie ist ihrem Vater wie aus dem Gesicht geschnitten. Mensch, das hat mich richtig erschreckt, sage ich euch. Sieht mich mit seinen Augen an und sagt: ›Daddy ist auch ganz plötzlich gestorben.‹ Das kann man wohl sagen! Influenza? Na, so kann man's auch nennen. So ein geläufiger Begriff hat eben auch sein Gutes, denke ich. Da kommen die Leute nicht drauf. Wie lang ist es jetzt her? Vier Jahre? Kommt mir länger vor.«

Nur ein Teil dieses in Bruchstücken belauschten, unverständlichen Gesprächs hatte sie beunruhigt. Onkel Ned wollte sie überreden, zu ihm nach Australien zu

358

kommen. Man würde sie vielleicht von hier wegbringen, sie würde den Friedhof nie wiedersehen, würde vielleicht Jahre brauchen, das Geld zu sparen, um nach England zurückzukehren und das Grab ihres Vaters suchen zu können. Und wie sollte sie es regelmäßig besuchen, wie es pflegen und versorgen, wenn sie auf der anderen Seite der Welt lebte? Nach Onkel Neds Abreise packte sie monatelang jedesmal die eiskalte Furcht, wenn sie einen seiner Briefe mit den australischen Marken durch den Briefschlitz flattern sah. Aber sie hätte keine Angst haben müssen. Erst im Oktober 1966 verließen sie England, und sie reisten allein. Als sie ihr an einem Sonntagmorgen beim Frühstück ihren Entschluß mitteilten, wurde offenkundig, daß sie nie auch nur erwogen hatten, sie mitzunehmen. Pflichtschuldig wie immer hatten sie ihre Entscheidung bis zu dem Zeitpunkt aufgeschoben, an dem sie von der Schule abgegangen war und sich als Stenotypistin bei einer Immobilienfirma ihren eigenen Lebensunterhalt verdiente. Ihre Zukunft war gesichert. Sie hatten alles getan, was ihr Gewissen von ihnen verlangte. Zaghaft und ein wenig kleinlaut rechtfertigten sie ihre Entscheidung, als glaubten sie, es wäre ihr wichtig, wäre für sie von Belang, ob sie blieben oder gingen. Die Arthritis der Tante werde immer schmerzhafter und lästiger; sie sehnten sich nach der Sonne; Onkel Ned wäre ihr einziger naher Verwandter, und keiner von ihnen werde jünger. Ihr Plan, über den sie monatelang flüsternd hinter geschlossenen Türen beraten hatten, war, zunächst für sechs Monate besuchsweise nach Sidney zu gehen und dann, vorausgesetzt, es gefiel ihnen in Australien, einen Einwanderungsantrag zu stellen. Das Haus in der Alma Terrace wollten sie verkaufen, um den Flug zu finanzieren. Es war bereits ausgeschrieben. Aber sie hatten Vorsorge für ihre Pflegetochter getroffen. Als sie ihr mitteilten, was vereinbart worden war, neigte sie ihren Kopf tief über den Teller, um ihre Freude zu verbergen. Mrs. Morgan, drei Häuser weiter, war bereit, sie als Untermieterin ins Haus zu nehmen, wenn sie nichts dagegen hatte, das kleine Zimmer nach hinten hinaus, zum Friedhof, zu nehmen. Im inneren Tumult von Freude und Erleichterung hörte sie kaum die nächsten Worte ihrer Tante. Einen kleinen Haken hatte die Sache. Jeder wußte, was Mrs. Morgan von Katzen hielt. Man würde Sambo einschläfern lassen müssen.

Sie sollte am Nachmittag des Tages, an dem ihre Tante und ihr Onkel aus Heathrow abflogen, zu Mrs. Morgan ziehen. Ihre beiden Koffer, die ihre gesamte Habe enthielten, waren schon gepackt. In der Handtasche waren die mageren amtlichen Beweise ihrer Existenz verstaut: ihre Geburtsurkunde, ihr Krankenversicherungsausweis, ihr Postsparbuch, das die mühsam zusammengetragene Summe von einhundertdrei Pfund auswies.

Gleich am Tag nach ihrem Umzug wollte sie mit der Suche nach dem Grab ihres Vaters beginnen. Aber zuerst brachte sie Sambo zum Tierarzt, um ihn einschläfern zu lassen. Aus zwei ineinandergeschobenen Kartons, die sie mit Löchern versah, machte sie einen Katzenkäfig und setzte sich dann, den Käfig zu ihren Füßen, geduldig ins Wartezimmer. Der Kater gab keinen Laut von sich, und diese stille Resignation rührte sie, rief zum erstenmal eine Aufwallung von Mitleid und Zuneigung hervor. Aber sie konnte ihn nicht retten. Sie wußten es beide. Er hatte ja sowieso immer gewußt, was sie dachte, hatte um die Vergangenheit gewußt und um die Zukunft. Sie teilten etwas, ein Wissen, eine gemeinsame Erfahrung, an die sie sich nicht erinnern und die er nicht ausdrücken konnte. Mit seiner Vernichtung würde nun selbst dieses zarte Band, das sie noch mit den ersten zehn Jahren ihres Lebens verknüpfte, für immer abgeschnitten werden.

Als sie ins Sprechzimmer geholt wurde, sagte sie: »Ich möchte ihn einschläfern lassen.«

Der Tierarzt strich ihm mit kräftigen, erfahrenen Händen über das glänzende Fell.

»Sind Sie sicher? Er scheint mir noch ganz gesund zu sein. Er ist natürlich alt, aber in bemerkenswert guter Verfassung.«

»Ja, ich bin sicher. Ich möchte ihn einschläfern lassen.«
Und sie ging, ohne einen Blick, ohne ein weiteres Wort.

Sie hatte geglaubt, es würde sie froh machen, befreit zu sein von dem Zwang, Liebe vorzutäuschen, befreit vom anklagenden Blick der schrägen Augen. Aber auf dem Rückweg zur Alma Terrace weinte sie; wie Regentropfen rannen ihr die Tränen über das Gesicht.

Sie bekam ohne Schwierigkeiten eine Woche Urlaub. Sie war mit ihren Urlaubstagen sparsam umgegangen. Mit ihrer Arbeit war sie wie immer auf dem laufenden. Sie hatte sich ausgerechnet, wieviel Geld sie für Bahn und Bus und für eine Woche Unterkunft in einem bescheidenen Hotel brauchen würde. Ihre Pläne waren gefaßt. Schon seit Jahren. Sie würde ihre Suche dort aufnehmen, wo sie ihrer Geburtsurkunde zufolge zur Welt gekommen war, im Cranstown House, Creedon, Nottingham. Die derzeitigen Eigentümer würden sich vielleicht an sie und ihren Vater erinnern. Wenn nicht, gab es vielleicht Nachbarn oder ältere Dorfbewohner, die den Tod ihres Vaters noch im Gedächtnis hatten und wußten, wo er beerdigt war. Wenn das scheiterte, würde sie es bei den ortsansässigen Bestattungsunternehmen versuchen. Es waren schließlich nur zehn Jahre vergangen. Irgend jemand im Ort würde sich erinnern. Irgendwo in Nottingham mußten die Beerdigungen amtlich aufgezeichnet sein. Sie sagte Mrs. Morgan, sie nehme eine Woche Urlaub, um die Heimatstadt ihres verstorbenen Vaters zu besuchen, packte eine Reisetasche und nahm am folgenden Morgen den frühesten Zug vom St.-Pancras-Bahnhof nach Nottingham.

Auf der Busfahrt von Nottingham nach Creedon regten sich zum ersten Mal Angst und Mißtrauen. Bis dahin war sie voll ruhiger Zuversicht gereist, doch sonderbarerweise ganz ohne Aufregung, als wäre diese langgeplante Reise so natürlich und unvermeidbar wie der tägliche Weg ins Büro, eine Wallfahrt, die ihr von jenem Moment an bestimmt war, als sie, ein barfüßiges Kind im weißen Nachthemd, die Vorhänge ihres Schlafzimmers aufgezogen und das Königreich zu ihren Füßen gesehen hatte. Jetzt aber schlug ihre Stimmung um. Während der Bus durch die Vorstädte zuckelte, rutschte sie auf ihrem Sitz hin und her, als löste das seelische Unbehagen körperliche Unrast aus. Sie hatte eine grüne Landschaft erwartet, kleine Kirchen, die von Eiben beschattete Dorffriedhöfe bewachten. So waren die Friedhöfe gewesen, die sie bei Ausflügen besucht und beinahe so sehr geliebt hatte wie den, den sie in ihren Besitz genommen hatte. Nur im Frieden eines solchen von Vogelgezwitscher erfüllten Heiligtums konnte ihr Vater ruhen. Aber Nottingham hatte sich in den letzten zehn Jahren ausgebreitet, und Creedon war jetzt wenig mehr als ein dörflicher Vorort, von der Stadt durch einen Siedlungsgürtel aufdringlicher moderner Häuser, Tankstellen und Einkaufsarkaden getrennt. Nichts an der Reise war vertraut, und doch wußte sie, daß sie diese

Straße schon früher einmal gefahren war, in Angst und Schmerz.

Doch als der Bus dreißig Minuten später an der Endstation in Creedon hielt, wußte sie sofort, wo sie war. Das *Dog and Whistle* stand immer noch an einer Ecke der staubigen, mit Abfällen übersäten Dorfwiese, und davor war immer noch dasselbe alte Bushäuschen. Beim Anblick seiner beschmierten Wände kehrte die Erinnerung so rasch zurück, als wäre nie etwas vergessen gewesen. Hier hatte ihr Vater sich stets von ihr getrennt, nachdem er sie zum regelmäßigen Sonntagsbesuch bei der Großmutter hergebracht hatte. Hier hatte die alte Köchin ihrer Großmutter auf sie gewartet. Hier hatte sie sich umgedreht, um ein letztes Mal zu winken, und ihren Vater gesehen, wie er geduldig darauf wartete, daß der Bus sich zur Rückfahrt in Bewegung setzte. Hier hatte er sie abends um halb sieben wieder abgeholt. Creedon House war das, in dem ihre Großmutter gelebt hatte. Sie selbst war zwar dort geboren worden, aber es war nie ihr Zuhause gewesen. Sie brauchte nicht nach dem Weg zum Haus zu fragen; brauchte, als sie fünf Minuten später beklommen und fasziniert an ihm emporblickte, den Namen nicht zu lesen, der auf dem verwitterten, mit einem Vorhängeschloß gesicherten Tor stand. Es war ein quadratisch gebautes Haus aus dunklem Backstein, das in unangemessener und falscher Großartigkeit am Ende einer von Hecken gesäumten Dorfstraße stand. Es war kleiner, als sie es in Erinnerung hatte, aber dennoch war es kein schreckliches Haus. Wie hatte sie diese verschnörkelten überhängenden Ziergiebel, das hohe, steile Dach, die versponnenen Erkerfenster, den finsteren Turm am Ortsende je vergessen können?

Am Tor war mit Drähten das Schild eines Immobilienmaklers befestigt, und es war offensichtlich, daß das

Haus leer stand. Die Farbe der Haustür blätterte ab, der Rasen wucherte wild, die Zweige der Rhododendronbüsche waren geknickt, und der Kiesweg war von Unkrautbüscheln durchsetzt. Hier war niemand, der ihr bei der Suche nach dem Grab ihres Vaters helfen konnte. Aber sie wußte, daß sie in das Haus hinein, daß sie sich zwingen mußte, durch diese bedrohlich wirkende Tür zu treten. Das Haus wußte etwas, hatte ihr etwas erzählt, das auch Sambo gewußt hatte. Sie konnte dem nächsten Schritt nicht entrinnen. Sie mußte die Maklerfirma aufsuchen und sich eine Erlaubnis zur Besichtigung holen.

Sie hatte den nächsten Bus zurück verpaßt, und als der darauffolgende in Nottingham ankam, war es nach drei. Sie hatte seit dem Frühstück am frühen Morgen nichts gegessen, war aber so von ihrem Vorhaben getrieben, daß sie den Hunger nicht spürte. Doch sie wußte, daß es ein langer Tag werden würde und daß sie etwas essen mußte. Sie ging in eine Imbißstube, kaufte sich einen Käsetoast und eine Tasse Kaffee, gönnte sich nur widerwillig die wenigen Minuten, die sie brauchte, um die Mahlzeit hinunterzuschlingen. Der Kaffee war heiß, aber beinahe ohne Geschmack. Das Aroma fehlte ihr nicht, aber als die heiße Flüssigkeit ihr brennend durch die Kehle rann, wurde ihr bewußt, wie dringend sie sie gebraucht hatte.

Das Mädchen an der Kasse konnte ihr den Weg zu der Immobilienfirma sagen. Es schien ihr ein gutes Omen, daß es nur zehn Minuten zu Fuß waren. Sie wurde von einem scharfgesichtigen jungen Mann im übertrieben eleganten Nadelstreifenanzug empfangen, der sie nach einem kundigen Blick auf ihren alten blauen Tweedmantel, die billige Reisetasche und die Handtasche aus Kunstleder der Kategorie von Interessenten zuordnete, von denen wenig zu erwarten ist und die keinen Aufwand wert sind. Doch er suchte ihr die Unterlagen heraus, und seine Neugier regte sich, als sie nur einen kurzen Blick darauf warf und sie dann einsteckte. Ihre Bitte, das Haus noch am Nachmittag besichtigen zu dürfen, wurde, wie sie erwartet hatte, höflich, aber ohne Enthusiasmus aufgenommen. Sie kannte sich in diesem Geschäft aus und wußte den Grund für dieses Verhalten. Das Haus stand leer, sie würde eine Begleitperson brauchen. Nichts an ihrer ehrenwerten Schäbigkeit ließ hoffen, daß sie kaufen würde. Als er sich für einen Moment entschuldigte, um mit einem Kollegen zu sprechen, und bei der Rückkehr sagte, er könne sie sofort nach Creedon hinausfahren, wußte sie auch dafür die Ursache. Es gab im Büro im Moment nicht sonderlich viel zu tun, und es war Zeit, daß jemand von der Firma einmal nach dem Anwesen sah.

Sie sprachen nichts während der Fahrt. Als sie Creedon erreichten und er in die Straße zum Haus einbog, kehrte die Beklemmung, die sie bei ihrem ersten Besuch gespürt hatte, zurück, aber sie war tiefer und stärker. Jetzt beruhte sie nicht mehr nur auf der Erinnerung an vergangenes Elend. Dies waren wieder lebendig gewordene kindliche Not und Angst, jedoch verstärkt durch die schreckliche Vorahnung einer Erwachsenen. Als der Makler seinen Morris auf dem grasbewachsenen Straßenrand parkte, sah sie zu den blinden Fenstern hinauf und wurde von einer Aufwallung so gellenden Entsetzens gepackt, daß sie einen Moment lang unfähig war, zu sprechen oder sich zu rühren. Sie nahm wahr, daß der Mann ihr die Tür aufhielt, sie roch das Bier in seinem Atem, sie sah sein Gesicht, das ihr mit einem Ausdruck mühsam bewahrter Geduld unangenehm nahe war. Es drängte sie zu sagen, sie hätte es sich anders überlegt, das Haus wäre nicht das richtige für sie, es hätte keinen Sinn, es zu besichtigen, sie würde im Wagen auf ihn warten. Aber sie zwang sich, von dem warmen Sitz aufzustehen, und stolperte, voller Verachtung für ihre Ungewandtheit, unter seinem hochnäsigen Blick aus dem Wagen. Sie wartete schweigend, während er das Vorhängeschloß aufsperrte und das Tor öffnete.

Zwischen den ungepflegten Rasenflächen und den ausladenden Rhododendronbüschen gingen sie auf die Haustür zu. Und plötzlich waren die Füße, die neben ihr über den knirschenden Kies schritten, andere Füße, und sie wußte, daß sie neben ihrem Vater ging, wie sie das in ihrer Kindheit getan hatte. Sie brauchte nur die Hand auszustrecken, um die Berührung seiner Finger zu spüren. Ihr Begleiter sagte etwas über das Haus, aber sie hörte es nicht. Die sinnlosen Worte verklangen, und sie hörte eine andere Stimme, die Stimme ihres Vaters, hörte sie zum ersten Mal seit mehr als zehn Jahren.

»Es ist ja nicht für immer, mein Schatz. Nur bis ich Arbeit gefunden habe. Und ich besuche dich jeden Sonntag zum Mittagessen. Hinterher können wir dann einen Spaziergang machen, nur wir zwei. Das hat Großmutter versprochen. Und ich kaufe dir ein Kätzchen. Ich bringe es nächstes Wochenende mit. Großmutter hat sicher nichts dagegen, wenn sie es sieht. Einen schwarzen kleinen Kater. Du wolltest doch immer eine schwarze Katze. Wie wollen wir ihn nennen? Kleiner schwarzer Sambo? Er wird dich an mich erinnern. Und dann, wenn ich Arbeit gefunden habe, kann ich ein kleines Haus mieten, und wir sind wieder zusammen. Ich sorge schon für dich, mein Liebling. Wir sorgen füreinander.«

Sie wagte nicht aufzusehen, aus Angst, sie würde wieder diese verzweifelt bittenden Augen sehen, die sie anflehten, ihn zu verstehen, es ihm leichter zu machen, ihn nicht zu verachten. Sie wußte jetzt, daß sie ihm hätte helfen müssen, sagen müssen, daß sie ihn verstand, daß es ihr nichts ausmachte, auf einen Monat oder so bei der Großmutter zu leben, daß alles gut werden würde. Aber eine so erwachsene Reaktion hatte sie nicht zustande gebracht. Sie erinnerte sich an Tränen, verzweifeltes Festhalten an seinem Mantel, an die alte Köchin ihrer Großmutter, die sie mit strengem Gesicht von ihm weggerissen und ins Bett hinaufgetragen hatte. Und die letzte Erinnerung zeigte ihn ihr, wie sie ihn vom Fenster ihres Zimmers über der Veranda gesehen hatte, einen geschlagenen Mann, der todmüde, mit gesenktem Kopf, die Straße hinunter zur Bushaltestelle ging.

Als sie vor der Haustür standen, blickte sie auf. Das Fenster war noch da. Aber natürlich war es da! Sie kannte jedes Zimmer in diesem dunklen Haus.

Der Garten lag im weichen Licht der Oktobersonne, doch der Vorsaal kam ihr kalt und düster entgegen. Die wuchtige Mahagonitreppe führte aus der Düsternis in eine Dunkelheit, die wie ein schwarzer Schleier über ihnen hing. Der Makler tastete an der Wand nach dem Lichtschalter. Aber sie wartete nicht. Sie fühlte wieder den gewaltigen Türknauf aus Messing, den ihre Kinderfinger kaum hatten umspannen können, und trat mit unbeirrbarer Sicherheit in den Salon.

Das Zimmer roch anders. Damals hatte es einen Geruch nach Veilchen gehabt, in den sich der Geruch von Möbelpolitur mischte. Jetzt roch die Luft klamm und modrig. Fröstelnd, aber völlig ruhig stand sie in der Dunkelheit. Sie hatte das Gefühl, eine Barriere der Furcht durchstoßen zu haben, so wie vielleicht ein Gefolterter durch eine Schmerzbarriere in einen Zustand von Frieden gelangte. Sie spürte, wie eine Schulter sie streifte, als der Mann zum Fenster ging und die schweren Vorhänge aufzog.

»Die letzten Eigentümer haben es teilmöbliert gelassen«, sagte er. »Das macht sich besser. Man bekommt eher ein Angebot, wenn ein Haus bewohnt aussieht.«

»Hat denn schon jemand ein Angebot gemacht?«

»Noch nicht. Das Haus ist nicht jedermanns Geschmack. Bißchen groß für eine moderne Familie. Und dann der Mord. Das ist jetzt zehn Jahre her, aber die Leute in der Nachbarschaft reden immer noch darüber. Das Haus hat seitdem vier verschiedene Besitzer gehabt, und keiner ist lange geblieben. Das wirkt sich natürlich auf den Preis aus. Es wäre naiv, sich einzubilden, man könnte einen Mord vertuschen.«

Sein Ton war bemüht nonchalant, aber er sah ihr unverwandt ins Gesicht. Er trat zum offenen Kamin, legte einen Arm auf den Sims und beobachtete sie, während sie wie in Trance im Zimmer umherging.

»Was für ein Mord?« hörte sie sich fragen.

»Eine vierundsechzigjährige Frau. Von ihrem Schwiegersohn totgeschlagen. Die alte Köchin kam aus der Küche herein und entdeckte ihn mit dem Schürhaken in der Hand. Könnte so einer gewesen sein.« Er wies mit dem Kopf zu einem Sortiment Feuerhaken aus Messing, die am Kamingitter lehnten. »Es ist genau da passiert, wo Sie jetzt stehen, in diesem Sessel.«

Mit einer Stimme, die so barsch und unwirsch war, daß sie sie kaum erkannte, entgegnete sie: »Es war nicht dieser Sessel. Er war größer. Der Sitz und die Lehne waren bestickt, und die Armlehnen waren mit einer gehäkelten Borte eingefaßt, und die Füße waren wie Löwenklauen.«

Er warf ihr einen scharfen Blick zu. Dann lachte er vorsichtig. Der scharfe Blick nahm einen neuen Ausdruck an. Konnte es Geringschätzung sein?

»Ach, Sie wissen also davon. Sie sind eine von denen.«

»Eine von denen?«

»Sie wollen in Wirklichkeit gar nicht kaufen. Sie könnten sich ein Haus dieser Größe sowieso nicht leisten. Sie wollen nur den Kitzel, wollen sehen, wo es geschehen ist. In unserem Beruf bekommt man es mit allen möglichen Leuten zu tun, und im allgemeinen weiß ich auf den ersten Blick Bescheid. Ich kann Ihnen sämtliche blutigen Details erzählen, wenn es Sie interessiert. Soviel Blut hat's allerdings gar nicht gegeben. Der Schädel war zertrümmert, aber die Alte hatte vor allem innere Blutungen. Es heißt, daß nur ein Rinnsal ihre Stirn herablief und auf ihre Hände tropfte.«

Das kam so zungenfertig heraus, daß sie wußte, er hatte es alles schon früher erzählt, und es machte ihm Spaß, zum schaurigen Vergnügen der Interessenten und zur eigenen Kurzweil dieses kleine Gruselmärchen zum besten zu geben. Sie wünschte, ihr wäre nicht so kalt. Wenn sie nur wieder warm werden könnte, dann würde auch ihre Stimme nicht so merkwürdig klingen.

»Und das Kätzchen«, sagte sie mit spröden Lippen. »Erzählen Sie mir von dem Kätzchen.«

»Ja, das war besonders schaurig. Die Katze hockte auf ihrem Schoß und leckte das Blut auf. Aber Sie wissen das ja, nicht wahr? Sie haben die ganze Geschichte schon gehört.«

»Ja«, log sie. »Ich habe die ganze Geschichte schon gehört.«

Aber das stimmte nicht. Sie hatte es gesehen. Sie war dabeigewesen.

Der Sessel begann seine Konturen zu verändern. Eine formlose schwarze Masse schwamm vor ihren Augen, nahm Gestalt und Wesen an. Ihre Großmutter saß dort, eine vierschrötige Kröte, im schwarzen Sonntagsstaat für den Morgengottesdienst, mit Hut und Handschuhen, das Gebetbuch auf dem Schoß. Sie sah wieder den Schleimfaden an ihrem Mundwinkel, das Netz geplatzter Äderchen an den Seiten der scharfgeschnittenen Nase. Sie wollte ihre Enkelin vor dem Kirchgang inspizieren, musterte sie wieder mit jenem Blick nörglerischer Mißbilligung. Da saß die Hexe. Die Hexe, die sie und ihren Daddy haßte, die ihr erzählt hatte, er sei ein unfähiger Taugenichts und habe ihre Mutter auf dem Gewissen. Die Hexe, die ihr damit drohte, Sambo einschläfern zu lassen, weil er an ihrem Stuhl gekratzt hatte, weil Daddy ihn ihr geschenkt hatte. Die Hexe, die sie für immer von ihrem Daddy trennen wollte.

Und sie sah noch etwas anderes. Auch der Feuerhaken war da, gerade so, wie sie ihn in Erinnerung hatte, eine lange Stange aus blitzendem Messing mit einem schweren Knauf.

Sie packte ihn, wie sie ihn damals gepackt hatte, und schlug ihn mit einem gellenden Schrei des Hasses und des Entsetzens ihrer Großmutter auf den Kopf. Sie schlug und schlug und hörte bei jedem sausenden Schlag den dumpfen Aufprall des Messings auf dem Leder. Und schrie immer noch. Das ganze Zimmer erzitterte unter dem Entsetzen ihrer Schreie. Aber erst als die Raserei sich legte und die grauenvollen Schreie verstummten, wurde ihr durch den Schmerz ihrer wunden Kehle bewußt, daß es ihre Schreie gewesen waren. Zitternd, um Atem ringend stand sie da. Ihre Stirn war schweißnaß, und sie fühlte das Brennen der herabsickernden Tropfen in ihren Augen. Sie blickte auf und sah die Augen des Mannes, weit aufgerissen vor Angst, hörte einen halblauten Fluch, eilende Schritte, die sich entfernten. Der Feuerhaken entglitt ihren feuchten Händen, und sie hörte seinen gedämpften Aufschlag auf dem Teppich.

Was er gesagt hatte, stimmte, es war kein Blut da. Der Sonntagshut hing schief über dem toten Gesicht. Aber noch während sie hinsah, quoll unter seiner Krempe träge ein tiefrotes Rinnsal hervor, schlängelte sich über die Stirn abwärts, rann durch die Falten der Wangen und tropfte gleichmäßig auf die behandschuhten Hände. Sie hörte ein leises Miauen. Ein schwarzes Pelzknäuel kroch hinter dem Sessel hervor, und der Geist Sambos, Angst in den Azuraugen, sprang, genau wie er selbst zehn Jahre zuvor gesprungen war, auf weichen Pfoten auf den reglosen Schoß.

Sie sah ihre Hände an. Wo waren die Handschuhe, die weißen Baumwollhandschuhe, die sie auf Befehl der Hexe beim Kirchgang immer hatte tragen müssen? Diese Hände, längst nicht mehr die Hände einer Neunjährigen, waren nackt, der Sessel war leer. Nichts war hier als das aufgeplatzte Leder, der Wust herausquellenden Roßhaars, ein schwacher Duft nach Veilchen, der im stillen Zimmer hing.

Sie lief durch die Haustür hinaus, ohne sie hinter sich zu schließen, genau wie damals. Sie ging, wie sie damals in ihren weißen Handschuhen und ihrem sauberen Kleidchen gegangen war, den Kiesweg zwischen den Rhododendren hinunter, durch das schmiedeeiserne Tor hinaus, die Straße hinauf zur Kirche. Die Glocke hatte gerade erst zu läuten angefangen; sie würde rechtzeitig kommen. In der Ferne hatte sie ihren Vater gesehen, wie er von der Rieselwiese über einen Zauntritt auf die Straße geklettert war. Er mußte sich also schon bald nach dem Frühstück auf den Weg gemacht haben und zu Fuß nach Creedon gegangen sein. Und warum so früh? Hatte er den langen Marsch gebraucht, um irgend etwas mit sich zu klären? War es ein kläglicher Versuch gewesen, die Hexe günstig zu stimmen, indem er sie und das Kind zur Kirche begleitete? Oder war er – wunderbarer Gedanke! – gekommen, um sie wegzuholen, um dafür zu sorgen, daß ihre wenigen Sachen zum Ende des Gottesdienstes fertig gepackt wurden? Ja, das hatte sie damals geglaubt. Sie erinnerte sich jetzt, wie dieser Funke Hoffnung zur vollen glänzenden Flamme der Gewißheit geworden war. Wenn sie nach Hause kam, würde alles bereit sein. Gemeinsam würden sie vor die Hexe hintreten und ihr trotzen, ihr sagen, daß sie zusammen fortgehen würden, sie beide und Sambo, daß sie sie nie wiedersehen würde. Am Ende der Straße drehte sie sich um und sah zum letzten Mal den geliebten Schatten, wie er über die Straße zum Haus ging, auf die verhängnisvoll offenstehende Tür zu.

Und danach? Das Bild begann jetzt zu verblassen. Vom Gottesdienst wußte sie nichts mehr; nur rote und blaue Leuchten in ständig wechselnden, kaleidoskopartigen Mustern, die sich schließlich zu einem Buntglasfenster zusammenfügten, auf dem der gute Hirte ein Lamm an seine Brust drückte, waren ihr im Gedächtnis geblieben. Und danach? Zweifellos hatten im Vorraum Fremde gewartet, die mit ernsten Mienen tuschelten und besorgte Blicke tauschten, unter ihnen eine Frau in Uniform, draußen vor dem Portal ein schwarzes Auto. Und danach nichts. Keine Erinnerung.

Aber jetzt endlich wußte sie, wo ihr Vater beerdigt war. Und sie wußte, warum sie ihn niemals würde besuchen können, warum sie niemals die Wallfahrt zu dem Ort würde antreten können, wo er ihretwegen begraben lag; zu dem Ort der Schande, an den sie ihn verbannt hatte. Es gab keine Blumen, keinen Obelisk, keine in Marmor geritzten Worte der Liebe für jene, die in ungelöschtem Kalk hinter einer Zuchthausmauer lagen. Plötzlich kam ganz von selbst das letzte Bild der Erinnerung. Sie sah wieder das offene Kirchenportal, das Grüppchen hineingehender Menschen, die fragenden Gesichter, die sich ihr zuwandten, als sie allein in den Vorraum trat. Sie hörte wieder die dünne Kinderstimme und die Worte, die mehr als alle anderen schuld waren, daß man ihm die Hanfschlinge über den verhüllten Kopf gestreift hatte. »Großmutter? Es geht ihr nicht gut. Sie hat gesagt, ich soll allein zur Kirche gehen. Nein, es ist nichts Schlimmes. Es geht schon. Daddy ist bei ihr.«

E s schneite in der Nacht vor Weihnachten – ein ununterbrochener Strom kleiner Flocken, die auf den nackten Ästen und den Dächern liegen blieben. Im Morgengrauen legte sich der Sturm, und die Sonne brach hier und da einmal durch die Wolken.

Um sechs Uhr stand Susan Ahearn auf, drehte den Thermostat hoch und kochte Kaffee. Zitternd hielt sie die Hände über die Tasse. Sie fror ständig. Das kam sicherlich daher, weil sie soviel abgenommen hatte, seit Jamie verschwunden war.

Einhundertzehn Pfund waren einfach zuwenig für ihre ein Meter siebzig. Ihre Augen hatten das gleiche Blaugrün wie Jamies. Doch im Moment schienen sie zu groß für ihr Gesicht. Ihre Backenknochen traten hervor. Selbst das kastanienbraune Haar schien noch dunkler geworden zu sein und betonte ihr blasses und verhärmtes Aussehen, das zu einem Dauerzustand geworden war.

Sie fühlte sich so unendlich viel älter als achtundzwanzig. Vor drei Monaten, an ihrem Geburtstag, hatte sie den ganzen Tag damit verbracht, einer falschen Spur nachzujagen. Das Kind, das in einem Pflegeheim in Wisconsin entdeckt worden war, war nicht Jamie.

Sie kroch zurück unter die Bettdecke, während der Wind durch das alleinstehende Haus zweiundzwanzig Meilen westlich von Chicago pfiff.

Das Schlafzimmer machte einen uneingerichteten Eindruck. Keine Bilder an der Wand, keine Vorhänge an den Fenstern, kein Teppichboden oder irgendein Läufer auf dem Kiefernholzfußboden. In der Ecke

neben dem Schrank standen planlos aufeinanderge-
stapelte, verschlossene Kisten. Jamie war verschwunden, kurz bevor sie aus diesem Haus ausziehen wollten.

Es war eine lange Nacht gewesen. Die meiste Zeit
hatte sie wach gelegen und versucht, die Angst zu vertreiben, die mittlerweile ihr ständiger Begleiter war.
Was wäre, wenn sie Jamie nicht finden würde? Was
wäre, wenn Jamie zu den Kindern gehörte, die einfach
verschwunden blieben? Um die Leere des Hauses, das
einsame Stöhnen des Windes und das Klappern der
Fenster zu vergessen, begann Susan so zu tun, als ob
Jamie da wäre.

»Na, du Frühaufsteher«, sagte sie.
Sie stellte sich Jamie in ihrem rot-weißen Flanellnacht-
hemd vor, wie sie durch das Zimmer getrottet kommt
und zu ihr ins Bett klettert. *»Du hast ja eiskalte Füße...«*
»Ich weiß. Omi würde sagen, ich hol mir den Tod. Omi
sagt so was öfters. Du sagst, Oma ist miesepetrig. Er-
zähl mir die Weihnachtsgeschichte.«
»Komm mir jetzt nicht mit Omi. Ihr Sinn für Humor ist
nicht gerade überwältigend.« Sie hatte Jamie in die Bett-
decke gewickelt und in ihre Arme genommen. *»Also*
Weihnachten in New York. Nach unserer Spazierfahrt
mit der Pferdekutsche durch den Central Park gehen wir
ins Plaza Mittagessen. Das ist ein großes, sehr schönes
Hotel. Und genau gegenüber...«
»Gehen wir auch in das Spielzeuggeschäft...«
»In das berühmteste Spielzeuggeschäft der Welt. Es heißt
F. A. O. Schwarz. Dort gibt's Eisenbahnen, Puppen und
Püppchen, Bücher und alles.«
»Ich darf mir drei Geschenke aussuchen...«
»Ich dachte, wir hätten zwei abgemacht. Also gut, sagen
wir drei.«

»Und dann besuchen wir das Jesuskind in Sankt Pats...«
»Eigentlich heißt die Kirche ja Sankt Patrick, aber wir
Iren sind ja ein freundlicher Menschenschlag. Alle sagen
Sankt Pats zu ihr...«
»Erzähl mir von den drei... und von den Schaufenstern
mit den Märchenfiguren...«

Susan trank den letzten Rest Kaffee aus. Sie hatte einen
Kloß im Hals. Das Telefon klingelte, und sie versuchte
den wilden Sprung – Ausdruck ihrer Hoffnung – zu zü-
geln, bevor sie den Hörer abnahm. Jamie! Hoffentlich
ist es Jamie!
Es war ihre Mutter, die aus Florida anrief. Der sor-
genvolle Tonfall, den sich ihre Mutter seit dem Verschwinden Jamies angewöhnt hatte, war heute besonders stark zu spüren. Entschlossen zwang sich Susan,
positiv zu klingen. »Nein, Mutter. Kein Wort. Natürlich
hätte ich dich sofort angerufen... Es ist für uns alle
schwer. Nein, ich bin sicher, daß ich lieber hierbleiben
möchte. Vergiß nicht, schließlich hat sie einmal hier
angerufen... Um Gottes willen nein, Mutter, ich glaube
nicht, daß sie tot ist. Laß mir Zeit. Jeff ist ihr Vater. Er
liebt sie auf seine Weise...«
Weinend legte sie auf und biß sich auf die Lippen, um
nicht in wütende Hysterie auszubrechen – alle Ungeheuer waren entfesselt. Selbst ihre Mutter wußte nicht,
wie schlimm es wirklich war.
Bis jetzt waren sechs Ermittlungsverfahren gegen Jeff
eingeleitet worden. Der Unternehmer, den sie geheiratet hatte, war in Wahrheit ein international gesuch-
ter Juwelendieb. Dieses abgelegene Haus in diesem
abgelegenen Vorort hatte er gemietet, weil es ein gutes
Versteck für ihn gewesen war. Letztes Frühjahr hatte
sie die Wahrheit erfahren, als das FBI kam und ihn fest-
nehmen wollte, kurz nachdem er auf eine von seinen

»Geschäftsreisen« gegangen war. Er kam nie mehr
wieder, also hatte sie das Haus zum Verkauf angeboten. Sie traf alle Vorbereitungen, um nach New York
umzuziehen – die vier Jahre, die sie dort am College
verbracht hatte, waren die glücklichsten ihres Lebens
gewesen. Dann, ein paar Wochen nach seinem Verschwinden, war Jeff in Jamies Kindergarten aufgetaucht und hatte sie mitgenommen. Das war jetzt sieben Monate her.

Auf der Fahrt zur Arbeit wurde sie die Angst nicht mehr
los, die der Anruf ihrer Mutter bei ihr ausgelöst hatte.
Glaubst du, daß Jamie tot ist? Jeff war absolut unfähig,
eine Verantwortung zu übernehmen. Als Jamie sechs
Monate alt war, hatte er sie allein zu Hause gelassen
und war Zigaretten holen gegangen. Und als sie zwei
war, hatte er nicht gemerkt, daß sie ins tiefe Wasser hineingewatet war. Ein Rettungsschwimmer hatte
sie rausgeholt. Wie sollte er da heute richtig auf sie
aufpassen können? Warum hatte er sie mitgenommen?

Das Immobilienbüro war festlich geschmückt für
Weihnachten. Sie waren eine nette Mannschaft, die
sechzehn Leute, mit denen sie zusammenarbeitete,
und Susan freute sich über die hoffnungsvollen Blicke,
die sie ihr jeden Morgen zuwarfen. Alle warteten sie
auf gute Nachrichten. Heute hatte keiner so richtig
Lust zum Arbeiten, aber sie beschäftigte sich, indem
sie die Zeitungen nach Geschäftsauflösungen durch-
sah. Egal, was sie auch tat, es erinnerte sie an die
Sache. Die Wilkes, die sich ihr erstes Haus gekauft hatten, weil sie Nachwuchs erwarteten. Die Conways, die
ihr großes Haus verkauften, um in die Nähe ihrer En-
kel zu ziehen. Als sie das Gespräch mit Frau Conway
beendete, merkte sie, wie ihr die mittlerweile vertrau-

ten Tränen in die Augen stiegen, und sie drehte den Kopf zur Seite.

Joan Rogers, die Kollegin am Schreibtisch neben ihr, las eine Zeitschrift. Es versetzte Susan einen Stich, als sie die Überschrift des Artikels sah: »Kinder sind nicht immer wahre Engel an Weihnachten.«
Süße Fotos von kleinen Kindern in weißen Hemden mit Heiligenschein waren über die Seite verstreut.

Susan erstarrte, beugte sich hinüber und riß Joan verzweifelt die Zeitschrift aus der Hand. Der Engel in der rechten oberen Ecke. Ein kleines Mädchen. Das Haar war so hellblond, daß es fast weiß erschien. Aber die Augen, der Mund und die Pausbäckchen. »Oh, Gott«, flüsterte Susan. Sie zog die Schreibtischschublade auf, durchwühlte deren Inhalt und fand endlich den gesuchten Filzstift. Mit zitternden Händen übermalte sie das blonde Haar des Kindes mit dem warmen Braunton des Stiftes und beobachtete, wie das Engelsgesicht in der Zeitschrift dem gerahmten Foto auf ihrem Schreibtisch immer ähnlicher wurde.

Jamie sah nachdenklich aus dem Schlafzimmerfenster in die kalte Winterlandschaft hinaus und versuchte, nicht auf die streitenden Stimmen zu hören. Papa und Tina stritten sich wieder mal. Irgend jemand aus dem Haus hatte Papa ihr Foto, das in der Zeitung war, gezeigt. Papa schrie gerade: »Was hast du denn damit erreichen wollen? Daß wir alle im Gefängnis landen? Wie oft hat sie Modell gestanden?«
Sie waren Ende des Sommers nach New York gekommen, und Papa war sehr viel ohne sie auf Reisen gegangen. Tina sagte, ihr wäre langweilig und sie könnte mal wieder ein bißchen als Fotomodell arbeiten. Aber die Frau, zu der sie gegangen war, sagte zu ihr: »Von Ihrem Typ brauche ich im Moment niemand, aber

mit dem kleinen Mädchen da könnte ich was anfangen.«

Es war einfach gewesen, sich als Engel fotografieren zu lassen. Sie hatten ihr gesagt, sie bräuchte nur an was sehr Schönes zu denken, und so dachte sie an Weihnachten und daß sie und Mami vorgehabt hatten, dieses Jahr den Heiligabend in New York zu verbringen. Jetzt war sie in New York, und alle diese Plätze, wo sie und Mami hingehen wollten, waren ganz nahe – aber es war einfach nicht dasselbe mit Papa und Tina.

»Ich hab dich gefragt, wie oft sie Modell gestanden hat!« schrie Papa.

»Zwei- oder dreimal«, rief Tina.

Das war gelogen. Sie waren oft in die Fotoagentur gegangen, wenn Papa unterwegs war. Aber wenn Papa in New York war, hatte Tina die Termine abgesagt.

Jetzt meinte Tina: »Was erwartest du eigentlich von mir? Soll ich vielleicht Däumchen drehen, solange du weg bist?«

Unten auf der Straße eilten die Menschen vorbei, als wäre ihnen kalt. Es hatte die ganze Nacht geschneit, aber der Schnee schmolz unter den Rädern der Autos und verwandelte sich in dreckige Matschhaufen. Ganz drüben, am Rand ihres Blickfeldes, konnte sie den Central Park sehen, wo der Schnee so schön war, wie er sein sollte.

Jamie hatte einen Kloß im Hals. Sie wußte, daß an Weihnachen das Christkind kam. Jeden Tag hatte sie gebetet, daß der liebe Gott, wenn er das Jesuskind auf die Erde bringt, auch Mami mitbringt. Aber Papa hatte ihr gesagt, daß Mami immer noch sehr krank wäre. Und heute abend würden sie wieder mal in ein Flugzeug steigen und irgendwo hinfliegen. Es klang wie ba-na-nas. Es hieß Ba-ha-mas.

»Jamie!«

Tinas Stimme klang ziemlich ärgerlich, als sie nach ihr rief. Jamie wußte, daß Tina sie nicht besonders mochte. Tina sagte auch immer zu Papa: »Sie ist dein Kind!«

Papa saß im Bademantel am Tisch. Die Zeitschrift mit ihrem Foto hatte er auf den Boden geworfen; jetzt las er die Tageszeitung. Normalerweise sagte er: »Guten Morgen, Prinzeßchen«, aber heute beachtete er sie nicht mal, als sie ihm einen Kuß gab. Papa war nie bösartig zu ihr. Ein einziges Mal hatte er ihr eine Ohrfeige gegeben. Das war, als sie versucht hatte, Mami anzurufen. Genau in dem Moment, als Mami sagte: »Bitte, hinterlassen Sie eine Nachricht«, kam Papa rein. Sie konnte gerade noch sagen: »Ich hoffe, dir geht's besser, Mami, du fehlst mir«, bevor Papa den Hörer auf die Gabel knallte und ihr eine runterhaute. Danach schloß er immer das Telefon ab, wenn er und Tina nicht in der Nähe waren. Papa sagte, daß Mami so krank wäre, daß es ihr weh täte, wenn sie versuchte zu sprechen. Aber Mami hatte sich gar nicht krank angehört, als sie sagte: »Bitte, hinterlassen Sie eine Nachricht!«

Jamie setzte sich an den Tisch, wo schon der Orangensaft und die Cornflakes auf sie warteten. Das war so ziemlich das einzige, was Tina für sie tat – ihr das Frühstück machen.

Papa runzelte die Stirn und klang ärgerlich, als er laut vorlas: »Die Bediensteten vermuten, daß der kleinere der beiden Einbrecher eine Frau gewesen ist.« Dann sagte Papa: »Ich hab dir gleich gesagt, daß diese Aufmachung ein Fehler war.«

Tina beugte sich über seine Schulter. Ihr Morgenrock stand offen, und sie quoll aus ihrem Nachthemd. Ihr Haar war völlig unordentlich, und sie blies Rauchringe in die Luft, während sie vorlas: »*Vielleicht waren es Leute aus dem Haus.* Was willst du mehr!«

»Daß wir so schnell wie möglich abhauen«, sagte Papa. »Wir haben diese Stadt überstrapaziert.«

Jamie dachte an all die Wohnungen, die sie sich angesehen hatte. »Müssen wir denn unbedingt auf die Bahamas?« fragte sie. Es klang so weit weg. Weiter und weiter weg von Mama. »Die Wohnung gestern hat mir gefallen«, bemerkte sie. Sie spielte mit den Cornflakes und rührte mit dem Löffel drin herum. »Ihr habt doch der Frau gesagt, das wär genau das Richtige für euch?« Tina lachte. »Stimmt, Kleines, in gewisser Weise war es das auch.«

»Halt den Mund.« Papa klang ziemlich sauer. Jamie dachte daran, wie gestern die Frau, die ihnen die Wohnung gezeigt hatte, sagte, was für eine wunderbare Familie sie wären. Papa und Tina hatten die vornehmen Kleider angezogen, die sie immer trugen, wenn sie sich Wohnungen ansahen, und Tina hatte die Haare zu einem Pferdeschwanz zurückgekämmt und war nur sehr dezent geschminkt.

Nach dem Frühstück gingen Tina und Papa ins Schlafzimmer. Jamie überlegte, was sie anziehen sollte, und entschied sich für die lila Hose und das gestreifte, langärmelige Hemd, das sie angehabt hatte an dem Tag, an dem Papa zum Kindergarten gekommen war, um ihr zu sagen, daß Mami krank wäre und er sie mit nach Hause nehmen würde. Obwohl beides ihr langsam zu klein wurde, zog sie es lieber an als ihre neuen Kleider. Sie wußte noch ganz genau, wie Mami sie gekauft hatte.

Sie bürstete sich das Haar und war immer wieder überrascht, wie lustig es jetzt aussah. Es hatte exakt die gleiche Farbe wie Tinas, und wenn sie zusammen weggingen, wollte Papa immer, daß sie »Mutter« zu Tina sagte. Sie wußte, daß Tina nicht ihre Mutter war, und da sie zu Mami immer Mami gesagt hatte, störte es sie nicht weiter, Tina Mutter zu nennen. Es waren zwei unterschiedliche Namen für zwei unterschiedliche Personen. Als sie ins Wohnzimmer zurückkam, waren Papa und Tina fertig angezogen. Papa trug eine Aktentasche, die schwer aussah. »Ich werd nicht besonders traurig sein, wenn wir heute abend diesen Ort verlassen«, sagte er. Jamie gefiel es hier auch nicht. Sie wußte, daß es schön war, nur einen Block vom Central Park entfernt zu wohnen, aber die Wohnung war dunkel und schmuddelig, und die Einrichtung war alt, und der Teppich hatte einen Riß. Papa sagte immer wieder zu den Leuten, die ihnen ihre Apartments vorführten, wie sehr sie sich auf eine wirklich elegante Wohnung in New York freuten.

»Tina und ich müssen noch was erledigen«, sagte Papa zu ihr. »Ich schließe die Tür zweimal ab, dann kann nichts passieren. Lies oder sieh fern. Nachher wird Tina mit dir Sommerkleider einkaufen für die Bahamas, und du kannst dir ein paar Weihnachtsgeschenke aussuchen. Ist das was?«

Es gelang Jamie, ihm zuzulächeln, aber gleichzeitig blieb ihr Blick am Telefon hängen. Papa hatte vergessen, es abzuschließen. Wenn sie weg waren, würde sie Mami wieder anrufen. Sie wollte mit Mami über Weihnachten reden. Papa würde es gar nicht merken. Sie wartete ein paar Minuten, um sicher zu sein, daß sie weg waren, dann nahm sie den Hörer ab. Jede Nacht vor dem Einschlafen sagte sie sich die Nummer vor, so würde sie sie nicht vergessen. Sie wußte sogar, daß sie die Eins vorwählen mußte. Sie sagte die Nummer laut vor sich hin und wählte: »1... 312-54...«

Der Schlüssel drehte sich im Schloß. Sie hörte Papa fluchen, und sie ließ den Hörer los, bevor er ihr ihn wegreißen konnte. Er hielt den Hörer ans Ohr, und als das Freizeichen kam, legte er auf, schloß das Telefon ab und sagte: »Wenn heute nicht Weihnachten wäre, hättest du was erleben können!«

Dann ging er wieder. Jamie verkroch sich im großen Sessel, zog die Beine an und legte den Kopf auf die Knie. Sie wußte, sie war zu alt zum Weinen. Sie war fast viereinhalb. Trotzdem mußte sie sich auf die Lippen beißen, damit sie nicht anfingen zu zittern. Aber nach einer Minute konnte sie schon wieder das So-tun-als-ob-Spiel spielen.

Mami war bei ihr, und sie würden zusammen, wie ausgemacht, Weihnachten verbringen. Als erstes würden sie mit der Kutsche durch den Central Park fahren, und die Glöckchen an den Mähnen der Pferde würden klingeln. Dann würden sie in ein großes Hotel zum Mittagessen gehen. Beunruhigt stellte sie fest, daß sie den Namen des Hotels vergessen hatte. Sie runzelte die Stirn und dachte angestrengt nach. Sie sah das Hotel in Gedanken genau vor sich. Sie hatte Papa dazu gebracht, ihr zu zeigen, wo es war. Jetzt fiel es ihr wieder ein. Das Plaza. Nach dem Mittagessen würden sie in das Spielzeuggeschäft gegenüber gehen. Zu F. A. O. Schwarzzz... Sie würde sich zwei Geschenke aussuchen. Nein, dachte Jamie, Mami hat gesagt, ich kann mir drei aussuchen. »Wir gehen die Fifth Avenue runter und besuchen das Jesuskind und dann...«

Tina sagte, sie wäre eine ziemliche Nervensäge, weil sie immer fragte, wo was wäre. Aber jetzt wußte sie ganz genau, wie sie zur Fifth Avenue kam von hier aus, und wo die Plätze lagen, die sie und Mami besuchen wollten. Mami war in New York in die Schule gegangen. Aber das war lange her... vielleicht hatte Mami vergessen, wo sie waren, aber Jamie wußte es. Mit geschlossenen Augen stellte sie sich vor, wie sie ihre Hand in Mamis Hand legte und sagte: »Der große wunderschöne Baum ist da unten...«

Die Telefonnummer der Zeitschrift stand im Impressum. Hastig wählte Susan die Nummer 212... Sie bemerkte, wie sich alle anderen im Büro um ihren Schreibtisch versammelten, während sie darauf wartete, daß am anderen Ende jemand abhob. *Laß sie nicht geschlossen haben, laß sie nicht geschlossen haben.*

Die Frau in der Vermittlung, die sich endlich meldete, versuchte behilflich zu sein. »Tut mir leid, unter dieser Nummer ist im Moment niemand zu erreichen. Kinderfotos? Darüber erhalten Sie Auskunft in der entsprechenden Abteilung, die ist aber heute geschlossen. Sie können dort am 26. wieder anrufen.«

In einem Wortschwall sprudelte Susan heraus, was mit Jamie geschehen war. »Sie müssen mir helfen. Wie bezahlen Sie ein Kind, das Modell steht? Haben Sie denn keine Adresse?«

Die Frau in der Vermittlung unterbrach sie: »Warten Sie, es muß einen Weg geben, das herauszufinden.«

Minuten vergingen. Susan hielt den Hörer fest umklammert und bemerkte kaum, daß sie jemand an den Schultern festhielt. Joan, liebe Joan, die zufällig diesen Artikel gelesen hatte.

Als sich die Vermittlung wieder meldete, sagte sie triumphierend: »Ich habe einen der Herausgeber zu Hause erreicht. Die Kinderfotos, die wir zu diesem Artikel abgedruckt haben, stammen aus der Fotoagentur Lehman. Hier ist die Nummer.«

Susan wurde zu Dora Lehman durchgestellt. Im Hintergrund konnte sie die Geräusche einer Weihnachtsfeier hören. Frau Lehmans durchdringende, aber freundliche Stimme sagte: »Ja, Jamie ist eins meiner Kinder. Sicher ist sie hier in New York. Die Aufnahmen sind von letzter Woche.«

»Sie ist in New York!« rief Susan aus. Nur undeutlich bekam sie mit, wie hinter ihr geklatscht wurde.

Dora Lehman hatte keine Adresse von Jamie. »Eine gewisse Tina holte immer Jamies Scheck ab. Aber ich habe eine Telefonnummer. Eigentlich sollte ich dort nur anrufen, wenn ein wirklich dicker Auftrag auf dem Tisch liegt. Tina sagte, wenn ihr Ehemann am Apparat wäre, sollte ich sagen, ich hätte mich verwählt.«

Susan kritzelte die Nummer auf ein Papier, so nervös, daß es ihr nicht gelang einzuhängen und sie noch hörte, wie Frau Lehman ihr vorschlug, mit Jamie vorbeizuschauen, wenn sie in New York wären.

Joan hielt sie zurück, als sie die Nummer wählen wollte. »Du wirst sie nur warnen. Wir müssen die New Yorker Polizei einschalten. Sie können die Adresse herausfinden, und du buchst einen Flug nach New York.« Nach all den Monaten des Wartens endlich etwas *tun* zu können. Irgend jemand sah im Flugplan nach. Die nächste Maschine, die sie nehmen konnte, ging mittags vom O'Hare ab. Aber als sie versuchte, eine Reservierung zu bekommen, mußte die Angestellte fast lachen.

»Wir haben heute keinen einzigen freien Platz mehr ab Chicago«, sagte sie. Auf ihr Bitten hin wurde sie mit dem stellvertretenden Chef verbunden.

»Sie kommen hier weg«, sagte er ihr. »Sie kriegen einen Platz in diesem Flugzeug, und wenn wir den Piloten rausschmeißen müssen.«

Joan hatte gerade das Gespräch mit der New Yorker Polizei beendet, als Susan den Hörer auflegte. Es dauerte einen Moment, bis Susan auffiel, daß Joan ein finsteres Gesicht machte und der Ausdruck freudiger Erwartung in ihren Augen verschwunden war. »Jeff ist gerade wegen eines Raubüberfalls verhaftet worden, den er und diese Frau – Tina –, mit der er zusammenlebt, begangen haben. Ein Nachbar will gesehen haben, wie Jamie und die Frau vorfuhren, als sie ihn gerade in den Streifenwagen verfrachteten. Wenn Tina weiß, daß Jeff verhaftet wurde, verschwindet sie mit Jamie Gott weiß wohin.«

Papa und Tina waren nur kurz weggewesen. Jamie konnte die Uhr lesen, und beide Zeiger standen auf elf, als sie zurückkamen. Tina sagte, sie solle ihren Mantel anziehen, weil sie jetzt zu Bloomingdale gingen. Es machte keinen Spaß, mit Tina einzukaufen. Jamie merkte, daß sogar die Frau, die ihnen die Kleider verkaufte, überrascht war, daß Tina sich nicht im geringsten dafür interessierte, was sie kaufte. Sie sagte nur: »Sie braucht ein paar Badeanzüge und ein paar Shorts und Blusen. Das müßte genügen.«
Dann gingen sie in die Spielwarenabteilung. »Dein Vater hat gesagt, du kannst dir ein paar Sachen aussuchen«, sagte Tina.
Sie wollte eigentlich gar nichts. Die Puppen mit den gläsernen Knopfaugen und Rüschenkleidchen sahen nur halb so lieb aus wie ihre Minnie-Maus-Stoffpuppe zu Hause, die sie immer mit ins Bett nahm. Aber Tina sah ziemlich ärgerlich aus, als sie ihr sagte, sie wollte gar nichts haben, und deshalb zeigte sie schnell auf ein paar Bücher.
Zurück zur Wohnung nahmen sie ein Taxi. Aber als der Fahrer an den Randstein fuhr, fing Tina an, sich komisch zu benehmen. Zwei Polizeifahrzeuge parkten dort, und Jamie sah Papa zwischen zwei Polizisten gehen. Sie zeigte auf ihn, aber Tina zwickte sie ins Knie und sagte zu dem Fahrer: »Ich habe etwas vergessen. Bitte, fahren Sie uns noch einmal zu Bloomingdale zurück.«
Jamie sank entsetzt in den Sitz zurück. Papa hatte heute morgen von der Polizei gesprochen. Hatte Papa

Schwierigkeiten? Sie wagte es nicht, Tina zu fragen. Tina hatte einen gemeinen Zug um den Mund, und ihre Hand, mit der sie Jamie gezwickt hatte, war noch in der Luft, bereit, wieder zuzuschlagen.

Bei Bloomingdale kaufte jetzt Tina nur noch für sich ein. Sie kaufte einen Koffer, ein Kleid, einen Mantel, einen Hut und eine große dunkle Sonnenbrille. Nachdem Tina bezahlt hatte, schnitt sie alle Etiketten raus und sagte zu der Verkäuferin, daß sie sich entschieden hätte, die neuen Kleider gleich anzuziehen.

Als sie Bloomingdale wieder verließen, sah sie völlig verändert aus. Ihre weiße Nerzjacke und ihre Lederhose waren im Koffer. Der neue Mantel war schwarz, wie der, den sie trug, wenn sie sich Wohnungen ansahen. Der Hut bedeckte ihr Haar vollständig, und die dunkle Sonnenbrille war so groß, daß man kaum ihr Gesicht erkennen konnte.

Jamie hatte Hunger. Sie hatte den ganzen Tag nichts gegessen, nur die Cornflakes und den Orangensaft am Morgen. Die Straße war voller Menschen. Die Leute gingen vorbei mit ihren vollen Einkaufstaschen. Die einen sahen gestreßt aus, andere dagegen glücklich. Da stand ein Weihnachtsmann an der Straßenecke, und die Leute warfen Geld in seine Sammelbüchse.

An der Ecke entdeckte sie einen Imbißstand. Schüchtern zupfte sie Tina am Ärmel. »Könnte ich bitte... Ist es in Ordnung, wenn ich...« Irgendwie schnürte es ihr die Kehle zu. Sie war so hungrig. Sie wußte nicht, warum die Polizei Papa mitgenommen hatte, und sie wußte, daß Tina sie nicht mochte.

Tina hatte versucht, ein Taxi herbeizuwinken. »Na, gut«, sagte sie, »meinetwegen. Aber beeil dich.« Jamie bestellte ein Hot dog mit Senf und eine Cola. Ein Taxi hielt an, noch bevor der Mann Senf auf die Wurst tun konnte, und Tina sagte: »Vergiß das mit dem Senf, komm schon!«

Im Taxi versuchte Jamie so vorsichtig zu essen, daß es keine Krümel gab. Der Fahrer drehte sich herum und sagte zu Tina: »Ich weiß, daß das Kind nicht lesen kann, aber wie ist das mit Ihnen?«

»Oh, Entschuldigung, das habe ich nicht gesehen.« Tina zeigte auf das Schild. »Da steht, daß man im Taxi nicht essen darf; also warte, bis wir am Hafenamt sind.«

Das Hafenamt war ein riesengroßes Gebäude mit vielen Menschen. Sie stellten sich in einer langen Schlange an. Tina drehte sich andauernd um, als hätte sie vor irgend etwas Angst. Am Schalter fragte sie, wann Busse nach Boston gingen. Der Mann antwortete, es gäbe einen um zwei Uhr zwanzig, den sie noch kriegen könnten. Dann kam ein Polizist auf sie zu. Tina drehte den Kopf weg und sagte gepreßt: »Oh, mein Gott!«

Jamie fragte sich, ob der Polizist sie jetzt genauso ins Auto verfrachten würde, wie sie es mit Papa gemacht hatten. Aber er kam überhaupt nicht in ihre Nähe. Statt dessen redete er mit zwei Frauen, die sich anschrien. Mami hatte ihr immer erzählt, daß die Polizisten ihre Freunde wären, aber sie wußte, daß das in New York anders war, weil Papa und Tina Angst vor ihnen hatten.

Tina brachte sie in einen Raum, wo ein paar Leute in einer Reihe auf Stühlen saßen. Eine alte Frau war mit der Hand auf ihrem Koffer eingeschlafen. Tina sagte: »So, Jamie, du wartest hier auf mich. Ich muß noch eine Besorgung machen, und das kann länger dauern. Iß deine Wurst auf und trink deine Cola, aber sprich mit niemandem. Wenn dich jemand fragt, sagst du, du gehörst zu der Frau dort.«

Jamie war froh, daß sie sich hinsetzen und essen durfte. Die Wurst war kalt, und sie wünschte, es wäre Senf drauf, aber es schmeckte auch so gut. Sie sah, wie Tina zum Aufzug zurückging.

Sie wartete sehr lange. Irgendwann wurden ihre Augenlider schwer, und sie schlief ein. Als sie wieder erwachte, rannten ziemlich viele Leute an ihr vorbei, als würden sie zu spät kommen. Die alte Frau, die neben ihr saß, schüttelte sie. »Bist du allein?« Sie sah ärgerlich aus.

»Nein, Tina kommt gleich wieder.« Das Reden fiel ihr schwer. Sie war immer noch so verschlafen.

»Wartest du schon lange hier?«

Jamie wußte es nicht so genau und sagte deshalb noch mal: »Tina kommt gleich wieder.«

»Also gut. Ich muß zum Bus. Und sprich mit niemandem, bis Tina zurück ist.« Die alte Frau nahm ihren Koffer. Es sah so aus, als wäre er sehr schwer.

Jamie mußte auf die Toilette. Tina würde sehr ärgerlich sein, wenn sie nicht auf sie wartete, aber sie konnte es nicht länger aushalten. Sie fragte sich, wie sie die Toiletten finden könnte, wo sie doch niemand fragen durfte. Da hörte sie auf dem Stuhl hinter ihr eine Frau zu ihrem Freund sagen: »Laß uns noch mal aufs Klo gehen, bevor wir fahren.«

Jamie war klar, daß sie die Toilette gemeint hatten. Tina redete auch immer vom Klo. Sie nahm das Paket mit den Kleidern und den Büchern und folgte den beiden so dicht, daß es aussah, als gehörte sie zu ihnen.

Auf der Toilette waren viele Leute, und einige von ihnen hatten Kinder dabei, so daß es niemand weiter auffiel, wie sie hinein- und hinausging. Sie wusch sich die Hände und verließ diese schmutzigen Toiletten, so schnell sie konnte. Da fiel ihr das erste Mal die große Uhr an der Wand auf. Der kleine Zeiger stand auf vier und der große auf eins. Das bedeutete: Es war fünf nach vier. Der Mann am Schalter hatte Tina erzählt, der nächste Bus würde um zwanzig nach zwei gehen. Jamie blieb stehen. Jetzt wurde ihr klar, daß Tina gar nicht die Absicht gehabt hatte, sie mitzunehmen... Tina kam nicht mehr zurück.

Jamie wußte, wenn sie hier bliebe, würde sie früher oder später ein Polizist ansprechen. Doch wo sollte sie hingehen? Papa war nicht zu Hause, und Tina war weg. Vielleicht konnte sie Mami anrufen; die würde bestimmt jemand schicken, auch wenn sie krank war. Aber sie hatte kein Geld. Sie wünschte sich so sehr, Mami wäre da. Sie merkte, daß ihr die Tränen kamen. Es war Heiligabend, und Mami und sie hatten eigentlich vorgehabt, ihn zusammen zu verbringen.

Durch die großen Türen am Ende der Halle gingen die Menschen rein und raus. Das mußte der Ausgang sein. Das Paket war schwer. Die Schnüre schnitten ihr in die Handflächen. Sie wußte, was sie machen konnte. Die Wohnung war an der Ecke 48. Straße/Fifth Avenue. Das war die Adresse, die Tina und Papa immer den Taxifahrern angegeben hatten. Und wenn sie die Wohnung gefunden hatte, konnte sie auch einen Block weiter zum Central Park gehen. Von dort aus wußte sie, wie sie zum Plaza kam. Sie würde das So-tun-als-ob-Spiel spielen. Sie würde sich vorstellen, daß Mami bei ihr wäre und sie zusammen mit der Pferdekutsche durch den Central Park fahren und ins Plaza zum Mittagessen gehen würden. Dann würde sie in den Spielzeugladen gegenüber dem Plaza gehen, genau wie Mami und sie es ausgemacht hatten. Sie würde die Fifth Avenue hinunterlaufen und das Jesuskind besuchen und den großen Baum und die Märchenfenster bei Lord and Taylor anschauen.

Sie stand draußen auf der Straße. Es wurde langsam dunkel, und der eisige Wind biß ihr in die Wangen. Ohne Mütze fror sie am Kopf. Ein Mann mit einem grauen Pullover und einem weißen Kittel verkaufte Zeitungen. Sie wollte nicht, daß er merkte, daß sie allein war, also deutete sie auf eine Frau mit einem Baby auf dem Arm, die versuchte, ihren Kinderwagen aufzuklappen: »Wir müssen zur Fifth Avenue«, sagte sie zu dem Mann.

»Das ist ganz schön weit«, sagte er. Er machte eine ausladende Handbewegung. »Es geht achtzehn Blocks da hinauf und einen Block so rüber.«

Jamie wartete, bis der Mann jemand Kleingeld rausgeben mußte, dann flitzte sie über die Straße und machte sich auf den Weg zur Fifth Avenue. Eine zerbrechliche Gestalt in einem rosa Anorak und mit goldenen Löckchen.

Die Maschine hatte Verspätung beim Anflug, und es dauerte eine Stunde vierzig Minuten, bis sie auf dem LaGuardia-Flughafen ankamen. Es war drei Uhr, als sie landeten. Susan rannte durch die Ankunftshalle und versuchte, die freudigen Willkommensgrüße zu ignorieren, die die anderen Passagiere bekamen.

Als sich das Taxi auf der 59. Straße durch den Verkehr schob, versuchte Susan nicht dran zu denken, daß sie und Jamie geplant hatten, heute diesen Tag zusammen in New York zu verbringen. Es war kalt und bedeckt, und der Fahrer sagte ihr, daß es wohl Schnee geben würde. Die Sonnenblende des Autos war zugeklebt mit Familienfotos. »Nach der Fahrt mach ich Schluß und fahr heim zu den Kindern. Haben Sie Kinder?«

Auf der Polizeiwache erwartete sie ein Leutnant Garrigan in seinem Büro.

»Haben Sie Jamie gefunden?«

»Nein. Aber ich versichere Ihnen, wir überwachen alle Flughäfen und jede Busstation.«

Er zeigte ihr ein Foto. »Ist das Ihr früherer Ehemann Jeff Randall?«

»So nennt er sich jetzt also?«

»In New York heißt er Jeff Randall. In Boston, Washington, Chicago und einem Dutzend weiterer Städte heißt er anders. Es sieht so aus, als hätten er und seine Freundin sich als reiche Leute vom Land ausgegeben, die nach einer Eigentumswohnung in New York suchten. Offensichtlich hatten sie immer ein kleines Mädchen dabei, was ihren Auftritt noch überzeugender wirken ließ. Er hatte Flugtickets eingesteckt – sie wollten nach Nassau fliegen heute abend.«

Susan sah das Mitgefühl in seinen Augen. »Kann ich mit Jeff sprechen?« fragte sie.

Er hatte sich nicht verändert im letzten Jahr. Dasselbe gewellte braune Haar, dieselben arglosen blauen Augen, dasselbe entwaffnende Lächeln, dieselbe besorgte und beschützende Art. »Schön dich zu sehen, Susan! Du siehst gut aus, dünner, aber das steht dir.«

Sie hätten alte Freunde sein können, die sich zufällig begegneten. »Wo würde diese Frau Jamie hinbringen?« fragte Susan. Sie krampfte ihre Hände ineinander, voller Angst, daß sie ihm sonst mit den Fäusten ins Gesicht schlagen würde.

»Wovon redest du?«

Sie saßen sich in dem kleinen Büro gegenüber. Jeffs nonchalante Art ließ die Handschellen, die sie ihm angelegt hatten, als gänzlich unwirklich erscheinen. Die beiden Polizisten rechts und links von ihm hätten auch Statuen sein können, so wenig beachtete er sie. Der Leutnant stand immer noch hinter seinem Schreibtisch, aber das Mitgefühl war aus seinen Augen verschwunden. »Sie werden einige Zeit hinter Gitter müssen, auch wenn das Kidnappingverfahren fallengelassen wird«, sagte er. »Ich könnte mir vorstellen, daß Ihre frühere Frau von einer Anzeige absieht, wenn das Kind sofort gefunden wird.«

Er wollte keinerlei Fragen beantworten, auch nicht als Susan die Selbstbeherrschung verlor und schrie: »Ich bring dich um, wenn ihr irgend etwas zustößt!« Sie biß sich auf die Finger, um das quälende Schluchzen zu unterdrücken, als sie Jeff wegbrachten.

Der Leutnant führte sie in ein Wartezimmer mit einer Lederbank und ein paar alten Zeitschriften. Susan versuchte zu beten, aber sie fand keine Worte. Nur ein einziger Gedanke schoß ihr immer wieder durch den Kopf: »Ich will zu Jamie. Ich will zu Jamie.«

Um zehn nach vier erzählte ihr Leutnant Garrigan, daß ein Angestellter im Hafenamt sich an eine Frau und ein Kind erinnerte, auf das Jamies Beschreibung genau passen würde, und daß die Frau Fahrkarten für den Bus um zwei Uhr zwanzig nach Boston gekauft hatte. Sie riefen die Zwischenstationen an und überprüften den Bus. Um vier Uhr dreißig stand fest, daß sie nicht im Bus waren. Um viertel vor fünf wurde Tina am Flughafen Newport verhaftet, als sie versuchte, einen Flug nach Los Angeles zu buchen.

Leutnant Garrigan versuchte optimistisch zu klingen, als er Susan erzählte, was sie herausgefunden hatten. »Tina hat Jamie im Wartesaal am Hafenamt sitzenlassen. Einer vom dortigen Wachpersonal hat noch Dienst. Er erinnert sich, ein Kind, auf das Jamies Beschreibung paßt, gesehen zu haben, als es mit zwei Frauen wegging.«

»Sie können sie sonstwohin mitgenommen haben«, flüsterte Susan. »Was sind das für Leute, die ein Kind, das offensichtlich vermißt wird, nicht gleich zur Polizei bringen?«

»Einige Frauen nehmen so ein Kind erst mit nach Hause und fragen ihren Mann, was sie tun sollen«, antwortete der Leutnant. »Das wäre das beste, was passieren kann, glauben Sie mir. Dann wäre sie sicher. Ich möchte gar nicht daran denken, daß Jamie vielleicht ganz allein durch Manhattan irrt. Es gibt 'ne Menge seltsamer Typen, die an den Feiertagen auf den Straßen rumlungern. Sie versuchen, Kinder anzusprechen, die verlorengegangen sind.«

Er mußte das Entsetzen auf Susans Gesicht bemerkt haben, denn er fügte schnell hinzu: »Wir werden versuchen, eine Suchmeldung in den Radiostationen unterzubringen, und heute abend kommt ihr Foto in den Abendnachrichten. Diese Tina sagt, Jamie wüßte die Adresse der Wohnung und die Telefonnummer. Wir haben einen Beamten in die Wohnung geschickt, falls jemand anruft. Vielleicht wollen Sie lieber dort warten. Es ist nur ein paar Blocks entfernt. Ich lasse Sie im Streifenwagen hinbringen.«

Ein junger Polizist saß im Wohnzimmer und sah fern. Susan ging durch die Wohnung und bemerkte eine Schüssel mit ein paar eingetrockneten Cornflakes auf dem Tisch in der Eßecke, daneben einen Stapel Bilderbücher. Das kleinere Schlafzimmer... Das Bett war nicht gemacht, und im Kopfkissen war noch eine Mulde. Hier hatte Jamie letzte Nacht geschlafen. Das Nachthemd lag zusammengefaltet über dem Stuhl. Sie hob es auf und drückte es an sich, als könnte sie so ihre Tochter herbeizaubern. Vor ein paar Stunden war Jamie hier gewesen, jetzt schien sie weit weg zu sein.

Susan fühlte, wie ihr der Atem stockte, als ob ihr jemand den Brustkorb in Eisen legen würde; ihre Lippen zitterten, und Hysterie kroch in ihr hoch. Sie ging zum Fenster hinüber, öffnete es und sog die frische Luft ein.

Als sie nach unten starrte, erblickte sie den Verkehr auf der Fifth Avenue. Links in der Straße südlich des Central Parks standen die Pferdekutschen, eine hinter der anderen. Tränen stiegen ihr in die Augen, als sie sah, wie eine Familie von der Seventh Avenue Richtung Central Park einbog. Mutter und Vater gingen vorneweg. Ihre drei Kinder zuckelten hinterher. Erst die zwei Buben, die sich gegenseitig schubsten, und ihnen dicht auf den Fersen das kleine Mädchen. Weihnachten. Sie und Jamie hatten hier zusammensein wollen; es hätte ein besonderer Tag für sie werden sollen. Plötzlich schoß ihr ein völlig abwegiger Gedanke durch den Kopf: Wenn Jamie überhaupt nicht mit den Frauen mitgegangen war... wenn sie allein unterwegs war?

Der Polizist, dessen Aufmerksamkeit stark durch das Fernsehprogramm in Anspruch genommen war, notierte sich die Plätze, die sie ihm nannte. »Ich sage dem Leutnant Bescheid«, versprach er. »Wir kämmen die Fifth Avenue nach ihr ab.«

Susan nahm ihren Mantel. »Und ich tue das gleiche.«

Jamies Beine waren so müde. Sie war weit, sehr weit gelaufen. Am Anfang hatte sie die Blocks gezählt, doch dann war ihr aufgefallen, daß auf den Straßenschildern die Blocknummern standen. Dreiundvierzig, vierundvierzig.

Es gefiel ihr nicht, in dieser Gegend herumzulaufen. Es gab keine schönen Schaufenster, und die Frauen, die an die Häuser gelehnt oder in den Hauseingängen standen, sahen so aus wie Tina.

Sie achtete genau darauf, daß sie immer neben Müttern oder Vätern oder anderen Kindern herlief. Mami hatte ihr das beigebracht. »Wenn du jemals verlorengehst, wende dich an jemand mit Kindern.« Aber sie wollte mit keinem dieser Leute reden. Sie wollte das So-tun-als-ob-Spiel spielen.

Sie wußte genau, wann die 58. Straße kommen mußte. Sie konnte sie an den Geschäften wiedererkennen. Da holten sie immer die Pizza, und dort kaufte Papa immer die Zeitungen. Die Wohnung war in diesem Block.

Ein Mann kam auf sie zu und nahm sie bei der Hand. Sie versuchte, sich loszumachen, aber es ging nicht.

»Du bist allein, Kleines, nicht wahr?« flüsterte er.

Er wollte ihre Hand nicht loslassen. Er lächelte, aber irgendwie sah er unheimlich aus. Man konnte kaum etwas von seinen Augen sehen, so schmal waren sie. Er hatte eine schmutzige Jacke an, und die Hose schlotterte ihm um die Beine. Auf keinen Fall durfte sie ihm sagen, daß sie allein war, das wußte Jamie.

»Nein«, sagte sie schnell, »Mami und ich sind hungrig.« Sie deutete in Richtung Pizzastand, und eine Frau, die gerade eine Pizza kaufte, sah nach draußen und schien zu lächeln.

Der Mann ließ sofort ihre Hand los. »Ich dachte, du brauchst Hilfe.«

Jamie wartete, bis er auf die andere Straßenseite gegangen war, und rannte schnell den Häuserblock entlang. Als sie noch drei Häuser von zu Hause weg war, sah sie, wie ein Streifenwagen dort vorfuhr. Für einen Moment lang war sie erschrocken und fürchtete, jetzt würde die Polizei auch sie mitnehmen. Aber dann stieg eine Frau aus und rannte ins Haus, und der Wagen fuhr wieder weg. Sie rieb sich mit dem Handrücken über die Augen. Weinen war so kindisch.

Als sie vor dem Haus war, senkte sie den Kopf. Sie wollte nicht, daß sie irgend jemand erkannte und vielleicht festhielt und auch ins Gefängnis brachte. Aber die Schachtel mit ihren neuen Sachen war so schwer.

Als sie am Haus vorbei war, blieb sie einen Moment lang stehen und versteckte die Schachtel hinter einem steinernen Blumenkasten. Vielleicht konnte sie sie eine Zeitlang dort lassen. Und selbst wenn jemand sie mitnehmen würde, wär's egal. Sie konnte sowieso keine Badeanzüge oder Shorts mehr gebrauchen. Sie fuhr ja nicht auf die Ba-ha-mas.

Es war viel einfacher, ohne die Schachtel weiterzulaufen. An der Ecke drehte sie sich um und schaute zurück. Der Mann mit der schmutzigen Jacke folgte ihr. Das jagte ihr ein bißchen Angst ein. Sie war froh, daß ein paar Leute an ihr vorbeigegangen waren, eine Mutter und ein Vater mit zwei Jungen. Sie beeilte sich, um dicht bei ihnen zu bleiben. Sie wußte, das war genau der Weg, den sie gehen mußte. Der Central Park war gegenüber. Sie beobachtete, wie ein paar Leute aus einer Pferdekutsche ausstiegen. Das war der richtige Augenblick, um mit ihrem So-tun-als-ob-Spiel anzufangen.

Susan eilte die Straße am Central Park entlang und sprach mit den Fahrern in ihren hübschen Kutschen. In die Mähnen der Pferde waren bunte Bänder und Glöckchen eingeflochten. Die Kutschen waren geschmückt mit roten und grünen Lämpchen.

Die Fahrer boten ihre Hilfe an. Sie sahen sich alle genau das Foto von Jamie in der Zeitschrift an. »Ein goldiges kleines Mädchen... sieht aus wie ein Engel.« Alle versprachen, nach ihr Ausschau zu halten. Im Plaza redete sie mit dem Portier, mit den Empfangsdamen und der Bedienung im Palm Court. Die Weihnachtsdekoration erleuchtete die Lobby. Das Palm Court Restaurant in der Mitte der Lobby war besetzt mit gutgekleideten Leuten, die spät und erschöpft vom Einkaufen gekommen waren und sich jetzt auf eine schöne Tasse Tee und ein schmackhaftes Sandwich freuten.

Susan hatte in der Zeitschrift die Seite mit Jamies Foto aufgeschlagen. Immer wieder fragte sie: »Haben Sie sie gesehen?«

Zufällig warf sie einen Blick in den Spiegel neben dem Aufzug. Durch die Feuchtigkeit begann sich ihr Haar um ihr Gesicht und auf der Schulter zu locken. Ihr Gesicht war sehr bleich, aber es war das Gesicht, das Jamie haben würde, wenn sie erwachsen war. Falls sie erwachsen werden würde.

Niemand im Plaza erinnerte sich an ein Kind, das allein gewesen war. F. A. O. Schwarz war ihre nächste Station.

Das Spielzeuggeschäft war bevölkert mit Leuten, die noch schnell Teddybären und Spiele und Puppen kauften. Niemand erinnerte sich an ein Kind ohne Begleitung. Sie ging in den zweiten Stock. Die Verkäuferin studierte nachdenklich das Foto. »Ich bin mir nicht ganz sicher, ich hatte sehr viel zu tun, aber da war ein kleines Mädchen, das nach einer Minnie-Mouse-Stoffpuppe fragte. Ihr Vater wollte sie ihr kaufen, aber sie sagte ›nein‹. Das fand ich ungewöhnlich. Ja, natürlich, das Kind hat eine frappierende Ähnlichkeit mit dem auf dem Foto.«

»Aber ihr Vater war dabei«, murmelte Susan und fügte hinzu, »vielen Dank«, und drehte sich so schnell um, daß sie nicht mehr hörte, wie die Verkäuferin sagte, sie *dachte*, es wäre der Vater gewesen.

Die Verkäuferin starrte Susan hinterher, als diese in den Aufzug einstieg. Wenn sie jetzt so drüber nachdachte: Welches Kind sagte schon nein, wenn ihr der Vater eine Stoffpuppe kaufen wollte? Und irgendwie war der Typ auch unheimlich gewesen. Einen hartnäckigen Kunden nicht weiter beachtend, rannte die Verkäuferin hinter dem Ladentisch hervor, um Susan einzuholen. Zu spät – Susan war schon verschwunden.

Als Jamie die Minnie-Mouse-Puppe sah, hätte sie nur noch heulen mögen. Aber sie konnte nicht zulassen, daß der Mann ihr ein Geschenk kaufte, das wußte sie. Sie hatte Angst, daß er ihr immer noch folgte. Draußen waren nicht mehr so viele Menschen auf der Straße. Sie vermutete, daß jetzt alle heimgingen. An einer der Straßenecken sangen Leute Weihnachtschoräle. Sie blieb stehen und hörte ihnen zu. Sie wußte, daß der Mann, der ihr gefolgt war, auch stehengeblieben war. Die Frauen, die da sangen, hatten Häubchen statt Hüte auf. Eine von ihnen lächelte ihr zu, als das Lied zu Ende war. Jamie lächelte zurück, und die Frau sagte:»Du bist doch nicht allein unterwegs, Kleines?« Es war ja nicht wirklich geschwindelt, denn sie tat ja so, als wäre sie mit Mami unterwegs, also sagte Jamie: »Nein. Mami ist da drüben.« Sie deutete auf eine Menschenmenge, die in ein Schaufenster starrte, und rannte auf sie zu.

In der Sankt-Patricks-Kathedrale blieb sie stehen und sah sich suchend um. Endlich fand sie die Krippe. Es standen viele Leute drum herum, aber das Jesuskind war nicht in der Krippe. Ein Mann steckte frische Kerzen in die Ständer, und Jamie hörte eine Frau fragen, wo denn die Statue des kleinen Heilands wäre.»Sie wird während der Mitternachtsmesse in die Krippe gelegt«, sagte er ihr.

Jamie gelang es, einen Platz direkt an der Krippe zu ergattern. Sie flüsterte das Gebet, das sie schon dauernd vor sich hingesagt hatte:»Wenn du heute abend kommst, bring bitte auch Mami mit.«

Es kamen sehr viele Leute in die Kirche. Die Orgel fing an zu spielen. Sie liebte den Klang der Orgel. Es war angenehm, hier ein bißchen zu sitzen und sich auszuruhen, wo es nett und warm war. Als sie gerade der Frau gesagt hatte, Mami wäre bei ihr, schien es plötzlich wahr zu sein. Jetzt würde sie zum Baum gehen und dann zu Lord and Taylor. Und wenn ihr der Mann dann immer noch folgte, würde sie ihn vielleicht fragen, was sie denn tun solle. Vielleicht mochte er sie, weil er ihr schon so lange nachlief, und vielleicht wollte er wirklich auf sie aufpassen.

Susan musterte die Gesichter der Kinder, die vorbeikamen. Ein kleines Mädchen ließ ihren Atem stokken – blondes Haar, eine rote Jacke. Aber es war nicht Jamie. Alle paar Blöcke standen Freiwillige, als Weihnachtsmänner verkleidet, und sammelten für die Wohlfahrt. Jedem einzelnen zeigte sie Jamies Foto. Ein Chor der Heilsarmee sang an der Ecke 53. Straße. Ein Mitglied des Chors hatte ein kleines Mädchen gesehen, das wie Jamie ausgesehen hatte. Aber das Kind hatte gesagt, seine Mutter wäre dabei.
Leutnant Garrigan holte sie ein, als sie gerade in die Kathedrale gehen wollte. Er saß in einem Streifenwagen. Susan bemerkte Mitgefühl in seinen Augen, als er sah, wie sie das Foto hochhielt. »Ich fürchte, Sie verschwenden Ihre Zeit, Susan«, sagte er. »Ein Busfahrer hat zwei Frauen und ein kleines Mädchen gesehen, als sie in seine Linie 410 beim Hafenamt eingestiegen sind. Das stimmt zeitlich mit der Aussage des Wachmanns überein, der sie weggehen sah.«
Susans Lippen fühlten sich an wie Sandpapier. »Wo sind sie hingefahren?«
»Er hat sie an der Pascack Road, Stadt Washington, New Jersey rausgelassen. Die Polizei dort arbeitet mit uns zusammen. Ich hoffe immer noch, daß sich die beiden Frauen melden... wenn sie sie wirklich mitgenommen haben. CBS ist damit einverstanden, daß Sie kurz vor den Siebenuhrnachrichten Ihre Suchmeldung verlesen. Aber wir müssen uns beeilen.«

»Können wir die Fifth Avenue runterfahren, an Lord and Taylor vorbei?« fragte Susan. »Ich weiß nicht – ich habe so eine Ahnung...«

Auf ihr Drängen hin fuhr der Streifenwagen langsam. Susan blickte von einer Straßenseite zur anderen und konzentrierte sich, damit ihr kein Fußgänger entging. Tonlos erzählte Susan, daß eine Verkäuferin ein Kind, das Jamie ähnlich sah, gesehen hätte, aber zusammen mit seinem Vater, und daß eine Frau aus einem Chor der Heilsarmee ein Kind, das Jamie ähnelte, gesehen hatte, doch da wäre die Mutter dabeigewesen.
Sie bestand darauf, daß sie vor Lord and Taylor anhielten. Die Leute standen geduldig in einer Reihe an, um die Märchenausstellung zu sehen. »Ich hab nur daran gedacht: wenn Jamie in New York ist und sich daran erinnert...« Sie biß sich auf die Lippen. Leutnant Garrigan dachte jetzt bestimmt, sie wäre albern.
Das kleine Mädchen in dem blau-grünen Anorak war ungefähr so groß wie Jamie. Nein. Das Kind dort, halb verdeckt hinter dem stämmigen Mann. Sie musterte es genauestens, dann schüttelte sie den Kopf.
Leutnant Garrigan zog sie am Ärmel. »Ehrlich, ich denke, es ist das beste, was Sie tun können, Jamie über das Fernsehen suchen zu lassen.«
Widerwillig gab Susan nach.

Jamie sah den Schlittschuhläufern zu. Sie sausten über die Eisbahn vor dem Weihnachtsbaum wie lebendig gewordene Puppen. Bevor Papa sie mitgenommen hatte, waren Mami und sie auf einem Weiher in der Nähe ihres Hauses Schlittschuh gelaufen... Mami hatte ihr Anfängerschlittschuhe gegeben.
Der Baum war so hoch, daß sie sich fragte, wie sie die Lichter da drangekriegt hatten. Letztes Jahr hatte

Mami auf der Leiter gestanden, um den Christbaum zu schmücken, und sie hatte ihr die Verzierungen hinaufgereicht.

Jamie legte ihr Kinn auf die Hände. Sie konnte gerade über das Geländer auf den Eisplatz schauen. Sie fing an, im Geist mit Mami zu sprechen. »Gehen wir nächstes Jahr zum Schlittschuhlaufen hierher? Ob dann meine Schuhe noch passen? Oder vielleicht krieg ich größere?« Sie konnte genau sehen, wie Mami lächelte und sagte: »Natürlich, Liebling.« Oder vielleicht würde sie auch einen Spaß machen und sagen: »Nein, ich glaub, wir schneiden die Füße ab, dann passen deine alten noch.«

Jamie drehte sich von dem Baum ab. Sie hatte nur noch eine Station vor sich, die Märchenfenster von Lord and Taylor. Der Mann und die Frau neben ihr standen Hand in Hand da. Sie zog die Frau am Ärmel. »Meine Mami hat gesagt, ich soll Sie fragen, wie weit es zu Lord and Taylor ist?«

Zwölf Blocks weiter. Das war eine Menge. Aber sie mußte das So-tun-als-ob-Spiel zu Ende spielen. Es fing an, stärker zu schneien. Sie versteckte ihre Hände in den Ärmeln und senkte den Kopf, daß ihr der Schnee nicht in die Augen kam. Sie blickte sich nicht um, ob der Mann ihr immer noch folgte – sie wußte, daß er es tat. Aber solange sie neben anderen Leuten herlief, kam er nicht näher.

Der Streifenwagen fuhr bei den CBS-Studios in der 57. Straße nahe der Eleventh Avenue vor. Leutnant Garrigan ging mit ihr hinein. Sie wurden die Treppe hinaufgeschickt, und ein Produktionsassistent sprach mit Susan. »Wir werden diese Suchmeldung ›Der verlorene Engel‹ nennen. Wir senden eine Großaufnahme von Jamie, und dann können Sie Ihre Suchmeldung verlesen.«

Susan wartete in der Ecke des Fernsehstudios. Irgend etwas in ihrem Innersten drohte herauszubrechen. Es war, als hörte sie Jamies Stimme, die nach ihr rief. Leutnant Garrigan wartete mit ihr. Sie packte ihn am Arm. »Sagen Sie ihnen, sie sollen das Foto senden, und jemand anders soll die Suchmeldung verlesen. Ich muß zurück.«

Ein scharfes »Schsch« brachte ihr zu Bewußtsein, daß sie die Stimme erhoben hatte und offensichtlich bis zu einem Mikrofon vorgedrungen war. Sie zog den Leutnant am Arm. »Bitte, ich muß zurück!«

Jamie wartete in der Schlange vor den Märchenfenstern von Lord and Taylor. Sie waren genauso schön, wie Mami es versprochen hatte, wie die Bilder in ihren Märchenbüchern, aber hier bewegten sich die Figuren und verbeugten sich und winkten. Sie merkte, daß sie zurückwinkte. Sie waren wie richtige Menschen. Und es sah fast so aus, als würden sie ihr So-tun-als-ob-Spiel verstehen. »Nächstes Jahr«, flüsterte Jamie, »kommen Mami und ich wieder zusammen her.« Sie wäre gern davor stehengeblieben und hätte den wunderschönen Figuren noch länger zugesehen, wie sie sich verbeugten und drehten und lächelten, aber irgend jemand sagte dauernd: »Bitte weitergehen, danke.«

Leider war das So-tun-als-ob-Spiel hier zu Ende. Sie war überall dort gewesen, wo sie und Mami hatten hingehen wollen. Jetzt wußte sie nicht mehr, was sie tun sollte. Ihre Stirn war ganz naß vom Schnee und sie strich ihr Haar zurück. Sie fühlte die kalte nasse Luft auf ihrem Kopf.

Sie wollte nicht aufhören, sich die Schaufenster anzusehen. Sie drückte sich an die Schnur, damit die Leute an ihr vorbeikamen. »Du bist verlorengegangen, nicht wahr, Liebes?« Sie sah auf. Es war der Mann, der ihr gefolgt war. Er redete so leise, daß sie ihn kaum verstand. »Wenn du weißt, wo du wohnst, bring ich dich nach Hause«, flüsterte er.

Ein kleiner Hoffnungsschimmer regte sich bei Jamie. »Würden Sie bitte meine Mutter anrufen«, sagte sie. »Ich weiß die Telefonnummer.«

»Natürlich. Gehen wir.« Er griff nach ihrer Hand. »Komm«, flüsterte er, »wir müssen gehen.«

Irgend etwas tat Jamie weh – nicht weil sie müde war, fror und Hunger hatte. Sie hatte Angst. Sie preßte sich an die Ecke der Fenster, starrte auf die Puppenfiguren und flüsterte ihr Jesuskindgebet. »Bitte, bitte, laß Mami kommen.«

Der Streifenwagen fuhr vor. »Ich weiß, Sie denken, ich bin übergeschnappt«, sagte Susan. Ihre Stimme verstummte, als sie die immer noch dichte Menschenmenge musterte. Es hatte stark zu schneien begonnen, und die Leute schlugen ihre Mantelkrägen und Kapuzen hoch und banden ihre Schals fester. Es standen auch einige Kinder in der Schlange, aber es war unmöglich, ihre Gesichter zu sehen, weil sie in die Fenster sahen. Sie öffnete gerade die Wagentür, als sie hörte, wie Leutnant Garrigan zum Fahrer sagte: »Sieh mal, wen wir da haben, drüben in der Schlange! Das ist doch dieser ekelhafte Sittenstrolch, dieses Schwein, das nicht zu seinem Prozeß aufgetaucht ist. Komm!« Erschrocken sah Susan, wie sie über den Bürgersteig hechteten, sich durch die Menge drückten, den dünnen Mann mit der schmutzigen Jacke an den Armen packten und zum Streifenwagen zerrten.

Und dann sah sie sie. Die kleine Gestalt, die sich nicht mit den anderen erstaunten Passanten herumgedreht hatte, die kleine Gestalt mit den ungewöhnlich weißblonden Haaren, die sich um das vertraute Gesicht bis auf die Schulter lockten.

Völlig benommen ging Susan auf Jamie zu. Endlich konnte sie sie wieder in die Arme schließen. Sie beugte sich zu Jamie hinunter und hörte, wie Jamie immer wieder flehte:»Bitte, bitte, laß Mami kommen.« Susan sank auf die Knie.»Jamie«, flüsterte sie. Jamie dachte, sie würde immer noch das So-tun-als-ob-Spiel spielen.

»Jamie.«

Aber es war kein Spiel. Jamie drehte sich um und fühlte, daß sie jemand umarmte. Mami. Es war Mami. Sie warf Mami die Arme um den Hals. Sie vergrub den Kopf in Mamis Schulter. Mami drückte sie ganz fest. Mami wiegte sie hin und her. Mami sagte ihren Namen, immer wieder.

»Jamie. Jamie.« Mami weinte. Die Menschen um sie herum lächelten und klatschten und gratulierten. Und in den Märchenfenstern verbeugten sich die wunderschönen Puppen und winkten.

Jamie streichelte Mamis Backe.»Ich wußte, daß du kommst«, flüsterte sie.

INHALTSVERZEICHNIS

WENN IM KAMIN DAS FEUER BRENNT

WENN DAS HERZ VOLL LIEBE IST

WENN DER MOND AM HIMMEL STEHT

QUELLENNACHWEIS

Die Texte auf den mit Ziffern indizierten Seiten ent-
stammen den folgenden Quellen

Den gesamten Verlagen und Autoren danken wir für
die freundliche Erteilung der Abdruckgenehmigung.
Der Quellennachweis wurde nach bestem Wissen und
Gewissen erstellt. Sollten trotzdem Urheberrechte
übersehen worden sein, geschah dies ohne Absicht.
Der Verlag ist selbstverständlich zu einer Nachhono-
rierung bereit. Der Quellenvermerk in der zweiten
Auflage wird dann entsprechend ergänzt werden.

5 *Heinrich Heine:* Altes Kaminstück.

9 *Robert Walser:* Winter, aus: Robert Walser. Das Ge-
samtwerk. © Suhrkamp Verlag. Zürich/Frankfurt
1978. Mit Genehmigung der Inhaberin der Rechte,
der Carl Selig-Stiftung Zürich

12 *Hans Christian Andersen:* Der Schneemann, aus:
Hans Christian Andersen. Gesammelte Märchen.
© Manesse Verlag. Zürich 1949

19 *Manfred Kyber:* Ambrosius Dauerspeck und Mariechen Knusperkorn, aus: Manfred Kyber. Gesammelte Tiergeschichten. © Rowohlt Verlag
GmbH. Reinbek 1972

26 *Pearl S. Buck:* Eine kleine Weihnachtsgeschichte,
aus: Pearl S. Buck. Eine kleine Weihnachtsgeschichte und andere Erzählungen um die Heilige
Nacht. © Langen Müller in der F. A. Herbig
Verlagsbuchhandlung GmbH. München o. J.

36 *Felix Timmermans:* Sankt Nikolaus in Not, aus:

Felix Timmermans. Der Heilige der kleinen Dinge und andere Erzählungen. © Insel Verlag. Frankfurt am Main 1974

49 *Erich Kästner:* Sechsundvierzig Heiligabende, aus: Erich Kästner. Der tägliche Kram. © Thomas Kästner und Atrium Verlag. Zürich o. J.

54 *Carlo Manzoni:* Der Schnee, aus: Carlo Manzoni. Lügengeschichten. © Langen Müller in der F. A. Herbig Verlagsbuchhandlung GmbH. München o. J.

60 *Alfred Polgar:* Der Maronibrater, aus: Alfred Polgar. Kleine Schriften I. © Rowohlt Verlag GmbH. Reinbek 1983

63 *Walther Kiaulehn:* Die Winterfliege, aus: Walther Kiaulehn. Lesebuch für Lächler. © Rowohlt Taschenbuch Verlag GmbH. Hamburg 1958

65 *Herbert Rosendorfer:* Volkssport, aus: Peter Weiermair. Winterspiele. © Residenz Verlag. Salzburg/ Wien 1975

70 *Hermann Hesse:* Auf dem Eise, aus: Hermann Hesse. Gesammelte Erzählungen. © Suhrkamp Verlag. Frankfurt am Main 1970

75 *Ödön von Horváth:* Wintersportlegendchen, aus: Ödön von Horváth. Gesammelte Werke. Bd. II. © Suhrkamp Verlag. Frankfurt am Main 1988

76 *Georg Britting:* Der Eisläufer, aus: Georg Britting. Sämtliche Werke in 5 Bänden. Bd. V, S. 50. © List. München 1996

91 *Mark Twain:* Wie ein Schnupfen kuriert wird, aus: Mark Twain. Meistererzählungen. © der deutschen Übersetzung Diogenes Verlag AG. Zürich 1960

93 *Karl Valentin:* Winterstreiche, aus: Karl Valentin. Gesammelte Werke in einem Band. © Piper Verlag GmbH. München 1985

97 *James Thurber:* Die Nacht, in der das Gespenst hereinkam, aus: James Thurber. Was ist daran so komisch. Gesammelte Erzählungen. © Rowohlt Verlag GmbH. Reinbek o. J.

105 *Umberto Eco:* Wie man die vermaledeite Kaffeekanne benutzt, aus: Umberto Eco. Wie man mit einem Lachs verreist und andere nützliche Ratschläge. © Carl Hanser Verlag. München/Wien 1993

111 *O. Henry:* Das letzte Blatt, aus: O. Henry. Das möblierte Zimmer und andere Stories. © für die deutsche Übersetzung Walter Verlag. Düsseldorf/Zürich 1973

121 *Maeve Binchy:* Dieses Jahr wird alles anders, aus: Maeve Binchy. Miss Martins größter Wunsch und andere Weihnachtsgeschichten. © Droemer Knaur Verlag. München 1996

133 *Agatha Christie:* Die Fahrt auf der Themse, aus: Agatha Christie. Es begab sich aber... © Scherz Verlag. Bern/München/Wien o. J.

146 *Saki:* Der Pelz, aus: Saki. Meistererzählungen. Aus dem Englischen von Günter Eichel. © der deutschen Übersetzung Diogenes AG. Zürich 1964, 1973

154 *Virginia Woolf:* Das neue Kleid, aus: Virginia Woolf. Gesammelte Werke. Prosa 1. Das Mal an der Wand. Deutsch von Brigitte Walitzek. © S. Fischer Verlag GmbH. Frankfurt am Main 1989

166 *William Somerset Maugham:* Winter-Kreuzfahrt, aus: William Somerset Maugham. Schein und Wirklichkeit. © The Royal Literary Fund. Mit Genehmigung von Mohrbooks AG. Zürich o. J.

192 *Dorothy Parker:* Der letzte Tee, aus: Dorothy Parker. Die Geschlechter. © Haffmans Verlag AG. Zürich 1985

199 *John Updike:* Schnee in Greenwich Village, aus: John Updike. Werben um die eigene Frau. Gesammelte Erzählungen. Deutsch: Maria Carlsson © Rowohlt Verlag GmbH. Reinbek 1971

213 *Leopold von Sacher-Masoch:* Eingeschneit, aus: Leopold von Sacher-Masoch. Mondnacht. © Droemer Knaur Verlag. München 1988

224 *Lars Gustafsson:* Die vier Eisenbahnen von Iserlohn, aus: Lars Gustafsson. Erzählungen von glücklichen Menschen. © Carl Hanser Verlag. München/Wien 1981

244 *Angelika Schrobsdorff:* Der Schöngeist, aus: Angelika Schrobsdorff. Der schöne Mann und andere Erzählungen. © Langen Müller in der F. A. Herbig Verlagsbuchhandlung GmbH. München o. J.

267 *Milena Moser:* Die Welt von unten, aus: Milena Moser. Gebrochene Herzen. © Krösus Verlag. Zürich o. J.

272 *Marlen Haushofer:* Schlittenfahrt, aus: Marlen Haushofer. Begegnung mit dem Fremden. Erzählungen. © Claassen Verlag. Düsseldorf, jetzt München 1985

289 *Donna Leon:* Geeignete Männer, aus: Donna Leon. Latin Lover. Aus dem Amerikanischen von Monika Elwenspoek. © Diogenes Verlag AG. Zürich 1999

296 *Ingrid Noll:* Stich für Stich, aus: Ingrid Noll. Stich für Stich. Fünf schlimme Geschichten. © Diogenes Verlag AG. Zürich 1997

304 *Joan Aiken:* Der Mann, der den Seiltrick kannte, aus: Joan Aiken. Ein Kichern in der Luft. © Friedrich Oetinger Verlag GmbH. Hamburg o. J.

317 *Muriel Spark:* Der Laubkehrer, aus: Muriel Spark. Päng päng, du bist tot. Aus dem Englischen von Matthias Fienbork. © Diogenes Verlag AG. Zürich 1987

326 *Henry Slesar:* Flitterwochen erster Klasse, aus: Henry Slesar. Ein Bündel Geschichten für lüsterne Leser. Aus dem Amerikanischen von Günter Eichel. © Diogenes Verlag AG. Zürich 1967

334 *Dorothy Sayers:* Strupps, aus: Dorothy Sayers. Feuerwerk. © Alle deutschsprachigen Rechte beim Scherz Verlag. Bern/München/Wien o. J.

351 *P. D. James:* Das Mädchen, das Friedhöfe liebte, aus: George Hardinge (Hrsg.). Mr. Bulmer's goldener Karpfen. © Alle Rechte an der deutschen Übersetzung von Mechtild Sandberg-Ciletti, Blanvalet Verlag, München, in der Verlagsgruppe Bertelsmann GmbH 1988

374 *Mary Higgins Clark:* Der verlorene Engel, aus: Mary Higgins Clark. Doppelschatten. Aus dem Amerikanischen von Ingrid Scherf. © Wilhelm Heyne Verlag GmbH & Co. KG. München 1993